Von Kerstin Gier sind bei Bastei Lübbe Taschenbücher lieferbar:

16152 Männer und andere Katastrophen
16159 Die Braut sagt leider nein
16172 Fisherman's Friend in meiner Koje
16178 Die Laufmasche
16236 Lügen, die von Herzen kommen
16255 Ein unmoralisches Sonderangebot
16296 Die Mütter-Mafia
15462 Die Patin
15523 Die Laufmasche
15614 Für jede Lösung ein Problem
15711 Ach, wär ich nur zu Hause geblieben
15906 Gegensätze ziehen sich aus

*Über die Autorin:*

**Kerstin Gier,** Jahrgang 1966, lebt mit ihrer Familie in einem Dorf in der Nähe von Bergisch Gladbach. Sie schreibt mit großem Erfolg Romane. Ihr Erstling MÄNNER UND ANDERE KATASTROPHEN wurde mit Heike Makatsch in der Hauptrolle verfilmt. DAS UNMORALISCHE SONDERANGEBOT wurde 2005 mit der »DeLiA« für den besten deutschsprachigen Libesroman ausgezeichnet. FÜR JEDE LÖSUNG EIN PROBLEM wurde ein Bestseller und mit enthusiastischen Kritiken bedacht.

Kerstin Gier

# Ehebrecher und andere Unschuldslämmer

Roman

BASTEI LÜBBE TASCHENBUCH
Band 26912

Vollständige Taschenbuchausgabe

Bastei Lübbe Taschenbücher in der Verlagsgruppe Lübbe

Originalausgabe
© 2000 by Autor und Verlagsgruppe Lübbe GmbH & Co. KG,
Bergisch Gladbach
Umschlaggestaltung: Kirstin Osenau
Titelbild: © Somos / Veer / getty images
Gesamtherstellung: CPI – Ebner & Spiegel, Ulm
Printed in Germany, November 2008
ISBN 978-3-404-26912-9

Sie finden uns im Internet unter
www.luebbe.de
Bitte beachten Sie auch: www.lesejury.de

Der Preis dieses Bandes versteht sich einschließlich
der gesetzlichen Mehrwertsteuer.

*Für Dagmar und alle ihre lieben Faxe,
die mir immer wieder Mut gemacht, mich täglich aufs
Neue aufgemuntert, getröstet,
angespornt und inspiriert haben.*

Wir sehen die Dinge nicht, wie sie sind,
wir sehen sie so, wie wir sind.

**Anaïs Nin**

## Louisa

Das Schlimme an meiner Mitbewohnerin Betty Peters war nicht, dass sie meine Wimperntusche benutzte, ihre Kaugummis unter den Küchentisch klebte und die Flippers hörte, wenn sie beschwipst war. Es störte mich auch nicht, dass sie grundsätzlich meinen Vorrat an Schokoriegeln aufaß und Persönlichkeitsanalysen von Frauen anhand ihrer Lippenstiftform anfertigte. Nein, das wirklich Schlimme an Betty Peters war, dass sie nicht Nein sagen konnte, wenn sich jemand aus ihrer Familie zu Besuch ansagte. Betty hatte eine große Familie, und sie fanden es alle famos, eine kostenlose Unterkunft in Berlin zu haben, wenn es sie in die Hauptstadt zog. Und es zog sie häufig, so viel stand fest. Bettys große Schwester Dotty kam mindestens zweimal im Jahr her und brachte ihre beiden Kinder Lucie und Lars mit. »Großstadt schnuppern«, nannte sie das. Betty und ich nannten es: »Die große Heimsuchung.«

In diesem Halbjahr fiel die große Heimsuchung in den Oktober, zusammen mit Semesterbeginn und der nicht länger zu verleugnenden Tatsache, dass mein prämenstruelles Syndrom bereits mehrere Wochen andauerte und wahrscheinlich überhaupt kein prämenstruelles Syndrom war.

Ich wurde wach, weil Lars mit seinem Bobbycar den Flur auf und ab fuhr. Ein Blick auf die Uhr sagte mir, dass es sechs Uhr morgens war, recht spät für Lars' Verhältnisse, verdammt früh für mich. Meine erste Vorlesung – »Pervertierung des menschlichen Potenzials – Aggression als erworbener Trieb« – fing um zehn Uhr an. Vorher wollte ich allerdings in die Apotheke und mir einen Schwangerschaftstest besorgen. Es war Zeit, sich Gewissheit zu verschaffen. Dass ich seit Tagen ununterbrochen »bitte, bitte nicht« vor mich hin flüsterte, wenn ich allein war, war wirklich keine besonders erwachsene Reaktion.

Das Bobbycar im Flur rammte unseren überladenen Garderobenständer. Aus dem Gepolter und Lars' ohrenbetäubendem Gebrüll zu schließen, fiel der Garderobenständer um. Na ja, machte nichts, die Nachbarn sprachen ohnehin seit Dottys letztem Besuch kein Wort mehr mit uns. Ich hörte, wie Dotty die Tür ihres Zimmers (in Wirklichkeit war es unser Wohnzimmer) öffnete und Lars ein paar pädagogisch wertvolle Tipps gab.

»Ja, dummer Garderobenständer, böser Garderobenständer«, sagte sie. »Den darfst du ruhig mal tüchtig treten!«

Offensichtlich befolgte Lars ihren Rat, denn gleich darauf brüllte er noch viel lauter.

»Siehst du, das hat man davon, wenn man keine Pantoffeln anzieht«, sagte Dotty.

Wozu musste ich eigentlich Psychologieseminare besuchen, wenn die »Pervertierung menschlichen Potenzials« sich direkt vor meiner Zimmertür abspielte?

In diesem Augenblick fing auch Lucie an zu weinen. Sie war neun Monate alt und weinte ziemlich oft. Und ziemlich laut. Die Zähne, sagte Dotty. Das letzte Mal waren es Dreimonatskoliken gewesen. Dotty hatte nach eigenen Angaben seit neun Monaten keine Nacht mehr als zwei Stunden am Stück geschlafen.

»Bitte, bitte nicht«, flüsterte ich unwillkürlich.

In der Küche hatten wir ein Schild aufgehängt, das in großen Buchstaben eine bekannte Weisheit verkündete: »Besuch ist wie Fisch. Nach zwei Tagen fängt er an zu stinken.« Ich hatte es Betty zum Geburtstag geschenkt. Der Fisch, den ich dazu gemalt hatte, hatte einen Schmollmund in Dottys bevorzugter Lippenstiftfarbe Dunkellila. Daneben hatte ich zwei kleine Fische gemalt. Einer davon trug eine rote Latzhose. Aber bei Dotty reichte es nicht aus, mit dem Zaunpfahl zu winken.

Als ich aus der Uni zurückkam, saß sie direkt unter dem Schild am Küchentisch und schälte Kartoffeln. Betty fütterte Lucie mit Brei, und Lars malte. Ein idyllisches Bild, wenn man davon absah, dass Lars die Rückseite meiner Rückmeldebescheinigung bemalte, Lucie die pürierten Möhren auf Bettys Bluse verschmierte und Dotty die Kartoffeln nicht für uns schälte. Sie kochte zweimal am Tag mit großem Aufwand eine warme Mahlzeit, aber leider nur für sich und die Kinder. Unter erschwerten Bedingungen, wie sie uns klarmachte, denn niemals war ihr ein schlechter sortierter Haushalt untergekommen als unserer.

»Ich konnte euren Apfelteiler nirgendwo finden«, sagte sie auch jetzt wieder.

Betty hatte schon den Mund geöffnet, um zu fragen,

was genau denn ein Apfelteiler sei, aber ich brachte sie mit einem warnenden Blick zum Schweigen. Mit Rückfragen dieser Art hatten wir uns in den letzten Tagen schon ellenlange Vorträge über Funktion und Nutzen eines speziellen Nudelwasserabgießdeckels, eines Bananenschneiders und einer Brotbackmaschine eingehandelt. Was genug war, war genug. Ich griff in die Besteckschublade und reichte Dotty ein Küchenmesser.

»Hier ist er doch«, sagte ich und lächelte so süß ich konnte, »unser allerbester Apfelteiler.«

Dotty fiel nicht darauf herein. »Du weißt ganz genau, dass das ein Küchenmesser ist, Louisa«, sagte sie.

Bevor sie aber dazu kam, uns den Unterschied zwischen einem Küchenmesser und einem Apfelteiler auseinanderzusetzen, floh ich ins Badezimmer. Es wurde Zeit für den Schwangerschaftstest. Zur Tarnung ließ ich mir ein Bad einlaufen.

Als ich das Teströhrchen von der Plastikfolie befreite, bemerkte ich, dass meine Hände zitterten.

»Warten Sie fünf Minuten«, stand in der Packungsbeilage. Ich setzte mich auf den Badewannenrand und starrte das schicksalhafte weiße Plastikstäbchen an. Wurde aus dem rosafarbenen Strich ein Pluszeichen, bedeutete das, ich war schwanger. Blieb es beim Strich, würde ich nie, *nie* wieder vergessen, die Pille zu nehmen, Ehrenwort, ich würde sogar zusätzlich mit Kondom verhüten und mir eine Spirale einsetzen lassen ...

»Lars muss mal aufs Klo«, sagte Betty vor der Tür. Lars trat zur Verdeutlichung ihrer Worte mit dem Fuß dagegen.

»Jetzt nicht«, sagte ich, ohne die Augen von dem Teststäbchen zu wenden.

»Er muss aber dringend, Louisa«, sagte Betty, und an ihrem Tonfall erkannte ich, dass es wirklich dringend war. Seit Lars keine Windeln mehr trug, konnte man diesbezüglich kein Risiko eingehen. Der Teppichboden hatte schon unter dem Bobbycar genug gelitten. Ich versteckte den Schwangerschaftstest samt Verpackung im Schrank und öffnete die Tür.

Während Lars sich mit bereits heruntergelassener Hose auf das Klo stürzte, durchwühlte Betty hastig den Kulturbeutel ihrer Schwester.

»Da, schau dir das an«, sagte sie und hielt mir Dottys geöffneten Lippenstift unter die Nase. »Spitz und kantig, wie das Matterhorn. Das bedeutet, sie ist kleinlich, rechthaberisch und ohne jegliches Einfühlungsvermögen.«

»Wer hätte das gedacht?«, murmelte ich abwesend.

»Abputzen«, befahl Lars.

»Wie heißt das Zauberwort?«, fragte Betty freundlich.

»Ab-put-zen«, gab Lars genauso freundlich zurück. Zauberworte wie »bitte« und »danke« waren ihm gänzlich unbekannt, seine Mama benutzte sie auch nicht.

»Sie hat gesagt, dass sie darüber nachdenkt, morgen nach Hause zu fahren«, sagte Betty zu mir, während sie ihres Amtes als Abputzer waltete.

»Nachdenken ist ja schon mal was.« Ich schielte zum Schrank hinüber.

»Nächstes Mal sage ich, dass wir eine ansteckende Krankheit haben *und* dass unser Mixer kaputt ist«, versprach mir Betty, als Lars voller Tatendrang davongestiefelt war. (Um die Wohnzimmertapete mit Kugelschreiber zu bemalen, wie wir hinterher feststellten.) »Und du musst zugeben, dass es auch seine guten Seiten hat. Immer wenn Dotty hier war, wissen wir ganz sicher, dass wir niemals Kinder haben wollen.«

»Also, *niemals* würde ich nicht sagen«, sagte ich unbehaglich. »Nur nicht unbedingt *jetzt*.«

»Wo habt ihr denn euren Kartoffelstampfer?«, rief Dotty aus der Küche.

Betty lächelte mich verschwörerisch an. »Was genau meinst du mit einem Kartoffelstampfer, Dotty?«

Ich schloss die Tür hinter ihr ab und stürzte zum Schrank. Die fünf Minuten waren um.

Die Babys waren nicht das Problem, ehrlich nicht. Ich mochte Babys, jedenfalls die meisten. Ich mochte ihre grübchenbesetzten Hände und die sonderbar gurgelnden Laute, die sie von sich gaben, und ich mochte ihr Lächeln, das ebenso zahn- wie vorbehaltlos und gerade deswegen hinreißend war. Nein, die Babys waren nicht das Problem. Auch nicht die Mütter, obwohl sie nicht eben hoch oben auf meiner Sympathieliste standen. (Na ja, um ehrlich zu sein, war Dotty die einzige junge Mutter, die ich kannte, und sie musste ja nicht unbedingt ein Paradebeispiel darstellen. Aber Betty sagte, vor Lars' Geburt sei auch Dotty ein ganz normales, nettes Mädchen gewesen, was jetzt kaum noch vorstellbar war. Betty schob die Schuld auf eine Art »Muttergen«, das beim Kinderkriegen aktiviert und aus patenten Frauen eingebildete Nervensägen machte, die glaubten, die Welt habe sich ausschließlich um sie und ihren Nachwuchs zu drehen.)

Das Problem war der Zeitpunkt. Wenn ich irgendwann einmal Mutter werden sollte, dann auf keinen Fall jetzt. Ich wollte mein Studium abschließen und etwas damit anfangen, bevor ich mich mit der Gründung einer Familie befasste. Ich wollte nicht umsonst die Studentin mit dem besten Vordiplom des Jahrgangs gewesen sein! Ich wollte Karriere machen, Geld verdienen, etwas von der Welt sehen. Zwei Semster hatte ich noch fürs Studium eingeplant, dann wollte ich die bestmögliche Diplomarbeit schreiben, ein Jahr im Ausland arbeiten und danach einen lukrativen Job finden. Ich hatte alles schon ganz genau geplant. Nur nicht, die Pille zu vergessen. Ich hatte keine Ahnung, wie mir dieser Fehler hatte unterlaufen können. Eines Tages hatte ich die Pille aus dem Samstagsfeld drücken wollen und zu meinem Schrecken feststellen müssen, dass das Freitagsfeld noch völlig unberührt war. Ich verbuchte es unter »unerklärliche Phänomene« und hoffte auf das Beste. Nun, meine Hoffnungen hatten sich nicht erfüllt.

Zu einem positiven Schwangerschaftstest gehören aber immer zwei Personen. Der andere war mein Freund Andi, den ich am selben Abend mit dem Test in der Handtasche und äußerst gemischten Gefühlen heimsuchte.

Andi und ich waren seit sieben Monaten zusammen. Auf eine unkomplizierte, nette Art und Weise. Er war der bestaussehende Freund, den ich je gehabt hatte, groß, mit dunklen Locken und umwerfend grünen Augen, und der erste, mit dem ich mich nicht ständig stritt. Er war Betriebswirt, hatte im Sommer seine erste Stellung angetreten und verdiente ein Schweinegeld, jedenfalls verglichen mit dem, was mir monatlich zur Verfügung stand. Auch sonst wusste ich nur Positives über ihn zu sagen: Er war einfühlsam und fantasievoll im Bett, schrieb wunderbar romantische Liebesbriefe und interessierte sich für die gleichen Bücher und Filme wie ich. Am Anfang unserer Beziehung hatte ich täglich darauf gewartet, dass endlich seine schlechten Seiten zutage treten würden, aber das waren sie bis heute nicht. Irgendwann war ich zu der Überzeugung gelangt, dass er einfach keine schlechten Seiten hatte. Das Einzige, was mich ein bisschen störte, war seine Beziehung zu seinen Eltern, die ihn und seinen jüngeren Bruder immer noch kontrollieren wollten und es meiner Ansicht nach auch taten. Wenn Andi und Stephan mal einen Sonntag nicht zum Familienessen erschienen, war sein Vater, ein schwerreicher Unternehmer, wochenlang beleidigt, und seine Mutter bekam Migräne.

»Was passiert wohl, wenn du mal zwei Wochen fehlst?«, hatte ich Andi einmal scherzeshalber gefragt, und er hatte (ziemlich ernst) geantwortet: »Das weiß keiner von uns, wir haben es noch nicht ausprobiert. Vermutlich würden sie uns enterben, und das möchten weder Stephan noch ich riskieren.«

Aber von seinen Eltern mal abgesehen war Andi der beste Mann, der mir jemals über den Weg gelaufen war.

»Es gibt umwälzende Neuigkeiten, Herzchen«, sagte er, als er mir an diesem Abend die Tür öffnete.

Ich starrte ihn überrascht an. Woher wusste er das? Hatte er Röntgenaugen, mit denen er durch das Leder meiner Handtasche direkt auf den Schwangerschaftstest gucken konnte?

»Umwälzend ... kann man wohl sagen«, stotterte ich. »Woher ... ich meine, wie ... ?«

»Vor dir steht der neue Vertriebsleiter der Abteilung«,

sagte Andi und strahlte über das ganze Gesicht. »Ist das nicht irre? Ich bin erst vier Monate im Betrieb, und schon falle ich die Karriereleiter hinauf! Vierzig Leute können mich demnächst ihren Chef nennen.« Andi umarmte mich voller Begeisterung. »Mein Vater war ganz aus dem Häuschen, als ich es ihm gesagt habe.«

»Gratuliere«, sagte ich lahm. Um meinen mangelnden Enthusiasmus wettzumachen, setzte ich fragend hinzu: »Und wie kam es dazu? Ich dachte, deine Chefin sitzt auf ihrem Posten wie festgetackert?«

»Hab ich ja auch *gedacht*!« Andi ging vor mir her in die Küche. Es roch lecker nach Frikadellen, richtig saftigen Buletten. Während ich den Tisch deckte, schnitt Andi Tomaten in Scheiben. »Die Gluck war für mich bis heute der Inbegriff einer Karrierefrau. Sah spitzenklasse aus, hatte Charme und Stil und war wahnsinnig gut in ihrem Job. Die Beste in der Branche. Die hat am Tag fünf Anrufe von Headhuntern bekommen, so gut war die.«

»Sie hat also was Besseres gefunden?«

Andi schüttelte den Kopf. »Schön wär's ja. Nein, man glaubt es kaum, die kriegt ein Kind!« Er köpfte schwungvoll eine Tomate. »Und schwupp ist sie weg vom Fenster. So ist das. Voll in die Hormonfalle getappt.«

»Aber das sind doch typisch männliche Vorurteile!« Aus irgendeinem Grund fühlte ich mich verpflichtet, seine Chefin zu verteidigen. »Man kann Kind und Karriere durchaus unter einen Hut bringen. Wozu gibt es schließlich Gleichberechtigungsgesetze, Erziehungsurlaub und Tagesmütter und all das?«

»Ach, Lou, Herzchen, du bist wirklich naiv. In der Praxis funktioniert das doch nie. Die Gluck war eine knallharte Karrieristin, der hat die Arbeit einen Mordsspaß gemacht, das hat man ihr angemerkt. Reichst du mir mal den Essig? Jetzt ist sie ein paar Wochen schwanger und faselt was von Halbtagsarbeit und Wertewandel. Ich sag dir was: Wenn es die Gluck nicht schafft, Kind und Karriere unter einen Hut zu bringen, dann schafft es keine.«

»Das glaube ich nicht. Vielleicht hat sie nur im Job schon alles erreicht, was sie erreichen wollte, und möchte jetzt eine wohlverdiente Pause machen«, sagte ich, obwohl ich unter anderen Umständen – andere Umstände, haha! – ganz seiner Meinung gewesen wäre. »Sie ist schließlich schon Ende dreißig, oder? Bei jüngeren Frauen, die erst am Anfang ihrer Karriere stehen, ist das was anderes. Die haben den Ehrgeiz, beides unter einen Hut zu bekommen. Das ist alles eine Frage der Organisation.«

»Das ist eben der Irrtum«, erwiderte Andi. »Es ist keine Frage der Organisation, sondern der Hormone! Wenn die Hormonfalle zuschnappt, dann werden aus den tollsten und intelligentesten Frauen besorgte Muttis, die sich nur noch für die richtige Temperatur des Fläschchens interessieren. Die Gluck heißt bei uns jetzt nur noch die Glucke. Schade drum, wirklich.« Er stellte die Schüssel mit Tomatensalat auf den Tisch und grinste mich breit an: »Auf der anderen Seite verdanke ich ihren fehlgeleiteten Hormonen einen unerhofften Karrieresprung. Und eine fette Gehaltserhöhung! Darauf stoßen wir jetzt an.«

Obwohl ich fast daran erstickte, zögerte ich noch, den Schwangerschaftstest aus der Handtasche zu zaubern. Der Zeitpunkt erschien mir denkbar ungünstig. Ich setzte mich erst mal an den Tisch, aß meine Buletten und stieß mit Andi auf seine Beförderung an.

»Auf dich. Auf den besten Chef, den sie je hatten«, sagte ich.

»Auf uns! Auf eine wunderbare Zukunft!«, gab Andi zurück. »Und darauf, dass alle unsere Wünsche Wirklichkeit werden.«

Ich nahm einen Schluck Sekt und sah Andi tief in die Augen. »Und was ist, wenn mal was nicht so ganz nach Plan verläuft? Könntest du dir vorstellen . . .?«

In diesem Augenblick klingelte im Nebenzimmer das Telefon.

»Merk dir, was du sagen wolltest«, sagte Andi, während er aufstand und nach nebenan ging.

»Worauf du dich verlassen kannst«, murmelte ich und bückte mich nach meiner Handtasche. Ich war schon über eine halbe Stunde hier und meine Neuigkeit immer noch nicht losgeworden. Das war doch albern. Andi benötigte keine Schonfrist, er war schließlich souverän und erwachsen – und der Urheber des Problems. Ganz sicher würde er wissen, wie wir damit umzugehen hatten.

Auf seinem Teller lag eine letzte Bulette. Ohne lange zu überlegen, rammte ich das dünne Ende des Schwangerschaftstestes in die Mitte der Bulette. Es sah lustig aus, wie eine Hallig mit einem Telegrafenmast.

Aber als Andi zurückkam, schenkte er seinem Teller keinen Blick.

»Lou, da ist Betty am Telefon«, sagte er und guckte auf den Boden.

»Ist was passiert?«, fragte ich alarmiert. Betty rief sonst niemals hier an, und wenn sie eine freudige Nachricht überbracht hätte – zum Beispiel, dass Dotty gerade ihre Klamotten zusammenpackte –, hätte Andi nicht so ein betroffenes Gesicht gemacht.

Er nickte und machte Anstalten, mir vom Stuhl zu helfen. Mir sank das Herz irgendwo in die Kniegegend, während Andi mich am Arm führte, als wäre ich mindestens hundert Jahre alt und könnte meinen Gehwagen nicht finden.

Der Telefonhörer fühlte sich klamm an.

»Was ist los, Betty?«, krächzte ich.

»Deine Mutter hat eben angerufen«, sagte Betty. Sie klang ganz anders als sonst. »Louisa, es tut mir so leid. Dein Vater ist gestorben.«

Obwohl mir klar war, dass Betty wohl kaum Scherze mit mir trieb, weigerte ich mich, es zu glauben. Ich sagte unsinnige Dinge wie: »Aber ich habe gestern noch mit ihm telefoniert« und: »In unserer Familie werden alle mindestens achtzig« und (wofür ich mich später am meisten schämte): »Das möchte ich von ihm selber hören.«

»Dein Vater hatte heute Nachmittag einen Herzinfarkt«, musste Betty mindestens dreimal wiederholen. »Er war tot, bevor der Notarzt da war.«

Als ich es endlich begriffen hatte, setzte ich mich auf Andis Sofa und weinte. Andi streichelte unbeholfen über meinen Kopf.

Der Schwangerschaftstest war vollkommen vergessen.

☆

Ich nehme eigentlich nie Anhalter mit. Nicht nur, weil sie angeblich dazu neigen, ein Messer zu ziehen, und einen zwingen, in einen unübersichtlichen Feldweg abzubiegen, sondern weil mein Beifahrersitz immer mit jeder

Menge Krempel blockiert ist. Außerdem sehe ich sie viel zu spät am Straßenrand stehen, und bis ich mich entschieden habe, zu blinken und anzuhalten, bin ich meistens schon vorbeigefahren.

Diesen aber sah ich schon von Weitem. Er stand gleich hinter der Autobahnausfahrt auf dem Randstreifen, und die Oktobersonne ließ seine nach allen Seiten abstehenden roten Haare aufleuchten wie ein Haltesignal. Ich trat spontan auf die Bremse und kam zwei Meter hinter ihm zum Stehen.

Ich habe rothaarige Männer nie sonderlich attraktiv gefunden, aber dieser hier war besonders hässlich. Aus dem mit Sommersprossen übersäten Gesicht ragte eine riesige Raubvogelnase, die Bartstoppeln, die sein vorspringendes Kinn bedeckten, waren rotblond, eine der Augenbrauen über seinen dunklen, ein bisschen unheimlichen Augen wurde durch eine breite weiße Narbe geteilt. Ich hatte mich von der harmlosen Pumuckl-Frisur täuschen lassen. Er sah eigentlich genau aus wie jemand, der einen mit vorgehaltenem Messer in den nächstgelegenen Feldweg zwingt.

Aber jetzt war es zu spät.

»Du kommst ja aus Berlin«, stellte er fest. Von Weitem hatte ich ihn für höchstens siebzehn gehalten, jetzt sah ich, dass er älter war, Anfang zwanzig vielleicht.

»Ja, und?« Ich fing an, die Sachen vom Beifahrersitz nach hinten zu werfen. Der Berg vollgeheulter Papiertaschentücher machte sicher keinen besonders guten Eindruck auf den Anhalter, ebensowenig wie die unappetitlichen Essensreste. Ich ärgerte mich über mich selbst. Die ganze Strecke über hatte ich mich zwar nach Gesellschaft gesehnt, aber das war kein Grund, kurz vor dem

Ziel noch einen wildfremden Mann mitzunehmen. Zumal meine Tränen schon ungefähr seit Düsseldorf versiegt waren.

»Ich müsste in ein Kaff namens Jahnsberg«, sagte der Anhalter, und man konnte deutlich die Skepsis in seiner Stimme hören.

»Steig ein«, erwiderte ich lässiger, als mir zumute war, und legte eine angegessene Tüte Gummibärchen auf eine Zeitschrift auf dem Rücksitz. Es gefiel mir, dass er mich für eine Berlinerin hielt, die sich in diese finstere Provinz nur verirrt haben konnte. Dass es in Wirklichkeit umgekehrt war – nämlich ich eine finstere Provinzlerin, die sich nach Berlin verirrt hatte –, sah man mir wenigstens nicht an. »Bis Jahnsberg sind es noch fünfzehn Kilometer. Wo genau musst du denn da hin?«

»Zu meiner Mutter ... Ähm, du kannst mich irgendwo in der Ortsmitte rauslassen.« Der junge Mann setzte sich auf ein rotes Gummibärchen, das ich übersehen hatte. »Ich frag mich dann so durch.«

»Da gibt es keine Ortsmitte«, belehrte ich ihn. »Jahnsberg besteht aus siebzehn Ortsteilen. Und die verteilen sich über Berg und Tal. Es wäre schon sinnvoll, den Ortsteil zu kennen, weil – mit öffentlichen Verkehrsmitteln ist es hier nicht weit her.«

»Das habe ich gemerkt. Siebzehn Ortsteile! Und ich dachte, das ist ein kleines Dorf. Meine Mutter hat nämlich immer vom idyllischen Landleben geträumt.«

»Da ist sie in Jahnsberg genau richtig«, bestätigte ich ihm, während ich Gas gab. Die lange Fahrt nur in Gesellschaft von Gummibärchen hatte mich gesprächig gemacht. »Obwohl man in der Regel versucht, das Ortsschild von hinten zu sehen, sobald man den Führerschein hat. Da sagen sich nämlich nicht mal mehr Fuchs und Hase gute Nacht. Es gibt nur ein paar tausend Einwohner, und die heißen alle wie die Ortsteile. Quirrenberg, Ibbenbusch, Herzhof, Binscheid... Aber glaub nicht, dass alle Quirrenbergs in Quirrenberg wohnen und die Herzhofs in Herzhof – nein, es gibt Ibbenbuschs, die wohnen in Quirrenberg, Quirrenbergs in Herzhof, Binscheids in Ibbenbusch und Herzhof, Herzhofs in Helmbach, Helmbachs in Güntershoff...« Mir ging vorübergehend die Luft aus. »Und seit Generationen heiraten sie alle untereinander und sorgen damit für noch mehr Verwirrung. Was?«

Der Anhalter hatte sich geräuspert. »Und wie heißt du?«

»Schneider«, sagte ich überlegen. Er sollte ruhig wissen, dass ich kein Produkt dörflicher Inzucht war. »Natürlich gibt es in Jahnsberg auch Schneiders, Müllers und Schmitzens, wie überall.«

»Kalinke«, sagte der junge Mann.

»Nee, Kalinke gibt es nicht.« Dann begriff ich, dass er sich selber meinte. »Ach so. Freut mich.«

»Meine Mutter wohnt seit ungefähr einem Jahr in Jahnsberg«, erklärte der Anhalter. »Lydia Kalinke. Vielleicht kennst du sie. Rote Haare.«

»Ich bin immer nur an Weihnachten und so zu Hause«, sagte ich und hatte auf einmal wieder diesen Kloß im Hals. »Es ist so weit von Berlin, zu weit, um mal eben kurz vorbeizukommen.«

Mein Beifahrer blickte über die hügeligen Kuhweiden, die links und rechts der Straße vorbeizogen. »Hast du denn nie Heimweh?«

»Nach Jahnsberg hat man doch kein Heimweh«, wollte ich sagen, aber gerade jetzt überwältigte mich die Sehnsucht so heftig, dass ich nicht sprechen konnte. Sehnsucht nach unserer Straße mit der alten Kastanie an der Ecke, nach unserem Haus mit den dunkelbraunen Schlagläden und nach der weichen, wohlduftenden Umarmung meiner Mama. Und nach meinem Papa, dem ich die Geschichte vom weißen Teströhrchen in der Bulette nun nicht mehr würde erzählen können. Ich war mir nicht sicher, ob er darüber gelacht hätte, aber ganz bestimmt hätte er am Ende jenen beruhigenden Satz ausgesprochen, den er immer bereithielt, wenn es schwierig wurde: *»Es gibt kein Problem, für das es nicht auch eine Lösung gibt.«*

Die Straße verschwamm vor meinen Augen.

»Entschuldigung«, murmelte der Anhalter. »Ich wusste nicht, dass du so sehr an deiner Heimat hängst.«

»Tu ich auch nicht«, sagte ich. »Mein Vater ist gestern gestorben.«

»Ach so«, sagte der Anhalter. Man konnte nicht hören, ob er betroffen oder nur peinlich berührt war.

»Er ist beim Joggen tot umgefallen. Herzinfarkt«, sagte ich und zog heftig die Nase hoch. »Entschuldigung.«

»Ist schon gut«, sagte der Anhalter. »Ich find's ja im Grunde richtig, dass du darüber weinst. Wenn mein Alter abkratzen würde, würde ich mich freuen. Obwohl er definitiv nichts zu vererben hat. Sogar sein Auto ist nur geleast.«

Wir passierten soeben das gelbe Ortsschild von Jahnsberg. Gleich dahinter an der Bushaltestelle stand immer noch das kleine Holzkreuz, vor dem stets ein frischer Blumenstrauß im Gras lag.

»Frau Schlürscheids Benjamin«, erklärte ich und zeigte auf das Kreuz.

Der Anhalter schluckte. »Überfahren?«

»Jawohl. Obwohl er an der Leine war.« An seinem Gesichtsausdruck erkannte ich, dass der Anhalter Benjamin für ein Kind und nicht für einen Rehpinscher gehalten hatte. Ich lächelte. »Wo genau musst du jetzt hin?«

Der junge Mann holte einen Zettel aus seiner Tasche. »Ibbenbusch vierundzwanzig. Weißt du, wo das ist?«

»Natürlich in Ibbenbusch«, sagte ich überlegen und setzte den Blinker. »Wenigstens was die Straßennamen angeht, herrscht in dieser Gemeinde eine unbestechliche Logik.«

»Ist das auch kein Umweg?«

»Doch. Ein kleiner Umweg. Aber es macht mir nichts aus.« So kurz vor dem Ziel ging es mir schon besser. In wenigen Minuten würde ich mich in Mamas Arme werfen, und wir würden uns gegenseitig trösten.

»Hoffentlich ist meine Mutter auch zu Hause«, sagte der Anhalter. »Sie weiß gar nicht, dass ich komme.«

»Seht ihr euch so selten?«

»Kann man sagen, ja. Ich war zwei Jahre im K . . . im Kongo.«

»Ach, tatsächlich? Wie spannend.« Ich warf ihm einen Seitenblick zu. Komisch, diese Rothaarigen, die konnten jahrelang im tiefsten Afrika wohnen und sahen immer noch käsig aus. »Was hast du da gemacht?«

»Ich habe als Entwicklungshelfer gearbeitet. Wasserleitungen zur Bewässerung der Wüste gebaut und so was.«

»Hier ist Nummer vierundzwanzig«, sagte ich und kam nicht mehr dazu, darüber nachzudenken, ob es im Kongo eine Wüste gab oder nicht. »Schönes Haus.«

»Ja«, sagte der Anhalter zufrieden. »Schön groß.« Als er ausstieg, sah ich, dass sich das rote Gummibärchen an seinem Hintern festgeklebt hatte. »Herzlichen Dank fürs Bringen. Bei Gelegenheit werde ich mich revanchieren.«

»Nicht nötig«, sagte ich herzlich, nicht ahnend, dass ein Kalinke grundsätzlich hielt, was er versprach – ob man wollte oder nicht. »Und viel ähm . . . alles Gute wegen deines Vaters. Auf Wiedersehen.«

»Wiedersehen.« Ich wartete, bis er die Tür zugeschlagen hatte, und gab Gas. Das Gummibärchen würde schon von allein abfallen.

Zum ersten Mal in meinem Leben roch es bei uns zu Hause nicht nach leckerem Essen oder frisch gebackenem Kuchen, als ich ankam. Während ich aufschloss, hörte ich Stimmen aus dem Wohnzimmer. Ganz leise wie ein Einbrecher öffnete ich die Wohnzimmertür.

Ich hatte gehofft, meine Mutter alleine anzutreffen, ohne Zuschauer, die einen hilflos und voller Mitleid betrachten würden. Aber diese Hoffnung konnte ich gleich begraben. Papas Schwestern Patti und Ella saßen in der Essecke und blätterten in alten Fotoalben, Mamas jüngerer Bruder Harry unterhielt sich mit einem Mann im dunklen Anzug, den ich nicht kannte, und unsere Nachbarin Carola Heinzelmann arrangierte einen Strauß weißer Nelken in einer Blumenvase. Mein halbwüchsiger Cousin Philipp fläzte sich breitbeinig in einem Sessel herum und telefonierte mit seinem Handy. Ganz hinten auf dem Sofa saß meine Mutter, flankiert von Herrn und Frau Hagen, ebenfalls Nachbarn von uns. Meine Mutter sah selbst auf diese Entfernung rotnasig und verquollen aus, wie jemand, der die Nacht in einem zu stark gechlorten Schwimmbad verbracht hat.

Es gab in unserem Haus nur drei Regeln, auf deren Einhaltung wir bisher eisern geachtet hatten. Die erste lautete: »Lass niemals die Hagens auf einem Möbelstück sitzen, das du noch nutzen willst.« Die Hagens waren nämlich so dick, dass mein Vater immer gesagt hatte, er warte nur auf den Tag, an dem sie mal gemeinsam auf ihrem Balkon stehen und damit in den Vorgarten hinunterkrachen würden. Jetzt saßen sie auf dem guten, noch ziemlich neuen Sofa, und zwar gleich alle beide!

Die zweite Regel lautete: »Rauchen ist nur auf der Terrasse erlaubt«, und meine Eltern hatten immer besonders energisch für die Einhaltung dieser Regel gesorgt. Es gab nicht mal einen Aschenbecher im Haus. Jetzt rauchten drei Leute, meine Tanten am Esstisch und mein Onkel, und nach der nebelverhangenen Zimmerluft zu schließen, taten sie das schon eine ganze Weile. Die Asche der Zigarette meines Onkels rieselte lautlos auf den Perserteppich.

Die dritte Regel in unserem Haus lautete: »Keiner darf auf Wanjas Sessel sitzen.« Wanja war unser alter Kater, der nirgendwo zu sehen war, vermutlich weil sein geliebter Schlafplatz von meinem Cousin Philipp besetzt war, der gut gelaunt mit seinem Handy plauderte.

Ein paar Sekunden blieb ich unbemerkt in der offenen Tür stehen und nahm all diese Regelbrüche in mich auf, dann verstummten die Gespräche, und die Blicke ruhten auf mir.

Ich rührte mich nicht von der Stelle. Tatsächlich wusste ich nicht recht, was von mir erwartet wurde.

Durfte ich in Tränen ausbrechen und meiner Mutter in die Arme sinken, wie ich es mir seit 600 Kilometern gewünscht hatte, oder musste ich damit warten, höfliche Konversation betreiben und den Gästen Kaffee anbieten?

»Tag zusammen«, sagte ich nach gründlicher Überlegung.

Onkel Harry schlug mir krachend auf die Schulter. »Die Amelie braucht dich jetzt, Loretta.« Er hatte die unschöne Angewohnheit, mich bei allen möglichen Namen zu rufen, nur nicht bei meinem eigenen.

Tante Ella packte kurz meinen Oberarm. »Ein großes Unglück für uns alle, Kind.«

»Ich glaube, wir könnten jetzt erst mal einen Cognac gebrauchen«, sagte Tante Patti und drückte ihre Zigarette auf einer Untertasse aus.

Meine Mutter hinten auf der Couch hatte mich noch nicht bemerkt, sie saß apathisch da, eingezwängt zwischen den beiden Hagens, und bangte vermutlich nicht mal mehr um das gute Sofa.

»Gut, dass du da bist, Louisa«, sagte Carola Heinzelmann, die Nachbarin, und lächelte mich an. »Ich habe Kaffee gemacht und Schnittchen gebracht. Deine Mutter hat seit gestern weder gegessen noch getrunken. Wir müssen dafür sorgen, dass sie was zu sich nimmt.«

Ich nickte. Arme Mama.

Der unbekannte Mann im Anzug war, wie sich herausstellte, der Bestattungsunternehmer. Er räusperte sich.

»Sind – Sie – die – Tochter – des – Hauses?«, fragte er. Er machte zwischen jedem Wort eine so lange Pause, dass ich im ersten Augenblick dachte, er habe eine

Sprachbehinderung. In Wahrheit sprach er so langsam und bedeutungsvoll, weil er das Trauernden gegenüber für angemessen hielt. Menschen in dieser Situation waren wohl seiner Erfahrung nach nicht mit rascher Auffassungsgabe gesegnet. Jedenfalls erklärte er mir in diesem Tempo, dass der verehrte Verstorbene bei ihnen versorgt und aufgebahrt worden sei, dass aber noch einige Entscheidungen zu fällen seien, die meine Mutter nicht zu treffen in der Lage gewesen wäre.

»Und sicher wollen Sie sich auch noch einmal von Ihrem werten Herrn Vater verabschieden«, sagte er.

Ich schluckte.

»Sie müssen nur vorher anrufen, damit wir ihn für Sie aus der Kühlhalle holen können«, sagte der Bestattungsunternehmer. Hilfesuchend blickte ich zu meiner Mutter hinüber, die sich jetzt von Frau Hagen sogar über den Kopf streicheln ließ. Diese körperliche Nähe zu unseren verhassten Nachbarn offenbarte mir das ganze Elend ihrer Situation. Nein, von ihr war ganz offensichtlich keine Hilfe zu erwarten, im Gegenteil, sie brauchte selber dringend welche.

In diesem Augenblick ertönte eine Melodie in Moll aus der Brusttasche des Bestattungsunternehmers. Ich brauchte ein paar Sekunden, um zu begreifen, dass es sein Handy war. Es spielte die ersten Töne von »Nehmt Abschied, Brüder«. Zum Totlachen.

»Verzeihung«, flüsterte der Bestattungsunternehmer.

»Das wird teuer«, sagte Onkel Harry, als sich der Bestatter in Erwartung seines nächsten Auftrages eilends von uns verabschiedet hatte. »Ist ja auch leichtsinnig, einfach das erstbeste Beerdigungsinstitut aus den Gelben Seiten zu suchen, ohne einen Preisvergleich zu machen.«

»Man kann doch einen schlichten Kiefernsarg nehmen«, sagte Tante Ella. »Die sind schon teuer genug. Lass dir keinen Eichensarg aufschwatzen, Louisa. Und auch kein Seidenfutter oder anderen exquisiten Schnickschnack.«

»Obwohl der Robert ja in Kunstfaser immer so furchtbar schwitzte«, mischte sich Tante Patti ein.

Philipps Handy bimmelte. »Hi, wo bist'n gerade?«, brüllte er hinein.

»Philipp«, sagte Tante Patti genervt. »Wenn du telefonieren willst, geh nach draußen.« Philipp erhob sich mürrisch und schlürfte hinaus in den Flur.

»Wir könnten jetzt alle einen Cognac gebrauchen«, sagte Tante Patti zum wiederholten Mal und zündete sich eine neue Zigarette an.

Ich hustete anzüglich und sah wieder hinüber zu meiner Mutter. Unter normalen Umständen hätte sie Tante Patti eine Saufnase genannt und sie samt Zigarette auf die Terrasse gejagt. Dass sie sich und ihre schneeweißen Leinenvorhänge widerspruchslos einnebeln ließ, sprach für sich. Vor lauter Qualm konnte man kaum noch das dezente Streifenmuster der Tapete erkennen.

»Ihr seid wohl schon lange hier?«, erkundigte ich mich. Ich hatte aufgehört, mir darüber Gedanken zu machen, ob das, was ich sagte, passend war oder nicht.

»Wir sind sofort gekommen, als wir es erfahren haben«, sagte Tante Ella.

»Ich habe heute morgen die nächsten Angehörigen telefonisch verständigt«, erklärte Carola. »Und ich habe auch das Beerdigungsinstitut ausgewählt und den Pfarrer informiert.« Carola hatte eine halbe Stelle als Gemeindehelferin, sie kannte sich mit diesen Dingen aus.

»Vielen Dank«, sagte ich dankbar. Sie schien die Einzige zu sein, die hier etwas Nützliches geleistet hatte.

»Die Amelie hat noch nichts gegessen, Lotta«, sagte Onkel Harry und aschte wieder auf den Perserteppich. »Vielleicht bekommt sie ja Appetit, wenn sie was Leckeres riecht.« Das sollte wohl ein Wink mit dem Telegrafenmast sein. Carola Heinzelmann reichte meinem Onkel eine Untertasse.

»Für Ihre Zigarette«, sagte sie kühl. »Die Asche ruiniert Amelies Teppich.«

»Danke, Mädchen«, sagte Onkel Harry, und Carolas Blick wurde noch ein bisschen kühler. Sie sah deutlich jünger aus als sie war, aber offensichtlich fand sie die Bezeichnung »Mädchen« eher beleidigend. Sie war eine attraktive, sportliche Frau von Mitte dreißig, die in ihrer engen Jeans und dem kurzen Pulli eine gute Figur machte. Ihre dunklen Haare trug sie zu einem Zopf geflochten, das schmale Gesicht war leicht geschminkt.

Die Heinzelmanns wohnten im Haus links neben uns. Sie sangen mit meinen Eltern im evangelischen Kirchenchor und spielten einmal im Monat mit ihnen Doppelkopf. Obwohl sie um einiges jünger waren als meine Eltern, verstanden sie sich bestens.

Es waren freundliche, ruhige und hilfsbereite Nachbarn, so angenehm, wie die Hagens unangenehm waren. Sie frisierten keine Motorräder in der Einfahrt, wie es Rüdiger Hagen bevorzugt samstagnachmittags zu tun pflegte, und sie übten nicht sommers wie winters bei offenem Fenster auf der Posaune wie Christel Hagen. Sie beschwerten sich auch nicht darüber, dass mein Vater unsere Hecke so hoch wachsen ließ, dass sie den freien Blick auf unsere Terrasse nahm – was Herr Hagen mehrfach im Jahr monierte –, oder darüber, dass meine Mutter sich gelegentlich auf eben jener Terrasse ohne Oberteil sonnte – was vor allem Frau Hagen aufbrachte. Nein, die Heinzelmanns waren Nachbarn, wie man sie sich besser nicht wünschen konnte.

Es klingelte.

»Das wird der Pfarrer sein«, erklärte Carola und ging, um die Tür zu öffnen.

»Tja, dann ist es jetzt wohl an der Zeit, dass ihr aufbrecht«, sagte ich zu meinen Verwandten.

»Kommt gar nicht in Frage, wir lassen euch nicht im Stich«, sagte Tante Ella, und Tante Patti ergänzte: »Erst in einer Stunde, wenn der Philipp zum Fußball muss.«

»Ich wollte warten, bis Amelie Zeit hat, mir Roberts Golfausrüstung zu geben«, sagte mein Onkel. Als er meinen befremdeten Blick sah, setzte er schnell hinzu: »Er braucht sie ja nun nicht mehr, und es wär doch schade drum, wenn sie irgendwo ungenutzt verstaubt.«

In der Wohnzimmertür war eine weitere Nachbarin mit einem Blech Apfelkuchen erschienen. Dahinter wurde Cousin Philipp sichtbar, der nun mit vollem Mund telefonierte.

»Aaaaah«, rief Onkel Harry erfreut, drückte seine Zigarette auf der Untertasse aus und grabschte sich ein Stück Kuchen. »Das wurde aber auch Zeit. Fehlt nur noch die Schlagsahne.«

»Ist der auch frisch?«, fragte Tante Patti.

»Noch warm«, versicherte Irmela Quirrenberg schüchtern. Sie wohnte zwei Häuser weiter, gleich neben den Heinzelmanns. »Mit Äpfeln aus dem eigenen Garten. Ich könnte schnell gehen und Sahne schlagen, wenn Sie wollen.«

»Unbedingt«, sagte Onkel Harry.

»Auf keinen Fall«, sagte ich mehr zu Onkel Harry als zu Frau Quirrenberg. Sie war so unsicher und offensichtlich bemüht, es allen recht zu machen, dass sie Onkel Harry wahrscheinlich auch eine Nackenmassage verpasst hätte, wenn er danach verlangt hätte.

Tante Patti nahm Frau Quirrenberg das Blech aus der Hand. »Wir könnten auch alle einen Cognac dazu vertragen. Finger weg, Philipp, iss erst mal das eine Stück zu Ende.«

Philipp ließ sich beleidigt auf Kater Wanjas Sessel fallen. »Voll öde hier«, sagte er in sein Handy und drückte auf die Aus-Taste.

Frau Quirrenberg strich sich ihr mausbraunes Ponyhaar aus dem Gesicht und fing übergangslos an zu weinen. »Ach, du armes Luischen«, schluchzte sie. »Das tut mir ja so schrecklich leid für euch. Ich weiß gar nicht, was ich sagen soll. Du hast sehr an deinem Vater gehangen, das weiß ich doch. Wir werden ihn ja alle so vermissen.«

Beinahe schaffte sie es mit diesen Worten, meine Tränenschleusen erneut zu öffnen, aber in diesem Augenblick bimmelte wieder Philipps Handy, und Onkel Harrys Stimme sagte: »Ohne Sahne ist ein Apfelkuchen nichts wert, hat unsere Mutter immer gesagt.«

»Entschuldige, Louisa, du hast es schon schwer genug«, sagte Frau Quirrenberg und putzte sich die Nase. »Und da komme ich daher und weine dir was vor.«

Carola hatte einen Stapel Teller und Kuchengabeln aus der Küche geholt.

»Im Kühlschrank steht Sprühsahne«, sagte sie.

»Das ist nicht das Gleiche«, belehrte Onkel Harry sie.

Ich fühlte das Verlangen in mir aufsteigen, ihm die Brillengläser mit der Sprühsahne einzunebeln.

Der Duft des Kuchens hatte endlich die Hagens vom Sofa gelockt.

»Mein Beileid, Louisa«, sagte Herr Hagen und schüttelte mir die Hand, während er mit der anderen nach dem Apfelkuchen griff.

»Wir haben hier seit gestern abend die Stellung gehalten, weil du nicht da warst«, sagte Frau Hagen mit ihrer merkwürdig hohen Kleinmädchenstimme. »Wir sind nur mal kurz nach Hause, um den Kindern Essen zu machen.«

Die »Kinder« waren achtundzwanzig und vierunddreißig Jahre alt und zusammen ungefähr zweihundertfünfzig Kilo schwer. Frau Hagen lebte in ständiger Angst, sie könnten vom Fleisch fallen.

Ich ging hinüber zu dem gebeutelten Sofa, auf dem Mama noch immer wie ein Häufchen Elend hockte, obwohl sie jetzt, wo die Hagens sie nicht mehr im Schwitzkasten hatten, hätte aufspringen, die Fenster aufreißen und tief Luft holen können.

»Louisakind«, sagte sie, als ich sie stumm in die Arme nahm. Sie roch fremd, nach Qualm und nach dem Parfüm, das Frau Hagen benutzte. Es gehörte unbedingt vom Markt genommen. Wahrscheinlich war es das sogar schon längst. »Ich halte das nicht aus.«

Ihre Worte brachen mir beinahe das Herz.

»Ohne Robert fühle ich mich wertlos. Dick, hässlich, überflüssig«, fuhr meine Mutter fort. »Irgendwie uralt.«

»Aber so sehen Sie gar nicht aus«, sagte jemand, und meine Mutter und ich schauten beim Klang der tiefen, melodischen Stimme gleichermaßen verdutzt auf.

Vor unserem Sofa stand eine Erscheinung.

Es war ein Mann um die vierzig, glatt rasiert, braun gebrannt, mit dunklem, dichtem Haar, der Figur eines durchtrainierten Athleten und teilnahmsvoll blickenden blauen Augen. Sein überirdisch strahlendes Lächeln, das seine weißen Zähne vorteilhaft zur Geltung brachte, schien mir eine Nummer zu groß für unser Wohnzimmer – und auch für den Anlass.

»Wir kaufen nichts«, wollte ich, verwirrt wie ich war, sagen, als Carola neben der Erscheinung auftauchte und mit einem gewissen Besitzerstolz in der Stimme vorstellte: »Das ist Pfarrer Hoffmann.«

Aha, sie musste es ja wissen. Obwohl dieser Mann so gar nicht meinem Bild von einem Pfarrer entsprach. Der gute alte Pfarrer Seltsam hatte wohl endlich ausgedient.

»Ich finde sogar, dass Sie wunderschön aussehen«, fuhr sein Nachfolger zu meiner Mutter gewandt fort. »Höchstens ein ganz kleines bisschen erschöpft.«

Carola und ich schauten ihn ungläubig an. Meine Mutter lächelte zaghaft.

# Irmi

Als Irmela Quirrenberg nach Hause kam, saß ihr Mann in seinem Rollstuhl vor dem antiken Wohnzimmerschrank, einen Haufen gebügelter und gestärkter Tischdecken auf dem Fußboden neben sich. Ein Blick genügte, um zu erkennen, dass all die Stunden am Bügelbrett umsonst gewesen waren. Georg musste sie einzeln aus dem Schrank gerupft, auseinandergefaltet und zusammengeknüllt auf den Boden geworfen haben.

Schlimmer noch, dachte Irmi. Die weiße Richelieu-Decke sah sogar aus, als wäre er mehrmals mit dem Rollstuhl darübergefahren.

»Suchst du was?«, fragte sie.

»Das verdammte Fernglas«, sagte Georg, ohne sich umzudrehen. Er saß seit einem Jahr im Rollstuhl, zwei Jahre, nachdem bei ihm die Diagnose multiple Sklerose gestellt worden war.

»Zwischen den Tischdecken?«

»Ich wollte die Rehe beobachten«, antwortete Georg. Ihr Grundstück grenzte an eine Kuhweide, die wiederum an den Wald grenzte. Es war keine Seltenheit, dass Rehe bis an den Gartenzaun kamen, manchmal sogar in den Garten hinein, wo sie mit Vorliebe Rosenknospen abfraßen, ohne sich an den Stacheln zu stören.

»Wenn du da gewesen wärst...«

Irmi spürte, wie ihr die Tränen in die Augen schossen. Es war immer das Gleiche. Wenn sie länger wegblieb als angekündigt, sorgte er dafür, dass sie sich anschließend schlecht fühlte. Noch schlechter, als sie sich ohnehin meistens fühlte.

»Das Fernglas ist sicher in deiner Schreibtischschublade, wie immer«, sagte sie und begann, die Tischdecken vom Boden aufzuheben, damit er ihre Tränen nicht sah. »Ich hol's dir.«

»Dazu ist es jetzt zu spät, die Rehe sind längst verschwunden. Meinst du, die warten auf einen Krüppel, der sein Fernglas nicht finden kann, weil seine Frau es vor ihm versteckt hat?«

Irmi strich eine Decke glatt. »Ich hab dir doch gesagt, ich bin nur kurz drüben bei Schneiders, um den Kuchen vorbeizubringen.«

»Nur mal *kurz*?« Georg setzte mit dem Rollstuhl rückwärts und fuhr dabei über die Richelieu-Stickerei-Decke. »Du warst siebzehn Minuten lang weg. Was gab es denn da drüben so Besonderes?« Er drehte den Rollstuhl schwungvoll um hundertachtzig Grad und sah sie herausfordernd an. Irmi staunte immer wieder, wie geschickt er mit dem Rollstuhl umgehen konnte. Eigentlich gehörte er auch noch gar nicht hinein, sagte Doktor Sonntag immer, jedenfalls nicht den ganzen Tag, aber Georg wollte von Krücken und Gehwagen nichts wissen. Am Anfang, als die Krankheit noch nicht so offensichtlich gewesen war, hatte er viel Energie hineingesteckt, damit man sie ihm nicht ansah, aber als das Laufen schwieriger wurde, als er immer stärkere Einschränkungen hinnehmen musste, hatte er auf dem Rollstuhl bestanden. »Ich werde mich nicht vor allen lächerlich machen, indem ich eine Treppe hinuntergehe wie eine tattrige Marionette«, hatte er den Arzt angeschrien, als dieser den Rollstuhl als verfrühte Maßnahme bezeichnet hatte. »Ich setze mich in einen Rollstuhl und verhalte mich wie ein ganz normaler Krüppel, dass das klar ist.« Doktor Sonntag hatte seinen Kopf geschüttelt und gesagt, Georgs Haltung sei ihm unverständlich, aber Irmi hatte ihn sehr wohl verstanden. Georg war es immens wichtig, was andere von ihm dachten. Er war zeit seines Lebens eine vitale, gut aussehende Erscheinung gewesen, sportlich, erfolgreich, charmant. Es musste schrecklich für ihn sein, seine Bewegungen nicht mehr unter Kontrolle zu haben. Sie verstand, dass er im Rollstuhl wenigstens einen Teil seiner Würde behalten konnte.

»Es war furchtbar«, sagte sie. »Amelie ist völlig neben sich, würde mich nicht wundern, wenn sie sie wegbringen müssten. Das Haus war voller Leute. Die arme Louisa ist aus Berlin gekommen, und Amelies Bruder wollte Roberts Golfausrüstung haben. Der neue Pfarrer war auch da. Über den Apfelkuchen haben sie sich alle sehr gefreut.« Sie merkte, wie zusammenhanglos sie alles hervorgesprudelt hatte, und biss sich auf die Lippen, weil sie auf einen entsprechenden Kommentar von Georg wartete. Als der ausblieb, setzte sie hinzu: »Ich kann mir gar nicht vorstellen, wie Amelie ohne Robert zurechtkommen wird. Sie haben doch alles gemeinsam gemacht.«

»Außer Joggen«, sagte Georg trocken. »Immerhin hatte der Schneider einen schönen Tod. Ich wünschte, ich wäre auch beim Joggen tot umgefallen. Aber das kann mir ja leider nicht mehr passieren.« Er machte ein Pause und seufzte. »Mach nicht so ein griesgrämiges Gesicht, Irmela, das war ein Scherz. Womit habe ich nur eine so humorlose Frau verdient? Ich bin auch so gestraft genug, findest du nicht?«

»Ich fang dann mal an zu kochen«, sagte Irmi und ging in die Küche.

»Herrje, Irmela, pass bloß auf, dass du nicht auf deine Mundwinkel trittst«, sagte Georg hinter ihr her. »Außerdem – wolltest du das so lassen?« Er zeigte auf die Tischdecken am Boden. »Ich fahr ständig drüber und verheddere mich. Aber vielleicht *willst* du das ja.«

»Nein«, sagte Irmi und kam zurück.

☆

*Nur noch zwanzig Punkte*, dachte Irmi, als sie die Kartoffeln geschält und in Scheiben geraspelt hatte. Sie schob die Auflaufform in den Ofen.

»Eins«, sagte sie laut. Sie hatte sich angewöhnt, die Hausarbeit und ihre täglichen Pflichten zu zählen, das machte es übersichtlicher und half ihr weiterzumachen, wenn sie nicht mehr konnte. Die Bohnen aufsetzen, zählte einen weiteren Punkt. Zwei. Drei war, den Tisch zu decken, vier die Spülmaschine auszuräumen. An den besseren Tagen, wie heute, zählte die Spülmaschine ausräumen als einer, an schlechten Tagen, wenn sich die Arbeit vor ihr auftürmte wie ein riesiger Berg, gab sie sich für jeden einzelnen Teller, den sie in den Schrank räumte, einen Punkt. Da kam einmal Spülmaschine ausräumen auf vierzig Punkte, und sie hatte das Gefühl, etwas geleistet zu haben.

Irmi spülte das Sieb, in dem sie die Kartoffeln gewaschen hatte (fünf) und räumte die anderen Sachen in die leere Spülmaschine (sechs). Anschließend wischte sie die Arbeitsplatte sauber (sieben) und ging zurück ins Wohnzimmer.

Georg saß vor dem Fernseher, zusammen mit Christoph, der sich jeden Abend um die gleiche Zeit eine Serie im Privatfernsehen anschauen musste. Fast alle Darsteller darin waren unter zwanzig und sahen gleich aus, wie geklont. Irmela bewunderte Christoph, weil er sie auseinanderhalten konnte.

»In einer halben Stunde gibt es Essen«, sagte sie so beiläufig wie möglich. »Soll ich dich vorher noch zur Toilette bringen, Georg?«

»Behandele mich nicht wie ein Baby«, sagte Georg. »Ich möchte selber bestimmen, wann ich pinkele.«

Ja, und das wollte er mit Vorliebe, wenn das Essen schon auf dem Tisch stand. Oder wenn sie gerade im Bett lag. Oder in der Minute, in der sie zum Einkaufen aus dem Haus gehen wollte, schon Mantel und Stiefel trug, den Einkaufskorb unterm Arm. Irmi schluckte ihre hässlichen Gedanken hinunter.

»Dann sag Bescheid, wenn es so weit ist«, sagte sie und wollte zurück in die Küche.

»In Ordnung, dann bringen wir es jetzt hinter uns«, rief Georg hinter ihr her.

Erleichtert lächelte sie ihn an und schob seinen Rollstuhl zum Badezimmer. Sie hatten es für viel Geld rollstuhlgerecht umbauen lassen. Georg weigerte sich, in eine Bettflasche zu pinkeln, wie Doktor Sonntag es ihm empfohlen hatte, er empfand das als erniedrigend und sagte, er habe das Anrecht auf eine ganz normale WC-Benutzung.

»Ruf mich, wenn du fertig bist«, sagte Irmi, machte die Tür von außen zu und flüsterte erleichtert: »Acht.«

Georg vom Klo wieder in den Rollstuhl setzen und zurück ins Wohnzimmer fahren zählte einen weiteren Punkt. Neun. Noch einen Punkt gab es für Hände waschen, das Essen auf den Tisch stellen, den Kindern und Georg Bescheid sagen und eine Kerze anzünden.

»Diana?«, rief sie durchs Treppenhaus hinauf ins obere Stockwerk. Christoph schob Georg an seinen Platz und setzte sich. Diana kam nicht. Irmi runzelte die Stirn. »Wo bleibt sie denn?«

»Ach, das hab ich ganz vergessen. Diana ist bei Melanie«, sagte Georg. »Sie ist gegangen, als du bei Schneiders warst. Ich sollte dir sagen, dass du nicht für sie mitkochen musst.«

Irmi ließ das Messer sinken, mit dem sie das Filet in Scheiben geschnitten hatte. »Aber sie hat sich doch das Essen extra gewünscht«, sagte sie.

»Sie vielleicht.« Georg stocherte mit seiner Gabel in der Auflaufform herum und schnupperte angewidert. »Ach herrje, Irmela, du hast wohl Angst, dass heute Nacht Vampire unterwegs sind, wie? Als ob dich einer freiwillig beißen würde.«

Christoph lachte.

»In ein Kartoffelgratin gehört Knoblauch«, sagte Irmi. »Außerdem mochtest du früher gerne Knoblauch.«

»Ja, früher war manches anders, liebste Irmela, auch wenn du's vielleicht vergessen hast«, sagte Georg. »Früher konnte ich Tennis spielen, Auto fahren und allein aufs Klo gehen. Früher hatte ich ein Leben.« Er machte eine kleine Pause. »Mir bitte nur Fleisch und Gemüse.«

»Mir auch, Mama«, sagte Christoph und hielt ihr seinen Teller hin. »Ich treff mich nachher noch mit Claudia, da will ich keine Knoblauchfahne haben.«

Irmi belud die Teller und schnitt Georgs Fleisch in kleine Stückchen. Er konnte seit einigen Monaten nicht mehr gut mit Messer und Gabel essen, er sagte, es sei anstrengend genug, die mundgerechten Häppchen aufzuspießen und zum Mund zu führen, ohne sich größere Verletzungen zuzufügen.

»Wartest du auf den Tag, an dem ich meinen Mund nicht mehr treffe?«, fragte er, als er Irmis Blick bemerkte. »Damit du mich füttern kannst? Freust du dich schon darauf, das Essen im Mixer zu zerkleinern und es mir in der Schnabeltasse zu reichen?«

»Georg, das ist nicht komisch«, sagte Irmi mit belegter Stimme.

»Stimmt, das ist ekelhaft, Papa«, sagte Christoph. Dann erklärte er wie üblich, er habe kein Geld mehr, und Georg sagte wie üblich, Christoph müsse doch mit seinem Gehalt auskommen, und Christoph sagte, kein Mensch könne von dem bisschen leben, das er während der Ausbildung verdiene, und Georg sagte, er solle froh sein, dass er keine Miete zahle, auf seine, Georgs, Kosten telefoniere und rund um die Uhr verpflegt würde. Am Ende gab er Christoph wie üblich einen Schein aus seiner Brieftasche und mahnte ihn, schonend mit dem Auto umzugehen.

»Es reicht schon, wenn deine Mutter immer die Kupplung schleifen lässt, um mich zu ärgern«, sagte er.

Es war schon fast dunkel, als Irmi die Kartoffeln aus der Form kratzte und auf den Komposthaufen fallen ließ. Frau Hagen behauptete zwar, dass gekochte Speisen auf dem Komposthaufen Ratten anzögen, aber Irmi fand die Vorstellung, eine Ratte könne ihr Gratin finden und verspeisen, gar nicht so schlimm.

»Dreizehn«, sagte sie laut.

»Riecht lecker«, sagte jemand auf der anderen Seite des Zaunes, und Irmi zuckte zusammen. Dort stand jemand und rechte Laub zusammen.

»Martin?«, fragte sie mit zusammengekniffenen Augen. Ihr Nachbar trat aus dem Schatten des Fliederbusches, legte den Rechen beiseite und lächelte sie an.

»Was war es denn diesmal?«, fragte er. »Zu viel Salz, zu knusprig oder zu gar?«

»Knoblauch. Kartoffelgratin mit Knoblauch.«

»Hm«, machte Martin mitleidig. »Wird aber sicher prima Humus. Hättest du doch was gesagt, ich hätte dein Essen mit Kusshand genommen. Carola hat nichts gekocht und nichts eingekauft, sie war den ganzen Tag bei Schneiders drüben. Schlimme Sache, nicht wahr?«

»Ja, die arme Amelie«, sagte Irmi und deckte die Kartoffeln mit etwas Grasschnitt ab. »Ich kann mir nicht vorstellen, wie sie ohne Robert leben wird. Die beiden haben einander so sehr geliebt.«

»Sah so aus«, sagte Martin und noch einmal: »Schlimme Sache.« Er warf eine letzte Handvoll Laub in seine Schubkarre. »Ich muss rein, ich habe Carola versprochen, das Ki ... ähm ... das Arbeitszimmer zu renovieren. Wollte heute noch die alten Tapeten abreißen.«

Irmi schaute ihm nach. Carola hatte es gut. Martin war so ein gut aussehender Mann und obendrein ein lieber Kerl. Er hatte immer ein paar aufmunternde Worte parat, rechte Laub zusammen und renovierte das Arbeitszimmer. Er beschwerte sich ganz sicher niemals über das Essen oder darüber, dass Carola die Kupplung schleifen ließ.

Irmi sah, wie im Dachgeschoss der Heinzelmanns das Licht anging, und stellte sich vor, wie Carola und Martin gemeinsam die Möbel verrückten, dabei das künftige Tapetenmuster diskutierten und lachten.

Ein Haus weiter, bei den Schneiders, ging ebenfalls das Licht an, im Giebelzimmer, Amelies und Roberts Schlafzimmer. Sicher brachte Louisa ihre Mutter ins Bett, zusammen mit einer Tasse Tee und einer Valiumtablette. Amelie würde still daliegen und auf die leere Bettseite hinüberschauen.

Irmi traten die Tränen in die Augen. Sie wünschte sich brennend, mit Amelie tauschen zu können.

## Carola

W*ir kommen im Grab zur Ruh, doch Gott ruft uns ins helle Licht.«* Carola klappte Mund und Chorheft zu. Langsam leerte sich die Kirche. Sie war bis auf den letzten Platz besetzt gewesen, hinter den Stuhlreihen hatten sogar noch Menschen gestanden.

Der Chor ging als Letzter durch das Portal, Herr Hagen in seiner Funktion als Küster schloss, wichtigtuerisch wie immer, hinter ihnen zu. Herr Hagen war Kirchenchorleiter, Posaunenchordirigent und Küster in Personalunion. Er hielt sich für das Herz und die Seele der Gemeinde. Und Frau Hagen betrachtete das Gemeindezentrum als ihr zweites Zuhause. Die Trockenblumengestecke und bestickten Altardecken gingen alle auf ihr Konto. Eine gewisse Ähnlichkeit des Gemeindezentrums mit dem Hagen'schen Wohnzimmer war leider nicht zu leugnen.

Carola klappte fröstelnd den Mantelkragen hoch, bevor sie der Menschenmenge zum Friedhof folgte. Rechtzeitig zur Beerdigung war das Wetter umgeschlagen, von herbstlich klar in düster verregnet. Die Bäume hatten auf einen Schlag ihre leuchtenden Blätter abgeworfen, die nun als nasse Haufen über die Straße trieben und die Gullis verstopften. Martin trat an Carolas Seite und hielt seinen Regenschirm über sie.

»Schön hat er das gemacht«, sagte er und meinte den

neuen Pfarrer. »Dafür, dass er Robert ja gar nicht gekannt hat.«

»Ja.« Carola starrte auf die vielen schwarzen Rücken vor sich. Ganz Jahnsberg war zu Roberts Beerdigung erschienen, der Golfclub, der Tennisclub, der Ortsverband der SPD, dem Robert eine Weile lang vorgestanden hatte, darunter drei ehemalige Bürgermeister, Verwandte, Arbeitskollegen – Carola hoffte, dass sie ausreichend Geschirr im Gemeindezentrum bereitgestellt hatten, in dem anschließend das Reuessen stattfinden sollte.

Die Beerdigungszeremonie war kurz, wegen des Regens vielleicht noch kürzer als geplant. Amelie und Louisa standen neben dem Grab, schüttelten Hände und ließen sich küssen und umarmen. Sie waren beide bleich und ungeschminkt, wie Carola registrierte, sehr vernünftig, denn niemand hatte in einer solchen Situation auch noch die Nerven, sich über zerlaufene Wimperntusche Sorgen zu machen. Louisa weinte allerdings nicht. Carola erinnerte sich, dass sie bei der Beerdigung ihrer Mutter auch nicht hatte weinen können. Sie hatte vielmehr lächelnd Hände geschüttelt und sich bemüht, den sogenannten Trauergästen die Verlegenheit zu nehmen. Wenn man jung war, neigte man dazu, seine eigenen Gefühle hintenanzustellen.

Neben den beiden Frauen wirkte die gesunde, sonnengebräunte Gesichtsfarbe von Pfarrer Hoffmann merkwürdig unpassend. Carola fand ihn ungeheuer attraktiv. Er war der Typ Mann, in dessen Gegenwart man sich unwillkürlich fragte, ob die Frisur noch saß oder ob man nicht besser etwas anderes angezogen hätte.

Und dann strahlte er diese beeindruckende Autorität

aus, gepaart mit einem berückenden Charme. Es war ein Wunder, dass er noch Junggeselle war.

Carolas Blick schweifte über die schwarzen Mäntel der Trauergäste. Gedankenverloren begann sie zu zählen, in wie vielen der Mäntel eine unverheiratete Frau steckte. Lange würde der gute Mann hier sicher kein Junggeselle bleiben.

»Arme Irmi«, wisperte Martin neben ihr. Carola blickte wieder nach vorne. Irmi Quirrenberg weinte dort gerade so heftig, dass Pfarrer Hoffmann ihr sein Taschentuch reichte und beruhigend ihren Arm tätschelte.

Nicht ungeschickt, dachte Carola. Sogar der unscheinbaren, verhuschten Irmi war der Sexappeal des Pfarrers offenbar nicht entgangen. Und sie verstand es durchaus, sich seine Aufmerksamkeit zu sichern. Jetzt tupfte er ihr sogar die Tränen von den Wangen! Irmis Ehemann Georg saß derweil scheinbar unbeteiligt im Rollstuhl. Sein schwarzer Trenchcoat war bereits völlig durchnässt.

»Der arme Georg«, murmelte Carola erbost. »Irmi sollte ihn besser ins Trockene bringen, anstatt sich trösten zu lassen, als sei sie die Witwe.«

Martin antwortete nicht.

»Da ist auch Doktor Sonntag«, sagte er leise.

»Er spielt mit Schneiders Golf«, gab Carola ebenso leise zurück. »Und er hat den Totenschein ausgestellt.« Ihr Flüstern wurde dringlich: »Ich möchte nicht, dass du es ihm sagst, Martin, hörst du?«

»Was sagen?«, fragte Martin, und Carola fuhr ihn scharf an: »Du weißt genau, was.«

»Ach so, das.« Martin machte eine Pause. »Aber das ist doch lächerlich, Carola. Der Mann steht außerdem unter Schweigepflicht.«

»Ich möchte nicht, dass es *irgendjemand* weiß«, zischte Carola.

»Und wenn er danach fragt?«

»Dann sagst du, du hättest es dir anders überlegt und wärst gar nicht hingegangen.«

»Das wäre aber gelogen.«

»Das weiß ich auch«, fauchte Carola so laut, dass Frau Hagen vor ihr sich umdrehte und sie neugierig anstarrte. Carola wusste, dass sie am liebsten »Können Sie das noch mal für mich wiederholen?« gesagt hätte, die Frau war von einer unerträglichen Neugier.

»Haben Sie gesehen, dass jemand den Zigarettenautomaten an der Ecke aufgebrochen hat?«, fragte sie statt dessen. Selbst, wenn sie flüsterte, klang ihre Stimme noch unnatürlich hoch.

Carola schüttelte den Kopf. »Ich rauche nicht, Frau Hagen.«

»Aber gesehen müssen Sie's doch haben. Albrecht sagt, es sieht aus wie in die Luft gesprengt.«

»Ich hab's nicht gesehen«, sagte Carola und faltete demonstrativ ihre Hände wie zum Gebet. Eine Weile starrte Frau Hagen sie noch an, dann drehte sie sich – sehr langsam – zurück zum Grab.

Carola wartete, bis sie wieder nach vorne schaute, und griff nach Martins Arm. »Versprich mir, dass du Doktor Sonntag nichts sagst. Dass du's *niemandem* sagst.«

»Carola, ich verstehe nicht, wieso . . .« Martin seufzte. »Also gut, ich versprech's.«

Carola war überzeugt, dass er insgeheim erleichtert war, das Versprechen abgelegt zu haben. Sie konnte sich nicht vorstellen, dass es ihm schwerfiel, darüber zu schweigen. Es war einfach nichts, was man seinen Arbeitskollegen oder Freunden mal eben so mitteilte: »He, Jungs, wir haben's ja die ganze Zeit geahnt, aber jetzt haben wir's schwarz auf weiß, dass meine Spermien nichts taugen.«

»Bei fünfzig Prozent aller ungewollt kinderlosen Paare gibt es keine organischen Ursachen«, hatte Doktor Sonntag ihnen in den letzten fünf Jahren immer wieder gesagt und von weitergehenden Untersuchungen abgeraten. »Sie müssen einfach Geduld und Vertrauen haben.«

Carola warf einen zornigen Blick zu ihm hinüber. Geduld und Vertrauen – wie kann man das von einer fünfunddreißigjährigen Frau verlangen, die sich nichts sehnlicher wünscht als ein Kind? Sie hatte gewusst, dass es nicht an ihr lag, sie hatte sich vom Frauenarzt mehrfach gründlich durchchecken lassen. Jeden Monat die gleiche Enttäuschung und die stereotypen Erklärungen von Doktor Sonntag: der Druck, unter den sie sich setzten, Martins ständige Sorge, arbeitslos zu werden, das zunehmende Alter, und am Ende immer sein Ratschlag, Geduld und Vertrauen zu haben.

Fünf Jahre mussten vergehen, bevor Doktor Sonntag eine Überweisung an den Andrologen schrieb. Fünf vergeudete Jahre. Carolas Vertrauen und ihre Geduld waren restlos erschöpft. Nie wieder würde sie einen Fuß in Doktor Sonntags Praxis setzen, ganz gleich, wie gut er ihre verdammte Gürtelrose behandelt hatte. Und Martin sollte gefälligst künftig in die Nachbargemeinde fahren, um sich die Schlaftabletten und Antidepressiva verschreiben zu lassen, die er brauchte, seit sich die Situation in seiner Firma so zugespitzt hatte.

Jetzt, da sie wussten, dass ohnehin nichts mehr zu retten war, konnte er das Zeug auch ohne schlechtes Gewissen schlucken, überlegte Carola. Eimerweise. »Vorübergehende Impotenz«, als mögliche Nebenwirkungen auf dem Beipackzettel beschrieben, war jedenfalls irrelevant geworden.

»Harmlose Stimmungsaufheller« hatte Doktor Sonntag sie genannt. Carola dachte, dass ihr ein paar von diesen Pillen auch nichts schaden könnten. Der Facharzt hatte Martin jede Hoffnung auf ein eigenes Kind genommen.

»Sie sollten über künstliche Befruchtung oder Adoption nachdenken«, hatte er gesagt, aber Carola wollte nicht darüber nachdenken. Vor fünf Jahren, ja, vielleicht hätte sie darüber nachgedacht, aber jetzt... Nein. Es war, als habe Martin sie all die Jahre hintergangen. Sie wollte sich nicht seinetwegen auf einen Behandlungsstuhl legen und sich das Sperma eines anonymen Studenten in die Gebärmutter spritzen lassen, während er womöglich daneben saß und ihre Hand hielt. Und sie wollte auch nicht mit ihm vor einem Sozialarbeiter vom Jugendamt sitzen und beweisen, was für gute Eltern sie doch wären.

Es war auch so schon schlimm genug. Sie hatte Martin gezwungen, die Tapete mit den hellblauen Blockstreifen und der Teddybärbordüre im leeren Zimmer im Dachgeschoss zu entfernen und durch eine einfache Raufaser zu ersetzen, die sie eigenhändig weiß gestrichen hatte. Heulend.

»Was für eine Verschwendung«, hörte sie Amelies Bruder Harry zu Exbürgermeister Gerber sagen. Wenn sie's nicht besser gewusst hätte, hätte sie geglaubt, er spräche von ihr. Aber nein: »Roberts Organe waren doch noch tipptopp in Ordnung, außer dem Herzen natürlich. Eine Schande, das alles zu begraben. Ich habe einen Organspendeausweis, damit das mit mir nicht passieren kann.«

Frau Hagen watschelte beiseite und gab den Blick auf das offene Grab frei. Carola schaute ein paar Sekunden auf den Sarg hinab und versuchte, sich zu sammeln. *Frieden ins Herz strömen lassen*, hatte der alte Pfarrer Seltsam das genannt. Es gelang ihr nicht.

»Leb wohl, Robert, auf Wiedersehen im Jenseits«, flüsterte Martin neben ihr gut vernehmbar. »Sicher haben sie da oben nur auf einen vierten Mann zum Doppelkopfspielen gewartet.«

Carola spürte die Schamröte in ihre Wangen steigen. Warum benahm sich Martin nur immer so übertrieben sentimental? Es fehlte nur noch, dass er Robert ein abgegriffenes Kartenspiel ins Grab warf und ihn »Alter Knabe« nannte.

Sie drehte sich peinlich berührt um.

»Carola, Martin, danke, dass ihr gekommen seid«, schluchzte Amelie. »Ach, alle sind so lieb zu mir.«

Martin schüttelte Amelie und Louisa und – ehe Carola es verhindern konnte – auch Pfarrer Hoffmann die Hand.

»Sie sind also der Gatte meiner eifrigen Gemeindehelferin hier«, sagte der Pfarrer, der das offenbar nicht unpassend fand. Das Timbre seiner Stimme verursachte wie üblich ein angenehmes Kribbeln in Carolas Magen. »Sie sind mir im Chor aufgefallen.«

»Kein Wunder«, sagte Martin. »Wir sind ja auch nur vier Männer. Ähm, drei, meine ich. Robert kann ja nun leider nicht mehr mitsingen.«

Carola hätte ihm gern einen heftigen Rippenstoß versetzt für sein dümmliches Gerede. Der Pfarrer musste ihn für einen Trottel halten, und sie wollte nicht, dass er glaubte, sie sei mit einem Trottel verheiratet.

»Unsere Dienstbesprechung morgen muss ich leider um eine Stunde verschieben«, sagte Pfarrer Hoffmann zu ihr, während Martin ein paar Worte mit Amelie und Louisa wechselte. »Und da ist ja eigentlich schon Mittagessenszeit.«

»Das macht mir nichts.« Carola hatte plötzlich eine Eingebung. »Wenn Sie wollen, halten wir die Dienstbesprechung bei mir in der Küche ab, dann bekommen Sie gleich ein Mittagessen dazu.«

»Was für eine verlockende Idee«, sagte Pfarrer Hoffmann.

*Das finde ich auch,* dachte Carola.

Louisa nieste zweimal hintereinander.

»Gehen wir.« Pfarrer Hoffmann griff fürsorglich nach Amelies Arm. »Herr Hagen hat sicher schon die Kaffeemaschinen angeworfen.«

Die Beerdigung war vorüber.

Carola nahm Martin den Regenschirm ab. »Geh schon mal vor«, sagte sie und hielt den Regenschirm über Louisa und sich.

»Danke, aber ab einem bestimmten Punkt kann man einfach nicht mehr nässer werden«, sagte Louisa. »Ich habe nicht an einen Schirm gedacht. Nur daran, ob der Beerdigungsmann recht damit hatte, dass es keinen guten Eindruck macht, wenn Ehefrau und Tochter des Verstorbenen keinen Kranz niederlegen. Findest du das auch?«

»Blödsinn«, sagte Carola und zupfte ein blondes Haar von Louisas Mantel. »Das war eine schöne Idee mit den Spenden für die Mukoviszidose-Kinder, die haben wenigstens was davon. Kränze wären bei dem Wetter im Nu verfault.«

»Der Gerber meinte, eine Spende an den SPD-Ortsverband wäre eher in Papas Sinne gewesen«, sagte Louisa.

»Blödsinn«, sagte Carola wieder. »Die wäre in Herr Gerbers Sinn gewesen, dein Vater hätte die Mukoviszidose-Kinder vorgezogen.«

»Der hätte nicht mal gewusst, was das ist«, sagte Louisa mit einem schwachen Lachen.

## Amelie

Und es wird immer schlimmer, jedes Jahr«, sagte Helene, genannt Lenchen Klein, verschwörerisch und quetschte dabei Amelies Hand. Sie hatte, wie immer, ihren Hund mitgebracht, eine riesige Promenadenmischung mit traurigen Triefaugen, der brav zu ihren Füßen kauerte. »Auch wenn sie alle versuchen, dir einzureden, dass die Zeit alle Wunden heilt. Glaub ihnen nicht!«

Amelie nickte, während sie unauffällig versuchte, Lenchens schlechtem Atem auszuweichen. Heute kamen ihr die Menschen ständig so nahe, dass man riechen konnte, was sie am Vortag gegessen hatten. Bei Lenchen musste es irgendwas mit rohen Zwiebeln gewesen sein.

»Robert ist so einen schönen, schnellen Tod gestorben, da kannst du dankbar sein«, fuhr Lenchen fort. »Wenn ich da an das jahrelange Siechtum von meinem lieben Josephgotthabihnselig denke . . .«

*Und Thunfisch hat sie auch gegessen,* dachte Amelie.

Sie wollte nicht daran denken, wie Roberts Tod gewesen sein mochte. Sobald sie daran dachte, tat sich ein riesiges schwarzes Loch unter ihr auf, ein Ungeheuer, das sie zu verschlingen drohte.

»Ich konnte ja schon fast froh sein, als unser gütiger Herrgott ihn endlich erlöst hat«, sagte Lenchen. »Aber dann kam die Einsamkeit... Du wirst es erleben, Amelie, du wirst es erleben.«

Amelie sah Lenchens Gesicht nur verschwommen, sie hatte das Gefühl, seit Tagen nicht klar gesehen zu haben. Daran waren die Tränen schuld, die unermüdlich aus ihr herausflossen. So lange sie denken konnte, war es ihr ein Gräuel gewesen, vor anderen zu heulen. Es gehörte sich einfach nicht. Auch Robert hatte sie niemals weinen sehen, nicht mal damals, als Louisa wegen Hirnhautentzündung im Krankenhaus lag. Tränen waren etwas für Menschen, die aufgegeben hatten, die sich hängenließen. Amelie war eigentlich immer der Typ gewesen, der kalt duschte und die Ärmel hochkrempelte.

Aber jetzt weinte sie seit fünf Tagen beinahe ununterbrochen. Sobald sich ihr jemand näherte und ein freundliches Wort an sie richtete, begannen die Tränen zu fließen.

Und das Merkwürdige daran war, dass sie sich nicht mal schlecht dabei fühlte. Im Gegenteil, wenn sie weinte, hatte sie das Gefühl, das einzig Richtige zu tun.

Was sollen wir denn in die Anzeige schreiben, Mama? Welchen Sarg wünschen Sie sich, Frau Schneider? Welche Lieder soll der Chor singen, Amelie? Wo ist Papas Adressbuch, Mama? Hast du schon der Versicherung Bescheid gesagt, Amelie? Was geschieht mit Roberts Golfausrüstung, Amelie? Wer holt den Firmenwagen ab, Frau Schneider?

Solange sie weinte, erwartete niemand eine Antwort von ihr, und das schwarze Ungeheuer verhielt sich ruhig.

Es ging ja auch ohne ihre Mithilfe. Alle waren wirklich unwahrscheinlich hilfsbereit. Man musste sich nur den Tisch voll Kuchen und Torten anschauen, den sie zusammengetragen hatten. Hinter Lenchens verschwommener Gestalt standen sie aufgereiht, Platten mit Aprikosenkuchen, Donauwellen, Schwarzwälderkirschtorte, Frankfurter Kranz und Rehrücken. Backen konnten sie, die Jahnsberger Frauen, das stand außer Frage. Normalerweise hätte Amelie sich mit Genuss durch alle Sorten probiert, aber seit fünf Tagen war eben nichts mehr normal. Heute Morgen hatte sie zum ersten Mal seit fünfundzwanzig Jahren unter siebzig Kilo gewogen. In so wenigen Tagen hatte sie geschafft, was ihr sonst durch wochenlangen Verzicht auf alles, was ihr schmeckte, nicht gelungen war. Ein seltsames Gefühl hatte sich ihrer bemächtigt, als sie dort auf der Waage stand und auf ihren deutlich flacheren Bauch hinunterschaute. Der schwarze Strickrock – unentbehrliches Kleidungsstück für Beerdigungen und Kirchenkonzerte – war mindestens eine Nummer zu groß. Es war ein gutes Gefühl und ein trauriges zugleich. Wer würde sich denn jetzt noch darum scheren, wenn sie tatsächlich ihre mädchenhaften Hüften zurückerhalten würde? Robert war ja nicht mehr da, würde niemals wiederkommen...

*Nur nicht daran denken.* Unter ihr gähnte der schwarze Abgrund, das Ungeheuer fletschte die Zähne. Amelie machte, was sie sonst nur im Kino bei einem traurigen Film tat, wenn sie nicht weinen wollte: Sie begann zu zählen. Zuerst die Stühle, dann alle Frauen mit Dauerwellen. Es half. Das schwarze Ungeheuer zog sich in seine dunkle Höhle zurück und beobachtete sie von dort wachsam.

Sie hörte auf zu weinen und betrachtete Lenchen Klein mit zusammengekniffenen Augen, wodurch das Bild schärfer wurde. Das Bild einer einsamen, ältlichen Witwe, eine kleine pummelige Frau mit Falten, grauen Haaren und – Amelie konnte wieder ganz klar sehen – ein paar dunklen Bartstoppeln am Kinn. So war das: Man wurde älter, die Augen wurden schlechter, und es war niemand mehr da, der sich traute, einen auf Bartstoppeln oder Mundgeruch aufmerksam zu machen. Und seinen Thunfischsalat mit Zwiebeln musste man ganz allein essen oder allenfalls mit dem Hund teilen.

»Es wird von Jahr zu Jahr nur schlimmer«, sagte Lenchen.

*So sieht also ein Mund aus, der vier Jahre nicht geküsst worden ist,* dachte Amelie und fuhr sich unwillkürlich über die eigenen Lippen.

»Haben Sie gesehen? Jemand hat den Zigarettenautomaten an der Ecke aufgebrochen.« Das war Frau Hagen, die mit einem Teller voller Kuchen an ihre Seite getreten war und Lenchen Klein samt Hund in den Hintergrund drängte. Amelie war überzeugt, dass Frau Hagen die Leute nicht absichtlich beiseiteschob, sondern einfach nur nicht begriff, wie umfangreich ihr Leib war.

»Welcher Zigarettenautomat?«, murmelte sie desinteressiert. Es war typisch für Frau Hagen, mit derartigen Oberflächlichkeiten anzukommen, ganz gleich, wie erhaben ein Augenblick auch sein mochte.

»Haben Sie schon meinen Kuchen probiert? Philadelphiasahnetorte, meine Spezialität.«

»Nein, danke.« Amelie dachte an die magische Zahl, die die Waage heute morgen angezeigt hatte. Unter siebzig. Die Philadelphiasahnekalorienbombe konnte wer anders essen, es waren ja weiß Gott genügend Leute da. Und wenn etwas übrig blieb, würde Frau Hagen sicher liebend gern ihre beiden Kinder damit mästen.

Louisa, mit Patti im Schlepptau, baute sich mit erbostem Gesichtsausdruck vor Amelie auf.

»Tante Patti hier möchte wissen, ob du noch Verwendung für Papas Armbanduhr hast, Mama.«

Amelie sah die beiden verwirrt an. »Roberts Armbanduhr?«

»Die Rolex«, sagte Patti. »Ich bin sicher, der Robert hätte gewollt, dass der Heiner sie bekommt.«

»Die Uhr ist von Cartier«, verbesserte Amelie und begann übergangslos zu weinen, weil sie sich daran erinnerte, dass sie ihm die Uhr zu seinem fünfzigsten Geburtstag geschenkt hatte. Das Ungeheuer steckte hoffnungsvoll den Kopf aus der Höhle. *Nicht daran denken. Ablenken. Stühle zählen.*

»Wenn es um die Rolex geht«, sagte Ella, die mit hängender Zunge herbeigeeilt kam, »dann möchte ich bitte darauf hinweisen, dass mein Peter eher ein Anrecht darauf hat. Ich war immer Roberts Lieblingsschwester.«

»Da lache ich aber«, widersprach Patti und stieß tatsächlich ein abgehacktes Lachen hervor. »Weißt du nicht mehr an Weihnachten, wo du ihm nichts von deinen Marzipankartoffeln abgeben wolltest? Das hat dir der Robert nie vergessen!«

»So war das gar nicht«, sagte Ella empört. »Der Robert hatte mir alle Marzipankartoffeln vom Teller geklaut und durch Nüsse ersetzt. Aber das hat ja wohl nichts mit der Uhr zu tun.«

»Hat es wohl«, widersprach Patti. »Weil *ich* ihm nämlich meine Marzipankartoffeln *freiwillig* gegeben habe.«

»Das war ja wohl kein Opfer, weil du Marzipan nicht ausstehen kannst!«, rief Ella aus. »Außerdem waren wir damals Kinder! Amelie, jetzt sag doch auch mal was.«

Amelie putzte sich lediglich geräuschvoll die Nase.

»Tja«, sagte Louisa zu ihren Tanten. »Wenn ihr euch beeilt, könnt ihr die Totengräber vielleicht noch überreden, die Uhr wieder auszubuddeln. Und dann könnt ihr darum knobeln.«

Ella und Patti schauten entsetzt drein. »Ihr habt sie Robert *angelassen*? Aber die war mindestens fünftausend Mark wert.«

Amelie zuckte mit den Schultern und überließ es Louisa, mit Patti und Ella über Verschwendung im Allgemeinen und Besonderen zu diskutieren. Sie schaute hinab auf den Karton mit Roberts persönlichen Besitztümern aus seinem Büro, die ihr einer seiner Mitarbeiter vorhin überreicht hatte. Roberts Auszeichnungen, sein Füller, Papiere, gerahmte Fotografien. Obenauf lag ein Bild, das sie selber vor ungefähr zwölf Jahren zeigte. Es hatte auf Roberts Schreibtisch gestanden.

Amelie kamen wieder die Tränen, als sie sich betrachtete, mit geröteten Wangen und leicht verschwitzten Locken fröhlich in die Kamera lachend, die halbwüchsige Louisa im Arm.

»Sind Sie das auf dem Foto?« Neben ihr war der Pfarrer aufgetaucht. Er hatte sein Messgewand mit Freizeitkleidung getauscht, er trug jetzt eine schwarze Hose und einen schwarzen Rollkragenpullover. Der würzige Duft seines Eau de Toilette, der Amelie in den letzten Tagen richtig vertraut geworden war, stieg ihr in die Nase.

Sie nickte. »Vor ewigen Zeiten auf einer Wandertour in den Alpen. Wir haben in einem eiskalten Gletscherbach gebadet und Waldbeeren gepflückt.« *Hör auf!*, rief sie sich selber zur Ordnung. Sie durfte nicht in diesen Erinnerungen schwelgen, wenn sie vor Kummer nicht wahnsinnig werden wollte. Dann lieber die Stühle zählen, die Torten, die Frauen mit Dauerwellen...

»Die Waldbeeren waren das einzig Gute an diesen Wanderungen«, sagte Louisa. Sie hielt Amelie einen Teller mit Frankfurter Kranz hin. »Hier, den magst du doch so gern.«

Amelie schüttelte den Kopf. »Ich kann jetzt nichts essen.« Sie hatte nicht weniger als elf Frauen mit Dauerwellen und Gebissen gezählt.

»Eine schöne Frau«, sagte Pfarrer Hoffmann, aber er sah dabei nicht das Bild, sondern Amelie an.

Aus irgendeinem Grund begann ihr Herz zu rasen. »Finden Sie? Nun ja, damals war ich noch jung. Noch keine vierzig.« Sie sah ihn herausfordernd an: »Dieses Jahr werde ich einundfünfzig.« Ah, das war besser als zählen. Amelie merkte, wie sich der schwarze Abgrund ein wenig schloss.

»Einundfünfzig?«, rief der Pfarrer aus. »Nun, das glaubt Ihnen aber kein Mensch. Ich hätte Sie mindestens zehn bis fünfzehn Jahre jünger geschätzt.«

»Ich bin vierundzwanzig«, sagte Louisa. »Was haben Sie denn gedacht, wann sie mich bekommen hat? Oder hätten Sie mich auch zehn bis fünfzehn Jahre jünger geschätzt?«

Der Pfarrer hörte sie gar nicht. »Einundfünfzig! Und das sagen Sie so, als wären Sie hundert«, meinte er lächelnd.

»Aber ich fühle mich wie hundert«, flüsterte Amelie, obwohl sie fand, dass einundfünfzig alt genug klang. Ihr Herz raste immer noch. Das konnte nur von dem vielen schwarzen Kaffee kommen, den sie auf nüchternen Magen in sich hineingeschüttet hatte. »Weil ich niemanden mehr habe, der mit mir alt werden wird, bin ich auf einen Schlag alt geworden. Ich verstehe jetzt, warum sie in Indien die Witwen gleich mitverbrennen.«

»Meine liebe Amelie«, sagte Pfarrer Hoffmann und griff nach ihrer Hand. »Ich verstehe Sie ja, aber so etwas dürfen Sie nicht sagen. Es ist unserem lieben Herrn gegenüber unrecht.« Er drehte sich um. »Ich sage Ihnen, was alt ist. Sehen Sie diese Frau da?«

Er zeigte auf Lenchen Klein. Amelie nickte gespannt. Louisa schaute ihn ebenfalls erwartungsvoll an. Amelie wünschte, sie würde gehen und sich um die anderen Gäste kümmern.

»Ich habe sie gestern erst im Seniorenclub kennengelernt. Eine liebenswerte, gläubige Dame. *Die* ist alt – nicht Sie«, sagte Pfarrer Hoffmann.

Louisa lachte laut auf. »Frau Klein ist keine Teilnehmerin des Seniorenclubs, sie leitet ihn, soviel ich weiß! Und sie ist mit meiner Mutter zur Schule gegangen, stimmt's, Mama?«

Pfarrer Hoffmann war nur kurz aus dem Konzept gebracht. »Da kann man mal sehen«, sagte er. »Ihnen hat der Herr eben eine wunderbare, ansteckende Jugendlichkeit geschenkt, die dieser Dame völlig fehlt.«

Amelie seufzte. Verglichen mit Lenchen war sie wirklich jung, aber das lag nicht an der besseren Antifaltencreme. In Jahnsberg waren manche Frauen eben einfach schon mit dreißig uralt.

»Aber jetzt müssen Sie auch etwas essen, Amelie, bitte, mir zuliebe«, sagte Pfarrer Hoffmann.

»Ja«, stimmte Louisa zu und hielt ihr den Teller mit dem Frankfurter Kranz hin.

»Vielleicht ein Stück Apfelkuchen«, bot Amelie an. Der Frankfurter Kranz war mit Buttercreme gemacht, ein Stück davon hatte mehr Kalorien, als sie in den letzten fünf Tagen zu sich genommen hatte.

»Ich hol's dir«, sagte Louisa und schob sich das Stück Frankfurter Kranz in den eigenen Mund.

## Louisa

War's sehr schlimm, Herzchen?«, erkundigte sich Andi am Telefon. Er rief jeden Tag in der Mittagspause vom Büro aus an, um zu fragen, wie es mir ging.

»Ja.« Ich war ein bisschen enttäuscht, dass er nicht zur Beerdigung gekommen war. Er hatte versprochen, es »möglich zu machen«, aber es war ihm nicht gelungen. In seiner Abteilung ging es drunter und drüber, seit aus der eisern regierenden Frau Gluck eine hormongesteuerte Glucke geworden war. »Ich komme mir vor wie ein Roboter mit Superhirn, aber ohne jedes Gefühl. Alles wird von mir erledigt, entschieden, berechnet und organisiert, damit meine Mutter und alle anderen in Ruhe trauern können. Ich bin so etwas wie ein unbezahlter Trauermanager.«

»Du Arme.« Andi lachte.

»Das war kein Witz«, fuhr ich ihn an. »Weißt du, wie mir diese dummen Sprüche zum Hals raushängen? *Deine arme Mutter braucht dich jetzt, Louisa, deiner armen Mutter geht es ja so schlecht, Louisa, was für ein entsetzlicher Verlust für deine arme Mutter, Louisa!* Dass ich meinen Vater verloren habe, interessiert keine Sau! Der Trauermanager darf keine Gefühle zeigen. Trauern dürfen nur die anderen.« Ich holte tief Luft. »Und dann ist da noch . . . diese andere Sache. Wir haben noch gar nicht darüber geredet.«

»Worüber denn, Herzchen?«

»Über das Baby.« Ich stockte. Falsche Wortwahl. Das befruchtete Ei, hatte ich sagen wollen. Baby klang schon so endgültig.

»Was gibt es denn darüber noch zu reden?« Andi klang erstaunt.

»Wie bitte?« Ich traute meinen Ohren nicht. »Aber . . . wir müssen doch darüber reden!«

»Lou, Herzchen. Du hast im Augenblick wirklich genug an der Backe. Da musst du dir doch über so einen ungeborenen Wurm nicht auch noch den Kopf zerbrechen. Oder ist das bei dir mehr eine Grundsatzfrage? Sekunde mal, merk dir, was du sagen wolltest, ja?«

»Grundsatzfrage? Spinnst du?« Ich hörte, wie Andi im Hintergrund mit jemandem sprach. Vermutlich mit einem seiner künftigen Untergebenen. Ich konnte es nicht fassen, dass er das Thema für abgeschlossen hielt, ohne wenigstens das Für und Wider zu erwägen. Das sah ihm eigentlich gar nicht ähnlich.

»Herzchen? Da bin ich wieder. Sieht so aus, als wäre meine Mittagspause schon wieder beendet.« Er lachte.

»So ist das eben, wenn man ins Topmanagement vorrücken will. Ich ruf dich heute Abend noch mal an, ja? Und von mir aus reden wir dann auch über die Gluck und ihr Baby.«

Allmählich begriff ich, dass wir uns irgendwo missverstanden hatten.

»Ich wollte nicht über das Baby von der Gluck reden, sondern über unser ... befruchtetes Ei«, stellte ich klar.

»Wie bitte?« Völlige Verwirrung am anderen Ende der Leitung.

Langsam verlor ich die Geduld. »Ach, Andi, du hast ja wohl den Schwangerschaftstest in der Frikadelle gefunden, oder willst du mir vielleicht erzählen, dass du ihn aus Versehen mitgegessen hast?«

Andi schwieg. Ich ließ ein paar Sekunden verstreichen, dann fragte ich: »Bist du noch da?«

»Das war also ein *Schwangerschaftstest*«, sagte Andi. Seine Stimme klang, als würde ihm jemand die Kehle zudrücken.

»Was hast du denn gedacht?«

»Ich ... also, keine Ahnung. Ich hatte so was noch nie gesehen. Ich dachte, es sollte ein Witz sein.«

»Ja, klar! Ich Spaßvogel fand das so komisch, da habe ich dir den Schwangerschaftstest ins Abendessen gesteckt, damit wir beide mal wieder lachen können.«

»War er ... *positiv*?«, fragte Andi und gab sich die Antwort gleich darauf selber: »Natürlich war er das, natürlich.« Wieder entstand eine Pause. »Aber du nimmst doch die Pille!«

»Ja.« Bis auf dieses eine einzige Mal. »Aber es passiert eben auch manchmal trotz Pille. Ach, Andi, ich weiß einfach nicht, was ich tun soll. Ich weiß, dass jetzt nicht der richtige Zeitpunkt ist, aber . . .«

»Allerdings! Das hat uns gerade noch gefehlt! Wann kommst du zurück nach Berlin?«

»Das weiß ich nicht. Im Augenblick möchte ich meine Mutter noch nicht allein lassen. Es gibt noch so viel zu regeln, und sie kann sich zur Zeit zu nichts aufraffen.«

»Deine Mutter ist alt genug, um für sich selber zu sorgen. Du hast weiß Gott eigene Probleme, um die du dich kümmern musst. Ich habe keine Ahnung von diesen Dingen, aber ganz sicher darfst du keine Zeit verlieren, um das in Ordnung zu bringen. Warte mal eine Sekunde, ich bin gleich wieder da.«

Ich hörte, wie er im Hintergrund wieder mit jemandem sprach, und rieb mir müde die Augen. In Ordnung bringen – was für eine schöne Umschreibung für: Du musst zum Frauenarzt und zur Schwangerschaftsberatung und dann schleunigst in eine Klinik, wo sie dir die Gebärmutter ausschaben.

Der Gedanke daran war entsetzlich.

»Lou? Wir telefonieren heute Abend, ja? Es geht jetzt wirklich nicht.«

»Hier klingelt auch gerade jemand an der Haustür. Bis heute Abend.« Ich legte den Hörer auf und kämpfte den Kloß in meiner Kehle nieder. In den letzten Tagen hatte ich darin wirklich Übung bekommen.

Mit einem starren Lächeln öffnete ich die Tür. Es war glücklicherweise nur der Postbote. Er brachte einen Stapel Briefe und wollte meine Unterschrift für ein Paket, das an meinen Vater adressiert war. Irgendein Zubehörteil für sein Rennrad.

»Blumen für mich?«, fragte meine Mutter, die beim

Klingeln erwartungsvoll in den Flur gekommen war. Das mit den Blumen war eine berechtigte Frage, wir hatten in den letzten Tagen mehr Blumensträuße bekommen, als Vasen im Haus vorhanden waren. Mittlerweile waren auch alle Einmachgläser und Kaffeekannen belegt.

»Nein, Gott sei Dank nur Post.« Ich legte das Paket auf der Treppe ab – später würde ich mich um die Rücksendung kümmern – und reichte meiner Mutter die Briefe. Die meisten davon hatten einen schwarzen Rand und waren »An das Trauerhaus Schneider« adressiert. Meine Mutter riss sie mir förmlich aus der Hand und vertiefte sich umgehend in die Lektüre.

»Von unseren Wanderfreunden aus dem Allgäu«, sagte sie. »Sie schreiben, dass sie an mich denken und dass sie Robert sehr vermissen werden.«

Das schrieben eigentlich alle. Außerdem schickten sie kleine Büchlein, mit Titeln wie *Der Sinn des Leidens* und *Wie Trauer uns weiterbringt*.

»Nett.« Ich sah meine Mutter forschend an. Sie hatte zwar Tränen in den Augen, aber sie weinte nicht. Das ließ mich hoffen.

All die Jahre war meine Mutter für mich der Inbegriff von Robustheit, Beständigkeit und Selbstkontrolle gewesen. Sie war das, was man sich unter einem Fels in der Brandung vorstellt. Es hatte mich völlig fertiggemacht, sie mit diesem abwesenden Gesichtsausdruck zu sehen und den Tränen, die unaufhörlich aus ihren Augen quollen.

»Ich möchte, dass du mir hilfst, das Trainingsfahrrad vom Speicher zu holen«, sagte sie jetzt. »Ich muss etwas gegen diese Speckrollen unternehmen.«

Nach der tagelangen Heulerei wertete ich diesen Entschluss und ihre ungewohnte Aktivität äußerst positiv. Wir schleppten das Trainingsfahrrad ins Schlafzimmer vor das große Giebelfenster, und Mama setzte sich sogleich darauf und begann loszustrampeln.

Als ich vom Einkaufen zurückkam – unser Kühlschrank war gähnend leer, bis auf eine Dose Sprühsahne –, strampelte sie immer noch. Irgendwann dazwischen hatte sie allerdings ihren halben Kleiderschrank ausgeräumt. Auf Papas Seite des Bettes lagen haufenweise Klamotten.

»Schwarz macht alt«, erklärte sie, als sie meinen Blick sah. »Ich werde nicht herumlaufen wie diese Krähe Lenchen Klein.«

»Natürlich nicht«, sagte ich und schielte auf das Display. Vierzehn Kilometer – nicht schlecht.

Mama hatte das Fenster weit geöffnet, beim Atmen bildeten sich weiße Wölkchen. Man hatte von hier aus einen wunderbaren Blick über die Nachbargärten. Bei Heinzelmanns hingen rote Äpfel im kahlen Geäst, bei Quirrenbergs blühten die Astern, als wär's noch Sommer. Frau Quirrenberg stand an ihrem Komposthaufen und kratzte Essensreste aus einem Topf. Das erinnerte mich daran, schon länger nichts Anständiges zu mir genommen zu haben.

»Ich habe Hähnchenbrust mitgebracht«, sagte ich hungrig. »Wie wär's mit deiner berühmten Reispfanne zum Mittagessen?«

»Mach, was du willst«, keuchte meine Mutter. »Aber mach die Küche anschließend wieder sauber.«

Ich hatte eigentlich gedacht, dass sie die Reispfanne zubereiten würde, schließlich war es ihre Spezialität.

Aber gut, dann würde eben ich kochen und sie mit dem Duft kross gebratenen Fleisches in die Küche locken.

»Findest du, dass sie jünger aussieht als ich?«

»Wer?«

»Na, Irmi.« Meine Mutter wies auf Frau Quirrenberg am Komposthaufen.

»Sie ist ein klassischer Fall für die Vorher-Nachher-Show«, sagte ich. »Man möchte ihr diese traurig gemusterten Blusen und Bundfaltenhosen vom Leib reißen und sie zum Friseur schicken.«

»Sie ist zehn Jahre jünger als ich«, sagte Mama. »Sieht man das?«

Ich zuckte mit den Schultern. »Kann man auf diese Entfernung schlecht sagen.«

Mama warf mir einen unzufriedenen Blick zu und trat schneller in die Pedale.

Zum späten Mittagessen – es war mittlerweile halb drei – erschien sie frisch geduscht und frisiert, einen Hauch Rosa auf den Lippen. Na also.

»So gefällst du mir schon besser«, sagte ich.

»Das ist nur äußerlich«, stellte sie klar. Wie um ihren Worten Nachdruck zu verleihen, weinte sie ein bisschen, als ihr Blick auf eine Tasse mit der Aufschrift *Robert* fiel.

Von meiner Reispfanne aß sie nur zwei mikroskopisch kleine Happen. Ich aß den ganzen Rest.

»Der Garten sieht katastrophal aus«, sagte meine Mutter nach dem Essen. »Jemand müsste das Laub zusammenrechen.«

»Mach ich gerne«, erbot ich mich. Ich wusste, dass meine Mutter Gartenarbeit nicht mochte. Mein Vater hatte auch immer nur das Nötigste gemacht, dementsprechend sah der Garten auch aus. »Wenn du uns zum Abendessen Apfelpfannkuchen backst.«

Mama seufzte. »Kannst du an nichts anderes denken als an Essen?«

»Nein.« Ich sah aus dem Küchenfenster und holte tief Luft. Ich sehnte mich danach, mit jemandem über meinen Zustand zu sprechen, und jetzt, nachdem meine Mutter mit dem Dauerweinen aufgehört hatte, schien mir der richtige Zeitpunkt gekommen zu sein. »Ich muss dir was sagen, Mama. Etwas Schlimmes.« Weiter kam ich nicht. Ein silberner BMW mit dezent tiefergelegten Reifen bog in unsere Einfahrt ein. Meine Mutter sah es auch.

»Pünktlich auf die Minute«, sagte sie. »Wir reden später weiter, ja?«

»Der Pfarrer?«, rief ich aus. »Was will der denn jetzt noch hier? Die Beerdigung ist doch vorbei.«

»Er ist Seelsorger, er sieht es als seine Aufgabe, uns in dieser schweren Zeit beizustehen«, sagte meine Mutter. »Er hat gesagt, die schlimmste Zeit steht uns erst noch bevor.« Prompt quollen wieder ein paar Tränen aus ihren Augen. »Und ich bin dankbar für jede Hilfe.«

»Hm, ja, er könnte zum Beispiel bei der Versicherungsgesellschaft anrufen und denen wegen der Police Dampf machen. Oder dir mal in aller Ruhe erklären, wie man den Videorekorder programmiert. Und wir brauchen jemanden, der den Schlagladen an der Esszimmertür repariert.«

»Herr Hoffmann ist kein Schreiner, er ist Pfarrer.« Mama putzte sich die Nase. »Wegen der Fensterläden frage ich Herrn Hagen, zu irgendwas muss dieser Mann ja gut sein, und um die Versicherung musst du dich kümmern. Sieht man, dass ich geweint habe?«

»Aber ja«, beruhigte ich sie. »Sogar die Wimperntusche ist verlaufen.«

Meine Mutter griff hektisch nach einem frischen Taschentuch.

Ich öffnete Pfarrer Hoffmann die Tür. Er brachte eine Wolke von Wohlgeruch mit sich, die mir für eine Sekunde den Atem nahm.

»Wie geht's?«, erkundigte er sich freundlich, während er seinen Mantel auszog und ihn mir wie selbstverständlich in den Arm legte. Noch während ich über eine Antwort nachdachte – schließlich war das eine komplexe Frage –, ließ er mich stehen. »Ist sie im Wohnzimmer?«

»Wenn Sie meine Mutter meinen, die ist in der Küche«, antwortete ich ein wenig schnippisch. Es kränkte mich allmählich, dass alle so taten, als wäre einzig und allein meine Mutter von diesem Ereignis betroffen. Ich war hier nicht bloß die Garderobiere, auch um meine Seele musste man sich sorgen!

Lieblos warf ich den Mantel über den Heizkörper.

»Sie sehen ja fantastisch aus«, rief der Pfarrer aus, als er meiner Mutter ansichtig wurde. »Hellblau steht ihnen ganz wunderbar.«

Mama zupfte an ihrem Twinset aus reinem Kaschmir (ein Geschenk von Papa und mir zu ihrem letzten Geburtstag) und schaute auf den Boden. »Ach, ich hab einfach irgendwas aus dem Schrank gegriffen und angezogen.«

Beinahe hätte ich laut aufgelacht. Statt dessen entfuhr mir nur ein heiserer Huster.

»Louisa wollte gerade in den Garten gehen«, sagte meine Mutter.

Wollte ich? Gut, dann also ab in den Garten. Ich

glaubte ohnehin nicht, dass Pfarrer Hoffmann mir Seelsorge angedeihen lassen wollte.

»Louisa mag Gartenarbeit, das hat sie von ihrem Opa«, sagte meine Mutter. »Das Grundstück war ein Mustergarten, als er noch lebte.«

»Wie schön, etwas mit den Händen tun zu dürfen«, erwiderte Pfarrer Hoffmann, und ein Lächeln legte seine Augenpartie in dekorative Falten. »Ich als geistig und geistlich arbeitender Mensch habe leider nie etwas dafür übrig gehabt. Obwohl Gartenarbeit ja jung halten soll.«

»Dann ist es ja genau das Richtige für meine alten müden Knochen«, sagte ich.

Niemand lachte.

»Du kannst meine Gummistiefel haben, Louisa«, sagte meine Mutter. »Möchten Sie einen Kaffee?«

Das Grundstück war riesig, und deshalb nutzten meine Eltern auch nur den vorderen Teil als Garten, wenn man denn einen Rasen (mehr Moos als Gras), eine Hecke aus heimischen Blütensträuchern, eine Gruppe von Birken und eine kümmerliche Blumenrabatte als Garten bezeichnen wollte. Der hintere und größte Abschnitt des Grundstückes verwilderte, von einer Hecke vor Blicken geschützt – aus den Augen, aus dem Sinn, mussten meine Eltern sich gedacht haben –, seit Jahren vor sich hin. Als das Haus noch meinen Großeltern gehörte, war der Garten bis auf den allerletzten Quadratmeter genutzt worden. Üppige Staudenbeete, akkurat beschnittene Obstbäume und Gemüse in schnurgeraden Reihen.

Ganz hinten am Zaun, der die Jungstiere von Bauer Bosbach daran hinderte, Opas Bohnenstangen umzurennen, hatten Johannisbeerbüsche gestanden, die ich als kleines Mädchen hatte abernten dürfen. Wahrscheinlich benötigte man heutzutage eine Machete, um bis dorthin vorzudringen.

Ich hatte das Laub der Birken zusammengerecht, ebenso die Blätter, die von der Kastanie zu uns hinübergeweht waren. Wanja hatte mir dabei Gesellschaft geleistet. Er kam langsam in die Jahre, das merkte man daran, dass er sich nicht mehr auf die Blätter stürzte, als wären es Schmetterlinge. Er hatte auch schon ewig keine Elster mehr durch die Katzentür geschleppt und im Wohnzimmer fliegen lassen.

Da der Wagen des Pfarrers immer noch in der Einfahrt stand, als ich die letzte Fuhre Laub zum Komposthaufen brachte, beschloss ich, die verdorrten Stauden der Rabatte neben der Terrasse zu beschneiden. In der Garage fand sich aber leider nirgendwo eine Gartenschere. Meine Eltern brauchten so was nicht, sie warteten, bis das Zeug von allein abfiel. Also musste ich in Opas Gartenschuppen nach dem geeigneten Werkzeug suchen, vielleicht war da auch ein Gerät, mit dem man den Löwenzahn ausstechen konnte. Begleitet vom Kater bahnte ich mir einen Weg durch die Brennnesseln in der Wildnis, nahe am Maschendrahtzaun vorbei, der den Hagen'schen Garten von unserem trennte. Durch die kahlen Äste unserer sogenannten Hecke sah ich neidisch auf den gepflegten Rasen hinüber. Wo bei uns nur Brombeerranken und anderes Gestrüpp gedieh, sah man die sorgfältig umgegrabenen Erdschollen der Gemüsebeete, die perfekt gemulchten Baumscheiben der

Obstbäume. Selbstverständlich war alles ratzekahl geerntet, bei Hagens verkam nichts Essbares.

Dank der Gummistiefel und Wanjas Führung – er zeigte mir einen einigermaßen gangbaren Katzentrampelpfad – kam ich ohne Kratzer durch das Dickicht zu Opas Schuppen. Er stand ein paar Meter von Hagens Zaun entfernt und war über und über mit Knöterich bewachsen. Zu Opas Zeiten wurde er einmal im Jahr gestrichen, der Knöterich hätte keine Chance gehabt, aber Opas Zeiten waren lange vorbei. Immerhin hatte die Schlingpflanze die Vorderfront bisher verschont, die Tür war frei und stand sogar halb auf. Wanja schlüpfte hindurch.

Gleich darauf setzte mein Herz vor Schreck einen Schlag aus. Aus dem Schuppeninneren ertönte nämlich eine Männerstimme. Sie sagte: »Da bist du ja wieder, du Stromer.«

Für den Bruchteil einer Sekunde dachte ich an Flucht, dann erinnerte ich mich, wo ich war – in Jahnsberg, nicht in Berlin –, und blieb stehen.

»Wer ist da?«, rief ich mutig und gab der halb offenen Tür einen Fußtritt. Auf einem Deckenlager auf dem Fußboden saß jemand und sah mich genauso erschrocken an wie ich ihn.

Es war der Anhalter, den ich neulich mitgenommen hatte. Er erholte sich allerdings schnell von seinem Schrecken, rieb sich seine zerzausten roten Haare und gähnte.

»Was suchst du denn hier?«, fragte ich erleichtert.

»Ah, du bist das«, antwortete der junge Mann. »Wie war die Beerdigung?«

Ich war so überrascht, dass ich darauf antwortete. »Na

ja, wie Beerdigungen eben so sind. Die anderen haben gesagt, es sei schön gewesen...«

»Im schlimmsten Moment, der Geburt, sind die Leute schon dabei. Doch gerade das schönste Erlebnis erleben sie nie: ihr Begräbnis«, unterbrach er mich.

»Wie bitte?«, fragte ich verwirrt.

»Sagt der Pessimist«, erklärte der Mann. »Das ist aus einem Gedicht von Erich Kästner.«

»Aha.« Er sah nicht aus, als läse er Gedichte. »Aber das erklärt immer noch nicht, was du hier zu suchen hast, auf unserem Grundstück, in unserem Gartenhäuschen.«

»Stört dich das etwa?«

»Allerdings.« Ich ließ meinen Blick über das Schlaflager schweifen. Auf dem Tisch, auf dem mein Opa früher Saatgut pikiert hatte, standen Teller und Tassen, ein Campingkocher, Schokoriegel, eine leere Weinflasche. Und ein Karton mit Katzentrockenfutter.

»Ich brauchte einen Ort zum Schlafen, und da ich hier niemanden kannte außer dir, habe ich gedacht, du hast sicher nichts dagegen.«

»Aber einfach so in ein fremdes Gartenhäuschen...«

»Ich hätte ja gefragt, aber ich wusste, dass du so mit der Beerdigung und dem ganzen Kram beschäftigt bist, da wollte ich nicht stören.«

»Ach, jetzt hör schon auf. Woher wusstest du überhaupt, wo ich wohne?«

»Alles der Reihe nach.« Er hielt mir die Hand hin. »Gilbert Kalinke.«

Ich ignorierte die Hand – erwartete er allen Ernstes, dass ich sie schüttelte und mich ihm ebenfalls vorstellte? –, fragte mich aber, wie um alles in der Welt man auf die Idee kommen konnte, jemanden *Gilbert* zu taufen.

Gilbert vergrub die verschmähte Hand in seiner Hosentasche. »Das war kein Problem. Ich bin so lange durch das Kaff gelaufen, bis ich dein Auto gefunden habe.«

»Wieso bist du denn nicht bei deiner Mutter?«

Gilbert rieb sich die Nase. »Meine Mutter wollte nicht, dass ich bei ihr einziehe. Sie meinte, sie hätte nicht genügend Platz, und außerdem wolle sie ein neues Leben beginnen.« Er machte eine kurze Pause. »Ohne mich.«

»Aber . . .«

»Das Haus ist nicht ihr Haus, sie wohnt zur Miete in der Einliegerwohnung. Und da war wirklich nicht viel Platz okay?«

»Ich glaube dir nicht, dass sie dich einfach vor die Tür gesetzt hat«, sagte ich. »Mütter tun so was nicht.«

»Meine schon«, erwiderte Gilbert achselzuckend.

»Ja, aber . . .«

Gilbert brachte mich mit einem finsteren Blick zum Schweigen. »Du fragst einem ja wirklich Löcher in den Bauch.«

»Egal, geht mich ja auch nichts an, aber das ist auf jeden Fall kein Grund, in ein fremdes Haus einzubrechen.«

»Schuppen«, verbesserte Gilbert. »Es ist nur ein ziemlich heruntergekommener Schuppen, und ich wusste nicht wohin.«

Kurzfristig meldete sich mein soziales Gewissen. »Hast du denn keine Wohnung?«

Er schüttelte den Kopf. »Ich bin doch erst letzte Woche aus dem . . . Kongo zurückgekommen und gerade dabei, mich – ähm – neu zu orientieren. Möchtest du ein Mars?«

»Ja, bitte«, sagte ich, für Bestechungsversuche dieser Art hormonell bedingt äußerst empfänglich.

Gilbert erhob sich. Hinter ihm, in dem Metallregal, in dem mein Großvater Tontöpfe, Saatschalen und Blumenzwiebeln aufbewahrt hatte, wurden Zigarettenschachteln sichtbar. Eine Menge Zigarettenschachteln. Das ganze Regal war voll davon.

»Was ist das?«, fragte ich überflüssigerweise.

»Was? Ach so, das. Habe ich gefunden.« Gilbert reichte mir einen Marsriegel.

Während ich ihn auspackte, starrte ich die Zigarettenschachteln an. Irgendwo in meinem Hinterkopf war eine Information abgespeichert, die etwas mit Zigaretten zu tun hatte, aber mir fiel sie nicht sofort ein.

Es handelte sich um Zigarettenschachteln aller Marken, Hunderte davon. Selbst wenn Gilbert ein notorischer Kettenraucher war, würde er Jahre brauchen, um sich damit zu Tode zu qualmen.

Dann dämmerte es mir plötzlich: der aufgebrochene Zigarettenautomat an der Ecke!

»Na ja, hier kannst du jedenfalls auch nicht bleiben«, stotterte ich. »Weil, ähm . . .« *Weil ich um keinen Preis einen Kriminellen und sein Diebesgut in unserem Schuppen haben will, deshalb!* Aber das wagte ich nicht zu sagen. *Weil das Gartenhäuschen abgerissen wird. Nächste Woche.* Würde er mir das glauben? Ein unangenehmes Schweigen entstand.

Gilbert fütterte Wanja mit ein paar Brocken Trockenfutter und kraulte ihn am Hals. Ich bemerkte, dass er schöne Hände hatte. Schöne, geschickte Hände.

»Dir wäre es sicher lieber gewesen, ich hätte einen

Kondomautomaten geknackt«, sagte er, als habe er meine Gedanken gelesen.

Ich wurde schätzungsweise tomatenrot. »Ähm, ich dachte immer, man knackt Zigarettenautomaten wegen des Geldes da drin und nicht wegen der Zigaretten.«

Gilbert betrachtete mich mit einem leichten Lächeln. »Hat dir schon mal jemand gesagt, dass du dieses gewisse Etwas in den Augen hast?«

»Ähm, inwiefern?«, fragte ich verlegen.

»Dieses gewisse Etwas, das sonst nur Bewährungshelfer an sich haben«, sagte Gilbert.

»Ach, ja?« Ich schluckte verärgert. »Ich hatte leider noch nicht die Gelegenheit, tiefe Blicke mit einem Bewährungshelfer auszutauschen.«

»Ich schon. Ich kenne jede Menge Bewährungshelferinnen.«

»Ich verstehe. Die waren wohl alle mit im Kongo als Entwicklungshelfer«, entgegnete ich.

»Nicht im Kongo – im Knast«, gab Gilbert zurück.

»Liegt das auch in Afrika?«

Gilbert begann übergangslos, seine Sachen zusammenzuräumen. »Für den Winter wäre das ohnehin nichts gewesen. Hier gibt's ja nicht mal eine Heizung. Durchs Dach regnet's auch. Und der Garten spottet jeder Beschreibung.« Er rollte seinen Schlafsack zusammen. »Hier müsste mal ein Profi ran, ist doch eine Schande, den Garten so verkommen zu lassen. Da blutet einem das Gärtnerherz. Das habe ich nämlich gelernt, Gärtner.«

»Sicher im Kongo, was?«, höhnte ich.

»Nein, im Knast«, erwiderte Gibert.

»Die Gitterfenster mit Geranienkästen verschönert?«, sagte ich gehässig.

Gilbert schulterte seinen Rucksack. »Hör mal zu, du arrogante Ziege! Ich habe eine richtige Lehre gemacht, drei Jahre lang. Zum Stauden- und Friedhofsgärtner. Ich hätte diese Ödnis in einen Paradiesgarten verwandelt. Aber ich möchte mir natürlich auf keinen Fall nachsagen lassen, wertvollen Wohnraum besetzt zu haben.«

»Na, da hab ich wohl Pech gehabt«, sagte ich.

»Allerdings.« Gilbert wandte sich zum Gehen. In der Tür wandte er sich noch einmal um. »Das Katzenfutter lasse ich dir hier. Ich hab's für ihn da gekauft.«

»Danke, sehr großzügig.« Ich sah ihm erleichtert nach, wie er sich in Richtung Kuhweide durch das Gestrüpp schlug. Dann fiel mein Blick auf Opas Regal.

»He, du, Gilbert! Was ist mit den verdammten Glimmstängeln?«, schrie ich ihm nach.

»Nimm dir ruhig ein paar Schachteln von deiner Marke. Als Miete. Den Rest hole ich bei Bedarf«, rief Gilbert über seine Schulter und wurde im selben Augenblick vom Dickicht verschluckt.

Am Abend blockierte meine Mutter das Telefon sage und schreibe dreieinhalb Stunden. Zuerst rief Tante Patti an. Sie sagte, dass sie es uns nicht mehr übelnehme, die gute Uhr begraben zu haben, und wollte wissen, wie wir Papas Geburtstag im nächsten Monat zu feiern gedächten. Meine Mutter murmelte was von »stillem Gedenken« und hörte sich dann den üblichen langweiligen Schmus an, den Patti aus ihrem und vor allem Cousin Philipps ereignislosen Alltag zum Besten gab. Kaum hatte Mama aufgelegt und war ins Wohnzimmer zur

Lektüre ihrer Trauerbriefe zurückgekehrt, klingelte das Telefon erneut. Ich stand im Flur bereit, um Andis Anruf entgegenzunehmen, und war nach dem ersten Klingeln am Apparat. Es war aber nur Onkel Harry, der versuchte, unsere Stimmung in Sachen Golfausrüstung auszuloten.

»Wir möchten sie behalten«, sagte ich aus purer Streitlust und weil er mich »Lisa« genannt hatte. »Als Erinnerungsstöcke äh -stücke.«

»Aber was habt ihr denn davon?«, empörte sich Onkel Harry. »Amelie hat ihre eigene Golfausrüstung, und Erinnerungsstücke habt ihr ja nun wirklich genug.«

»Ein Golfschläger ist aber etwas sehr Persönliches«, sagte ich. »Hör mal, Onkel Harry, ich erwarte einen sehr wichtigen Anruf. Also, wenn du keine weiteren Fragen hast, dann . . .«

»Mir geht es nicht so sehr um die Schläger, ich bin vor allem am Elektrocaddy interessiert«, unterbrach mich Onkel Harry ungerührt. »Der ist noch nagelneu und auf dem neuesten Stand der Technik.«

»Eben deshalb wollen wir ihn auch behalten«, erwiderte ich. »Man kann ihn bei schlechtem Wetter zum Einkaufen schicken, wenn man selber keine Lust hat.« Das war witzig, aber Onkel Harry fand das wohl nicht.

»Gib mir mal deine Mutter, Lotta«, verlangte er streng, und ich rief sie wohl oder übel herbei. Allerdings hörte ich voller Schadenfreude, dass er bei ihr auch nicht mehr Glück hatte. Sie fing nämlich nur an zu weinen und sagte, sie hätte es ohnehin schwer genug, da müsse ihr Bruder nicht auch noch kommen und ihr Vorwürfe machen.

Nach Onkel Harry rief Lenchen Klein an, um mit Mama ein Fachgespräch von Witwe zu Witwe zu führen, danach Tante Ella, die fragen wollte, ob wir noch Verwendung für Papas gute Schuhe, Anzüge, Hemden, Krawatten und Pullover hätten. Sie habe da nämlich gerade einen Polen zu Gast, der ihr in Schwarzarbeit einen Carport errichte, und überlege, ob man ihn nicht mit Naturalien bezahlen solle. Bei Papas Sachen handele es sich schließlich um teure italienische Designerware, und so was habe man in Polen nicht. Mama sagte (weinend), Tante Ella solle ruhig kommen und die Sachen selber aus dem Schrank räumen, für sie sei eine solche Arbeit zu diesem Zeitpunkt viel zu schmerzlich. Es sei allerdings keineswegs alles italienische Designerware, sondern von Kaufhof und C & A. Tante Ella sagte, C & A und Kaufhof hätten sie in Polen auch nicht und sie würde gleich morgen früh mit ein paar Wäschekörben vorbeikommen.

Ich stellte mir das Gesicht des armen Polen vor, wenn er nach getaner Arbeit nicht etwa Geld, sondern einen Wäschekorb voller getragener Klamotten überreicht bekäme. Vielleicht griff er ja spontan zur Axt und schlug den frisch gebauten Carport samt Mercedes und Tante zu Spänen.

Der nächste Anrufer war eine Freundin meiner Eltern aus Frankfurt, die nicht zur Beerdigung hatte kommen können, und daher alles ganz, ganz genau geschildert bekommen wollte. Als meine Mutter endlich den Hörer auflegte und sich die Tränen abwischte, war es nach elf.

»Jetzt habe ich vor lauter Telefonieren das Abendessen ganz vergessen«, sagte sie, und es klang, als freue sie sich darüber. »Ich geh jetzt ins Bett.«

»Gute Nacht, Mama.« Müde ließ ich mich neben dem Telefon auf dem Teppich nieder. Ich wartete bis nach Mitternacht, aber Andi rief nicht mehr an.

# Carola

Sie werden mich wegrationalisieren«, sagte Martin. »Die ganze Abteilung werden sie wegrationalisieren. Wie's aussieht, stehen wir noch vor Weihnachten auf der Straße.«

Carola antwortete nicht. Martin war mit dieser selbstmitleidigen Sorgenfalte zwischen den Augenbrauen nach Hause gekommen, wie immer in letzter Zeit. Sie hatte vom Küchenfenster aus beobachtet, wie er aus dem Auto stieg und langsam die Einfahrt heraufschlurfte. Wie ein alter Mann, mit nach vorne gebeugtem Kopf und hängenden Schultern. *Seht her, mir geht es mies,* sollte das heißen. *Seid bloß lieb zu mir!* Er hatte ihr kein bisschen leid getan.

»Ich werde nicht mal eine Abfindung bekommen«, fuhr Martin fort, während er das chinesische Pfannengemüse in sich hineinschaufelte. *Er hat mal so gut ausgesehen,* dachte Carola. *Eigentlich würde er das immer noch tun, wenn er nicht von dieser Versageraura umgeben wäre.* Wie unattraktiv doch erfolglose Menschen wirkten!

»Nicht mal eine Abfindung. Nach vierzehn Jahren! Der Meller auch nicht, und der ist sogar schon fünfundzwanzig Jahre im Betrieb. Der ist über fünfzig, der kriegt nirgendwo mehr einen Job. In der Branche bist du schon mit vierzig weg vom Fenster. Der Meyer vom Betriebsrat sagt, sie tun, was sie können, aber es sieht schlecht aus.«

Carola sagte immer noch nichts. Sie konnte den ganzen elenden Mist nicht mehr hören. Nie ging es um etwas anderes als den Ärger in Martins Firma und darum, wie aussichtslos seine Lage doch war. Als ob es keine anderen Probleme auf dieser Welt gebe. Oder in diesem Haus.

»Entschuldigung, Liebling«, sagte Martin feinfühlig. »Wie war denn dein Tag?«

»Gut«, gab sie knapp zurück.

In Wahrheit war der Tag beschissen gewesen. Im Briefkasten hatte eine Geburtsanzeige gelegen. Eine Freundin, von der sie seit mindestens fünf Jahren nichts mehr gehört hatte, war Mutter geworden. Und wie alle jungen Mütter hatte sie sich bemüßigt gefühlt, auch Carola eine der bonbonfarbenen Geburtsanzeigen zukommen zu lassen. Unter dem Foto des rosigen Winzlings namens Lilli Marie Helene stand: *Jetzt ist unser Glück komplett.*

Carola hätte die Karte am liebsten in kleine Fetzen zerrissen und war gleichzeitig entsetzt über ihre Gefühle. Wenn das so weiterging, konnte sie bald nicht mehr aus dem Haus gehen, ohne beim Anblick eines Babys Gefahr zu laufen, in Tränen auszubrechen. Oder noch schlimmer, sie würde wie diese Psychopathinnen werden, vor denen kein Kinderwagen sicher war. Eines Tages würde sie sich womöglich mit irrem Blick umschauen, ein Baby aus einer vor der Metzgerei geparkten Kinderkarre herausnehmen und damit abhauen. Oder sie würde die selbstgefällig lächelnde Anführerin einer dieser Bürgersteig blockierenden Kinderwagenkarawanen mit dem Auto überfahren und dabei die Marseillaise singen.

Die Welt der Mütter war nicht mehr sicher vor ihr.

*Wunder gibt es immer wieder...* Ein alter Schlager war in ihre apokalyptischen Überlegungen hineingeplärrt, und Carola war kurz davor, dem Radio einen Tritt zu versetzen.

Den Termin bei der Frauenärztin hätte sie gerne abgesagt, die Vorstellung, mit all den Schwangeren mit Kugelbäuchen in verschiedensten Stadien im Wartezimmer sitzen zu müssen, war grässlich. Aber dann siegte doch ihre Vernunft. Ihre Endzeitlaune war kein Grund, die halbjährliche Vorsorgeuntersuchung verstreichen zu lassen. Carolas Mutter war vor fünf Jahren an Brustkrebs gestorben, und Carola wusste, dass die Veranlagung dafür erblich war.

Wider Erwarten saß kein einziger Kugelbauch im Wartezimmer, nur eine ältere Dame und Louisa Schneider von nebenan.

Louisa wurde rot, als Carola eintrat. Als würden wir uns in einem Sexshop treffen und nicht bei der Frauenärztin, dachte Carola amüsiert.

»Wie geht's deiner Mutter?«, erkundigte sie sich.

»Besser«, sagte Louisa. »Sie isst nur so gut wie nichts.«

»Hauptsache, sie trinkt genug«, sagte Carola und schluckte taktvoll hinunter, dass Amelie ansonsten genügend Fettreserven auf den Hüften hätte. Louisa war sicher froh, dass sie nicht die untersetzte Figur ihrer Mutter geerbt hatte, sondern zierlich und schmalhüftig war wie alle Frauen in Roberts Verwandtschaft. Amelie hingegen hatte sie die dichten weizenblonden Locken und die Grübchen neben den Mundwinkeln zu verdanken. Louisa konnte mit ihrer Erbmasse wirklich zufrieden sein. Sie hätte auch von allen beiden das weniger Schöne erben können.

»Wann fährst du zurück nach Berlin?«

»Ich wollte noch bis zum Wochenende hierbleiben. Bis dahin müsste so weit alles geregelt sein. Und Mama kommt hoffentlich allein zurecht.«

Die Sprechstundenhilfe steckte ihren Kopf durch die Tür: »Frau Schneider, bitte.«

»Wir werden uns alle um deine Mutter kümmern«, versicherte Carola.

☆

Die Frauenärztin kannte Carola schon lange. Sie untersuchte sie gründlich und schrieb eine Überweisung zur Mammographie. »Nur zur Sicherheit, ab fünfunddreißig ist das empfehlenswert. Soweit ich das sehe, ist bei Ihnen alles in bester Ordnung.«

»Nur schade, dass diese Organe bei mir so völlig überflüssig sind.« Aus einem Impuls heraus berichtete Carola, dass ein Androloge ihren Mann für unfruchtbar erklärt habe. Er sei nicht mal auf zehn Prozent der erforderlichen Spermienzahl gekommen.

»Das ist wirklich ein Drama«, erwiderte die Ärztin, eine resolute Person Ende fünfzig, mit drahtigen grauen Haaren und vielen Falten. Sie wusste um Carolas dringenden Kinderwunsch. »Allerdings weiß ich aus Erfahrung, dass so eine Diagnose nicht das Ende bedeuten muss. Viele Paare bekommen trotzdem noch ein Kind, es ist wie ein Wunder.«

»Ja, durch künstliche Befruchtung«, stieß Carola hervor. »Nein danke.«

»Ich meinte keineswegs künstliche Befruchtung, obwohl ich das durchaus für einen gangbaren Weg halte. Aber in Ihrem Fall ... Wie lange sind Sie jetzt verheiratet?«

»Dreizehn Jahre«, sagte Carola.

»Dreizehn Jahre sind eine lange Zeit. Wussten Sie,

dass im Laufe einer zehn Jahre währenden Ehe über sechzig Prozent der Ehemänner und immerhin fünfzig Prozent der Ehefrauen fremdgehen?« Die Ärztin sah Carola scharf an. »Haben Sie in all den Jahren niemals über einen Seitensprung nachgedacht?«

Carola starrte ihre Ärztin verblüfft an. Sie schüttelte den Kopf.

»Vielleicht sollten Sie das jetzt tun.« Die Ärztin reichte ihr die Überweisung. »Ihr Mann würde sich sicher freuen, wenn Sie trotz dieser düsteren Prognose schwanger würden, oder?«

Carola sagte immer noch nichts.

Die Ärztin reichte ihr die Hand. »Auf Wiedersehen, Frau Heinzelmann, bis zum nächsten Mal. Und denken Sie daran: Wunder gibt es immer wieder.«

«Der Meller sagt, wenn er arbeitslos wird, bringt er sich um«, sagte Martin. »Ich glaube, das sollten wir alle tun. Kollektiv in den Selbstmord gehen, das würde denen eine Lehre sein.«

»Gute Idee«, hätte Carola am liebsten gesagt. Auf der Heimfahrt von der Frauenärztin war sie in tiefes Grübeln verfallen. Womöglich hatte die Frau recht: Sie musste die Sache selber in die Hand nehmen. Wenn sie nur mit dem Schicksal haderte und auf ein Wunder wartete, würde ihr Wunsch niemals in Erfüllung gehen. Sie könnte Martin natürlich um die Scheidung bitten und sich einen neuen Mann suchen. Einen potenten. Das war allerdings eine zeitraubende, ziemlich unsichere Angelegenheit, bei der sie ohne Weiteres von der Menopause ereilt werden konnte. Da dachte sie doch lieber über den Vorschlag der Ärztin nach. Ein Seitensprung mit Folgen. Dass sie da nicht von allein darauf gekommen war!

»Soll ich dir mal was Lustiges erzählen?«, fragte Martin, als sie weiter hartnäckig schwieg.

Carola schaute überrascht auf. Das wäre ja mal was ganz Neues.

»Pass auf: Der Meller hat erzählt, sein Bruder kommt nachts stockbetrunken nach Hause und hat noch Hunger. Im Kühlschrank findet er hart gekochte Eier und Remouladensoße. In der Nacht wird ihm totschlecht. Er sagt zu seiner Frau, das verstehe ich nicht, ich habe doch nur die Eier mit der Remouladensoße gegessen. Und die Frau sagt, welche Remouladensoße?« Martin machte eine Pause.

»Haha, wie lustig.« Carola versuchte, ein Reiskorn mit der Gabel aufzuspießen.

»Warte doch. Also, die Frau stellt fest, dass der Mann keine Soße gegessen hat, sondern ihre Rheumasalbe.«

»Wer's glaubt! Was hatte die denn im Kühlschrank zu suchen?«

»Sollte wohl besonders kühl sein«, sagte Martin verunsichert. »Na ja, jedenfalls, die Frau von Mellers Bruder ruft den Notarzt an und sagt, jetzt wird's richtig lustig, sie sagt: Hilfe, mein Mann hat sich meine Rheumasalbe auf die Eier geschmiert.« Martin lachte. »Und die Sanitäter sagen, dann solle er doch erst mal unter die Dusche...«

»Wirklich lustig«, sagte Carola, ohne eine Miene zu verziehen. »Ich nehme an, der Bruder von deinem Kollegen hat sich wieder erholt?«

»Ähm, ja, nehme ich doch an. Davon hat der Meller gar nichts gesagt.« Er wechselte das Thema. »Hast du gesehen, dass sie bei Elektro-Müller eingebrochen haben? Das ganze Schaufenster war zertrümmert. Ganz wahllos haben die den Laden ausgeräumt. Heizlüfter, Toaster, Kabeltrommeln, Lampen, Föhn, Fernseher, Video . . .«

Carola hörte ihm nicht zu. In Gedanken ging sie alle Männer ihrer Bekanntschaft durch. Die meisten eigneten sich nicht für einen Seitensprung, schon der Gedanke daran war lächerlich. Nein, wenn sie schon moralisch derartig über die Stränge schlagen würde, dann mit jemandem, bei dem es sich lohnte. Sie musste schließlich an die Gene für das Kind denken. Und ein bisschen auch an sich selbst. Eigentlich fiel ihr nur ein einziger Mann ein, mit dem sie sich vorstellen konnte, ins Bett zu gehen.

Wenn sie tatsächlich schwanger werden würde . . .

Den Worten der Frauenärztin hatte sie entnommen, dass sie Martin das Kind als seins verkaufen sollte, als ein Wunder, einen Sieg der Liebe. Aber das würde bedeuten, dass sie weiterhin miteinander schliefen. Carola war der Gedanke widerlich. Sie ertrug es nicht mal mehr, Martins Atem neben sich zu hören.

»Hör mal, Martin, ich habe mir überlegt, dass ich von jetzt an im Ki . . . im freien Zimmer schlafen will«, sagte sie. »Ich habe meine Matratze schon hinübergetragen.«

Martin starrte sie bestürzt an. »Du hast was getan?«

»Ach, komm schon Martin, viele Ehepaare haben getrennte Schlafzimmer, da ist nichts dabei.«

»Findest du, ja?« Martin schaute auf seinen leeren Teller.

»Ja, finde ich«, fauchte Carola. »Ich brauche im Augenblick einfach Abstand.« *Und wenn ich noch mal mit einem Mann schlafe, dann soll es sich wenigstens lohnen,* setzte sie in Gedanken hinzu.

Martin stand auf und stellte seinen Teller in die Spülmaschine. Carola sah ihm nach, wie er mit hängenden Schultern in Richtung Wohnzimmer davonschlurfte. Na fein, jetzt hatte er einen weiteren Grund, sich am kollektiven Selbstmord seiner Abteilung zu beteiligen.

Sie wartete, bis er die Wohnzimmertür hinter sich zugemacht hatte, dann griff sie zum Telefonhörer und wählte Pfarrer Hoffmanns Nummer.

## Irmi

Von allen Wochentagen hatte Irmi den Mittwoch am liebsten. Morgens kam die Krankengymnastin, eine junge, hübsche Person mit leuchtend roten Haaren, zu Georg. Georg mochte sie und die Übungen, die sie mit ihm machte. Er war noch Stunden später gut gelaunt und nörgelte weder an Irmi noch an ihrem Essen herum.

Aber an diesem Mittwoch ging einfach alles schief. Statt der hübschen Rothaarigen war eine ältere, vierschrötige Person mit Damenbart erschienen, und an Georgs Miene konnte man deutlich ablesen, dass er die Vertretung als Zumutung empfand. Immerhin blieb er so lange höflich, bis sie wieder gegangen war. Dann sagte er: »Herrje, die hatte ja einen Hintern wie ein Gorillakäfig. Und Hände wie Klodeckel. Ich habe überall blaue Flecken, wo die mich angepackt hat. Was gibt's zum Essen?«

»Heute Mittag was Leichtes: Möhrensalat und Baguette, heute abend Reibekuchen mit Apfelmus. Ich habe die Kartoffeln schon geschält.« Mittwochs gab Irmi sich immer besonders Mühe mit dem Abendessen, um ihre Familie positiv zu stimmen. Mittwochabends probte nämlich der Kirchenchor, und Irmi durfte Georg für zweieinhalb Stunden mit den Kindern allein lassen. Früher, vor Georgs Krankheit, hatte Irmi andere Hobbys gehabt. Sie hatte Tennis gespielt und war öfter mit Freundinnen ins Kino oder ins Theater gefahren. Georg zuliebe hatte sie das aufgegeben. Der Kirchenchor war das einzige Hobby, das er ihr vorbehaltlos zu gönnen schien.

»Dein Möhrensalat schmeckt immer wie Konfetti. Ich hätte mal wieder Hunger auf eine richtig leckere Pizza vom Italiener«, sagte er.

Um weiteren Streitigkeiten aus dem Weg zu gehen, ließ Irmi eine extragroße Pizza für ihn kommen und aß den Möhrensalat alleine. Aber am frühen Abend, als sie sich mit den Reibekuchen abmühte, rief Georg aus dem Wohnzimmer, er habe Bauchschmerzen.

»Ich habe die Pizza nicht vertragen«, erklärte er. »Du hättest mir verbieten müssen, sie zu essen. Aber dir ist es ja egal, wenn ich mich quäle.«

»Ich koch dir einen Kamillentee«, sagte Irmi.

Eine halbe Stunde später stöhnte Georg immer noch. »Der verdammte Tee hat alles nur noch schlimmer gemacht. Was hast du reingemischt? Arsen?«

»Iss ein Remmi-räumt-den-Magen-auf«, schlug Irmi vor.

»Das sitzt schon tiefer«, sagte Georg. »Nein, ich brauche eine von den Abführpillen.«

»Aber Georg, ich bin gleich weg, und es ist niemand da, der dich zur Toilette bringen kann.« Georg wollte nicht, dass Christoph und Diana sich in irgendeiner Form an seiner Pflege beteiligten. Sie hätten es auch gar nicht gewollt.

Irmi sah auf die Uhr. »Martin und Carola kommen um zehn vor sieben, um mich abzuholen. Die Pille wirkt frühestens in anderthalb Stunden.«

»Dann eben ein Klistier«, sagte Georg.

Als Carola und Martin klingelten, um Irmi abzuholen, musste Diana ihnen die Tür öffnen. Irmi hörte, wie sie ihnen kaugummikauend erklärte: »Mama ist noch mit Papa auf dem Klo. Sie kommt später nach, soll ich sagen.«

Was Carola und Martin antworteten, hörte sie nicht.

»Jetzt geht es mir gleich besser«, sagte Georg.

Zwanzig Minuten später suchte Irmi hektisch nach den Autoschlüsseln.

»Mensch, Mama, die Bluse gehört aber wirklich in den Altkleidersack«, sagte Diana. »Das war vielleicht mal in den Achtzigern schick. Was suchst du eigentlich?«

»Die Autoschlüssel«, sagte Irmi. »Ich komme viel zu spät.«

»Christoph ist doch mit dem Auto weg, Mama! Hat Papa es dir nicht gesagt?«

Irmi fuhr sich mit der Hand über die Stirn. Sie war nass geschwitzt. »Nein, hat er nicht!«

»Ich könnte aber schwören, dass ich's dir gesagt habe«, meinte Georg vom Fernseher her.

»Typisch Papa! Wie soll Mama denn jetzt zu ihrer Chorprobe kommen?«

»Mit dem Fahrrad«, schlug Georg vor. »Sie hat ja zwei funktionierende Beine, im Gegensatz zu anderen Leuten.«

»Aber es regnet«, sagte Diana.

»Das macht nichts«, sagte Irmi wütend und knöpfte ihre Jacke zu.

Jahnsberg war wie einst Rom auf sieben Hügeln erbaut worden. Nur ehrgeizige Freizeitradler wussten die zum Teil extremen Steigungen zu schätzen. Bei Quirrenbergs stand daher auch nur ein einziges Fahrrad in der Garage, Christophs Rennrad. Es hatte keinen Rücktritt, war viel zu hoch und nicht mal mit Licht ausgestattet. Irmi schwang sich trotzdem auf den Sattel.

Das Gemeindezentrum lag unten im Tal, sie musste nicht ein einziges Mal in die Pedale treten, im Gegenteil, sie hatte genug damit zu tun, zu bremsen und zu hoffen, dass die Autofahrer sie nicht übersahen. Der Regen klatschte ihr ins Gesicht und durchnässte ihre Jacke. Irmi graute es schon wieder vor dem Rückweg. Wahrscheinlich würde sie die ganze Strecke schieben müssen.

Als sie ihr Gefährt vor dem Gemeindezentrum in den Fahrradständer stellte, schaute sie auf die Uhr. Fast eine Dreiviertelstunde zu spät.

Hinter ihr parkte ein silberner BMW. Er gehörte dem neuen Pfarrer, der Irmi so sehr an den Kinderarzt aus Dianas amerikanischer Lieblingsfernsehserie erinnerte.

»Donnerwetter, Sie sind aber sportlich«, sagte der Pfarrer. »Aber es ist äußerst leichtsinnig von Ihnen, ohne Licht zu fahren. Ich hätte Sie vorhin an der Ampel beinahe nicht gesehen.«

»Tut mir leid«, stotterte Irmi.

»Schon gut. Ich bin ja froh, dass Ihnen nichts passiert ist. Wollen Sie zur Chorprobe?«

»Ja, Sie auch?«

Pfarrer Hoffmann schüttelte lächelnd den Kopf. »Eine schöne Idee, aber ein Pfarrer darf leider nicht im eigenen Kirchenchor mitsingen. Nein, mir ist zu Hause die Decke auf den Kopf gefallen, und da dachte ich, ich könnte vielleicht ein bisschen in meinem Büro arbeiten.« Er seufzte, während er ihr galant die Tür aufhielt. »Immer noch besser, als nutzlos zu Hause herumzusitzen. Das ist eben das Los des Junggesellen!«

»Ich dachte immer, Junggesellen führen so ein aufregendes Leben«, murmelte Irmi.

»Eher ein einsames«, sagte der Pfarrer und blieb vor seinem Büro stehen. »Und Frau Sommerborn ist ja eine herzensgute Seele, aber nicht unbedingt die Person, mit der ich meine einsamen Abende teilen möchte.«

Irmi lächelte. Frau Sommerborn war die steinreiche alte Dame, der die Kirche den Glockenturm und eine Handvoll wertvoller Immobilien zu verdanken hatte. Unter anderem gehörte ihr das Anwesen, in dem traditionellerweise der Pfarrer wohnte. Die Pfarrwohnung war riesig, mit französischen Fenstern, mehreren offenen Kaminen und edlen Mamorfußböden ausgestattet, dazu ein großer Garten, Fernblick und Kabelfernsehen. Das einzige Manko war Frau Sommerborn, die sich für die Dachwohnung ein Wohnrecht auf Lebenszeit ausbedungen hatte und über den jeweiligen Pfarrer wachte wie über ihren eigenen Sohn.

»Seien Sie mir nicht böse, aber ich musste mir in der

letzten Zeit so viele Namen merken, da habe ich Ihren völlig vergessen«, sagte der Pfarrer.

»Quirrenberg«, sagte Irmi verlegen. »Irmela Quirrenberg.«

»Irmela! Den Namen hatte ich zwar vergessen, aber die schönen Augen nicht.« Pfarrer Hoffmann konnte den Kinderarzt aus dem Fernsehen glatt an die Wand lächeln.

Irmi spürte, wie sie rot anlief.

Der Pfarrer schloss die Bürotür auf. »Vielleicht höre ich Sie ja durch die Wand singen«, sagte er. »Singen Sie im Alt oder im Sopran?«

*Sanftmütigkeit ist sein Gefährt*, tönte der Chor aus dem Probenraum. Sie übten schon für das Adventskonzert.

»Äh, im Tenor«, sagte Irmi. »Wir haben im Moment einfach zu wenig Männerstimmen.«

»Bewundernswert«, sagte der Pfarrer und schloss die Tür hinter sich.

Irmi stolperte mit hochrotem Kopf weiter.

»Bist du sicher, dass du mit dem Fahrrad fahren willst?«, erkundigte sich Martin nach der Chorprobe. »Wir nehmen dich gerne mit.«

»Danke, aber Christoph bringt mich um, wenn ich sein geliebtes Fahrrad hier unabgeschlossen im Regen stehen lasse«, sagte Irmi.

Martin runzelte die Augenbrauen. »Er würde aber sicher auch nicht wollen, dass sich seine Mutter im Dunkeln den steilen Berg hinaufquält, oder?«

Doch, dachte Irmi, im Zweifel würde Christoph sich immer für das Rennrad entscheiden.

»Es macht mir nichts aus«, log sie. »Die frische Luft wird mir guttun.«

»Wie du meinst«, sagte Martin. »Aber . . .«

»Nun lass sie doch«, fiel Carola ihm ins Wort. »Wenn sie nicht will, dann hast du das gefälligst zu akzeptieren. Tschüss, Irmi, und fahr vorsichtig! Komm, Martin, ich möchte gerne noch vor Mitternacht im Bett sein.«

»Sofort.« Martin zog seine Jacke aus und hielt sie Irmi hin. »Hier, nimm die, die ist wenigstens trocken.«

»Vielen Dank«, sagte Irmi gerührt und überhörte, dass Carola spöttisch die Melodie von *Sankt Martin* summte.

Der Parkplatz leerte sich in Windeseile. Als Irmi den Sattel mit dem Ärmel trocken gerieben hatte, stand nur noch ein einziges Auto da. Der silberfarbene BMW.

»Irmela! Sie wollen doch nicht allen Ernstes wieder ohne Licht nach Hause fahren?«, sagte Pfarrer Hoffmann.

»Es geht nicht anders«, sagte Irmi, erfreut, dass er sich immerhin ihren Vornamen gemerkt hatte.

»Aber natürlich geht es anders«, widersprach Pfarrer Hoffmann. »Ich könnte Sie nach Hause bringen. Das Fahrrad packen wir in den Kofferraum. Keine Widerrede!«

Christophs Rennrad war zu groß für den Kofferraum, aber Pfarrer Hoffmann ließ es halb herausragen und band den Kofferraumdeckel mit einem Stück Kordel fest. »So wird's gehen«, sagte er fröhlich. »Dieses Auto ist wie ein guter Freund. Es lässt einen nie im Stich. Und jetzt hinein mit Ihnen.«

Irmi ließ sich auf dem luxuriösen Ledersitz nieder. »Das ist aber wirklich nicht nötig«, murmelte sie.

»Ich wäre ein schlechter Hirte, wenn ich zuließe, dass eines meiner Schäfchen allein durch die Dunkelheit fährt«, sagte Pfarrer Hoffmann. »Außerdem ist Autofahren eines meiner Hobbys.«

Irmi lächelte. Ihr gefiel die Vorstellung, ein Schäfchen in Pfarrer Hoffmanns Herde zu sein.

»Jetzt sehe ich Sie doch tatsächlich zum ersten Mal lächeln!«, rief der Pfarrer aus, der auf dem Fahrersitz Platz genommen hatte. »Ich dachte schon, die Sorgen lasten viel zu schwer auf Ihren schmalen Schultern.«

Irmi stellte das Lächeln ein. »Ich habe nur einen kranken Mann zu versorgen, das ist besser, als selber krank zu sein.«

»Werten Sie das nicht ab. Ein krankes Familienmitglied zu pflegen ist eine ungeheure Belastung«, sagte Pfarrer Hoffmann ernst.

Solche Worte war sie nicht gewöhnt. Die meisten Leute pflegten eher Mitleid für Georg zu zeigen.

»Manchmal ist es schon schlimm«, sagte sie. »Georg ist kein sehr einfacher Mensch. Er sagt oft Dinge, die mich kränken.« Zu ihrem eigenen Entsetzen brach sie in Tränen aus. Schluchzend fuhr sie fort: »Mein Anblick macht ihn krank, sagt er, meine Begriffsstutzigkeit treibt ihn in den Wahnsinn, meine Kochkünste müssten mit Gefängnisstrafen geahndet werden, und gestern hat er gesagt, er verstehe nicht, wie er sich je hätte überwinden können, mit mir zu schlafen, ohne eine Papiertüte über mein blödes Schafsgesicht zu stülpen.« Von Schluchzern geschüttelt rang sie nach Luft. Pfarrer Hoffmanns Hand streichelte über ihr Haar.

»Armes Schäfchen«, flüsterte er.

Es dauerte eine ganze Weile, bis Irmi sich beruhigte.

Verlegen schnäuzte sie sich in das Taschentuch, das der Pfarrer ihr hinhielt.

»Tut mir leid, ich sollte nicht schlecht über ihn reden«, stammelte sie.

Pfarrer Hoffmann legte die Hand unter ihr Kinn und zwang sie, ihm in die Augen zu sehen. »Dieser Mann sieht nicht, was ich sehe«, sagte er. »Ich sehe ein Juwel, Irmela. Einen fein geschliffenen Diamanten, den man vernachlässigt und in einer Ecke hat verstauben lassen. Wenn man den Staub fortbläst, funkelt er in allen Farben des Regenbogens.«

Und dann beugte er sich vor und küsste Irmi auf den vor Verblüffung halb geöffneten Mund.

## Amelie

Siebenundsechzig Kilo. Mit Pantoffeln. Das war sensationell. Amelie stellte sich vor den Spiegel und zog den Bauch ein. Fast keine Wölbung mehr. Sie seufzte. Dafür saßen noch genug Pölsterchen an den Hüften und den Beinen, kein Grund euphorisch zu werden. Heute würde sie nur ein bisschen Obst zu sich nehmen und mindestens eine Stunde auf dem Heimtrainer radeln. Danach Stretching bei offenem Fenster. Um elf Uhr hatte sie einen Termin beim Friseur. Um die Mittagszeit würde sie sich ein Stündchen hinlegen, mit einer regenerierenden Maske im Gesicht. Solange sie ihren Tag mit derartigen Oberflächlichkeiten ausfüllte, konnte ihr das schwarze Ungeheuer im Abgrund nichts anhaben.

Gegen drei Uhr nachmittags kam dann Pfarrer Hoffmann vorbei, das hatte sich mittlerweile so eingebürgert. In seiner Gegenwart fühlte sie sich immer wunderbar zerbrechlich, so als würde sie mindestens in Größe 36 passen.

Amelie schlüpfte in ihren apfelgrünen Jogginganzug und registrierte voller Freude, dass er mittlerweile zwei Nummern zu groß geworden war. Allerdings machte er einen blassen Teint. Ob sie wohl mal auf die Sonnenbank gehen sollte? Es gab ein neues Sonnenstudio in der Hauptstraße.

»Mama, da ist Erbschleicher Harry am Telefon.« Louisa war ohne anzuklopfen ins Schlafzimmer geplatzt und hielt ihr das tragbare Telefon hin.

»Louisa, was soll Onkel Harry denn denken, wenn du ihn Erbschleicher nennst!«, zischte Amelie.

»Keine Angst, ich habe die Stummschaltung aktiviert. Der Erbschleicher kann uns nicht hören. Bestimmt will er wieder wegen der Golfausrüstung nerven.«

»Dann soll er sie halt bekommen, in Gottes Namen«, sagte Amelie. »Sag mal, findest du mich zu blass, Kind?«

»Was? Nein, du bist ganz normal. Ich finde, der alte Geier soll wenigstens was dafür bezahlen«, sagte Louisa. »Aus Prinzip. Wie viel ist das Zeug wert?«

»Was weiß ich? Ein paar tausend Mark sicherlich.«

Louisa drückte energisch die Stummschaltungstaste. »Onkel Harry? Mama meint, du kannst die Golfausrüstung haben.« Sie machte eine Pause und zwinkerte Amelie zu. »Für schlappe viertausend Mark.«

»Louisa!«, sagte Amelie tadelnd.

»Ein Witz?«, fuhr Louisa fort. »Ja, das habe ich ihr auch gesagt, aber sie meint, weil du's bist, bekommst du's für diesen Freundschaftspreis. Wie – zu teuer? Maximal einen Tausender? Ich würde sagen, bei dreitausend kämen wir ins Geschäft. Zweifünf, minimum. Ich könnte dir dazu gratis zwanzig Schachteln der Zigarettenmarke deiner Wahl anbieten. Nein, das ist kein Scherz, und ich heiße auch nicht Loretta.«

»Louisa, jetzt reicht es aber.« Amelie nahm ihrer Tochter den Hörer aus der Hand. »Harry? Wenn du die Golfausrüstung wirklich haben willst, dann kannst du sie dir abholen.«

»Ich muss schon sagen!«, sagte Harry. »Ich hätte nicht gedacht, dass du deinen eigenen Bruder so abzocken willst! Ich zahle maximal einen Tausender. Und wie war das mit den Zigaretten?«

»Ach, Harry . . .« Amelie war irritiert. »Ich wollte selbstverständlich kein Ge . . .«

»Tausendfünfhundert, mein letztes Angebot«, fiel Harry ihr zornig ins Wort. »Und sag der Lola, ich nehme zwanzig Schachteln Marlboro.«

Kopfschüttelnd drückte Amelie auf die Aus-Taste. »Redet nur wirres Zeug, der Harry. Jetzt will er tausendfünfhundert Mark zahlen und zwanzig Schachteln Marlboro von einer gewissen Lola.«

»Immerhin«, sagte Louisa.

Am Nachmittag fand Amelie ihre Tochter heulend im Wohnzimmer vor.

»Warum weinst du denn?«, fragte sie.

»Ja, warum wohl?« Louisa warf ihr einen gekränkten Blick aus rot geränderten Augen zu, Amelie wiederum warf einen Blick auf die Standuhr. Zehn vor drei – in ein paar Minuten würde Pfarrer Hoffmann hier sein.

Louisa interpretierte ihren Blick zur Uhr richtig. Sie sagte schniefend: »Kommt der heute schon wieder?«

Amelie beschloss, nicht darauf einzugehen. »Ach, Kind, das ist ja hier auch nichts für dich«, sagte sie sanft. »Du musst wieder unter junge Leute, zurück an die Uni, da kommst du viel schneller über deinen Verlust hinweg.«

»Das geht nicht so einfach«, sagte Louisa weinerlich.

Amelie betrachtete ihr eigenes Spiegelbild in den Scheiben der Vitrine. Der puderrosafarbene Pullover passte wunderbar zu ihren blonden Locken, die der Friseur heute zu einer flotten Kurzhaarfrisur geschnitten hatte. Sie drehte sich ein wenig auf die Seite. Die neuen Jeans saßen perfekt. Sie hatte sie in der kleinen Boutique neben dem Friseur erstanden, in Größe 40, statt der sonst üblichen 44. Vor lauter Freude darüber, dass sie auch wirklich hineinpasste, hatte sie den Pullover gleich miterstanden.

»Rosa schmeichelt Ihrem Teint«, hatte die Verkäuferin gesagt. »Es macht Sie Jahre jünger.«

»Sag mal ganz ehrlich, Louisa: Findest du, dass ich zu alt bin, um Jeans zu tragen?«, fragte Amelie.

Louisa machte ein beleidigtes Gesicht. »Du hast mir ja gar nicht zugehört«, beschwerte sie sich.

»Doch, habe ich«, log Amelie. In Wahrheit waren Louisas Worte ungehört an ihr vorbeigeflossen. Das Kind konnte ja nicht wissen, wie schwierig es war, auf einem Drahtseil über einem ungeheuer tiefen schwarzen Abgrund zu balancieren. Schon der Versuch, es zu erklären, würde Amelie aus dem Gleichgewicht bringen, sie würde ins Trudeln geraten und abstürzen...

Amelie beschloss, in die Offensive zu gehen: »Ich

weiß genau, wie dir zumute ist. Ich war erst siebzehn, als mein Vater gestorben ist. Aber vergiss bitte nicht, dass dein Vater der Mann war, mit dem *ich* die letzten dreißig Jahre beinahe jeden Tag verbracht habe. Du machst es mir wirklich nicht leichter, wenn du mir die Ohren volljammerst.«

Es klingelte.

»Vielleicht sollte ich besser Pfarrer Hoffmann die Ohren volljammern«, sagte Louisa boshaft.

*Vielleicht solltest du in dein Zimmer gehen und packen, junge Dame*, hätte Amelie am liebsten gesagt, aber sie konnte sich gerade noch zurückhalten. Sie zupfte den Pullover zurecht und sagte: »Ich will damit nur sagen, dass ich mir im Augenblick nicht auch noch um dich Sorgen machen will, verstehst du? Und jetzt sei so lieb und mach dem Pfarrer die Tür auf, Kind, ja? Wir reden dann heute Abend noch mal miteinander.«

Louisa erhob sich mit finsterem Blick. »Ich muss noch einkaufen. Hast du irgendwelche besonderen Wünsche fürs Abendessen?«

»Ein paar Äpfel wären fein«, sagte Amelie freundlich.

»Ich finde, dass wir große Fortschritte machen, liebe Amelie«, sagte Pfarrer Hoffmann. »Wir haben nun gelernt, dass Ihr Mann in der Obhut Christi auf uns wartet. Wir sind im Frieden mit der Vergangenheit, und wir sehen der Zukunft voller Zuversicht entgegen.«

»Na ja«, sagte Amelie, während sie den Duft seines Eau de Toilette inhalierte. Das kollektive »wir«, das Pfarrer Hoffmann benutzte, irritierte sie. Es mochte ja sein, dass er der Zukunft voller Zuversicht entgegensah – sie tat es nicht. »Ich fühle mich aber immer noch so schrecklich hilflos und unvollständig.«

In den letzten Wochen hatte sie diese Art Gefühle perfektioniert. Je hilf- und wehrloser sie sich fühlte, desto netter waren die Menschen zu ihr. Besonders Pfarrer Hoffmann. Amelie liebte es, Sorge und Mitgefühl in seinen schönen blauen Augen zu lesen.

»Daran werden wir noch arbeiten«, versprach Pfarrer Hoffmann. »Aber nun haben wir uns doch eine Belohnung verdient, um diesen Teilerfolg zu feiern, finden Sie nicht?«

Ohne ihre Antwort abzuwarten, bückte er sich nach seinem Aktenkoffer, den er immer mit sich herumschleppte, und holte eine Flasche Sekt hervor. »Sie ist nicht mehr ganz kalt, aber das macht nichts. Es ist ja symbolisch gedacht.«

Amelie musste lachen. »Ich habe in den letzten Tagen die Finger vom Alkohol gelassen, weil ich Angst hatte, der Versuchung zu erliegen, mich zu betrinken. Und ausgerechnet Sie als Pfarrer wollen mich dazu verführen . . .«

»Das ist wie Medizin«, versicherte Pfarrer Hoffmann, während er, ohne zu fragen, zwei Sektgläser aus der Vitrine nahm. »Außerdem muss jetzt wirklich mal Schluss sein mit dem steifen Sie! Ich habe mir ja schon die Freiheit genommen, Sie beim Vornamen zu nennen, liebe Amelie, aber Sie sind ganz korrekt bei Ihrer Anrede geblieben. Könnten Sie sich nicht vorstellen, Benedikt zu mir zu sagen?« Der Sektkorken glitt mit einem leisen »Plopp« aus dem Flaschenhals. »Wir sind doch jetzt Freunde.«

»Benedikt«, wiederholte Amelie geschmeichelt. »Wenn

Sie meinen, dass sich das einem Pfarrer gegenüber gehört?«

»Du«, verbesserte Pfarrer Hoffmann, ließ sich neben ihr auf das Sofa nieder und reichte ihr ein Glas. »Auf Konventionen gebe ich nicht viel – je vertrauter und inniger das Verhältnis zwischen Pfarrer und Schutzbefohlenem, je enger ist auch das Verhältnis zu Gott, unserem Herrn. Also, auf uns, Amelie! Auf unsere von Gott geschenkte Freundschaft!«

Die Gläser stießen klirrend aneinander. Amelie nahm zwei tiefe Schlucke. Der lauwarme Sekt stieg ihr in die Nase. Ihr wurde heiß in dem puderrosafarbenen Wollpullover.

»Und jetzt der Kuss«, verlangte Pfarrer Hoffmann, nein, Benedikt, nahm ihr das Sektglas wieder aus der Hand und sah ihr ernst in die Augen. »Deine Augen verwirren mich, weißt du das? Sie sind so unschuldig und himmelblau wie die eines ganz jungen Mädchens.«

Während sie noch über seine Worte nachdachte – ihre Augen waren nicht himmelblau, sondern grünblau, vielleicht wie ein Bergsee, da musste er noch mal genauer hinsehen –, näherte sich sein Mund dem ihren.

»Aber deine Lippen sind die einer erfahrenen Frau«, fuhr er fort und drückte seinen Mund auf ihren.

*Das kommt wohl von den vielen Luftballons, die ich zu Louisas Kindergeburtstagen aufgepustet habe*, dachte Amelie und schob die Erinnerung an Roberts vertraute, weiche Küsse ganz weit von sich.

»Mmmmmmh«, machte Pfarrer Hoffmann genießerisch, und Amelie wusste nicht, ob er den Kuss oder den Sekt meinte. Nun, der Sekt war lauwarm gewesen, der Kuss nur unwesentlich wärmer.

Es war aber trotzdem kein Freundschaftskuss gewesen, und ganz sicher war er nicht dazu gedacht, das Verhältnis zwischen Amelie und dem lieben Gott zu verbessern. Amelie hätte gerne gekichert. Sie fühlte sich, als sei sie wieder dreizehn Jahre alt und tauschte verbotene Küsse mit Wie-hieß-er-noch-gleich? unterm Kirschbaum.

Ausgerechnet diesen Augenblick wählte Louisa, um mit einem schweren Einkaufskorb am Arm ins Wohnzimmer zu platzen. Sie blieb stehen wie vom Donner gerührt. Amelie registrierte jetzt erst, dass zwischen ihren Oberschenkel und den von Pfarrer Hoffmann nicht mal mehr ein Blatt Papier gepasst hätte. Sie fragte sich, ob ihr Lippenstift wohl verschmiert war.

»Oh, gibt es was zu feiern?«, fragte Louisa und setzte den Einkaufskorb krachend auf dem Parkett ab. Amelie zog es vor, nicht zu antworten. Warum hatte sie eigentlich so ein mulmiges Gefühl im Magen, genau wie damals, als ihre Mutter sie beim Knutschen unterm Kirschbaum erwischt hatte? Peter Bahnmüller, so hatte er geheißen! Riesige abstehende Ohren hatte er gehabt, die vor Scham glühend rot geworden waren.

Pfarrer Hoffmann, nein, *Benedikt*, war überhaupt nicht verlegen. Im Gegensatz zu Peter, der damals unter dem Kirschbaum unartikuliert zu stottern angefangen hatte.

»Ich habe gerade Ihrer Mutter das Du angeboten, Louisa«, sagte Benedikt und lachte verschmitzt. »Es konnte ja nicht angehen, dass ich sie beim Vornamen nenne und sie weiter Pfarrer Hoffmann zu mir sagt. Dabei habe ich mich gar nicht gut gefühlt.«

»Mich nennen Sie doch auch beim Vornamen«, sagte Louisa.

Amelie fand, dass sie reichlich kühl klang. *Kleine klugscheißerische Moralapostelin*, dachte sie. Was steckte sie ihre Nase eigentlich immer in Dinge, die sie überhaupt nichts angingen?

»Das stimmt!« Benedikt lachte noch verschmitzter. »Du hast eine kluge Tochter, Amelie. Es ist nur recht und billig, wenn ich auch ihr das Du anbiete, nicht wahr? Liebe Louisa, ich heiße Benedikt.«

Louisa antwortete nicht sofort.

Sie sieht genauso aus wie meine Mutter damals unterm Kirschbaum, dachte Amelie. Gleich würde sie ihren Zeigefinger ausstrecken und anfangen zu schreien: »Du bist ein ungezogener Bub! Ab nach Hause, und sei froh, dass ich dir nicht den Hosenboden versohle!«

Ob der Pfarrer dann auch mit eingezogenem Kopf davonlaufen und fortan einen Bogen um sie machen würde, wie einst der eingeschüchterte Peter?

»Auch einen Sekt gefällig?«, fragte Pfarrer Hoffmann. Ha, das hätte dem kleinen Peter damals einfallen sollen!

»Nein, danke, ich bleibe lieber beim Sie«, erwiderte Louisa. »Aber wenn Sie sich dabei besser fühlen, können Sie ab jetzt gerne *Frau Schneider* zu mir sagen.«

## Louisa

Ich brauchte erst mal Zeit, um das zu verdauen«, sagte Andi am Telefon. Er hatte zwei Tage einfach nichts von sich hören lassen. Ich fühlte mich ziemlich im Stich gelassen. »Aber ich habe mich in der Zwischenzeit informiert. Das ist eigentlich alles gar nicht so schlimm.«

»Ach nein?«, fragte ich hoffnungsvoll.

»Nein, pass auf: Du musst zum Frauenarzt, von dort in eine Beratung, und dann kriegst du einen Termin in der Klinik. Nach spätestens zwei Wochen ist die ganze Sache überstanden. Den Eingriff zahlt in deinem Fall sogar die Kasse.« Andi gab ein trockenes Geräusch von sich, das wie Lachen klang. Es konnte aber auch Husten sein. »Ich hatte mir das alles viel komplizierter vorgestellt. Ich dachte, das ist eine wahnsinnig teure Angelegenheit. Na ja, und dann hat man ja so horrormäßige Vorurteile im Kopf von irgendwelchen Hinterzimmern mit schmuddeligen Liegen voller Blutflecken, wo mit unsterilen Skalpellen in der Frau herumgestochert wird...« Wieder dieses trockene Geräusch. »Dass das ganz offiziell in der gynäkologischen Abteilung vom Krankenhaus durchgeführt wird, hat mich doch sehr erleichtert.«

»Wie rührend.« Ich war wütend auf ihn, aber gleichzeitig zu traurig, um ihn anzubrüllen.

»Hör mal, Lou, ich weiß, dass du im Augenblick eine Menge durchmachst, wegen deines Vaters und so, aber du kannst diese Sache nicht einfach schleifen lassen. Am besten ist, du kommst so schnell wie möglich nach Berlin zurück und wir stehen das gemeinsam durch. Vor dem Beratungsgespräch musst du wirklich keine Angst haben. Alle, mit denen ich gesprochen habe, sagen, es ist der reinste Witz. Du musst da noch nicht mal irgendwas rumlügen oder so. Du sagst denen einfach, dass du das Kind nicht willst, und dann kriegst du den Schein, und fertig.«

»Nicht ganz«, erinnerte ich ihn ironisch. »Dann kommt ja noch die Sache mit dem Eingriff. Aber wahrscheinlich haben alle, mit denen du darüber geredet hast, gesagt, so eine Ausschabung ist ebenfalls der reinste Witz, was?«

Andi missverstand mich. »Kein Angst. Ich habe natürlich niemandem gesagt, dass du schwanger bist, Lou! Ich habe mich sozusagen inkognito schlaugemacht. Ich habe genauso großes Interesse daran, die Sache geheimzuhalten wie du. Wenn mein Vater das erfahren würde, wäre ich so gut wie enterbt! Meinem Bruder ist so was nämlich während seines Studiums in Italien passiert, und mein Vater war vor Wut außer sich.«

»Dein Bruder war schwanger?«, fragte ich absichtlich dumm.

»Mein Bruder hat eine Frau geschwängert, als er in Triest studiert hat«, erklärte Andi. »Es ist unser großes Familiengeheimnis. Stephan brauchte Geld, um die Sache wieder in Ordnung zu bringen, aber weil er ein armer Student war, musste er meinen Vater um Hilfe bitten. Mann, war der wütend! Mein Bruder musste ihm monatelang die Füße küssen, um wieder in Gnade aufgenommen zu werden.«

Da war er schon wieder, dieser hässliche Ausdruck: In Ordnung bringen. Was hatten sie dem armen italienischen Mädchen angetan? Hatte Andi von daher seine Visionen von rostigen Skalpellen und schmuddeligen Hinterzimmern?

»Du bist kein mittelloser Student, sondern ein gut verdienender Jungmanager und verdammt noch mal alt genug, eine Familie zu gründen«, sagte ich und setzte hinzu: »Wenn du wolltest, jedenfalls. Und wenn ich wollte, natürlich.«

»Ich füchte, meine Eltern würden das anders sehen«, sagte Andi mit diesem trockenen Lachhusten. »Und ich will auch kein Kind! Ich habe noch Pläne für dieses Leben! Und du ja wohl auch. In der wievielten Woche bist du?«

»In der sechsten.« Ich hatte immer noch nicht verstanden, was seine Eltern mit meinem Baby zu tun hatten.

»Sechste Woche ist gut«, frohlockte Andi. »Dann haben wir noch genügend Zeit. Trotzdem – je schneller wir die Sache hinter uns bringen, desto besser. Wann kommst du?«

»Das weiß ich noch nicht. Vielleicht am Wochenende.«

»Das ist gut, dann kannst du am Montag gleich zum Frauenarzt gehen. Ruf mich an, wenn du da bist. Du musst das nicht allein durchstehen, Herzchen.«

»Schön zu wissen.« *Mistkerl*. Für ihn war das alles so einfach. Keinen Gedanken hatte er an die Möglichkeit verschwendet, das Kind zu bekommen. Nein, »die Sache« so schnell wie möglich hinter sich bringen war alles, was er wollte.

»Was ist eigentlich aus dem Baby deines Bruders in Triest geworden?«, fragte ich, aber da hatte Andi schon aufgelegt.

Vielleicht wäre er sich seiner Sache nicht so verdammt sicher gewesen, wenn er wie ich das winzig kleine Herzchen auf dem Bildschirm bei der Frauenärztin hätte schlagen sehen. Der Anblick hatte mich völlig überwältigt.

»Aber es *lebt* ja«, hatte ich gestammelt, und die Frauenärztin hatte kopfschüttelnd etwas vor sich hin gebrummelt, was wie »Ich würde ja gern mal wissen, was sie euch heutzutage in den Schulen noch beibringen« geklungen hatte.

Ich hätte gern jemanden gehabt, der meine äußerst gemischten Gefühle bezüglich dieses pulsierenden

Wunders geteilt hätte, aber mein Vater war tot und meine Mutter nicht zurechnungsfähig. Entweder heulte sie herum oder flirtete mit dem Pfarrer wie eine Vierzehnjährige. Wenn es nicht völlig ausgeschlossen wäre, hätte ich geglaubt, zwischen den beiden bahne sich etwas an.

In meiner Verzweiflung rief ich Betty an.

»Du bist *was?*«, kreischte sie in den Telefonhörer.

»In der sechsten Woche«, bestätigte ich. »Ach, Betty, ich weiß einfach nicht, was ich tun soll.«

»Hör mal, das ist alles gar nicht kompliziert«, beruhigte Betty mich, als sie sich von ihrer Überraschung erholt hatte. »Eine Freundin von mir hat das letztes Jahr machen lassen, es ging ganz schnell. Die konnte nach zwei Stunden wieder nach Hause gehen.«

»Ich habe das Baby beim Ultraschall gesehen«, sagte ich. »Sein Herz schlägt schon.«

Betty schwieg eine Weile. Dann sagte sie: »Das kann doch nicht dein Ernst sein! So kurz vor dem Examen willst du dir doch nicht alle Chancen vermasseln.«

»Nein«, sagte ich unsicher. »Eigentlich nicht.«

»Was sagt denn Andi dazu?«

»Er will, dass ich es wegmachen lasse. Für ihn ist die Sache klar. Wenn ich zurück nach Berlin komme, wird er mich eigenhändig in eine Klinik zerren. Er kann nicht verstehen, dass ich hin- und hergerissen bin. Na ja, ich hab's ihm eigentlich auch gar nicht gesagt. Betty, kannst du nicht mal mit ihm reden?«

»Was soll ich ihm denn sagen? Dass du noch Zeit brauchst?«

»Ja«, sagte ich. »Ungefähr acht Monate.« Erschrocken über meine eigenen Worte hielt ich den Atem an.

Betty am anderen Ende der Leitung ebenfalls.

»Betty? Das ist mir nur so rausgerutscht. Ich habe es nicht ernst gemeint.«

»Gut«, sagte sie. »Denn du hast weder eine Ausbildung noch einen Job, noch einen Mann, der den Familienpapi spielen will. Worauf wartest du denn noch?«

»Weiß ich auch nicht«, sagte ich unglücklich.

»Hm«, machte Betty. »Hast du Angst, unmoralisch zu handeln, weil das Herz schon schlägt? Es klingt vielleicht hässlich, aber das Ganze ist kleiner als eine Made, und Maden haben auch ein Herz, das schlägt.«

»Es ist aber keine Made«, sagte ich empört.

»Natürlich nicht«, sagte Betty kleinlaut.

Wir schwiegen eine Weile. Dann fragte ich: »Wirst du mit Andi sprechen?«

»Von mir aus«, sagte Betty unwillig. »Wie lange möchtest du dir das denn noch überlegen?«

»Weiß ich nicht. Ein paar Tage vielleicht. Frauen können doch durchaus Kinder haben und Karriere machen, oder, Betty?«

»Möglich, aber meinetwegen musst du das nicht am eigenen Leib beweisen«, sagte Betty.

Da meine Mutter sich nach wie vor weigerte, regelmäßige Mahlzeiten zu sich zu nehmen, ganz zu schweigen von Kochen und Backen, blieb es an mir hängen, dafür zu sorgen, dass wir nicht verhungerten. Bis dahin hatte ich nie besonders gern und auch nicht besonders gut gekocht, aber nun setzte ich einen gewissen Ehrgeiz daran, nicht nur gesund und reichlich, sondern auch verführerisch gut zu kochen. Ich wollte, dass meine Mutter wieder mit Genuss aß. Allein der Klang der Speisen, die ich peinlich genau aus Rezeptteilen gängiger Frauenzeitschriften nachkochte, hätte jedem das Wasser im Mund zusammenfließen lassen. Jedem, nur nicht meiner Mutter.

»Rosmarinkartoffeln mit Hackbällchen, in Pestosoße geschwenkt«, präsentierte ich etwa stolz.

Mama sagte: »Mir bitte nur ganz wenig. Und keine Soße.«

Oder: »Noch etwas von den gefüllten Seezungenröllchen, Mama?«

»Nein danke, für mich nicht.«

»Mir bitte nur ganz wenig« und »Nein, danke, für mich nicht« waren die Sätze, die ich am häufigsten von ihr hörte. Über jede Abweichung war ich daher dankbar.

»Jemand muss die Hecke schneiden«, sagte meine Mutter. »Herr Hagen hat sich schon beschwert.«

»Wieso hat er sich denn beschwert? Die Oben-ohne-Saison ist doch vorbei«, sagte ich. Bei der sogenannten Hecke handelte es sich um ein paar ziemlich mickrige – weil jahrelang falsch beschnittene – Blütensträucher, gleich vor Hagens Küchenfenster. Da ich sonst nichts zu tun hatte, zog ich meine Gummistiefel an und machte mich an die Arbeit. Jeder Zweig, der dem Maschendrahtzaun der Hagens zu nahe kam, wurde gnadenlos gekappt.

Weit kam ich jedoch nicht, denn unter dem Falschen Jasmin fand ich eine Katze. Sie war niedlich, das plüschige Fell schwarz, orange und weiß gescheckt. Katzen mit solcher Fellfarbe nannte man in dieser Gegend Gewitter- oder Glückskatzen. Sie lag ganz entspannt da und ließ sich bereitwillig von mir streicheln, sehr ungewöhnlich für Katzen in freier Natur. Es dauerte eine Weile, bis ich begriff, warum sie sich das gefallen ließ. *Ich liebkoste nämlich gerade eine tote Katze!*

Reichlich spät wurde ich von Ekel übermannt. Ich sprang auf und lief ins Haus, um mir gründlich die Hände zu schrubben. Zum ersten Mal seit Beginn meiner Schwangerschaft war mir etwas flau im Magen.

»Im Garten liegt eine tote Katze«, sagte ich zu meiner Mutter. Sie saß im Wohnzimmer und schmökerte abwechselnd in ihren Trauerbriefen und einem Büchlein mit dem Titel *Richtig trauern will gelernt sein.*

»Nein, danke, für mich nicht«, antwortete sie und wischte sich eine Träne aus dem Augenwinkel. »Die Werners schreiben, dass sie immer an mich denken. Ist das nicht rührend?«

»Ja, wahnsinnig rührend.« Ich sah schon, dass die tote Katze allein mein Problem war. Meine Mutter hörte niemandem mehr zu, außer dem Pfarrer, der nach wie vor jeden Tag für eine Stunde vorbeikam. Wäre er nicht um so viele Jahre jünger gewesen als meine Mutter, hätte ich auf die Idee verfallen können, zwischen den beiden bahne sich eine Romanze an. Aber das war natürlich lächerlich, nicht nur wegen des Altersunterschieds. Mein Vater war schließlich erst eine Woche unter der Erde!

Widerstrebend zog ich mir ein Paar Küchenhandschuhe über und nahm ein Handtuch aus dem Wäscheschrank. Es war mit gelben Entchen bestickt, das hätte der Katze zu Lebzeiten sicher gefallen.

Zurück unter dem Falschen Jasmin nahm ich meinen ganzen Mut zusammen, kniff Augen und Nase zu und legte die Katze auf das Handtuch. Sie war steif und leicht wie ein Plüschtier. Als ich sie eingewickelt hatte und mich erhob, wurde das Hagen'sche Küchenfenster aufgerissen.

Frau Hagen, flankiert von ihren »Kindern« Christel und Rüdiger, lehnte sich auf die Fensterbank.

»Was ist das für eine Katze?«, fragte sie.

»Eine tote«, sagte ich ziemlich unfreundlich. Es war offensichtlich, dass sie mich schon eine längere Zeit beobachteten, wer weiß, vielleicht hatten sie sogar mitangesehen, wie die Katze verendet war.

»Zeig mal«, sagte Rüdiger. Er sah älter aus als seine vierunddreißig Jahre, hatte ein rundes Mondgesicht und kleine tückische Augen, wie alle Mitglieder der Familie Hagen. Keiner wusste so genau, was er beruflich machte. Meistens war er zu Hause und frisierte sein Motorrad. Offenbar reichte Herr Hagens Rente, um die ganze Familie durchzufüttern, denn auch Christel verdiente mit ihren achtundzwanzig Jahren noch kein eigenes Geld. Sie studierte seit Ewigkeiten Bibliothekswissenschaften.

»Zeig mal«, verlangte Rüdiger noch einmal.

Widerwillig schlug ich das Handtuch auseinander und versuchte nicht hinzusehen.

»Das ist ja *unsere* Katze«, rief Frau Hagen aus.

Soviel ich wusste, hatten Hagens überhaupt keine Katze. »Unsere Katze« musste demnach das arme Tier sein, dem sie ihre Essensreste zukommen ließen. Wenn sie denn mal was übrig ließen. Also so gut wie nie.

»Woran ist sie denn gestorben?«, wollte Christel wissen. »An Schneckenkorn? Oder an Rattengift?«

»Das kann ich so nicht beurteilen«, sagte ich gereizt.

Als ich Frau Hagens bekümmerten Gesichtsausdruck sah, machte ich Anstalten, die Katze über den Zaun zu reichen. »Sicher wollt ihr eure Katze selber begraben.«

Aber da hatte ich mich getäuscht.

»Kommt ja gar nicht in Frage«, rief Frau Hagen im zweigestrichenen C. »Das machst du mal schön selber!«

»Aber . . .«

»Nichts aber! Die Katze lag schließlich auf eurem Grundstück.«

Stumm wickelte ich das arme Vieh wieder in das Handtuch ein. Wohin nur damit?

»Tierkadaver dürfen nicht in der Mülltonne entsorgt werden«, sagte Rüdiger, als habe er meine Gedanken erraten. »Ich weiß nicht mal, ob man sie im Garten begraben darf, wegen der Grundwasserverseuchung. Wir sind hier ja mitten im Landschaftsschutzgebiet. Du kannst ja mal beim Ordnungsamt anrufen und dich erkundigen. Wenn sie vergiftet ist, ist sie vielleicht sogar Sondermüll.«

»Aber sonst geht es dir gut, ja?«, sagte ich. »Wir streuen weder Schneckenkorn noch Rattengift.«

»Wir aber auch nicht«, sagte Christel und sah mich mit ihren kleinen Äuglein misstrauisch an. »Wegen unserem Gemüse! Das wird voll biologisch angebaut. *Ihr* habt ja kein Gemüse!«

»Eben deshalb brauchen wir auch kein Schneckenkorn«, sagte ich gereizt.

Christel überhörte meinen Einwand. »Wenn unsere Nachbarn mit Gift hantieren – Pestizide, Wühlmausköder, Unkrautvernichtungsmittel, Schneckenkorn –, dann müssen wir das alles mitessen«, fuhr sie fort.

Ich wusste ja, dass sie viel aßen – ohne Fleiß kein

Preis –, aber dass sie auch Wühlmausköder und Kunstdünger vertilgten, war mir neu.

»Sieh dir unseren Garten an – sieht der so aus, als sei da in den letzten zehn Jahren auch nur ein Körnchen Dünger gestreut worden?«, fragte ich. »Man sieht ja wohl auf den ersten Blick, dass bei uns Unkraut, Schnecken und Wühlmäuse fröhliche Urständ feiern, oder?«

»Euer Glück«, sagte Christel. »Wir sind nämlich in einer Rechtschutzversicherung.«

»Genau«, sagte Frau Hagen. »Wir müssen uns von niemandem was gefallen lassen!«

»Was ist denn jetzt mit eurer Katze?«, fragte ich.

»Da musst du dich drum kümmern.« Frau Hagen guckte wieder betrübt. »Das war unsere Glückskatze.«

»Tja, damit ist es jetzt wohl vorbei.« Ich bemühte mich um ein orakelhaftes Gesicht. »Euer Glück ist mit dieser Katze gestorben.«

»Ich wüsste aber schon gerne, woran sie krepiert ist«, sagte Rüdiger.

»Lange ist sie auf jeden Fall noch nicht tot«, sagte ich. »Was gab es denn gestern bei euch zu essen?«

Frau Hagen begriff sofort, dass ich versuchte, unverschämt zu sein. »Frechheit, bodenlose Frechheit«, sagte sie und knallte das Fenster zu.

»Hm, lecker! Da hätte ich aber gern das Rezept davon«, murmelte ich. Die Küchengardine wurde mit Schwung zugezogen.

Da stand ich nun mit der toten Katze im Entenhandtuch und wusste nicht weiter. In die Mülltonne werfen – ob verboten oder nicht – schien mir einfach zu pietätslos. Mir war immer noch schlecht, ich bildete mir ein, Verwesungsgestank zu riechen. Mit wackligen Knien schleppte ich mich außer Hagens Sichtweite bis zu unserem Komposter, wo ich die tote Katze auf das Laub sinken ließ und mich heftig übergab. Immer wenn ich dachte, jetzt sei mein Magen wirklich leer, krampfte er sich von Neuem zusammen. Vor Anstrengung liefen mir die Tränen übers Gesicht, und als mein Magen endlich nichts mehr hergab, weinte ich noch ein bisschen weiter, weil's so guttat. Erst beim Weinen merkte ich, wie viele Gründe es dafür gab. So viele Tage hatte ich es mir nicht gegönnt, auch nur eine Träne zu vergießen, dass es jetzt aus mir herausbrach wie die Niagarafälle.

»Manchmal kann man gar nicht so viel essen, wie man kotzen möchte, was?«, sagte jemand hinter mir.

Es war Gilbert, der Zigarettendieb. Seine dunklen, ein wenig unheimlichen Augen musterten mich mitleidig.

»Es . . . ist . . . wegen der Katze«, schluchzte ich. »Die Hagens haben sie zu Tode gefüttert.«

Gilbert schlug die Handtuchzipfel auseinander und betrachtete das Tier.

»Armes Kätzchen. Wir müssen sie begraben«, sagte er.

Erschöpft wischte ich mir die Tränen aus dem Gesicht. »Rüdiger Hagen sagt, die Katze ist Sondermüll. Man darf sie nicht begraben, sie könnte radioaktiv sein.«

»Der dicke Rüdiger scheint mir ein echter Müllexperte zu sein. Na ja, er ist ja auch ein fetter Müllsack. Allerdings kein Sondermüll«, sagte Gilbert. »Er hat nämlich nicht die geringste Ausstrahlung. Rüdiger wäre ein schlichter Fall für den Komposthaufen.« Er nahm die Katze und griff nach meiner Hand. »Komm, ich weiß einen guten Platz.«

Ich folgte ihm durch das Dickicht auf Wanjas Trampelpfad, der mittlerweile so breit geworden war, dass er auch als Elefantentrampelpfad hätte durchgehen können. Jemand musste ihn in den letzten Tagen intensiv genutzt haben.

Vor einem struppigen Busch blieb Gilbert stehen.

»Weißdorn«, erklärte er, während er die Katze ablegte und meine Hand losließ. »Hier ist der Boden schön weich. Ich hole einen Spaten, du wartest hier.«

Ich nickte nur. Ich rang immer noch stoßweise nach Atem, wie man das eben macht, wenn man heftig geweint hat. Gilbert war nach kurzer Zeit wieder da. Mit ein paar geübten Spatenstichen hob er ein tiefes Loch aus.

»Da hast du dir aber vorhin die Seele aus dem Leib gekotzt«, sagte er.

»Es ist bestimmt dieser Magen-Darm-Infekt, der im Augenblick grassiert«, sagte ich verlegen.

»Ach, ja? Und ich dachte, das ist bei einer Schwangerschaft ganz normal.« Gilbert richtete sich auf. »Das müsste tief genug sein.«

»Woher weißt du das?«, fragte ich erschrocken.

»Dass du schwanger bist?« Gilbert sah mich freundlich an. »Wenn du willst, dass es ein Geheimnis bleibt, dann darfst du beim Telefonieren nicht so schreien, Louisa.«

»*Du hörst unsere Telefonate mit?*«, schrie ich.

»Ich habe zufällig was in eurer Garage gesucht«, sagte Gilbert. »Das Fenster war offen, und du hast so laut gesprochen, da konnte ich nicht anders als zuzuhören.«

»Was hast du in unserer Garage gesucht? Ich fass es einfach nicht!«

Gilbert bückte sich nach der toten Katze, legte sie sanft in die Grube und deckte sie mit dem Entenhandtuch zu.

»Schlaf gut, Mieze«, sagte er. »Hatte sie einen Namen?«

»Arme Hagenkatze«, murmelte ich. »Restefresser. Sondermüll. Was wolltest du in unserer Garage? Unser Auto knacken?«

Gilbert schaufelte das Grab zu. »Jetzt werd bloß nicht wieder hysterisch, ja?«

Hysterisch? Ich? »Du bist bestimmt wegen der Zigaretten gekommen, stimmt's?« Ich war ihm so dankbar, dass er genau im richtigen Augenblick erschienen und die Katze begraben hatte, dass ich nicht wieder so kratzbürstig sein wollte wie bei unserem letzten Zusammentreffen. Obwohl die Vorstellung, dass er unbemerkt um unser Haus schlich, unheimlich war. »Ich hatte vor, meinem Onkel ein paar Schachteln zusammen mit Papas Golfausrüstung zu verkaufen. Wegen der Zigaretten ist er nämlich überzeugt, ein gutes Geschäft zu machen. Ich habe gesagt, ich hätte sie aus dem Duty-free-Shop, als ich die Peseten vom letzten Spanienurlaub auf den Kopf hauen wollte.«

Gilbert warf mir einen anerkennenden Blick zu. »Sieh an, du hast ja das Talent, Hehlerware unters Volk zu bringen. Von mir aus kannst du damit weitermachen. Du bekommst fünfzig Prozent Provision.«

»Tante Patti raucht Camel light und Tante Ella Lucky Strike«, überlegte ich. »Aber mache ich mich da nicht strafbar?«

Gilbert klopfte die Erde auf dem kleinen Grabhügel fest. »Natürlich!«

»Dann lieber nicht.« Ich hatte plötzlich das dringende Bedürfnis, mir die Zähne zu putzen, um den Geschmack des Erbrochenen loszuwerden. »Hast du denn mittlerweile eine Wohnung?«

»Sagen wir mal so: Ich habe alles organisiert, was ich für eine angenehme Überwinterung benötige«, antwortete Gilbert.

Es klang, als bereite er sich auf einen Winter unter den Brücken vor. Der Ärmste.

»Willst du's sehen?«, fragte er und streckte mir seine Hand hin. »Es ist noch nicht ganz fertig, aber es wird gut.«

»Ähm – wie...? Wo...?«, stotterte ich, während Gilbert mich wieder an der Hand nahm und mit sich zog. Vor Opas Schuppen blieben wir stehen. Ich sah, dass die Regale samt Inhalt vor die Tür geschoben worden waren. Jemand – Gilbert, wer sonst? – hatte alles fein säuberlich an der fensterlosen Wand aufgestapelt, die vollständig vom Knöterich befreit worden war. Auch Opas Potting bench stand draußen, davor einer unserer alten Gartenstühle.

»Nachmittags, wenn die Sonne scheint, nehme ich hier meinen Kakao«, erklärte Gilbert. »Ich habe das Dach neu gedeckt. Bei Gelegenheit werde ich auch alles neu streichen. Willst du es mal von innen sehen?«

»Aber...«, sagte ich verblüfft.

»Es ist gar nicht mal so klein, wie es von außen aussieht. Was fehlt, sind natürlich die sanitären Anlagen.« Gilbert öffnete die Tür. »Aber ich habe da schon eines dieser Baustellenklos im Auge. Sie sind zwar nicht gerade schön, aber wenn es erst mal mit Knöterich bewachsen ist, fällt es kaum auf. Warm duschen kann ich ein paarmal in der Woche im Hallenbad, da haben sie auch eine schöne Sauna.« Er packte mich bei den Schultern und schob mich über die Schwelle. Es war verblüffend, wie sich Opas Schuppen verändert hatte. Vor dem

Fenster stand eine richtige Küchenzeile mit Kochstelle, Kühlschrank und Spüle, obenauf Toaster, Kaffeemaschine, eine Schale mit Obst. An der gegenüberliegenden Wand stand ein Schlafsofa, schräg davor ein Fernseher. Auf dem Sofa, auf einer Decke mit Indianermuster, lag unser Kater, behaglich zusammengerollt. Es war angenehm warm, in einer Ecke neben einem Tisch voller bunter Zeichnungen sah ich einen Heizlüfter stehen.

»Es fehlen natürlich noch diverse Regale«, sagte Gilbert. »Meine Bücher habe ich alle meinem Zimmergenossen im Bau überlassen, aber irgendwann werde ich wieder eigene haben. Mir fehlen vor allem die Gedichte, ein paar Bilder und ein Teppich. Aber es ist schon ziemlich gemütlich, findest du nicht? Vor allem seit es nicht mehr durchs Dach regnet.«

Mir schossen einhundert Fragen durch den Kopf, ich stellte die erstbeste: »Wo bekommst du den Strom her?«

»Von den Hagens, genau wie das Wasser«, antwortete Gilbert. »Sie haben hinten im Garten eine ungenutzte Doppelsteckdose.«

»Sie werden über dein Kabel stolpern, ihm folgen und dich finden«, sagte ich. »Und glaub mir, *die* rufen ganz sicher die Polizei!«

»Ich bin doch nicht blöd, ich habe das Kabel vergraben«, sagte Gilbert. »Man sieht es gar nicht! Aber das ist natürlich nur eine provisorische Lösung, ich werde Hagens Leitungen *richtig* anzapfen. Ich möchte auch ihr Kabelfernsehen mitbenutzen. Und natürlich das Wasser, das Hin- und Herschleppen ist bis jetzt noch eine mühsame Angelegenheit. Ein Freund von mir kennt sich mit diesen technischen Dingen aus. Ich werde ihn die Tage mal anrufen.« Er zeigte auf das Handy, das auf dem Fernseher lag. »Ich muss hier drinnen auch noch was gegen die Zugluft unternehmen. Meinst du, es sieht gut aus, wenn man die Wände mit Stoff bespannt?«

»Du hast bei Elektro-Müller auf der Hauptstraße eingebrochen«, sagte ich mehr zu mir selber als zu Gilbert. »Wie hast du das ganze Zeug denn nur hierhergekriegt? Und wo ist das Sofa her? Und warum . . .?«

»Warum darf man sein Geld nicht selber machen? Warum bringt man sich nicht zuweilen um? Warum trägt man im Winter Wintersachen? Warum darf man, wenn jemand stirbt, nicht lachen? Und warum fragt der Mensch bei jedem Quark: Warum?« Gilbert lächelte mich an. »Das ist eines meiner Lieblingsgedichte von Kästner. Na gut, um deine Neugier zu stillen, nur so viel: Ich hatte einen Lieferwagen . . . zur Verfügung. Das Sofa habe ich gekauft. Hübsch, nicht? Ich hätte es auch in Blau haben können, aber mir gefiel dieser warme Rotton. Es passt auch besser zur Bettwäsche. Die Bettwäsche hat Lydia ausgesucht.«

»Wer ist Lydia?«

»Meine Mutter.«

»Ich denke, sie will nichts mehr mit dir zu tun haben!«

»Ich glaube, sie hat es sich anders überlegt. Als sie gehört hat, dass ich einen Job und eine Wohnung habe, wurde sie freundlicher. Auch wenn sie es nicht wahrhaben will – sie braucht mich. Sie sucht einen Mann, der sie heiratet und bis an ihr Lebensende versorgt, aber sie fängt es völlig falsch an.«

»Du hast einen Job?«, unterbrach ich ihn.

»Ja. Als dein Gärtner.« Gilbert ließ sich auf sein Sofa fallen. »Ich werde dieses Grundstück in einen Paradiesgarten verwandeln und im Gegenzug mietfrei hier wohnen. Das ist mehr als fair, finde ich.«

»Es geht aber nicht«, sagte ich. »Ich fahre am Wochenende nach Berlin zurück, und meine Mutter kriegt die Krise, wenn sie einen Kriminellen in Opas Schuppen findet.«

»Du willst wirklich nach Berlin zurück? Zu diesem Arschloch?«

»Andi ist kein Arschloch. Er ist nur mit der Situation im Augenblick überfordert. Außerdem kann ich ja nicht ewig hierbleiben. Und du . . .«

»Na, *ewig* wollte ich hier auch nicht bleiben«, versicherte Gilbert. »Nur über den Winter, bis Lydia einen Versorger gefunden hat und der Garten fertig ist. Ich habe da schon mal ein paar Entwürfe gemacht, wir können sie uns gleich anschauen. Ich hatte an einen Wassergarten gedacht, viele miteinander durch Bachläufe verbundene Teiche, wenig Grünfläche. Aber auch ein Garten nach japanischem Vorbild erscheint mir reizvoll, runde Kiesfelder, Wasserbecken für Kois und zu Hagens eine dichte Bambushecke. Wir müssen anfangen, bevor der Frost kommt.«

»Es geht nicht«, wiederholte ich.

»Natürlich geht das! Es ist alles eine Frage der Kosten und der Organisation – aber es geht. Und glaub mir, billiger als bei mir bekommst du's nirgendwo.«

»Ich meine, es geht nicht, dass du hierbleibst«, sagte ich geduldig. »Früher oder später findet die Polizei dich hier, und dann . . .«

Gilbert verschränkte die Arme hinter dem Kopf. »Ich wünschte, du hättest ein bisschen mehr Vertrauen zu mir. Glaubst du denn, ich habe im Knast gar nichts gelernt?«

»O nein«, versicherte ich.

»Na, siehst du. Bis jetzt hast du überhaupt nur deshalb etwas von meiner Anwesenheit bemerkt, weil ich wollte, dass du es bemerkst.« Gilbert betrachtete mich mit zusammengekniffenen Augen. »Du siehst irgendwie mitgenommen aus. Soll ich dir was zu essen machen?«

»Nein, danke. Aber wenn du noch ein Mars hättest...«

»Das wäre jetzt gar nicht gut für dich«, sagte Gilbert. »Du brauchst Zwieback und Kamillentee. Und Bettruhe.«

*Und jemand, der sich um mich kümmert,* ergänzte ich in Gedanken und hätte gern noch ein paar selbstmitleidige Tränen verdrückt. Wenn ich jetzt zurück ins Haus ginge, wäre der Pfarrer wieder da und würde versuchen, mir das Du und seinen Vornamen aufzudrängen. Und meine Mutter würde so gucken, als wünschte sie mich mindestens bis nach Feuerland.

Plötzlich hatte ich eine Eingebung.

»Ich wüsste einen Mann für deine Mutter, Gilbert«, sagte ich. »Oder ist die etwa katholisch?«

»Nein, die ist höchstens alkoholisch«, sagte Gilbert. »Sie ist mit der romantischen Vorstellung hierhergekommen, eine Art Landadeligen zu ehelichen und sich den Whisky fortan aus Kristallkaraffen einzuschenken. Aber alle Männer, die sie hier kennenlernt, sind verheiratet und trinken höchstens Bier.«

»Pfarrer Hoffmann ist Junggeselle«, sagte ich eifrig. »Er verdient bestimmt nicht schlecht, seine Rente ist sicher, und er trinkt immerhin gerne Sekt. Er wäre der perfekte Versorger für deine Mutter.«

»Aber ich dachte, der hat es auf *deine* Mutter abgesehen«, sagte Gilbert.

»Blödsinn!« Wie immer bei dem Gedanken daran, wie die beiden miteinander turtelten, wurde mir eiskalt vor Schreck. »Die ist viel zu alt für ihn. Wie alt ist deine Mutter?«

»Lydia? Seit zwei oder drei Jahren vierzig«, sagte Gilbert. »Aber sie benimmt sich – ähm – jünger.«

»Passt doch«, sagte ich. »Wir müssen die beiden nur noch zusammenbringen, dann hat deine Mutter ihren Versorger, und wir wären den Pfarrer los. Er geht mir nämlich allmählich auf die Nerven.«

»Ich glaube nicht, dass Lydia sein Typ ist. Er steht mehr auf trostbedürftige, anschmiegsame Frauen«, meinte Gilbert nachdenklich. »Aber ich kann sie ja am Sonntag mal in die Kirche schicken. Ich muss es ihr nur als eine Art Single-Treff verkaufen.«

»Am Montag musst du mir dann sagen, ob er ihr Typ ist.«

»Ich dachte, dann willst du zurück nach Berlin?«

»Ich bleibe wohl noch ein paar Tage.«

»Dann bleibe ich auch«, erwiderte Gilbert. »Ich habe schließlich versprochen, mich für deine Hilfe zu revanchieren, weißt du noch? Ein Kalinke hält immer, was er verspricht.« Er hielt mir seine Hand hin. »Ich helfe dir, und du hilfst mir, einverstanden?«

Zögerlich griff ich nach seiner Hand und schüttelte sie. Dabei war mir zumute, als hätte ich soeben einen Pakt mit dem Teufel geschlossen.

# Carola

*½ Suppenhuhn, 1 Kalbsknochen, 150 Gramm durchwachsener Speck, 200 Gramm Ohr und Schnauze vom Schwein* . . . Nein danke, Carola blätterte schnell weiter. Sie war zwar keine Vegetarierin, aber Schweineohren und -schnauzen würde sie nicht anrühren, nicht mal für einen guten Zweck. Der Hund von Lenchen Klein kaute ständig und überall getrocknete Schweineohren – Carola drehte sich beim bloßen Gedanken daran der Magen um. Kaum vorstellbar, dass diese zähen Dinger zu den Aphrodisiaka zählen sollten, ebenso wie die Geschlechtsteile gewisser anderer Tiere! Abgesehen davon, wo sollte man das Zeug denn besorgen? Carola konnte sich nicht vorstellen, dass der hiesige Metzger Güntershoff Stiereier und Kuheuter verkaufte. Und man stelle sich sein Gesicht vor, wenn sie gar nach frischen *Löwenhoden* fragte . . .

Carola blätterte weiter. Das Buch handelte von erotisierenden Speisen und der Kunst, sinnlich zu kochen und mit Genuss zu essen. Es gab einen Anhang voller Rezepte, mit deren Hilfe Carola in der Angelegenheit Pfarrer Hoffmann endlich einen entscheidenden Fortschritt zu erzielen hoffte. Bis jetzt hatte er zwar jedes Mal widerspruchslos die Dienstbesprechung in ihre Küche verlegen lassen, aber niemals etwas anderes getan als gegessen und über die gemeinsame Arbeit gesprochen. Nicht mal geflirtet hatte er mit ihr, im Gegenteil, Carola hatte das Gefühl, je deutlicher ihre Avancen wurden, desto zurückhaltender reagierte der Pfarrer.

Möglicherweise war sie einfach nicht sein Typ? Carola war nicht besonders eitel, sie war mit dem sicheren Bewusstsein aufgewachsen, schön zu sein, und nichts hatte dieses Bewusstsein jemals erschüttert. Sie war immer das hübscheste Mädchen in der Schule gewesen, dasjenige mit den meisten Liebesbriefen und einem ganzen Wald an jungen, bändergeschmückten Birken im Vorgarten am ersten Mai. Carola hatte ihre Beliebtheit einfach als gegeben hingenommen und sich zu keiner Phase ihres Lebens etwas auf ihre Schönheit eingebildet. Sie war eben so, wie Gott sie geschaffen hatte. Sie wusste, dass sie sich seit der Schulzeit äußerlich nicht großartig verändert hatte, sie passte immer noch in ihre Kleider aus der Tanzstundenzeit, ihre Haare waren genauso dunkel und glänzend, und der Busen hing höchstens einen Millimeter tiefer als damals. Die kleinen Fältchen um ihre Augen – gut, die waren erst im Laufe der letzten Jahre entstanden, aber sie wirkten sympathisch und verliehen ihrem Blick nur noch mehr Ausdruck.

Nein, an ihrem Aussehen konnte es unmöglich liegen, dass Pfarrer Hoffmann so wenig Interesse an ihr zeigte. »Liebe geht durch den Magen«, hatte ihre Mutter immer gesagt, und Carola hatte kritisch ihren Speiseplan überprüft. Vielleicht schmeckte es ihm einfach nicht, vielleicht kochte sie ihm zu einfach, zu wenig deftig oder auch nur zu kleine Portionen? Als sie in der Buchhandlung auf dieses Buch gestoßen war, hatte sie einfach zulangen müssen. Schließlich durfte sie nichts dem Zufall überlassen. Ihr Fruchtbarkeitskalender – seit ihrem Entschluss notierte sie wieder allmorgendlich ihre Temperatur – hatte bereits einen Eisprung verzeichnet. Der nächste war aller Erfahrung nach in zweieinhalb Wochen zu erwarten, bis dahin musste sie bei Pfarrer

Hoffmann einen entscheidenden Fortschritt erzielt haben.

Vielleicht mit gefüllten Tauben? Carola studierte das Rezept mit gerunzelter Stirn. Sie zweifelte daran, dass Metzger Güntershoff Tauben vorrätig hatte. Außerdem – was würde Pfarrer Hoffmann denken, wenn er an einem gewöhnlichen Dienstagmittag in der Küche seiner Gemeindehelferin gefüllte Täubchen serviert bekäme? Carola entschloss sich für eine vergleichsweise schlichte Brühe mit Reis, Curry, Sherry, Kreuzkümmel und Tabasco. Das einzig Ungewöhnliche darin waren die Korinthen, die gleich esslöffelweise dazugegeben werden sollten. Vielleicht würde Pfarrer Hoffmann sie in Kombination mit der würzigen Suppe nicht mögen, aber sicher wäre er zu höflich, um sie abzulehnen. Der anschließende Gang, Coq au Vin, würde ihn auf jeden Fall versöhnen. Es war zwar ein überaus aufwendiges Gericht, aber sie könnte behaupten, es für Besuch am Abend bereits vorbereitet zu haben, und gerade vor einer Stunde habe eben jener Besuch bedauerlicherweise abgesagt... Beides, die Brühe und das Hähnchen, waren laut Buch äußerst anregende Speisen, dazu gedacht, »abgeschlaffte Liebende neu zu beleben«. Carolas Stimmung hob sich. Jetzt fehlte nur noch der Nachtisch.

Pfarrer Hoffmann hatte die Korinthen einzeln aus seiner Suppe gefischt und an den Tellerrand gelegt. Genauso war er mit den Steinpilzen im Coq au Vin verfahren. Und jetzt nahm er mit spitzen Fingern die Maraschinokirschen aus dem Pfirsich-Dessert und legte sie auf dem Tellerrand wieder ab.

Carola sah es voller Unbehagen. Wenn der Mann die Hälfte aller Zutaten nicht mitaß, wie sollte dann die aphrodisierende Wirkung eintreten? Bis jetzt war davon jedenfalls noch nichts zu merken, und das, obwohl sie sozusagen selber ein lebendes Aphrodisiakum darstellte. Sie trug einen hochgeschlossenen cremefarbenen Body, der ein wenig durchsichtig war und sich wie eine zweite Haut an ihren Oberkörper schmiegte. Sie wusste, dass man ihre Nippel sehen konnte, sie hatte mehrmals ihre Hand auf die Brust gelegt, um Pfarrer Hoffmanns Blicke dorthin zu lenken. Außerdem hatte sie es nicht versäumt, lasziv mit den Fingern durch ihr offenes, glänzend gebürstetes Haar zu fahren, häufig zu lächeln und mit gesenkter, erotischer Stimme zu sprechen. Vergeblich.

Vielleicht war sie einfach auf dem falschen Weg.

»Was ist eigentlich Ihre Lieblingsspeise?«, erkundigte sie sich und versuchte, Pfarrer Hoffmann über dem Dessertlöffel tief in die Augen zu schauen.

»Reibekuchen mit Apfelmus.« Pfarrer Hoffmann lachte. »Nichts gegen diesen exquisiten Imbiss – aber mein Geschmack ist doch etwas gutbürgerlicher.«

Die Reissuppe, der Coq au Vin und das Pfirsich-Maraschino-Dessert, deren Zubereitung den ganzen Vormittag gekostet hatten, als »Imbiss« bezeichnen zu lassen, ging Carola dann doch zu weit.

»Na ja, ich koche gerne mal etwas Aufwendigeres und Exotisches, schließlich will man ja nicht immer nur essen wie bei Muttern, oder?«, sagte sie etwas spitz.

»Oh, ich hätte nichts dagegen. Meine Mutter ist eine

wunderbare Köchin«, erwiderte Pfarrer Hoffmann. »Wenn Sie möchten, dann frage ich sie nach ihrem Rezept für Reibekuchen.«

»Nein, danke«, sagte Carola kühl. Sollte er am Ende eines dieser Muttersöhnchen sein, die nur aßen, was Mutti auf den Tisch brachte? Sie konnte Menschen nicht ausstehen, die nach dem Motto lebten: »Was der Bauer nicht kennt, das frisst er auch nicht.« Beinahe hätte sie laut geseufzt. Es lief einfach nicht so, wie es laufen sollte. Wie hatte sie nur denken können, es wäre einfach, einen Mann zu verführen, zumal sie überhaupt keine Übung darin hatte. In den vergangenen fünfzehn Jahren war es ihr so gut wie nie gelungen, ihren eigenen Ehemann zu verführen, und zwar deshalb, weil er ihr immer zuvorgekommen war. In der letzten Zeit allerdings hatte er keine Annäherungsversuche mehr gestartet.

Pfarrer Hoffmann schien ihre Verstimmung nicht zu merken.

»Heute wollte ich spezielle Sorgenfälle in der Gemeinde ansprechen«, sagte er, während er sich mit seiner Serviette den Mund abtupfte. »Wie die Familie Quirrenberg.«

»Ja, Georg hat es wirklich schwer. Aber er kommt mit seiner Krankheit auf bewundernswerte Weise klar.«

»Weil er alles auf den schmalen Schultern seiner kleinen Frau abladen kann«, sagte Pfarrer Hoffmann.

Carola schaute ihn überrascht an. Sie fand nicht, dass Irmi schmale Schultern hatte, und klein war sie auch nicht.

»Ich finde, in einem solchen Fall sollten wir regulierend eingreifen«, fuhr Pfarrer Hoffmann fort. »Es kann nicht angehen, dass die arme Irmela die ganze Last allein trägt. Eine so zarte Frau kann leicht an solch einer Belastung zerbrechen.«

»Es ist sicher nicht einfach zu erleben, wie der Ehemann leidet«, gab Carola zu und fragte sich, wie man die grobknochige Irmi als »zart« bezeichnen konnte. »Aber man sollte nicht vergessen, dass Georg derjenige ist, der mit den Schmerzen kämpft, der nach und nach sein Augenlicht und den letzten Rest Mobilität verliert und der sich mit dem Sterben auseinandersetzen muss. Irmi hingegen ist kerngesund.«

»Vielleicht vergessen Sie, dass nicht jede Frau so stark, so nüchtern und so pragmatisch ist wie Sie, liebe Carola«, sagte der Pfarrer, ziemlich kühl, wie Carola fand. »Dem Kranken gelten *selbstverständlich* meine Gebete und mein Mitleid. Er scheint aber die Opfer, die seine Frau bringt, nicht unbedingt nur mit Dankbarkeit und Liebe zu entlohnen.«

»Das wäre ja wohl in Anbetracht seiner Situation auch ein bisschen viel verlangt«, erwiderte Carola gereizt. »Schließlich ist er kein Heiliger. Er hat Angst, er hat Schmerzen, und er muss sich mit Einschränkungen abfinden, die niemand freiwillig auf sich nehmen würde.«

»Sicher«, sagte Pfarrer Hoffmann. »Aber auch wenn er kein Heiliger ist und unter seiner Situation leidet, darf er seine wehrlose Frau nicht tyrannisieren und quälen.«

»Ich kann mir auch nicht vorstellen, dass er das tut!«

»Ich *weiß*, dass er's tut«, sagte Pfarrer Hoffmann. »Die Frage ist nur, wie wir Irmela helfen können.«

Carola kaute missmutig auf ihrer Maraschinokirsche und gestand sich ein, versagt zu haben. Weder das aphrodisierende Mahl noch ihre anderen Bemühungen hatten irgendeine Wirkung gezeigt. Sie musste die Sache anders anfangen.

☆

»Was für ein Festessen«, sagte Martin, während er sich über die üppigen Reste des Coq au Vin hermachte. Auch von der Suppe war noch einiges übriggeblieben. Es wäre eine Schande gewesen, es verkommen zu lassen, also hatte Carola es Martin aufgetischt, zusammen mit der halbherzigen Lüge, sie habe einen solchen Hunger gehabt, dass sie mit dem Essen nicht auf ihn hätte warten können.

»Kommt mir vor wie eine Henkersmahlzeit«, sagte Martin mit einem schiefen Lächeln. »Ein gutes Essen zu einer schlechten Nachricht: Ab Ende des Monats sind wir vom Dienst freigestellt. Die machen die Abteilung einfach dicht.«

»Heißt das, dann bist du arbeitslos und den ganzen Tag zu Hause?«, sagte Carola entsetzt und dachte an ihren nächsten Eisprung.

»Der Betriebsrat hat gesagt, das mit der Abfindung können wir vergessen«, sagte Martin düster nickend. »Der Meller meint, die Geschäftsleitung hat den Betriebsrat gekauft, damit sie sich nicht mehr für uns einsetzen. Der Meller war auch schon beim Arbeitsamt. Die sagen, es sieht schlecht aus für Spezialisten wie uns. Zumal wir nicht mehr fünfundzwanzig sind.«

»Hm«, machte Carola nur.

»Wie war dein Tag?«, erkundigte sich Martin, als ein paar Minuten schweigend vergangen waren.

»Gut. Pfarrer Hoffmann war zur Dienstbesprechung hier.« *Ich wollte mit ihm schlafen, aber er hat nur über mein Essen gemeckert und über Irmi geredet,* setzte Carola in Gedanken aufgebracht hinzu. »Stell dir mal vor, Irmi hat sich bei ihm beschwert, Georg würde sie tyrannisieren.«

»Das tut er ja auch«, sagte Martin. »Er ist ein richtiger Widerling.«

»Er ist *krank*«, sagte Carola scharf. »Das kann einem schon manchmal die gute Laune verhageln.«

»Er war schon vorher widerlich. Weißt du, dass die arme Irmi beinahe jeden Abend das Essen auf den Kompost werfen muss, weil er was daran auszusetzen hat?«

»Vielleicht sollte sie mal einen Kochkurs besuchen.«

»Blödsinn, mit dem Essen ist alles in Ordnung. Nur bei Georg stimmt was nicht!«

»Du bist ungerecht! Bevor er krank wurde, war er der charismatischste Mann hier in Jahnsberg. Immer gut drauf, immer Sieger bei den Tennisturnieren, weißt du noch? Ich konnte nie verstehen, wieso er ausgerechnet die unscheinbare Irmi geheiratet hat.«

»Er war immer ein unerträglicher Angeber«, sagte Martin. »Er hat sich Irmi ausgesucht, damit er jemanden zum Herumkommandieren und Sich-überlegen-Fühlen hatte.«

»Wenn er immer schon so ekelhaft war, warum hat Irmi ihn dann geheiratet?«

»Das frage ich mich auch öfter.« Martin seufzte. »Ich glaube, ihr mangelte es einfach immer schon an Selbstwertgefühl.«

»Findest du sie etwa auch so zart und hilfsbedürftig? Also, mich erinnert sie eher an ein Pferd.«

»Ich finde, sie ist echt arm dran«, sagte Martin. »Und ich finde, Georg hat sie nicht verdient.«

»Du hast mich auch nicht verdient«, sagte Carola. »Aber du hast mich trotzdem bekommen.«

Martin bedachte sie mit einem merkwürdigen Blick.

»Ja, es geht nicht immer gerecht zu in dieser Welt«, sagte er schließlich und erhob sich. »Ich geh dann mal rüber zu Irmi und frage, ob ich ihr irgendwie helfen kann.«

Carola sah ihm verägert hinterher. Was war bloß mit den Männern los? Missmutig schob sie die Reste ihrer aphrodisierenden Mahlzeit in den Biomüllbehälter. Nichts gegen althergebrachte Rezepte – aber in diesem Fall hatten sie kläglich versagt. Es musste etwas Handfesteres her, etwas wie *Viagra*. Carolas bester Freundin Heidemarie gehörte die Apotheke im Ort. Sie würde sie nach Aphrodisiaka fragen, die ihre Wirkung nicht verfehlten. Heidemarie würde sich vor Hilfsbereitschaft sicher überschlagen.

## Irmi

Ich will den blöden Pfaffen nicht sehen«, knurrte Georg. »Ruf ihn an und sag, ich sei an seinen frommen Sprüchen nicht interessiert!«

»Georg! Er macht doch nur einen Antrittsbesuch«, sagte Irmi. »Das ist so üblich. Er will dich kennenlernen.«

»Und seit wann ist das, bitte, üblich? Erzähl mir nicht, dass er bei allen einen Antrittsbesuch macht! Er kommt doch nur, um sich das arme Schwein anzugucken, das im Rollstuhl sitzt und seinen Glauben an Gott verloren hat! Hast du ihm gesagt, dass ich immer schon Atheist war und er sich seine schönen Worte sonstwohin schieben kann?«

»Nein«, sagte Irmi. »Das kannst du ihm selber sagen.«

»Gut, dann sage ich ihm auch gleich einiges über meine hirnlose Frau – willst du das?«

Zu seiner Verwunderung sah Georg, dass Irmi sich nicht wie gewohnt auf die Lippen biss und ihre allzu schnell fließenden Tränen hinunterschluckte, sondern dass sie lächelte. »Du kannst ihm sagen, was du willst, Georg, er ist ein wirklich guter Zuhörer.«

Georg musterte sie misstrauisch und schwieg.

Irmi machte sich daran, die Spülmaschine auszuräumen. Dabei vergaß sie ganz zu zählen. Seit letztem Mittwoch hatte sie die Angewohnheit fast vollständig aufgegeben. Sie schwebte wie auf Wolken. Nicht mal Georgs gemeinste Attacken konnten sie auf den Boden der Tatsachen herunterholen. Selbst in den schlimmsten Momenten konnte sie immer noch Pfarrer Hoffmanns Lippen auf den ihren spüren, sie erinnerte sich an jedes wunderbare Wort, das er gesagt hatte.

»*Du bist so ein wertvoller Mensch*«, hatte er gesagt. »*Etwas ganz Besonderes. Kostbar wie ein Diamant.*«

»Du siehst aus wie ein Maulesel«, war so ungefähr das Netteste, das Georg jemals über ihr Aussehen gesagt hatte. Irmi wusste, dass sie groß und schlaksig war und dass ihre Schneidezähne etwas vorstanden – schon als junges Mädchen hatte sie deswegen Minderwertigkeitskomplexe gehabt. Georg hatte im Laufe der Zeit noch alle möglichen anderen Dinge an ihr entdeckt, derentwegen sie sich hässlich fand. Angeblich war ihre Stirn zu niedrig, ihr Po zu flach, ihr Becken zu breit, ihr Busen zu klein, standen ihre Augen zu eng aneinander, waren ihre Beine krumm.

»Wenn du mich so hässlich findest, warum hast du mich dann geheiratet?«, hatte Irmi ihn einmal gefragt, und Georg hatte geantwortet: »Weil du mir leid tatest.«

Ob sie dem Pfarrer auch leid tat und ob er deshalb so nette Sachen gesagt hatte? Aber dann hätte er sie ja nicht küssen müssen. Und wie er geküsst hatte...

»Jetzt guckst du wie ein überfahrener Frosch«, sagte Georg. Irmi fuhr zusammen. Sie hatte gar nicht gemerkt, dass er noch da war.

☆

»Möchten Sie noch ein Stück Kuchen?«, fragte Irmi.

»Gern«, sagte Pfarrer Hoffmann und reichte ihr seinen Teller. »So einen guten Apfelkuchen isst man ja nicht alle Tage. Ich glaube, als Bäckerin übertreffen Sie sogar noch meine Mutter, liebe Irmela.« Er war, wie Irmi mit leichtem Bedauern, aber nicht ohne Erleichterung festgestellt hatte, wieder zum »Sie« zurückgekehrt. Nichts wies darauf hin, dass er sich noch an die Knutscherei in seinem Auto erinnerte.

»Ja«, sagte Georg. »Irmis Apfelkuchen ist wunderbar. Ich sage immer, damit könnte sie Preise gewinnen.«

Irmi warf ihm einen verblüfften Blick zu. Wie bitte? Preise könnte sie gewinnen mit dem, was er gewöhnlich »den immer gleichen Fraß« nannte? Das war ja was ganz Neues.

Überhaupt hatte sich Georg einer erstaunlichen Verwandlung unterzogen. Seit der Pfarrer zur Tür hereingekommen war, war er die Freundlichkeit in Person. Sie hatte gefürchtet, dass er zynische Bemerkungen über Gott und seine Behinderung machen würde, aber bis jetzt war er einfach nur ausgesprochen höflich, ja sogar eine Spur schüchtern gewesen.

»Darf ich denn auch noch ein Stück Kuchen haben, Irmi?«, fragte er und sah sie flehend an.

»Natürlich«, sagte sie verwirrt.

»Danke«, murmelte Georg. »Vielen Dank. Ich verspreche auch, nicht zu krümeln.«

Befremdet sah sie, dass seine Hände viel stärker zitterten als noch beim Mittagessen. Nur mit äußerstem Kraftaufwand schien es ihm zu gelingen, seine Gabel zum Mund zu führen.

»Stimmt was nicht, Georg?«, fragte sie besorgt. Er konnte doch nicht innerhalb von anderthalb Stunden derart abgebaut haben! Auch Pfarrer Hoffmann schaute irritiert auf die ungeschickt herumfuhrwerkenden Hände.

»Alles in Ordnung«, versicherte Georg mit leiser Stimme. »Ich passe schon auf.« Aber genau in diesem Augenblick wurde das Stück Kuchen von einem unkontrollierten Gabelstoß auf den Fußboden befördert.

Georg fuhr zusammen, in dem Blick, den er Irmi zuwarf, lag das blanke Entsetzen. »Oh! Oh!«, stieß er aufgeregt hervor. »Es tut mir so leid, Irmi, wirklich. Das wollte ich nicht.« Wie ein kleiner Junge kauerte er sich in seinem Rollstuhl zusammen.

*Geradeso, als erwarte er Schläge,* dachte Irmi, während sie mechanisch das Kuchenstück aufhob und Georg ein neues auf den Teller legte.

Georg hielt seinen Kopf und seinen Blick gesenkt und biss sich in scheinbarer Verzweiflung auf die Lippen. Mit diesem für ihn völlig untypischen Gesichtsausdruck sah er überhaupt nicht mehr aus wie er selber. Auch die schüchterne Stimme, die immer wieder »tut mir leid« stammelte, schien einem ganz anderen Mann zu gehören. Und da begriff Irmi plötzlich, dass Georg schauspielerte. Ein ganz gemeines Ein-Mann-Stück führte er da auf, zu Ehren von Pfarrer Hoffmann. Er sollte denken, Georg sei ein von seiner Frau seelisch und körperlich misshandelter Krüppel. Ausgerechnet vor dem einzigen Menschen, der sie zu mögen und sogar zu bewundern schien, wollte er sie blamieren.

»Hör auf damit, Georg!«, brachte sie heraus, und in ihrer Stimme schwangen Wut und Enttäuschung mit. Zu spät merkte sie, dass sie Georg damit nur einen Gefallen tat.

Er duckte sich unter ihren Worten. »Tut mir leid«, wiederholte er. »Ich fahre wohl besser in mein Zimmer.«

Irmi wusste nicht mehr, was sie sagen sollte.

»Ihren Kuchen können Sie aber vorher ruhig noch essen«, erwiderte Pfarrer Hoffmann an ihrer Stelle. Er sagte es freundlich, aber ziemlich kühl.

Irmi schöpfte Hoffnung. »Georg ist normalerweise sehr geschickt mit Messer und Gabel«, erklärte sie.

»Das glaube ich gern«, sagte Pfarrer Hoffmann und lächelte sie mit seinen perlweißen Zähnen aufmunternd an. »Wenn Sie so gut kochen können, wie Sie backen, dann ist das auch kein Wunder.«

»Danke«, sagte Irmi und unterdrückte den Impuls, nach seiner Hand zu greifen und sie zu küssen.

Georg hatte sein Ein-Mann-Stück aber noch nicht beendet. »Es vergeht kein Tag, an dem ich Gott nicht für meine Irmi danke«, murmelte er, und wenn Irmi es nicht besser gewusst hätte, hätte sie geglaubt, er bräche jeden Augenblick in Tränen aus. »Und jeden Tag danke ich Ihm dafür, dass sie mich nicht in ein Heim steckt. Manchmal, wenn ich ihr zu viel Arbeit mache, dann redet sie zwar davon, aber dann verspreche ich ihr, mich zu bessern. Nicht wahr, Irmi, ich bemühe mich doch?«

Irmi starrte Georg sprachlos an. Er war nicht nur niederträchtig, er war teuflisch.

»Nicht immer ist die Pflege innerhalb der Familie die beste Wahl«, sagte Pfarrer Hoffmann im Plauderton. »Ich kenne einige sehr gute Heime, in denen Pflege, Therapie- und Freizeitangebote wirklich first class sind. Der Kranke hat dort alles, was er braucht, und die Familie ist entlastet. Alle beide kommen heraus aus dem Kreislauf aus Verpflichtung, Aufopferung und Schuldgefühlen.«

Georg starrte ihn einen Augenblick verblüfft an. Dann senkte er den Kopf und sagte: »Aber leider hätte das alles seinen Preis. Ich brächte es nicht übers Herz, das Haus zu verkaufen und meiner Frau und meinen Kindern das Erbe wegzunehmen, nur damit ich meine letzten Jahre in einem Luxuspflegeheim verbringen könnte.«

Irmi, die die stolzen Summen kannte, die Georg in Aktien, festverzinslichen Wertpapieren und Investmentfonds angelegt hatte, schluckte. Von dem Geld konnte man nicht nur einen lebenslangen Pflegeplatz bezahlen, man konnte ein Pflegeheim dafür *kaufen*, wenn man wollte samt Personal und Parkanlage!

»Nein, da bleibe ich doch lieber zu Hause und weiß meine Lieben gut versorgt, wenn ich vor unseren Schöpfer trete«, fuhr Georg dessen ungeachtet fort. Tapfer setzte er hinzu: »Lange wird es ja auch nicht mehr dauern.«

Das war glatt gelogen. Doktor Sonntag hatte erst vorigen Monat gesagt, dass es ganz danach aussähe, als müsse Georg mit seiner Krankheit alt werden.

»Als gesunder Mensch und Junggeselle kann ich mir einfach nicht vorstellen, meiner Familie die Belastung meiner Pflege auch nur für kurze Zeit zuzumuten«, erwiderte Pfarrer Hoffmann scheinbar ungerührt. »Aber vielleicht würde ich auch anders denken, wenn ich krank wäre.«

»Sicher würden Sie das«, sagte Georg. »Und dann wünsche ich Ihnen eine Frau, die Sie nicht in ein Heim abschiebt! Allerdings werde ich Irmi nicht zumuten, mir das Essen den Hals hinunterzumassieren wie einer Mastgans. Vorher werde ich . . . freiwillig abtreten.«

Erwartungsvoll blickte er den Pfarrer und Irmi an. Beide schwiegen.

»Aber ich rede wieder mal zu viel«, sagte Georg. »Irmi mag es nicht, wenn ich mich selbst so wichtig nehme. Meine Krankheit ist in diesem Haus eigentlich tabu. Irmi sagt, es reicht, wenn sie sie täglich sehen muss, da muss sie nicht auch noch drüber reden.« Er warf Irmi einen scheuen Blick zu. »Jetzt will ich auch nicht länger stören.« Mit gesenktem Kopf schob er sich samt Rollstuhl aus dem Zimmer. Irmi erwartete beinahe, auf seinen Abgang hin Applaus von einem unsichtbaren Publikum zu hören.

»Das war also Ihr Mann«, sagte Pfarrer Hoffmann zu Irmi.

»Er . . . ähm . . .«, stotterte Irmi. »Ich habe noch niemals gedroht, ihn ins Heim zu geben. Könnte ich auch gar nicht, denn alles läuft auf seinen Namen, das Haus, die Konten, die Kapitalanlagen . . . Meinen Apfelkuchen findet er höchstens durchschnittlich, und an Gott glaubt er auch nicht.«

Pfarrer Hoffmann lächelte sie an. »Dafür glaubt Gott aber an ihn – ist das nicht tröstlich zu wissen?«

Irmi nickte. Tröstlich war auch zu wissen, dass Pfarrer Hoffmann nicht auf Georgs Schauspielerei hereingefallen war. Er war ein Engel, von Gott geschickt, um sie, Irmi, zu beschützen, davon war sie überzeugt.

Der Engel schaute aus dem Fenster. »Ah, dieser klare blaue Herbsthimmel! Von hier hat man bestimmt einen wunderbaren Blick auf die Sterne, oder?«

»Ich glaube schon«, sagte Irmi. Es war lange her, dass sie in die Sterne geschaut hatte.

»Heute Nacht soll man diesen Kometen, wie heißt er noch gleich, besonders deutlich beobachten können«, sagte Pfarrer Hoffmann. »Um kurz vor Mitternacht kommt seine Laufbahn der der Erde am nächsten.« Er warf einen Blick auf seine Armbanduhr. »Leider muss ich Sie schon wieder verlassen. Ich möchte Ihrer Nachbarin noch einen Besuch abstatten, und danach ist Presbyteriumssitzung. Aber wenn Sie Lust und Zeit haben, dann komme ich nach der Sitzung wieder, und wir schauen uns zusammen den Kometen an.«

»Hier? Nur wir beide?«, stotterte Irmi und wurde rot.

»Nur wir beide«, wiederholte Pfarrer Hoffmann und berührte sanft ihre Wange. »Es kann aber spät werden. Die Presbyter sind Meister im Sitzungsmarathon.« Er lächelte, während er nach seinem Mantel griff. »Sehen Sie zu, dass Mann und Kinder bis dahin im Bett liegen. Und sorgen Sie für ein Windlicht und zwei Gläser. Eine Flasche Sekt bringe ich mit. So einen Kometen muss man angemessen grüßen, wenn er so nahe vorbeikommt.«

Irmi folgte ihm in den Flur hinaus. Im Spiegel über der Kommode sah sie kurz ihr erhitztes, feuerrotes Gesicht. *Was soll ich denn nur anziehen,* hätte sie am liebsten gefragt, und: *Mögen Sie Schnittchen zum Sekt? Ich lege uns auch Decken und Kerzen zurecht.*

Aber sie sagte nichts derart Entblößendes, sie brachte es nur fertig, »danke, dass Sie gekommen sind« zu murmeln und die Tür hinter ihm zu schließen. Am ganzen Körper zitternd stellte sie sich vor den Spiegel. O Gott, sie musste zum Friseur, sofort, und mit ihren Augenbrauen musste auch etwas passieren! Sie waren drauf und dran, sich auf ihrer Nasenwurzel zu treffen, genau bei der Sorgenfalte, die sie um zehn Jahre älter aussehen ließ. Und diese Klamotten... Vielleicht konnte Diana ja mit ihr ein paar neue Sachen aussuchen gehen?

Die Tür von Georgs Zimmer öffnete sich, und Georg kam wieder herausgerollt.

»Ist der Lackpfaffe weg?«, fragte er und war wieder ganz der Alte. »Wahrscheinlich ab auf die Sonnenbank, was? Oder zur Pediküre. Ich wette, der Schönling ist schwul wie eine Natter. Apropos Pediküre: Jemand muss meine Zehennägel schneiden, bevor sie die Schuhe von innen aufsägen.«

»Ich habe sie doch erst letzte Woche geschnitten«, sagte Irmi, ohne ihn anzusehen. »Außerdem habe ich jetzt keine Zeit. Ich muss zum Friseur! Ich werde ein paar Stunden wegbleiben.«

»Aber es ist niemand im Haus. Soll ich in der Zwischenzeit hier verrecken?«, fragte Georg.

»Vielleicht isst du einfach noch ein Stück von dem wunderbaren, preisverdächtigen Apfelkuchen, für den du deinem Schöpfer immer so dankbar bist«, schlug Irmi vor. Sprachlos sah Georg zu, wie sie nach den Autoschlüsseln griff, sich den Mantel überzog und das Haus verließ.

## Amelie

Weißt du, wen ich gerade beim Friseur getroffen habe?«, fragte Amelie.

»Was, du warst *schon wieder* beim Friseur?«, fragte Louisa zurück, blickte aber kaum von ihrem Gartenbuch auf.

»Ja, das musste sein, ich fand's im Nacken immer noch zu lang«, antwortete Amelie. *Außerdem kann ich zum Friseur gehen, so oft ich will*, fügte sie in Gedanken trotzig an. Louisa wusste nicht, dass eine neue Frisur zuverlässig von dem schwarzen Abgrund ablenkte, der nach wie vor unter ihr gähnte. Ein kleiner Schritt zur Seite, und sie würde abstürzen, direkt hinein in den weit aufgerissenen Schlund des Ungeheuers, das sie *Wahnsinn* getauft hatte.

»Irmi Quirrenberg saß neben mir«, plapperte sie schnell weiter. »Du hättest sie sehen sollen, als sie mit ihr fertig waren. Sie haben ihr eine kastanienbraune Tönung verpasst und einen ganz flotten Haarschnitt. Und die Augenbrauen haben sie ihr gezupft und die Wimpern gefärbt. Am Ende haben sie sie noch richtig geschminkt. Sie war kaum wiederzuerkennen.«

»Hm«, machte Louisa desinteressiert.

»Sie sah gleich zehn Jahre jünger aus. Verblüffend! Natürlich ist sie immer noch ein bisschen pferdegesichtig und viel zu dünn. Aber trotzdem, es war verblüffend.« Amelie studierte die eigenen, frisch gezupften und gefärbten Augenbrauen kritisch im Spiegel. »Meinst du, sie sind zu dunkel im Vergleich mit meinem Haar?«

»Wer?«, fragte Louisa.

»Die Augenbrauen«, sagte Amelie ungeduldig.

»Nein«, sagte Louisa.

»Du guckst ja gar nicht«, beschwerte sich Amelie.

Louisa schaute endlich auf. »Himmel, du siehst ja aus wie Räuber Hotzenplotz«, sagte sie. »Fehlt nur noch der Schnurrbart.«

Entsetzt wandte sich Amelie wieder dem Spiegel zu. »Ich hab's ja gleich gesagt, die sind viel zu dunkel zu dem blonden Haar! Was mach ich denn jetzt nur?«

»Heulen«, sagte Louisa kalt und schaute wieder in ihr Buch. »Wo du doch gerade so gut in Übung bist.«

»Warum bist du eigentlich so ekelhaft zu mir?«, fragte Amelie gekränkt. »Glaubst du nicht, dass ich es im Augenblick schwer genug habe?«

»O doch, du bist richtig vom Schicksal gebeutelt«, gab Louisa zurück. »Zum Beispiel gestern: Da wolltest du eine Strumpfhose anziehen, aber sie schlug an den Knöcheln *Falten*! Unfassbar, wie du diesen Schicksalsschlag gemeistert hast, obwohl es ja gleich danach noch dicker kam: Von der Sonnenbank hast du einen Pigmentflecken am Hals bekommen, größer als eine Sommersprosse, und die Apothekerin hat gesagt, es sei ein *Altersfleck*! Und zu all diesen unmenschlichen Qualen kommt jetzt auch noch die Sache mit den Augenbrauen dazu! Da kommen ja selbst mir die Tränen!«

Amelie hob abwehrend beide Hände. »Es würde dir wohl kaum lieber sein, wenn deine Mutter in Sack und Asche gekleidet einherginge, mit ungewaschenen Haaren und Trauerrändern unter den Fingernägeln!«

»Doch«, sagte Louisa. »Das wäre wenigstens *normal*! Ah, jetzt fließen sie wieder, die Tränen! Verrat mir doch mal, wie du das machst! Du siehst hinterher nicht mal mehr verweint aus. Es fließt einfach aus dir heraus wie aus einem lecken Wasserhahn. Faszinierend.«

Tatsächlich liefen Amelie die Tränen die Wangen hinab, sie hatte darüber keine Kontrolle. Es passierte, wenn jemand sie mitfühlend nach ihrem Befinden fragte, wenn jemand Roberts Namen erwähnte, und es passierte auch dann, wenn jemand eine traurige Geschichte erzählte. Gestern hatte sie geweint, als sie am Schwarzen Brett in der Apotheke einen Zettel mit der Aufschrift *Graupapagei entflogen* gelesen hatte. Der arme Papagei, wie sollte er den Winter überstehen?

»Es ist wie bei einem Fass«, versuchte sie ihrer Tochter zu erklären. »Ich bin randvoll gefüllt mit Kummer und Tränen, und sobald auch nur ein Tropfen von oben in das Fass fällt oder eine Bewegung die Wasserfläche kräuselt, laufe ich über...«

Louisa schwieg, wie Amelie hoffte, beschämt.

»Ich hoffe nicht, dass du dich jemals so elend fühlen musst, wie ich mich im Augenblick fühle«, fuhr Amelie fort. »In so einer Situation auch noch Vorwürfe von der eigenen Tochter zu bekommen...«

»Tut mir leid, Mama«, sagte Louisa.

*Das will ich hoffen,* dachte Amelie und wischte sich die Tränen von der Wange. Gut, dass ihre Wimpern gefärbt waren, das ersparte das lästige Tuschen und überstand auch die hartnäckigsten Tränenausbrüche. Die Wimpern sahen sogar noch dichter und länger aus, wenn sie nass waren. Auch die Sonnenbankbräune war wasserfest und damit besser als jedes Make-up. Amelie untersuchte im Spiegel den Pigmentflecken am Hals. Sehr unerfreulich! Allerdings war der Name *Altersfleck* weitaus schlimmer als das Phänomen an sich. Insgesamt gesehen wirkte die Bräune eher erfrischend. Amelie fand, dass sie nie besser ausgesehen hatte, auch wenn die Augenbrauen tatsächlich eine Spur zu dunkel geraten waren.

☆

»Genug Geld haben wir also«, sagte Amelie, als Louisa ihren langatmigen Vortrag über ihre Finanzlage beendet hatte.

»Mehr als genug«, bestätigte Louisa. »Du kannst einen großen Teil der Lebensversicherung langfristig anlegen, und zusammen mit dem, was Papa und du bereits angelegt habt, und deiner Rente wirst du von den Zinsen fürstlich leben können.«

»Gut«, sagte Amelie.

»Und du hast genug übrig, um ein paar kurzfristige Investitionen zu tätigen«, sagte Louisa eifrig. »Zum Beispiel einen neuen Wagen, ein nettes Geschenk für deine Tochter, ein Designerkleid in Größe achtunddreißig oder einen Gärtner, der dieses Grundstück hier in ein vornehmes Parkgelände verwandelt.«

»Größe achtunddreißig – schön wär's ja«, sagte Amelie und griff sich in die immer noch üppigen Hüften. »Heute gibt es nur noch Obst für mich. Das mit dem Auto ist auch eine gute Idee. Ich brauche den dicken Kombi gar nicht. Etwas Kleineres, Schnittiges könnte mir gefallen. Und was den Garten angeht . . .«

»Ich wüsste schon einen Gärtner, der noch . . .

ähm... Vakanzen frei hätte«, sagte Louisa schnell. »Wenn du möchtest, könnte ich ihn mal zu einem Gespräch herbitten. Er ist unglaublich preiswert.«

»Jetzt ist das Grundstück schon so viele Jahre verkommen«, meinte Amelie. »Ich weiß nicht, ob wir es nicht einfach so lassen sollten. Allmählich haben sich die Leute doch daran gewöhnt. Wenn ich an die ganze Arbeit denke, die damit verbunden wäre, das Ruder noch einmal herumzureißen...«

»Du hättest ja keine Arbeit. Nur eine Investition, die dir überhaupt nicht wehtut«, sagte Louisa und klopfte auf die Papiere, die sie für Amelie durchgearbeitet hatte. »Eine Investition, die sich lohnen würde. Papa und du, ihr habt doch immer davon geredet, Opas Garten mal schön anlegen zu lassen, mit einem Teich und einem Springbrunnen und schönen, romantischen Sitzplätzen.«

»Ja, schon«, sagte Amelie widerwillig. »Aber ich weiß nicht, ob ich mich jetzt in der Lage fühle, das alles zu organisieren.«

»Das musst du auch nicht. Ich würde mich um alles kümmern«, sagte Louisa eifrig.

»Aber du bist bald wieder in Berlin, und dann habe ich hier die Gärtner am Hals...«, wandte Amelie ein.

»Nein, Kind, das mit dem Designerkleid war eine bessere Idee. Oder auch ein Geschenk für dich.«

»Das kannst du dir noch *zusätzlich* leisten«, beteuerte Louisa. »Außerdem... ich werde noch eine Weile hierbleiben, wenn du nichts dagegen hast. Im Augenblick fühle ich mich nicht in der Lage, mein Studium wiederaufzunehmen. Ich könnte also die Sache mit dem Gärtner managen, und du brauchst keinen Finger zu rühren.«

»Was ist denn mit deinem Freund in Berlin? Der wird

dich doch sicher vermissen. Schätzchen, du solltest zu ihm fahren, hier wirst du doch nur jeden Tag an deinen Vater erinnert.«

»Ich möchte hierbleiben«, sagte Louisa. »Bitte.«

»Das ist dein Elternhaus, du kannst bleiben, so lange du willst«, sagte Amelie und versuchte, ihren Worten die Wärme zu verleihen, die ihr in Gedanken fehlte. Sie wusste selber nicht, warum sie es lieber gesehen hätte, dass Louisa wieder abgereist wäre. Vielleicht weil sie der einzige Mensch war, der in diesen letzten Tagen nicht immer nur nett zu ihr gewesen war. Von dem überwältigenden Mitleid, das ihr alle anderen entgegenbrachten, war bei Louisa nichts zu merken. Außerdem schien sie immer zur falschen Zeit am falschen Ort zu sein. Nirgendwo hatte man Ruhe vor ihren forschenden Blicken.

Amelie schämte sich für ihre Gedanken. Schließlich war Louisa ihr einziges Kind, und sie hatte es im Augenblick auch nicht leicht. Bis vor kurzem hatte es sie immer geschmerzt, dass Louisa so weit weg von zu Hause studierte, es war absurd, dass sie sie jetzt dorthin wünschte. Außerdem war doch schon in wenigen Wochen Weihnachten.

Sie zwang sich zu einem Lächeln.

Louisa lächelte erleichtert zurück. »Gut, dann geh ich jetzt zu ... ruf ich jetzt den Gärtner an«, sagte sie. »Vielleicht können wir noch vor Weihnachten beginnen!«

An diesem Tag konnte Benedikt Hoffmann erst am späten Nachmittag vorbeikommen, und er hatte auch nicht lange Zeit, weil am Abend eine Presbyteriumssitzung anberaumt worden war.

»Tagen wie diesen verdanke ich mein Magengeschwür«, seufzte er, als Amelie ihm eine Tasse Kaffee anbot. Sie liebte die nachmittägliche Kaffeestunde mit ihm, und sie bedauerte jede Minute, die davon verlorenging.

»Wie wunderbar und tapfer von Ihnen, dass Sie trotzdem die Zeit finden, um hier vorbeizukommen«, sagte Louisa, die zu Amelies Ärger auf dem Sofa saß wie festgewachsen. »Es scheint ja wirklich schlimm bestellt zu sein um meine Mutter, dass ihre Seelsorge Vorrang vor all den anderen Einsamen, Kranken und Bedürftigen der Gemeinde hat.«

*Biest*, dachte Amelie. *Verdammtes kleines Biest.*

»Ich verrate Ihnen jetzt ein Geheimnis, Louisa«, sagte Benedikt und lächelte Louisa freundlich, aber überlegen an. »Es geht hier nicht nur um Seelsorge – auch ich profitiere von den Treffen mit Ihrer Mutter. Amelie ist eine schöne, warmherzige und intelligente Frau, und unsere Gespräche geben mir sehr, sehr viel. Tatsächlich würde ich die Nähe und Freundschaft, die zwischen uns entstanden ist, vermissen, auch wenn es nur für einen Tag wäre.«

*Sehr gut,* dachte Amelie, *das wird ihr das Maul stopfen.*

»Wir sollten vielleicht einen Spaziergang machen, Benedikt«, schlug sie vor. »Wenn du nachher noch so viel sitzen musst, tut dir ein bisschen Bewegung sicher gut. Und mir sowieso.«

Louisa hatte es aber keineswegs die Sprache verschlagen. »Habe ich Sie gerade richtig verstanden, *Benedikt*? Die Gespräche, die Sie mit meiner schönen, warmherzigen und intelligenten Mutter während Ihrer Arbeitszeit führen – beispielsweise bei einem Glas Sekt –, sind also *nicht* seelsorgerischer Natur? Ob das Ihr Arbeitgeber wohl genauso zu schätzen weiß wie Sie?«

»Zunächst einmal habe ich keine Arbeitszeiten wie gewöhnliche Arbeitnehmer«, sagte Benedikt, ohne sein überlegenes Lächeln einzustellen. Er reichte ihr eine seiner Visitenkarten. »Hier, meine Telefonnummer und meine Handynummer, damit Sie mich jederzeit erreichen können, wenn Sie mich brauchen. Als Pfarrer bin ich vierundzwanzig Stunden lang im Dienst. Und zweitens, mein liebes Kind, bin ich niemandem Rechenschaft schuldig als Gott unserem Herrn.«

»*Und drittens geht dich das alles überhaupt nichts an*«, hätte Amelie gern hinzugefügt.

»Erstens, lieber Herr Pfarrer«, gab Louisa zurück und plusterte sich dabei auf dem Sofa auf wie eine wütende Henne, »glaube ich nicht, dass der Superintendent der gleichen Ansicht ist, und zweitens bin ich mir auch nicht sicher, was *Gott unser Herr* von dieser Angelegenheit hält!«

Benedikt zog belustigt seine Augenbrauen hoch. »Liebe kratzbürstige kleine Louisa«, sagte er milde. »Kennen Sie denn nicht das Sprichwort: Böse ist, wer Böses dabei denkt? Ein Glas Sekt und gute Gespräche sind keine Dinge, an denen der Superintendent Anstoß nimmt.«

»Tatsächlich nicht?« Louisas Gesichtsausdruck ließ keinen Zweifel daran, dass sie aber sehr wohl Anstoß daran nahm.

»Ich nehme nicht an, dass Sie uns auf unseren Spaziergang begleiten wollen?« Benedikt nahm Amelies Arm.

»Nein«, sagte Louisa. »Obwohl ich nach guten Gesprächen geradezu giere!«

»Sie ist sonst ein sehr umgänglicher Mensch«, sagte Amelie, als sie draußen waren. »Ich weiß auch nicht, was zur Zeit in sie gefahren ist.«

»Aber Amelie! Das liegt doch auf der Hand. Deine Tochter ist eifersüchtig und verletzt. In ihrem Alter hättest du vielleicht ähnlich kindisch reagiert.«

»Meinst du?«, fragte Amelie. Sie hatte durchaus ihre eigene Theorie zu Louisas Verhalten, aber sie mochte es, wenn Benedikt ihr das Denken abnahm, als sei sie selbst dazu zu schwach.

»Aber ja«, sagte Benedikt. »Sie ist schließlich auch nur eine kleine Frau, die sich nach Liebe und Zuneigung sehnt.« Sie waren am Ende der Straße angelangt, wo die Sackgasse in einen Feldweg überging, der von den Wohnhäusern nicht einzusehen war. Benedikt legte den Arm um Amelies Schultern. »Jede Frau sehnt sich doch nach jemandem, der sie begehrt, oder?«

Was wollte er damit sagen? Dass Louisa Amelie um Benedikt beneidete? Dass sie ihn für sich haben wollte? Amelie hielt das für ziemlich ausgeschlossen. Erstens hatte das Kind einen Freund in Berlin, zweitens war der Pfarrer zwar umwerfend, aber aus Louisas Perspektive viel zu alt. Und drittens...

»Ich begehre *dich*, Amelie«, unterbrach Benedikt ihre Gedanken. »Ich mache kein Geheimnis daraus, dass ich dich wunderschön und anziehend finde.«

O Gott! Amelie bekam für eine Sekunde keine Luft mehr.

»Seit ich dich das erste Mal gesehen habe«, fuhr Benedikt fort, während er mit seinen Fingerknöcheln ganz sanft die Linien ihres Gesichtes nachfuhr. »Wie du auf dem Sofa saßest, so hilflos, so voller Tränen ... Ich möchte die Schulter sein, an die du dich anlehnen kannst.«

Sein Fingerknöchel machte an ihren Lippen halt, die, wie Amelie merkte, unkontrolliert zu zittern begonnen hatten. Für den Bruchteil einer Sekunde kam ihr der Gedanke, ihn von sich zu stoßen und wegzulaufen, *weil es nicht Robert war, der ihre Lippen berührte.*

Der schwarze Abgrund unter ihr öffnete seinen Schlund. Nur Benedikts Hand in ihrem Rücken verhinderte ihren Absturz. Als sie an ihn gepresst wurde, war sie wieder vierzehn Jahre alt und knutschte mit Peter Bahnmüller unterm Kirschbaum im Garten ihrer Eltern. Die Angst, erwischt zu werden, verursachte ein köstliches Kribbeln in ihrem Bauch.

»Guten Tag«, sagte jemand. Amelie stieß vor Schreck einen schrillen Schrei aus, und auch Benedikt fuhr zusammen. Vor ihnen auf dem Weg stand wie aus dem Boden gewachsen ein junger rothaariger Mann.

*Gott sei Dank niemand, den ich kenne*, dachte Amelie unendlich erleichtert. Nicht auszudenken, es wäre jemand aus der Familie Hagen gewesen, der gesehen hätte, wie sie und der neue Pfarrer sich innig küssten. Der Skandal wäre perfekt gewesen.

Amelie fasste sich an die glühend heißen Wangen.

»Guten Tag«, erwiderte Benedikt gefasst.

»Herr Pfarrer! Frau Schneider«, sagte der Fremde im Vorbeischlendern und nickte dabei freundlich.

Amelie und Benedikt tauschten einen schockierten Blick.

# Louisa

Meine Mutter hatte sich sehr verändert. Ständig sah ich sie vor irgendeinem Spiegel stehen und sich darin betrachten. Wenn ich mit ihr redete, hörte sie nicht zu. Sie schien überhaupt nicht mitzubekommen, was um sie herum geschah, was mit mir geschah! Nur wenn Pfarrer Hoffmann kam, legte sie ein halbwegs normales Verhalten an den Tag. Wenn es denn normal war, mit dem Pfarrer zu flirten. Oder mehr als nur flirten, was ich nicht hoffte, aber insgeheim befürchtete.

»Ist es möglich, dass jemand innerhalb von ein paar Wochen eine ganz andere Persönlichkeit entwickelt?«, fragte ich Betty am Telefon.

»Keine Ahnung, du bist das Psycho-Genie von uns beiden«, sagte sie. »Vielleicht steht deine Mutter noch unter Schock.«

»Ich glaube nicht, dass jemand, der unter Schock steht, das Bedürfnis verspürt, auf die Sonnenbank und zur Kosmetikerin zu gehen«, erwiderte ich nachdenklich. »Sie hat sich sogar ihre Beine mit Heißwachs enthaaren lassen. Und sie hat mindestens fünf Kilo abgenommen.«

»Ich finde, das ist eher ein gutes Zeichen, wenn sie sich nicht hängenlässt«, sagte Betty. »Besser, als würde sie den ganzen Tag im Bett liegen und sich nicht mal zum Zähneputzen aufraffen.«

»Hm«, machte ich. »Sie merkt nicht mal, wie mies es mir geht. Oder falls sie es merkt, dann ist es ihr egal. Wenn du sie vorher gekannt hättest, würdest du verstehen, was ich meine. Ich mache mir wirklich Sorgen. Ständig liest sie diese Bücher. *Es klingt ein Leid in allen*

*Dingen* oder *Die Kunst des Trauerns*. Und dann lässt sie sich vom Pfarrer mit Komplimenten zuschleimen, als wären sie und Papa nicht das verliebteste Paar gewesen, das jemals Silberhochzeit gefeiert hat!«

Betty versuchte, mich zu beruhigen. »Für mich hört sich das gar nicht so schlimm an. Lass sie halt mit dem Pfarrer flirten, wenn es ihr guttut. Wie es sich anhört, bist du jedenfalls ziemlich überflüssig da.«

»Das kann man wohl sagen.«

»Komm endlich nach Hause, Lou. Diese Verzögerungstaktik sieht dir überhaupt nicht ähnlich.«

»Ich kann nicht«, sagte ich unglücklich.

Betty seufzte. »Ist dir schon mal der Gedanke gekommen, dass sich vielleicht gar nicht deine Mutter verändert hat, sondern du?«

War das möglich? Ich dachte intensiv über diese Frage nach und kam zu dem Schluss, dass ich die Alte geblieben war. Nur die Umstände waren neu.

Am Sonntag begleitete ich meine Mutter zur Kirche.

»Was, du willst freiwillig in den Gottesdienst?«, fragte sie, während sie in einen neuen schwarzen Rock schlüpfte, ein modischer Tunnelzugrock in Größe 40, der mühelos über ihre Hüften glitt. Der weiße Pulli, den sie dazu trug, war ebenfalls der letzte Schrei, kurz, tailliert und mit einem weiten Rundhalsausschnitt versehen.

»Ich will nur nicht verpassen, wenn der Chor singt«, log ich.

Meine Mutter betrachtete sich zweifelnd im Spiegel. »Findest du, dass mein Hintern zu dick für diesen kurzen Pullover ist?«

»Welcher Hintern?«, fragte ich. »In dem Rock hast du ja praktisch keinen mehr.«

Meine Mutter freute sich. »Jetzt übertreibst du aber«, sagte sie lächelnd. Dann musterte sie mich kritisch. »Willst du wirklich in diesen alten Jeans in die Kirche gehen?«

»Ich habe nichts anderes.«

Meine Mutter seufzte. »Wenn du wirklich noch bleiben willst, solltest du deine Sachen aus Berlin kommen lassen. Vielleicht kann dein Freund sie mitbringen, wenn er dich mal besuchen kommt.«

»*Wenn*«, murmelte ich nur.

Die Kirche war wie immer nur recht spärlich besucht. Die üblichen frommen Senioren hatten sich strategisch im Raum verteilt, vielleicht um dem Pfarrer das Gefühl von Menge zu vermitteln, ein paar Konfirmanden lümmelten sich in den Stuhlreihen, und die Hagens waren komplett angetreten, um ihrem Familienoberhaupt beim Dirigieren des Kirchenchores zuzusehen. Außerdem spielte Christel die Orgel, mehr schlecht als recht, aber dafür umsonst. Die Kirche war fest in Hagen'scher Hand.

Rüdiger Hagen zwinkerte mir zu und fragte, ob ich die Katze in die Mülltonne geworfen habe.

»Komm schon, mir kannst du's doch sagen, ich verpetze dich schon nicht bei den Behörden«, sagte er und stieß mich kameradschaftlich in die Rippen.

»Die Katze liegt auf dem Kreistierfriedhof«, antwortete ich. »Ich habe ein Einzelgrab geordert, auf dem Grabstein steht nur: *Unsere geliebte Katze*, und den Blumenschmuck habe ich auch ganz schlicht gehalten. Ich hoffe, das war in eurem Interesse.«

»Hmpf«, machte Rüdiger verblüfft. Sein rundes Gesicht erinnerte mich immer an einen Pudding.

»Die Rechnung wird euch dieser Tage zugestellt«, versuchte ich ihm Angst zu machen.

Rüdiger lachte leider.

»Du bist schon 'ne Marke«, röhrte er und stieß mich wieder in die Rippen. »Kreistierfriedhof! Da muss man erst mal drauf kommen!«

»Keine Angst, da kommen nur *richtige* Tiere drauf«, sagte ich kühl und setzte mich möglichst weit weg von den Hagens neben Frau Klein, die den Seniorenclub leitete und keinen Gottesdienst versäumte. Ihr Hund kauerte zu ihren Füßen und schaute mich mit seinen Triefaugen freundlich an. Meine Mutter nahm im Chor Aufstellung, wo sich ihre neue Schwarz-weiß-Kluft äußerst vorteilhaft von den Polyacrylblusen ihrer Nachbarinnen abhob. Überhaupt sah sie ziemlich gut aus. Nur Carola Heinzelmann, die heute ihre dunklen Haare offen trug, machte eine noch bessere Figur in schwarzen knallengen Jeans und einer kurzen weißen Leinenbluse.

»Wie geht es denn Ihrer armen Mutter?«, fragte Frau Klein.

»So weit ganz gut«, antwortete ich höflich, aber Frau Klein beugte sich vor und versicherte mir mit bebender Stimme: »Das ist nicht wahr. Elend fühlt sie sich, ganz elend. Und es wird immer nur schlimmer. Seit mein Josephgotthabihnselig nicht mehr ist, geht es mir mit jedem Tag schlechter. Die Einsamkeit ... die Einsamkeit wird auch die arme Amelie auffressen.«

»Eigentlich ist sie nicht einsam«, sagte ich. »Sie hat ja mich, und ständig kommt jemand zu Besuch ...«

»Das ist nicht das Gleiche«, fiel mir Frau Klein ins Wort. »Seit mein Josephgotthabihnselig nicht mehr ist ...«

Glücklicherweise kam in diesem Augenblick Pfarrer Hoffmann den Mittelgang entlanggeschritten, und Christel Hagen begann, auf der Orgel zu spielen. Entweder war es etwas sehr Modernes, Atonales, oder sie griff wieder mal hoffnungslos daneben. Frau Klein verstummte.

Pfarrer Hoffmann verschenkte sein strahlendes Lächeln nach links und rechts. Auch ich bekam eins und versuchte, möglichst kühl zurückzulächeln. Der Mann führte meine Mutter in Versuchung! Frau Klein neben mir machte die Wirkung meines eisigen Lächelns aber zunichte. Sie lächelte so intensiv, dass ihr beinahe das Gebiss aus dem Gesicht fiel.

»Dieser Mann ist solch ein Glücksfall für die Gemeinde«, flüsterte sie mir zu. »Zuerst habe ich ja geglaubt, er ist zu jung für dieses Amt, aber dieses Urteil musste ich revidieren. Er versieht seine Arbeit mit so viel Liebe und Hingabe.«

»In der Tat«, murmelte ich. Ich fand, dass er vor allem seine Arbeit mit meiner Mutter mit zu viel Hingabe ausübte, ja, ich fürchtete, dass sich seine Seelsorge schon längst nicht mehr auf die Seele meiner Mutter beschränkte. Und ich fürchtete, dass ihr das gefiel.

Als der Kirchenchor anfing zu singen, kam noch ein verspäteter Gottesdienstbesucher. Die Tür knarrte unschön, und alle drehten neugierig ihre Köpfe, ich auch. Der verspätete Besucher war eine Frau mit langen feuerroten Haaren, die über ihre Schultern wallten und fast bis zu ihrer schmalen Taille reichten. Ihr Anblick war so ungewöhnlich, dass der Gesang des Chores ein paar Takte lang äußerst dünn klang. Die Frau trug ein eng anliegendes flaschengrünes Oberteil, das an allen möglichen und unmöglichen Stellen mit Reißverschlüssen versehen war. Ein langer, bis zum Po geschlitzter Rock gab den Blick auf ihre schlanken Beine frei, die in schwarzen, hochhackigen Stiefeln steckten, deren Absätze auf dem Steinboden laut klapperten. Die Augen waren mit Lidschatten in verschiedenen Grüntönen betont, die vollen Lippen mit einem dunkellila Lippenstift nachgezogen.

Ich wusste sofort, dass sie Gilberts Mutter sein musste, Lydia Kalinke. Ich wünschte, Gilbert hätte ihr zu einer etwas dezenteren Aufmachung geraten. Das Make-up war so dick aufgetragen, dass man nicht sagen konnte, wie alt sie war. Auf jeden Fall unter fünfzig und über dreißig. Sie ignorierte unsere Blicke, musterte ihrerseits die Bankreihen und ließ sich schließlich neben ein paar staunenden Senioren nieder.

Der Gottesdienst nahm seinen Lauf. Pfarrer Hoffmann predigte über den ersten Brief des Paulus an die Korinther.

»Wer traurig ist, lasse sich nicht von seiner Trauer binden«, sagte er. Mir schien, als sähe er dabei meine Mutter an. Sie neigte ganz leicht den Kopf. Nickte sie etwa zustimmend?

»Wer sich freut, verliere nicht viel Zeit mit seiner Freude. Wer einkauft, hänge sich nicht an seinen Besitz«, fuhr Pfarrer Hoffmann fort. »Denn die Welt mit allem, was sie ausmacht, geht vorüber.«

»Das verstehe ich nicht«, murmelte ich leise. Sollte man nicht gerade den Augenblick genießen und versuchen, ihm so viel wie möglich an Freude abzuringen, eben weil das Leben so kurz war?

Leider blieb mir keine Zeit, über eine Antwort nachzugrübeln oder durch Pfarrer Hoffmanns Ausführungen weise zu werden. Völlig überraschend spürte ich nämlich, wie sich das Frühstück einen Weg vom Magen zurück durch meine Speiseröhre bahnen wollte. Ich sprang auf, rannte den Mittelgang hinab, durch die knarrende Kirchentür auf den Vorplatz. Hier übergab ich mich in die Rabatte, in der noch ein paar späte blassgelbe Rosen dem ersten Frost entgegensahen. Ich konnte meine schnelle Reaktion nur bewundern. Hätte ich mich auch nur zwei Sekunden länger über das gewundert, was da mit mir geschah, ich hätte Frau Kleins wohlgeputzte Schuhe ruiniert. Oder die ihres Hundes.

»Ja, ja, du bist auch noch da«, sagte ich zu dem Baby. »Als ob ich dich vergessen hätte . . .«

Mein Magen beruhigte sich wieder. Ich holte ein paarmal tief Luft und schlich dann zurück auf meinen Platz.

»Alles in Ordnung?«, fragte Frau Klein flüsternd.

Ich nickte. »Ein schrecklicher Hustenanfall«, flüsterte ich zurück. »Wollte den Pfarrer nicht stören.«

Frau Klein wickelte ein Hustenbonbon für mich aus. »Hier, das hilft!«

Eukalyptus lutschend verfolgte ich den Rest der Predigt, verstand aber weder Paulus noch Pfarrer Hoffmann. Im Grunde war es auch egal. Unauffällig legte ich die Hand auf meinen Bauch und streichelte ihn. Zum ersten Mal seit Wochen war ich voller Zuversicht, ohne genau zu wissen, warum. Es war mir, als hörte ich die Stimme meines Vaters, wie sie sagte: »Denk immer daran: Es gibt kein Problem, für das es nicht auch eine Lösung gibt.«

Während der Chor sang und Pfarrer Hoffmann scheinbar ins Gebet versunken in der ersten Reihe saß, ließ Herr Hagen den Klingelbeutel herumgehen. »Die Kollekte ist heute für diakonische Zwecke der Gemeinde gedacht«, hatte Pfarrer Hoffmann gesagt, »und am Ausgang sammeln wir für ›Brot für die Welt‹. Ich hatte ein Fünfmarkstück in der Tasche, das wollte ich lieber für ›Brot für die Welt‹ hergeben als für ›diakonische Zwecke der Gemeinde‹. Dahinter verbargen sich nämlich unter anderem die Tagesausflüge für die ehrenamtlichen Mitarbeiter (Frau Hagen zum Beispiel), und die wollte ich ungern mitfinanzieren.

Ohne mit der Wimper zu zucken, reichte ich den Klingelbeutel an Frau Klein weiter, die einen zusammengekniffenen Schein hineinlegte und mich, wie mir schien, tadelnd ansah.

*»Es ist viel Not vorhanden hier und in allen Landen«*, sang auch der Chor vorwurfsvoll. Er war ganz eindeutig sopranlastig. Die tiefe Stimme meines Vaters fehlte schmerzlich. Vor allem mir. Es ist viel Not vorhanden... ach ja, ach ja.

Herr Hagen reichte den Klingelbeutel in die Reihe, in der Gilberts Mutter saß, und formulierte den Text des Chorliedes lautlos mit. »*Dass wohl ein Herz möcht zagen, aus Furcht vor großen Plagen*«, intonierte er unhörbar.

*... aus Furcht vor'm dicken Hagen* wäre passender, dachte ich und grinste vor mich hin. Der alte Mann neben Lydia Kalinke kramte in seiner Jackentasche herum, während der Klingelbeutel auf seinen Knien lag. Zuerst zog er ein zerknittertes Stofftaschentuch hervor und schnäuzte sich ausgiebig, dann nahm er seine Brieftasche heraus und entnahm ihr, weithin sichtbar, einen Hundertmarkschein, den er glattstrich und an-

schließend mehrmals faltete. Bastelte er einen Papierflieger daraus oder sogar einen Kranich? Es dauerte jedenfalls eine Ewigkeit, bis er sein Origamiwerk endlich in den Klingelbeutel steckte, und dann fiel auch noch sein Taschentuch hinterher. Der alte Mann merkte es nicht mal.

Der Chor hatte seinen Gesang bereits beendet und der Pfarrer schon wieder seinen Platz hinter dem Altar eingenommen, als der Klingelbeutel an Gilberts Mutter weitergereicht wurde. Mit einem liebenswürdigen Lächeln fischte sie das Taschentuch aus dem Beutel und reichte es dem alten Mann. Sie hatte dunkellila lackierte Fingernägel, zwischen denen ein Zweimarkstück funkelte, das sie mit einem leisen Klirren zu dem anderen Geld fallen ließ.

»Erhebt euch für den Schlusssegen!« Pfarrer Hoffmann breitete die Arme aus und schloss die Augen.

»Moooooment mal«, zischte Herr Hagen und schob seine massige Gestalt an dem alten Origami-Herrn vorbei, um Gilberts Mutter am Arm zu packen. »Geben Sie sofort den Hundertmarkschein wieder her! Ich habe genau gesehen, wie Sie ihn herausgenommen haben!«

Lydia Kalinke versuchte sich loszureißen. »Was soll das? Lassen Sie mich los! Was fällt Ihnen ein!«

Pfarrer Hoffmann hielt weiter die Arme ausgebreitet und die Augen geschlossen. Es sah beeindruckend aus, als würde er nicht auf dem Jahnsberger Kirchenhügel, sondern auf dem Zuckerhut in Rio de Janeiro stehen, aber niemand sah mehr zu ihm hin. Alle Blicke weilten auf der rothaarigen Frau, die in ein heftiges Handgemenge mit Herrn Hagen verstrickt war.

»Der Herr segne und behüte dich. Er lasse leuchten sein Angesicht über dir und sei dir gnädig«, sagte Pfarrer Hoffmann.

»Diebin!«, rief Herr Hagen. »Das ist mir noch nie untergekommen! Sie dachten wohl, ich sehe das nicht, was?«

»Lassen Sie mich sofort los!«, rief Lydia Kalinke.

»Polizei!«, keuchte Herr Hagen. Seine Frau war aufgesprungen, um ihm zu Hilfe zu eilen.

Gilberts Mutter trat Herr Hagen gegen das Schienbein. Herr Hagen packte sie nur noch fester. Ich vermutete, sein Schienbein war so gut gepolstert, dass ihm der Stiefel nichts anhaben konnte. »Sie bleiben schön hier, bis die Polizei kommt!«

Frau Hagen baute sich drohend im Mittelgang auf. In ihrem grauen Mantel sah sie aus wie ein Hydrant mit Armen. Sie versperrte den einzig möglichen Fluchtweg.

»Loslassen!«, schrie Lydia Kalinke und schlug wild um sich. Ich fragte mich, wo sie wohl als Nächstes hintreten würde. »Hilfe!«

Frau Kleins sonst so braver Hund ließ ein dumpfes Bellen hören.

»Gehet hin in Frieden«, sagte Pfarrer Hoffmann mit einem gut vernehmbaren Seufzer und verließ den Zuckerhut mit wehendem Talar. »In *Frieden*, sagte ich.«

»Das gilt aber nicht für Sie!« Herr Hagen nahm die sich heftig wehrende Frau in den Schwitzkasten.

»Unglaublich«, sagte Frau Klein neben mir, während sie ihren verwirrten Hund tätschelte. »So was hat es noch nie gegeben! Wo kommt diese Frau denn her?«

»Ich glaube, das ist eine *Zugezogene*«, flüsterte ich entschuldigend.

»Ich rufe die Polizei«, rief Frau Hagen. Die Aufregung

ließ sie noch höher sprechen als sonst, sodass man um die kostbaren Kirchenfenster bangen musste.

»Das wird ja wohl nicht nötig sein, liebe Frau Hagen«, sagte Pfarrer Hoffmann. »Das ist sicher alles nur ein Irrtum.«

»Kein Irrtum!«, sagte Herr Hagen empört. »Ich habe es genau gesehen. Herr Naumann hat einen Hundertmarkschein hineingelegt, und diese Person hat ihn wieder herausgenommen.«

Gilberts Mutter war es gelungen, sich aus dem Schwitzkasten zu befreien, Herr Hagen hielt sie aber immer noch am Arm gepackt. Mit ihrer freien Hand fuhr sie sich durch die roten Locken und sah den Pfarrer herausfordernd an.

»Wenn ich was genommen habe, dann war es nur aus Versehen«, erklärte sie. »Der alte Herr hier hatte sein Taschentuch verloren, und möglicherweise ist das Geld daran hängengeblieben, als ich es ihm wiedergegeben habe.«

»Es sollte doch nur für einen guten Zweck sein«, sagte Herr Naumann, der jetzt erst begriffen hatte, dass es um seinen Hundertmarkschein ging. Niemand schenkte ihm Beachtung.

»Lügen Sie nicht«, schnaubte Herr Hagen. »Ich habe doch gesehen, wie Sie das Geld in Ihre Tasche gesteckt haben! Sie haben nur nicht damit gerechnet, dass ich das merke, Sie . . . kriminelles Subjekt, Sie!«

»Ich rufe die Polizei«, sagte Frau Hagen wieder. »Die gehört doch ins Gefängnis.«

»Nein«, sagte Pfarrer Hoffmann, diesmal ein bisschen energischer. »Das regeln wir unter uns.«

»Aber . . .«, quiekte Frau Hagen.

Der Pfarrer sah sie streng an. »Ein für alle Mal, Frau Hagen: Halten Sie sich da raus!« Mit dem gleichen Gesichtsausdruck wandte er sich Lydia Kalinke zu.

»Haben Sie diesen Hundertmarkschein genommen?«, fragte er streng und gütig zugleich.

Lydia schüttelte den Kopf.

»Nicht wissentlich jedenfalls«, sagte sie.

»Also, das ist doch . . .!«, schnaufte Herr Hagen. »Ich hab's doch ganz genau gesehen, wie Sie ihn hat verschwinden lassen. Hier hat sie ihn reingesteckt!« Er tippte mit seinem feisten Zeigefinger auf einen Reißverschluss an der Brust der Frau. »Genau hier!«

»Nehmen Sie Ihre dreckigen Pfoten weg, Sie Lüstling«, fauchte Lydia und schlug nach ihm.

Ein Raunen ging durch die Kirche. Die Konfirmanden kicherten haltlos.

Pfarrer Hoffmann sah sich nach seinen Schäfchen um, die sich um ihn geschart hatten, anstatt nach Hause zu gehen. Alle starrten wie atemlos auf die Brusttasche von Gilberts Mutter. War da tatsächlich Herr Naumanns Hunderter drin? Und was trug die Frau wohl darunter?

»Hier gibt es nichts zu sehen«, sagte Pfarrer Hoffmann. Etwas Unwahreres war wohl selten behauptet worden. Trotzdem fühlten wir uns bemüßigt, die Kirche zu verlassen, einer nach dem anderen. Die Hagens, Pfarrer Hoffmann und Lydia Kalinke, diesmal am Arm von Pfarrer Hoffmann, folgten, Letztere in ein leises Gespräch vertieft. Wütend verriegelte Herr Hagen das Portal. Vor lauter Aufregung hatte er ganz vergessen, für ›Brot für die Welt‹ zu sammeln. Die Konfirmanden schwangen sich auf ihre Fahrräder und beschlossen, sich für die gesparte Mark an der Tankstelle ein Eis zu kaufen.

»Das war doch mal echt geil, ey«, sagte einer zum anderen.

Pfarrer Hoffmann bat Lydia Kalinke höflich zu einem weiteren Gespräch in sein Büro. Wir sahen den beiden nach, bis sie im Gemeindezentrum verschwunden waren.

»Aber können wir ihn denn mit dieser Person allein lassen?«, fragte Irmela Quirrenberg ängstlich. Sie sah mit ihrer neuen Frisur tatsächlich um Jahre jünger aus.

»Aber Irmi, die Frau wiegt höchstens hundert Pfund«, sagte Martin Heinzelmann. »Was soll sie denn gegen Pfarrer Hoffmann ausrichten?«

»Aber wenn sie eine Waffe zieht?«

»Oder einen ihrer Reißverschlüsse?«, murmelte Carola Heinzelmann.

»Benedikt wird schon damit klarkommen«, sagte meine Mutter.

»Benedikt?«, wiederholte Carola.

»Das ist sein Vorname«, sagte meine Mutter und hatte den Anstand, rot zu werden.

»Du nennst ihn beim *Vornamen?*« Carola sah schockiert aus.

»Na ja«, sagte meine Mutter. »Da ist doch nichts dabei.«

»Aber du kannst doch den Pfarrer nicht duzen«, rief Carola.

»Warum denn nicht?«, wollte Martin wissen. »Er ist schließlich auch nur ein Mensch.«

»Außerdem hat er mir das Du angeboten, nicht ich ihm«, stellte meine Mutter klar.

»Mir auch«, flüsterte Irmi Quirrenberg.

»*Wie bitte?*« Carola starrte Irmi entsetzt an. »*Dir* auch? Aber warum?«

»Mir hat er's auch angeboten, aber ich hab's nicht genommen«, mischte ich mich ein, aber Frau Hagen krähte laut dazwischen: »Ich hätte doch die Polizei rufen sollen. Der Albrecht und ich, wir rühren uns hier nicht eher weg, bis dass die wieder rauskommen.«

Ich kicherte so albern wie die Konfirmanden.

»Und da sagst du immer, unsere Gottesdienste seien langweilig«, meinte meine Mutter zu mir.

»Das sage ich nie wieder! Von jetzt an werde ich keine Folge mehr verpassen«, versicherte ich ihr.

Als wir nach Hause kamen, wartete Onkel Harry auf uns, um die Golfausrüstung und die Zigaretten abzuholen. Meine Mutter behauptete, die halbe Nacht wach gelegen zu haben und ein Stündchen Schlaf zu benötigen.

»Louisa kann das alles mit dir regeln, Harry«, sagte sie und trippelte graziös die Treppe hoch.

Mein Onkel sah ihr verwundert hinterher.

»Hat sie eine neue Frisur?«, fragte er.

Ich seufzte. »Nicht nur das. Die richtige Mama umkreist auf einem Raumschiff den Orbit, während ein Alien ihren Körper benutzt.« Das Alien hatte nicht mal gefragt, warum ich mitten im Gottesdienst aufgesprungen und hinausgelaufen war. Wahrscheinlich hätte sie es gar nicht gemerkt, wenn ich gleich draußen geblieben wäre. »Hast du das Geld dabei?«

»Fünfzehnhundert«, sagte Onkel Harry widerwillig. »Und keinen Pfennig mehr. Eigentlich sollte man an Familienmitgliedern kein Geld verdienen. Ich wette, das ist auf deinem Mist gewachsen, Lore.«

»Stimmt.« Ich zählte die Scheine sorgfältig ab und stopfte mir das Geld in die Hosentasche. »Wenn du die Zigaretten willst, musst du eine Weile warten.«

»Ich kann das Zeug ja schon mal in den Kofferraum laden«, sagte Onkel Harry.

»Tu das. Aber komm nicht auf die Idee, noch was anderes mitgehen zu lassen!« Ich machte mich auf den Weg zu Gilberts Gartenhäuschen. Ich wusste, dass er nicht da war, er war »Besorgungen machen«, wie er es genannt hatte. Die Zigarettenschachteln lagerten in drei funkelnagelneuen Sporttaschen im Regal unter dem Vordach, das hatte er mir gezeigt. Ich suchte ein paar Schachteln Marlboro heraus und ging damit zurück zu Onkel Harry.

»Prima«, sagte er. »Hast du noch mehr davon?«

Ich nickte. »Die kosten aber drei Mark pro Schachtel. Das habe ich damals schließlich auch bezahlt. He, was ist denn das? Papas Ausweis muss aber hierbleiben! Wolltest du dich mit seinem Handicap irgendwo einschleichen, hm?«

Onkel Harry antwortete nicht.

»Du kannst auch andere Zigarettenmarken haben«, fuhr ich etwas freundlicher fort. »Ich habe so richtig zugeschlagen in diesem Duty-free-Shop.«

»Ich überleg's mir«, sagte Onkel Harry und beobachtete finster, wie ich einen noblen Kugelschreiber aus Papas Golftasche nahm. »Moment mal!«

»Der Stift gehört nicht zur Golfausrüstung, Onkel Harry«, klärte ich ihn auf. »Da ist außerdem Papas Name eingraviert.«

»Du solltest dich was schämen, Ludwiga«, sagte Onkel Harry. »Wenn dein Vater das wüsste, er würde sich im

Grabe umdrehen. Ich bin froh, dass du nicht meine Tochter bist!«

»Und ich bin froh, dass ich nicht Ludwiga heiße«, sagte ich und verdrängte ganz schnell den Gedanken an meinen Vater im Grab. In meiner Vorstellung war er ständig bei mir, und gerade jetzt klopfte er mir auf die Schulter und sagte: »Zock den alten Schmarotzer mal so richtig ab, Kind!«

»Überleg dir das mit den Zigaretten bald, sonst sind sie weg. Du könntest sie ja für drei Mark bei mir kaufen und für vier fünfzig weiterverkaufen.«

»Hm«, machte Onkel Harry. Er witterte das große Geschäft. »Wie viele Schachteln sind es denn insgesamt?«

»Ungefähr so viel, wie in einen Zigarettenautomaten passen«, antwortete ich.

☆

»Ich werde das Kind bekommen«, sagte ich zu Andi. Er hatte nach klaren Worten verlangt, und jetzt sollte er sie auch bekommen.

»Das ist nicht dein Ernst«, sagte er.

»Doch. Ich habe mir das gut überlegt. Es gibt keinen Grund, das Kind nicht zu bekommen. Ich bin weder minderjährig noch drogenabhängig, noch mittellos. Ich möchte dieses Kind haben.«

»Aber ich nicht«, sagte Andi. Wenn es sein musste, konnte auch er klare Worte sprechen.

»Dann haben wir also einen klassischen Interessenskonflikt«, stellte ich fest, und von dem Glücksgefühl vom Morgen war nichts mehr zu spüren.

»Das ist wohl etwas mehr als ein Interessenskonflikt!

Du kannst so eine Entscheidung nicht einfach über meinen Kopf hinweg treffen. Du kannst doch nicht über mein Leben bestimmen!«

»Umgekehrt aber auch nicht«, sagte ich. »Ganz abgesehen davon, dass das Leben des Kindes in deinen Überlegungen gar nicht vorkommt. Nur dein Vater und euer sogenanntes Familiengeheimnis, bei dem ihr eine arme kleine Italienerin um ihr Baby gebracht habt!«

»Komm mir jetzt nicht so!«, sagte Andi. »Du willst dieses Kind doch nur haben, damit du eine Ausrede hast, dich vor dem Leben zu drücken.«

Ich verstand nicht, was er damit meinte. »Es sieht mehr danach aus, als wolltest *du* dich drücken!«

»Ich will mich nur nicht fremdbestimmen lassen! Ich will kein Kind, verdammt noch mal!« Den letzten Satz brüllte er ins Telefon.

»Manchmal bekommt man eben Dinge, die man nicht haben will«, brüllte ich wütend zurück. »Das musst du wohl noch lernen!«

Es entstand eine längere Pause. »Wenn du dieses Kind bekommst, ist es aus mit uns«, sagte Andi schließlich.

Ich schluckte schwer. »Ich liebe dich, Andi. Lass mich jetzt nicht hängen.«

»Das ist keine Liebe, das ist nur die Angst vor dem Alleinsein«, sagte Andi.

Ich suchte nach einer passenden Erwiderung, aber ich fand keine. Stattdessen legte ich einfach auf, in der Hoffnung, das würde ihn irgendwie aufrütteln.

Als Andi nach ein paar Minuten nicht wieder angerufen hatte, wählte ich seine Nummer.

»Meintest du das ernst?«

»Bitterernst«, sagte Andi bitterernst. »Wenn du dein Leben verpfuschen willst – bitte schön! Aber über mein Leben bestimme immer noch ich. Und wehe, du kommst auf die Idee, das irgendwie meinen Eltern zu stecken! Dann bringe ich dich um.«

Wieder mangelte es mir an einer passenden Erwiderung.

»Mistkerl«, sagte ich schließlich lahm und legte wieder auf. Mörder wäre vielleicht passender gewesen. Hatte die Sache mit der schwangeren Italienerin Andis Familie nur deshalb so viel gekostet, weil sie sie hatten umbringen lassen?

Mit vor Wut zitternden Händen wählte ich Bettys und meine Nummer in Berlin.

Betty war nach dem ersten Klingeln am Apparat.

»Du kannst Andi auf deine Liste setzen«, sagte ich zu ihr. Betty führte nämlich eine Liste, auf der alle Leute standen, die sie im Falle einer Tollwutinfektion beißen wollte.

Betty schwieg ein paar Sekunden.

»Du willst also tatsächlich ein Baby bekommen?«, fragte sie dann bekümmert.

»Ich will nicht ein Baby bekommen. Ich will mein Baby bekommen, das ist ein Unterschied«, sagte ich.

»Hä?«, machte Betty.

»Wenn ich nicht schwanger geworden wäre, dann würde ich jetzt immer noch kein Baby bekommen wollen. Aber es ist nun mal passiert, und aufgrund der veränderten Umstände habe ich mich entschieden, das Baby zu bekommen. Verstehst du?«

»Nein«, sagte Betty.

»Andi versteht es auch nicht. Er will nichts damit zu tun haben. Wir haben gerade Schluss gemacht.«

Wieder schwieg Betty ein paar Sekunden.

»Ich kann mir nicht vorstellen, dass er sich weigern wird, Unterhalt zu zahlen«, sagte sie.

»Das soll er mal versuchen!«

»Aber mehr kannst du doch wirklich nicht von ihm verlangen.«

»Sag mir, wenn ich mich täusche, aber das hört sich an, als wäre meine beste Freundin auf der Seite dieses Mistkerls«, sagte ich.

»Ich finde nur, dass du einen Fehler machst«, meinte Betty. »So einen Mann wie Andi lässt man doch nicht einfach sausen. Ich habe mit ihm geredet, ich verstehe ihn. Ihr kennt euch einfach noch nicht lange genug, um eine Familie zu gründen, und da ist diese Geschichte mit seinem Bruder, die hat die ganze Familie traumatisiert.«

»Jetzt fängst du auch noch damit an!«, rief ich. »Nur weil sein Bruder vor vielen Jahren mal eine Frau geschwängert hat, muss Andi ja wohl nicht sein Leben lang kinderlos bleiben.«

»Er will aber nun mal keine Kinder haben«, sagte Betty. »Er hat noch so viele Pläne.«

»O ja! Unter anderem den Plan, mich umzubringen, wenn ich auf die Idee kommen sollte, seinen Eltern von dem Baby zu erzählen. Aber ich wette, du hast auch dafür vollstes Verständnis.«

»Du hattest doch auch Pläne«, fuhr Betty ungerührt fort. »Wovon wirst du jetzt leben? Von Sozialhilfe?«

Allmählich verlor ich auch noch das letzte bisschen Geduld. »Betty, ich bekomme ein Baby, das heißt nicht, dass man mein Gehirn amputieren wird. Ich werde einfach eine dieser grässlichen Mütter, die sich die Beine ausreißen, um Kind und Karriere gerecht zu werden.«

»Ach, Louisa, Andi hat recht, das sind unrealistische Wunschträume! Wie willst du das Examen schaffen mit so einem Wurm, der dich nachts nicht schlafen lässt? Es ist jetzt schon schwer genug, Studium und Jobs unter einen Hut zu bekommen, wie soll das erst gehen, wenn ein Baby da ist?«

»Ich werde dir schon zeigen, wie das geht«, sagte ich ärgerlich. Ich würde es ihnen allen zeigen. »Was hat Andi mit dir gemacht? Eine Gehirnwäsche?«

»Er hat bloß mit mir geredet.« Betty seufzte. »Und ich habe das Beispiel meiner armen Schwester vor Augen. Möchtest du enden wie Dotty?« Als ich nichts erwiderte, sagte sie: »Ich will doch nur dein Bestes, Lou! Andi ist so ein toller Mann.«

»Das habe ich auch mal gedacht!«

»Er ist toll! Ich schleppe immer nur Nieten heran, die meinen Kühlschrank leerfuttern, nach dem Sex sofort einpennen und sich Geld leihen, was sie nie zurückzahlen. Wenn ich dann merke, dass sie mich auch noch betrügen, sagen sie, ich hätte fette Hüften bekommen oder mir fehle einfach das gewisse Etwas. Andi ist ja so anders! Du kannst ihn nicht einfach gehen lassen.«

»Nur weil er anders ist als die Typen, mit denen du dich rumtreibst, ist er noch lange nicht besser. Er ist einfach nur eine andere Sorte Mistkerl«, sagte ich. »Aber wenn du ihn so toll findest, dann schmeiß dich ruhig an ihn ran!«

»Louisa!«, sagte Betty schockiert. Dann, nach einer kurzen Pause, setzte sie hinzu: »Und das würde dir wirklich nichts ausmachen?«

Ich war versucht, in den Hörer zu beißen. »Nein, natürlich würde mir das nichts ausmachen, wenn meine beste Freundin was mit dem Typ anfängt, der mich gerade geschwängert und dann sitzen gelassen hat!«, keifte ich.

»Habe ich's mir doch gedacht«, sagte Betty, und es schwang leise Enttäuschung in ihrer Stimme mit. »Wann kommst du denn zurück?«

»Weiß ich noch nicht«, sagte ich. »Vielleicht bleibe ich noch ein oder zwei Wochen.«

»Wenn du meinst, dass du dir leisten kannst, noch mehr zu versäumen . . .«, sagte Betty. Ich konnte förmlich hören, wie sie mit den Schultern zuckte.

»Irgendwie habe ich das Gefühl, du verwechselst da etwas«, sagte ich kühl. »Soweit ich mich erinnere, warst du diejenige, die nur jede dritte Vorlesung besucht, sich mit Effedrin durch die Prüfungszeit dopt und ihre Referate von ihrer Mitbewohnerin schreiben lässt. *Ich* war diejenige mit den Einsern und den vielversprechenden Jobangeboten.«

»Ich bin froh, dass du in der Vergangenheitsform sprichst«, erwiderte Betty genauso kühl. »Denn jetzt bin ich diejenige, die noch eine Zukunft hat, und du bist die, die unbedingt ein Baby bekommen will und den tollsten Typen von Berlin in den Wind schießt.« Mit diesen unfreundlichen Worten legte sie auf.

»Mistbiene«, sagte ich den Tränen nahe. Das fehlte noch, dass ich mich mit allen Leuten verkrachte, die mir was bedeuteten. Und wenn Betty das ernst gemeint hatte und sie und Andi – der tollste Typ von Berlin, dass ich nicht lache! – tatsächlich etwas miteinander anfingen, dann würde ich zum Mörder werden. Zum Doppelmörder!

Vor dem Fenster pfiff jemand die Melodie von *Wind of change*. Gilbert.

Ich öffnete das Fenster und lehnte mich auf die Fensterbank. Es tat gut, ihn zu sehen.

»Welches Geschäft hast du diesmal ausgeraubt?«, fragte ich, wobei ich mich um ein fröhliches Gesicht bemühte.

»Ich war nur schwimmen und ein paar alte Freunde besuchen«, antwortete Gilbert. »Und was gibt es bei dir Neues?«

»Oh, nicht viel. Ich habe gerade mit meinem Freund Schluss gemacht.«

»Hörte sich eher so an, als habe er mit dir Schluss gemacht«, sagte Gilbert. Er musste Ohren wie eine Fledermaus haben.

»Ja, erst hat er mit mir Schluss gemacht, dann ich mit ihm«, gab ich zu.

»Er scheint ja ein ziemliches Arschloch zu sein. Ich habe Freunde in Berlin, die sich um ihn kümmern könnten, wenn du willst.«

»Freunde? Aus dem Kongo?«, fragte ich.

»Genau. Sie könnten diesem verantwortungslosen Sack mal so richtig eins auf die Eier geben.«

Die Idee war verlockend. Wenn sie's richtig machten, käme Andi nie mehr in die Verlegenheit, eine Frau zu schwängern.

»Ich überleg's mir«, sagte ich.

»Liebst du ihn noch?«

»Ach was«, sagte ich tapfer und wiederholte wortgetreu, was Andi mir vorhin an den Kopf geworfen hatte: »Das ist nur die Angst vor dem Alleinsein.«

»Ich finde es gut, dass du das Baby bekommen willst«, sagte Gilbert.

Mir kamen wieder die Tränen. »Ich weiß nicht so recht«, murmelte ich. »Betty hat recht, so ein Kind braucht eine Familie! Und ich bin ganz allein. Ich habe nicht mal einen Studienabschluss.«

»Sieh mich an: Ich hatte auch keine richtige Familie und habe es trotzdem zu was gebracht«, sagte Gilbert.

Ich grinste schwach. »Ich habe übrigens heute deine Mutter kennengelernt. Sie war in der Kirche.«

»Tatsächlich? Meinst du, sie hat dem Pfarrer gefallen?«

»Na ja. Die Umstände des Kennenlernens waren nicht unbedingt glücklich. Und sie sah aus wie ähm ... also, sie machte einen etwas ... ähm ... *ungewöhnlichen* Eindruck«, sagte ich.

»Sag es ruhig: Sie sieht aus wie eine Nutte«, sagte Gilbert. »Na ja, sie ist auch eine. Gewesen. Jetzt ist sie gewissermaßen im Ruhestand.«

»Oh«, sagte ich ziemlich schockiert.

Gilbert sah mich abwartend an. Ich wusste nicht, was ich sagen sollte. *Wie ist es denn so, mit einer Prostituierten als Mutter?* Oder: *Woher weißt du denn, wer dein Vater ist?*

»Da ist sie wohl etwas knapp bei Kasse, was?«, fragte ich schließlich.

Gilbert nickte. »Klar, viel auf Seite konnte die nicht legen, das hat alles dieser Ricky und das Finanzamt kassiert. Eine Rente kriegt sie trotzdem nicht. Und dem Ricky schuldet sie seiner Ansicht nach einen Haufen Geld. Wenn der sie hier findet, braucht sie dritte Zähne.«

»Das erklärt, wieso sie heute in den Klingelbeutel gegriffen hat«, sagte ich und nahm an, dass »Ricky« der Zuhälter gewesen war. Zuhälter hießen alle Ricky, Rambo oder Rex. »Herr Hagen hat sie aber leider dabei erwischt.«

»Scheiße«, sagte Gilbert. »Und da sagt sie immer, ich sei kriminell!« Er grinste schief. »Tja, dann wird ja wohl nichts aus unseren Verkupplungsversuchen.«

»Oder gerade doch!«, sagte ich trotzig. »Meine Mutter wird er jedenfalls nicht bekommen.«

»Wenn es dafür mal nicht schon zu spät ist«, murmelte Gilbert. Ich beschloss, das einfach zu überhören.

»Dieser schleimige, selbstgerechte Ekelprotz«, sagte ich.

»Und du meinst, zu meiner Mutter würde er passen, der Ekelprotz?«, fragte Gilbert amüsiert.

Mir wurde der Widerspruch peinlich bewusst. »Hm, ja, die beiden würden zumindest altersmäßig besser zusammenpassen«, sagte ich verlegen. »Und deine Mutter sucht doch einen Versorger, oder?«

»Und jemanden, der ihre Schulden an Ricky bezahlt«, bestätigte Gilbert. »Lange kann sie sich hier nämlich nicht mehr verstecken.«

»Vielleicht haben die beiden ja heute in der Kirche ihre Adressen ausgetauscht«, sagte ich hoffnungsvoll.

## Carola

»Herr und Frau Hagen haben sich massiv beschwert«, sagte Carola, während sie Pfarrer Hoffmann drei fetttriefende Reibekuchen auf den Teller legte. »Wenn Sie das nicht wieder rückgängig machen, melden sie die Sache dem Superintendenten.«

»Ach, diese Hagens.« Pfarrer Hoffmann seufzte. »Sie legen das Wort Nächstenliebe irgendwie sehr eigenwillig aus. Ich denke, meine nächste Predigt sollte von Jesus' Geboten zur Nächstenliebe handeln.«

»Hm«, machte Carola. »Ich bin mir nicht sicher, ob das reichen wird. So schnell werden die Hagens nicht lockerlassen.«

Pfarrer Hoffmann ging nicht darauf ein.

»Hmmmmh, wie köstlich«, sagte er und meinte die Reibekuchen. »Heute verwöhnen Sie mich aber.«

»Ein Rezept meiner Mutter«, sagte Carola und senkte den Blick, damit er nicht etwa ihren Triumph darin erkennen konnte. »Ich dachte, weil Sie doch beim letzten Mal Ihre eigene Mutter erwähnten...«

»Wie aufmerksam von Ihnen.« Pfarrer Hoffmann schenkte ihr eines seiner überwältigenden Lächeln. Carola glaubte sich auf dem richtigen Weg. O ja, ihre Mutter hatte recht gehabt: Liebe *ging* durch den Magen. Heidemarie, ihre Apothekerfreundin, hatte ihr nämlich von der Verwendung von *Viagra* abgeraten.

»Ich kann's dir ohne Rezept geben, das ist nicht das Problem«, hatte sie gesagt. »Aber wie du mir das Problem schilderst, scheint *Viagra* nicht die Lösung dafür zu sein.«

Um die Sache nicht unnötig zu komplizieren, hatte Carola ihr erklärt, mit Martin und ihr klappe es im Bett nicht mehr so richtig. »Irgendwie scheine ich nicht mehr sein Typ zu sein«, hatte sie gesagt. »Ich bräuchte etwas, was ihn ... ähm ... so richtig scharfmacht!«

»Genau das ist der Punkt«, hatte Heidemarie gesagt. »*Viagra* macht nicht scharf, es macht nur einen Mordsständer. Es ist was für Männer mit Erektionsproblemen.«

Carola war enttäuscht gewesen.

»Probier es lieber mal mit Reden«, hatte Heidemarie zu allem Überfluss vorgeschlagen. »Wenn das nicht hilft, dann können wir es ja immer noch damit versuchen.«

Nun ja, dann also kein *Viagra*, sondern Reibekuchen. Und ein paar mütterliche Ratschläge.

»In dieser Angelegenheit sollten Sie wirklich etwas unternehmen«, kam sie noch einmal auf das zu sprechen, was Hagens »die Jahnsberger Spendenaffäre« nannten. »Frau Hagen trägt bereits in der ganzen Gemeinde herum, dass Sie Spendengelder nach Gutdünken verschenken und dass Sie Dieben und Verbrechern Tür und Tor öffnen. Ich muss sagen, auch ich fand es ziemlich gewagt, der Frau den geklauten Hunderter auch noch zu schenken. Und die ganze Kollekte gleich dazu!«

»Ich denke, das war klüger, als die Polizei zu rufen«, meinte Pfarrer Hoffmann kühl. »Die Frau hat echte Reue gezeigt, und sie hatte das Geld wirklich nötig. Was lag da näher, als ihr finanziell unter die Arme zu greifen?«

»Frau und Herr Hagen sagen, wenn Sie so mit dem Geld aasen, wird das nie etwas mit der neuen Orgel.«

»Ich denke, die alte Orgel tut es noch ganz gut. So lange wir keinen anderen Organisten haben, ist es sowieso egal. Ich kann mir nicht vorstellen, dass die Tochter der Hagens auf einer anderen Orgel weniger schlecht spielt.«

Carola lächelte. »Das stimmt. Sie spielt wirklich miserabel. Aber Herr und Frau Hagen haben die allerbesten Verbindungen zum Presbyterium – Sie sollten sie nicht gegen sich aufbringen.«

»Lieb von Ihnen, dass Sie so besorgt um mich sind, aber ich fürchte mich weder vor den Hagens noch vor den Damen und Herren des Presbyteriums«, sagte Pfarrer Hoffmann. »Ich bin einzig und allein Gott unserem Herrn verpflichtet.«

»Wenn Sie meinen«, murmelte Carola. *Und ich bin einzig und allein meinen Eierstöcken verpflichtet*, rief sie sich in Erinnerung und reichte Pfarrer Hoffmann noch einen Reibekuchen, begleitet von einem innigen Blick. Reibekuchen waren zwar keine Aphrodisiaka, aber sie bewirkten eine entspanntere Grundstimmung als Korinthen und scharfe Gewürze. Carola hatte auch bei ihrem Outfit noch eins draufgesetzt. Wieder trug sie einen eng anliegenden Body, diesmal aus schwarzem Lycra und ziemlich tief ausgeschnitten. Dazu flache Schuhe und die ausgewaschene 501, weil ihr Hintern darin gut aussah und es nicht zu fein gemacht aussehen sollte. Die Haare hatte sie diesmal lässig aufgesteckt und ein paar Strähnen herausgezupft, die ihr mädchenhaft ins Gesicht fielen. Der dunkelrote Lippenstift und die mit schwarzem Eyeliner betonten Augen mochten zwar etwas übertrieben wirken, aber im schummrigen Licht der Küche – draußen war einer dieser nieselregnerischen Novembertage heraufgedämmert, an denen es gar nicht richtig hell wird – war es genau richtig. Carola hatte auch das Parfüm gewechselt, um ganz sicherzugehen, dass es das letzte Mal nicht daran gelegen hatte. Gewöhnlich benutzte sie »Allure« von Chanel, das neue Parfüm hatte sie nach dem Namen ausgesucht. Sogar das Bett im Gästezimmer, das sie frisch überzogen hatte, duftete jetzt nach »Falling in love«.

Sie wusste, dass alles bestens vorbereitet war. Jetzt musste sie nur noch vom Reibekuchenessen zum Kinderzeugen übergehen. Was ungefähr so einfach war, wie den Mount Everest an einem einzigen Tag zu erklimmen. Aber Carola war voller Optimismus.

»Freut mich, dass es Ihnen schmeckt«, sagte sie. »Noch ein Schluck Wein?«

»Ein Glas reicht, danke«, sagte Pfarrer Hoffmann. »Ich muss heute noch so viel durch die Gegend fahren.«

»Nun, dann müssen wir eben mit dem Rest anstoßen«, sagte Carola forsch und hob ihr eigenes Glas. »Wo wir doch so eng miteinander arbeiten, bin ich dafür, dass wir uns duzen. Also, ich bin die Carola!«

Pfarrer Hoffmann dachte nicht daran, sein Glas zu heben. Er lächelte ein wenig herablassend. »Liebe Carola, wie kommt es eigentlich, dass Sie mir immer so eilig vorauspreschen? Zuerst erteilen Sie mir gute Ratschläge, und jetzt bieten Sie mir so mir nichts dir nichts das Du an. Finden Sie nicht, dass es an mir wäre, Ihnen das Du anzubieten, wenn ich die Zeit für gekommen halte?«

Carola, die wusste, dass er bereits mit Amelie und Irmi und wahrscheinlich auch mit Hinz und Kunz, ja, der ganzen Gemeinde, per Du war, biss sich auf die Lippen. Was fiel dem Kerl denn ein, sie so herunterzuputzen?

»Meinen Sie, weil Sie der Ältere von uns beiden sind? Ich hätte nicht gedacht, dass Sie so auf Etikette bedacht sind«, sagte sie beleidigt.

»Nein.« Pfarrer Hoffmann lächelte immer noch. »Sondern weil ich Pfarrer und Ihr Arbeitgeber bin, liebe Carola.« Er legte den Kopf schief und betrachtete sie. »Wissen Sie, dass Sie mich fatal an meine Frau erinnern?«

Carola spürte, wie ihr der Kinnladen herabklappte. »Sie sind *verheiratet*?«

»War«, verbesserte Pfarrer Hoffmann. »Wir sind geschieden. Jedenfalls so gut wie.«

Carola brauchte eine Weile, bis sie die Neuigkeit verarbeitet hatte. Himmel Herrgott! Der Mann ging überall herum und behauptete, Junggeselle zu sein. In Wirklichkeit war er noch nicht mal geschieden!

»Anne ist Ihnen wirklich ähnlich«, fuhr Pfarrer Hoffmann fort. »Von einer beneidenswerten Selbstsicherheit. Couragiert, engagiert und selbstständig.«

»Klingt, als wäre sie eine tolle Frau«, sagte Carola eifersüchtig.

»O ja. Aber leider fehlten ihr jegliche weiblichen Attribute«, sagte Pfarrer Hoffmann.

Carola hatte sofort ein vierschrötiges Mannweib vor Augen, ohne Brüste und ohne Hintern, dazu eine fatale Neigung zu Bartwuchs. Was bitte hatte eine solche Person mit ihr gemein? Und warum hatte Pfarrer Hoffmann sie geheiratet?

»Letzten Endes ist unsere Ehe daran gescheitert, dass Anne glaubte, gänzlich ohne diese weiblichen Attribute leben zu können«, sagte Pfarrer Hoffmann. »Und ich fürchte, Sie machen den gleichen Fehler.«

»Wie bitte?« Carola reckte ihm ihren Oberkörper mit zwei unübersehbaren weiblichen Attributen entgegen und traute ihren Ohren nicht.

»Sie und Anne, Sie gehören zu den Frauen, die glauben, Gleichberechtigung hieße, auf die gottgewollten geschlechtsspezifischen Privilegien zu verzichten.«

»Die da wären?«, fragte Carola.

»Es ist nun mal so, dass die Frauen das schwache Geschlecht sind«, führte Pfarrer Hoffmann aus. »Warum dürfen sie das denn nicht auch mal zeigen? Ist es denn so schlimm, einem Mann zu sagen, dass man ihn braucht? Stattdessen versuchen sie ständig einem Mann zu sagen, was er tun und was er lassen soll.«

Carola merkte, dass ihr Mund offen stand, und schloss ihn schleunigst. Sie brachte es immerhin fertig, den Kopf zu schütteln.

»Sehen Sie, Frauen wie Sie und Anne sitzen einem großen Irrtum auf. Sie glauben, alles zu können, was ein Mann auch kann. Und jetzt frage ich Sie, wozu *brauchen* Sie dann überhaupt einen Gefährten?«

*Zum Kinderzeugen*, dachte Carola. Oder zum Müllraustragen – wollte er sie zu derart diskriminierenden Äußerungen hinreißen? Laut sagte sie: »Also, wenn zwei Partner gleichberechtigt sind, dann können sie sich doch trotzdem gegenseitig brauchen. Es muss doch nicht immer so sein, dass einer von beiden den anderen dominiert.«

Pfarrer Hoffmann schüttelte traurig lächelnd den Kopf, so als habe er gewusst, dass sie ihn nicht verstehen würde.

»Sie sind wirklich genau wie Anne«, sagte er. »Sie wollen es nicht verstehen. Es gibt nun mal das männliche und das weibliche Prinzip auf dieser Welt. Sie sind Teil von Gottes Schöpfung. Es geht nicht darum, dass einer den anderen unterdrückt oder sich einer dem anderen unterwirft. Aber die Frau soll Frau bleiben und der Mann immer ein Mann. Yin und Yang, stark und schwach, schutzsuchend und beschützend, weich und hart – das ist das Naturgesetz, das das Fortbestehen unserer Rasse gewährleistet. Es ist Gottes Gesetz.«

*Es ist der größte Unsinn, den ich jemals gehört habe*, dachte Carola. Sie starrte den Pfarrer sprachlos an. Was für ein Chauvi! Kein Wunder, dass diese Anne die Scheidung eingereicht hatte.

Als habe Pfarrer Hoffmann ihre Gedanken erraten, sagte er: »Schauen Sie, als ich Anne das Eheversprechen gegeben habe, war ich ganz sicher, dass wir zusammenbleiben, bis dass der Tod uns scheidet. Aber ich ging davon aus, dass wir als Mann und Frau zusammenblieben, als eine unsterbliche Einheit, und nicht als... als zwei selbstständige, unabhängige Individuen.«

*Er steigert sich ja noch*, dachte Carola ungläubig. *Er redet noch mehr Blödsinn! Unsterbliche Einheit!* »Und weil Ihre Frau ein selbstständiges Individuum ist, wollen Sie sich nun scheiden lassen?«

Pfarrer Hoffmann nickte. »Es war für Anne sehr schwer zu verstehen, dass ich sie unter diesen Umständen sexuell nicht mehr anziehend fand.«

Carola setzte sich vor lauter Spannung noch ein wenig gerader hin. Wieder bemerkte sie, dass ihr Mund offen stand, und sie presste eilig die Lippen aufeinander.

Pfarrer Hoffmann griff nach ihrer Hand. »Verzeihen Sie mir meine Offenheit, Carola, aber wenn ich Sie so ansehe, ist es mir, als sähe ich meine Anne. Sie ist ebenso gut aussehend, wie Sie es sind, aber das allein ist es eben nicht, was eine Frau begehrenswert macht. Wenn sie nicht wie eine Frau *fühlt*, dann ist es egal, wie sie aussieht.«

*Das ist wahrscheinlich auch der Grund, warum der Umsatz für Gummipuppen zurückgeht*, dachte Carola sarkastisch. *Weil die Gummipuppe zwar aussieht wie eine Frau, sich aber nicht so fühlt!*

»Ich hoffe nicht, dass ich Ihnen zu nahegetreten bin, liebe Carola. Aber ich hatte einfach das Gefühl, Ihnen helfen zu müssen. Es ist noch nicht zu spät für Sie, sich auf Ihre weiblichen Werte zu besinnen.«

Carola hätte gern einen der fettigen Reibekuchen genommen, in sein schönes Gesicht geklatscht und geschrien: »Seit elf Jahren putze, bügele und koche ich für meinen Mann, arbeite auf einer unterbezahlten Stelle im sozialen Bereich und warte brav darauf, geschwängert zu werden. Damit werfe ich die Emanzipation der Frau um Jahre zurück! Und Sie wagen es zu behaupten, mir mangele es an weiblichen Werten?« Aber irgendetwas hielt sie davon ab, derart auszurasten.

Pfarrer Hoffmann drückte ihre Hand. »Sehnen Sie sich denn nicht manchmal nach einer Schulter zum Anlehnen?«

»Natürlich«, sagte Carola spröde. »Sie denn nicht?«

Pfarrer Hoffmann kam nicht mehr dazu zu antworten, denn in diesem Augenblick machte Martin die Küchentür auf und knipste die Deckenlampe an. Erst dann sah er die beiden am Tisch sitzen.

»Huch«, sagte er. »Was sitzt ihr denn hier im Dunkeln?«

»Es ist nicht dunkel, es ist November«, sagte Pfarrer Hoffmann und ließ Carolas Hand los. »Sie kommen gerade rechtzeitig, um noch ein paar von den köstlichen Reibekuchen Ihrer Frau zu essen.«

»Ich möchte Sie Ihnen aber nicht wegessen«, sagte Martin steif. »Tut mir leid, dass ich so einfach in Ihre Besprechung geplatzt bin.«

Pfarrer Hoffmann lachte.

»Mein lieber Mann, Sie sind hier zu Hause«, sagte er. »Und unsere Besprechung ist beendet, nicht wahr, Carola? Sie haben doch verstanden, was ich Ihnen sagen wollte?«

Carola nickte. Natürlich hatte sie verstanden, was er ihr sagen wollte: dass er ein steinzeitlicher Macho war, der nur Sex haben konnte, wenn man ihm die Füße küsste, und dass eben daran seine Ehe gescheitert war. Und dass er es vermutlich nicht ausstehen konnte, wenn die Frau oben lag.

Ausgerechnet den Kerl hatte sie sich als Erzeuger für ihr Baby auserkoren! War sie denn von allen guten Geistern verlassen?

Aus den Augenwinkeln nahm sie eine Bewegung hinter dem Fenster wahr. Sie sah etwas haariges Rotes zwischen den Blättern des Kirschlorbeers verschwinden.

Martin hatte es auch gesehen. »War das eine Katze?«, fragte er.

»Ich weiß nicht, es schien mir größer als eine Katze.« Carola drehte sich zu ihm um. »Warum bist du denn schon hier?« Wenn es nach ihrem Plan gegangen wäre, dann hätte er den Pfarrer und sie nicht in der Küche beim Disput über vergessene weibliche Werte angetroffen, sondern oben auf der Matratze, nackt in den nach »Falling in love« duftenden Laken.

Martin setzte sein selbstmitleidiges Gesicht auf. »Ich habe gedacht, ich schenke es mir, mich weiter erniedrigen zu lassen – die Abteilung ist offiziell geschlossen, und wir sitzen nur noch blöde herum. Dem Meller haben sie heute sogar den Schreibtischstuhl unterm Hintern weggezogen. Bräuchten ihn in einer anderen Abteilung. Ich möchte vermeiden, dass es mir genauso ergeht. Das wäre zu demütigend.« An den Pfarrer gewandt setzte er erklärend hinzu: »Mein Arbeitsplatz gehört zu den hundertfünfzig Arbeitsplätzen, die bei der Mensim AG abgebaut werden. Ab heute bin ich offiziell arbeitslos.«

Pfarrer Hoffmann machte ein betroffenes Gesicht. »Das ist ja entsetzlich«, sagte er. »Sie müssen sich fürchterlich fühlen.«

Martin zuckte mit den Schultern. »Ich hatte ja schon ein paar Wochen Zeit, um mich fürchterlich zu fühlen. Noch fürchterlicher geht es gar nicht mehr.«

*O doch,* dachte Carola, *ich wette, ich fühle mich noch viel beschissener. Ich und meine unbefruchteten Eierstöcke.*

# Irmi

Irmi war verliebt. Das war, als habe sie Flügel und der Fußboden bestünde aus weicher Watte. Mühelos konnte sie durch ihren Alltag fliegen, völlig entspannt den Haushalt erledigen, alles machte Spaß, sogar das Fensterputzen. Selbst Georgs Gemeinheiten, die sich täglich zu steigern schienen, konnten sie nicht aus ihrem Schwebezustand holen. Irmi wusste, dass sie Georg gegenüber eigentlich ein schlechtes Gewissen hätte haben müssen, aber die Schuldgefühle wollten sich einfach nicht einstellen. Da war nur dieses herrliche Gefühl von Losgelöstsein und Unverletzbarkeit.

»Du bist wie ein kleines Vögelchen, das aus dem Nest gefallen ist«, hatte Benedikt letzte Nacht zu ihr gesagt, und sie hatte voller Dankbarkeit und aus tiefstem Herzen erwidert: »Aber du lehrst mich das Fliegen!«

Nur selten gelang es ihr, ebenso poetische Sätze zu sagen wie er. Meistens errötete sie nur und schmiegte sich enger an ihn. Sie wünschte sich, bei ihren Treffen ein Tonband mitlaufen lassen zu können, dann würde sie sich Benedikts wunderbare Worte alle noch einmal anhören können, immer und immer wieder.

*»Du bist wie eine wertvolle, seltene Orchidee, und ich bin die Glasglocke, die dich vor Frost, Wind und Schädlingen beschützt.«*

Irmi brauchte keinen Schlaf mehr, sie brauchte auch keine Nahrung mehr, sie brauchte nur noch ihn. Sie lebte für die Nächte, in denen sie bei ihm sein konnte.

Abends, wenn Georg im Bett war – er lag um neun Uhr bereits im Tiefschlaf, dafür verlangte er allerdings auch um fünf Uhr morgens sein Frühstück –, kämmte sie sich durch das kastanienbraun gefärbte Haar, tupfte sich ein wenig von ihrem Parfüm hinter die Ohren und zog sich den Mantel über. Manchmal waren die Kinder da, dann erklärte sie, einen kleinen Spaziergang zu brauchen, und weder Diana noch Christoph schienen daran Anstoß zu nehmen. Dabei ging sie niemals spazieren, sondern nur in den Garten, weit hinten, wo die Dunkelheit sie vollständig verschluckte. Unter dem Goldregen, Irmis Lieblingsstrauch, stand eine alte Bank, auf die sie sich setzte und wartete, in die Nacht gehüllt wie in einen wärmenden Mantel.

Meistens musste sie nicht länger als eine halbe Stunde warten, um von Benedikt in die Arme genommen zu werden. »Männer wollen immer nur das eine«, hatte Irmis Mutter immer behauptet, aber die hatte ja auch ihren Benedikt nicht gekannt. Dem reichte es nämlich, sie in den Armen zu wiegen.

»Du erinnerst mich an den kleinen Hasen, den ich als Kind mal vor einem bösen Hund gerettet habe«, sagte er beispielsweise. »Genauso verängstigt und zitternd kommst du mir vor.« Irmi schmiegte sich dann enger an ihn. Ja, er war ihr Retter, ihr Licht in der Dunkelheit, ihr Engel! Nie wurde sie müde, ihm das zu sagen.

»Du sorgst dafür, dass ich mich wieder wie ein Mensch fühle«, hatte sie einmal gesagt und war froh gewesen, dass die Dunkelheit ihr schamrotes Gesicht unsichtbar machte. »Wie eine Frau.«

Benedikts Hände hatten behutsam ihren Mantel geöffnet und ihre Brüste gefunden. Ihre Dankbarkeit, ihre Liebe war so groß, dass sie ihm auf der Stelle alles, alles, *alles* von sich gegeben hätte, aber Benedikt hatte es nicht zugelassen.

Ganz sanft hatte er ihren Mantel wieder geschlossen und gesagt: »Ich sterbe vor Verlangen nach dir, Irmela, aber ich möchte deine Hilflosigkeit nicht ausnutzen.«

Dieser Mann war *wirklich* ein Engel. Irmi hatte seine Hand mit verehrenden Küssen bedeckt.

»Erwartest du im Ernst, dass ich das esse?« Georg holte sie abrupt zurück in die Wirklichkeit. Er schob angewidert seinen Teller von sich.

»Reibekuchen mochtest du doch sonst immer«, sagte Irmi.

»Sie sind aber viel fettiger als sonst«, klagte Georg. »Widerlich!«

»Sie sind nach einem Rezept von Pfarrer Hoffmanns Mutter«, erklärte Irmi und lächelte dabei. Sie liebte es, *seinen* Namen in den Mund zu nehmen.

»Seit wann tauschst du mit dieser Tunte Kochrezepte?«, pflaumte Georg sie an. »Überhaupt bist du nicht seine Köchin, sondern meine!«

»Ich bin deine Frau, nicht deine Köchin«, stellte Irmi klar.

»Das ist doch das Gleiche«, sagte Georg.

Irmi nahm ihm die Reibekuchen weg. »Soll ich dir stattdessen ein paar Brote schmieren? Zu mehr habe ich leider keine Zeit. In zwanzig Minuten muss ich zur Chorprobe.« Beunruhigt sah sie auf die Uhr. »Ich verstehe gar nicht, wo Diana bleibt. Sie hatte versprochen, rechtzeitig hier zu sein.«

»Ach ja, das habe ich ganz vergessen zu sagen: Diana hat angerufen. Sie wollte nach der Arbeit noch mit ein paar Kolleginnen essen gehen, sie ist nicht vor zehn, halb elf zu Hause.« An Georgs hämischem Lächeln sah Irmi, dass er Dianas Anruf mit voller Absicht unterschlagen hatte.

Sie seufzte. »Und Christoph ist in Bremen! Ausgerechnet.«

»Kein Babysitter für den lästigen Krüppel heute abend«, sagte Georg spöttisch. »Tja, da muss die vergnügungssüchtige Ehefrau wohl zu Hause bleiben!«

»Und wenn ich dich jetzt schon ins Bett brächte?«, schlug Irmi vor.

»Um sechs Uhr nachmittags? Aber sicher, ich bin ja nur ein doofer Krüppel, mich kann man einfach ins Bett stopfen und an die Decke starren lassen! Hauptsache, Madame kann ausgehen und sich amüsieren.«

»Du weißt genau, wie viel mir der Chor bedeutet«, sagte Irmi. »Das ist der einzige Abend, an dem ich mal rauskomme. Wenn du nur ausnahmsweise mal . . .«

»Nein«, sagte Georg. »Ich mag ja ein Krüppel sein, aber ich habe immer noch so etwas wie *Würde.*«

☆

Carola und Martin klingelten pünktlich, um sie zur Chorprobe abzuholen.

»Es geht heute nicht«, sagte Irmi bedauernd. »Ich kann Georg nicht alleine lassen. Er kann sich nun mal nicht von allein ins Bett bringen.«

»Was ist denn mit deinen Kindern?«, fragte Carola. »Können die nicht mal ausnahmsweise . . .?«

»Sie haben andere Termine«, sagte Irmi achselzuckend.

»Und wenn du ihn mal alleine lässt?«, schlug Martin vor. »Er könnte es sich vor dem Fernseher gemütlich machen und ausnahmsweise mal etwas später zu Bett gehen.«

Nur Irmi hörte das Schaben von Rollstuhlreifen an der Wohnzimmertür. »Das geht nicht«, sagte sie.

»Schade.« Carola wandte sich zum Gehen. »Wir entschuldigen dich bei Herrn Hagen. Und grüß Georg von uns.«

»Ich wäre wirklich gerne gekommen«, sagte Irmi.

»Ich hätte da eine gute Idee.« Martin lächelte sie an. »Ich bleibe hier bei Georg, und du gehst zur Probe.«

»Das würdest du wirklich tun?« Irmi war gerührt. Sie ignorierte das leise Klicken der Rollstuhlbremsen aus dem Wohnzimmer, so gut es ging. Georg würde sauer sein, aber das war ihr egal. »Es ist aber nicht einfach, ihn fürs Bett fertig zu machen.«

»Ich schaffe das schon«, versicherte Martin. »Geh du mal mit Carola zum Singen.«

Aus dem Wohnzimmer ertönte ein Poltern, ein leiser Aufschrei und dann ein dumpfer Aufprall.

Irmi, die schon nach ihrem Mantel gegriffen hatte, erstarrte.

»Was war das?«, fragte Martin und rannte los.

»Georg ist aus dem Rollstuhl gefallen«, sagte Irmi zu Carola, die bereits draußen auf der Treppe stand. »Ich denke, das heißt, ich bleibe doch hier.«

»O Gott«, sagte Carola alarmiert. »Soll ich Doktor Sonntag rufen?«

»Nein«, winkte Irmi ab. »Er hat sich nichts getan, da bin ich mir ganz sicher.«

»Der arme Georg«, sagte Carola. »Martin bleibt besser hier, um dir zu helfen. Und ich fahre allein zum Chor und entschuldige euch alle beide bei Herr Hagen.«

Wie Irmi es sich schon gedacht hatte, hatte Georg sich bei dem Sturz aus dem Rollstuhl nicht die geringste Verletzung zugezogen. Er sei mit einem Reifen an Irmis Bügeleisen hängen geblieben, das mitten im Weg gelegen hätte, sagte er. Bei dem Versuch, das Hindernis mit Gewalt zu überrollen, sei der Stuhl dann aus dem Gleichgewicht geraten. Irmi wusste, dass das Bügeleisen im Schrank gewesen war, wo es hingehörte. Sie war aber froh, dass Martin da war und ihr helfen konnte, den schweren Georg wieder in den Stuhl zu wuchten.

»Tut mir leid, dass Carola ohne dich gefahren ist«, sagte sie. »Du könntest ja gerne unseren Wagen nehmen, aber Christoph ist damit in Bremen.«

»Ach, so wild bin ich auch nicht aufs Singen«, sagte Martin. »Ich spiele eine Partie Schach mit Georg, dann helfe ich dir, ihn ins Bett zu bringen.« Zu Georg gewandt sagte er: »Du bist wirklich schwer wie ein Felsbrocken. Ein Wunder, dass Irmi noch nichts am Rücken hat.«

Zu Irmis Erstaunen lachte Georg nur friedfertig.

Es wurde noch ein entspannter Abend. Georg ließ Irmi eine Flasche Rotwein aus dem Keller holen, schlug

Martin dreimal hintereinander im Schach und ließ sich dann zur gewohnten Zeit ungewöhnlich gut gelaunt ins Bett bringen.

Als Irmi aus seinem Schlafzimmer kam, war Martin immer noch da. Er hatte die Weingläser gespült, die sie benutzt hatten, und lächelte ihr entgegen.

»Das war toll, danke dir«, sagte sie.

»Wenn du möchtest, komme ich öfter mal wieder rüber«, sagte Martin. »Aber in letzter Zeit hatte ich immer den Eindruck, es geht dir gar nicht mehr so schlecht. Du siehst jedenfalls nicht mehr so müde aus.«

»Ja«, sagte Irmi. »Es geht mir auch wirklich gut. Es gibt da seit kurzem jemandem in meinem Leben, der... mich glücklich macht.«

»Oh«, sagte Martin nur. Er sah schockiert aus.

»Nicht, was du denkst«, sagte Irmi. »Es ist mehr platonisch. Und es ist wunderbar! Er gibt mir das Gefühl, eine begehrenswerte Frau zu sein. Und ein wertvoller Mensch dazu.«

»Natürlich, das bist du ja auch«, machte Martin. »Wer ist es? Kenne ich ihn?«

»Ähm«, stotterte Irmi, die einfach nicht lügen konnte. »Also, ähm...«

»Also ja.« Martin hob die leere Weinflasche hoch und hielt sie ans Licht. »Wenn es nur platonisch ist, muss es doch kein Geheimnis bleiben, Irmi.«

»Es ist ja nicht *nur* platonisch«, gab Irmi zu und dachte mit wohligem Schaudern an Pfarrer Hoffmanns Hand auf ihrer Brust. »Ich würde es dir ja sagen, aber ich glaube, es wäre nicht gut für ihn, wenn es jemand erführe. Ich meine, ich bin eine verheiratete Frau, und er ist... Er könnte seinen Job verlieren.«

»O Gott«, stöhnte Martin. »Es ist der Pfarrer!«

Irmi wurde feuerrot. »Du darfst es auf keinen Fall weitererzählen!«

Martin schüttelte den Kopf. »Wofür hältst du mich denn, Irmi? Aber ich wundere mich über den Geschmack von euch Frauen. Nur weil er gut aussieht und sagt, du seist ein wertvoller Mensch, musst du dich ja wohl noch lange nicht an seinen Hals werfen, oder?«

»Du weißt ja nicht, wie es in mir aussah, bevor ich ihn getroffen habe! Nicht alle Ehepaare können so glücklich sein wie du und Carola«, sagte Irmi. »Ihr seid ein Musterpaar wie aus einem Bilderbuch, euch könnte so etwas nicht passieren.«

»Wie kommst du darauf, dass wir glücklich sind?«, fragte Martin mit einem schiefen Grinsen.

»Nennst du deine Frau vielleicht ein Froschgesicht?«, rief sie und vergaß für einen Augenblick, dass sie Georg auf keinen Fall wieder wecken wollte. »Spuckst du ihr Essen auf den Teppich? Möchtest du eine Tüte über ihr Gesicht stülpen, wenn ihr miteinander schlaft? Muss sie nachts zweimal raus, um dich aufs Klo zu bringen, weil du es unter deiner Würde findest, einmal in eine Windel oder in eine Bettflasche zu pinkeln?«

»Ihr schlaft noch miteinander?«, fragte Martin, als habe sie sonst gar nichts gesagt.

»Nein«, antwortete sie. »Jetzt nicht mehr. Georg sagt, es geht ihm ohnehin schon schlecht genug.« Sie lächelte schwach. »Das ist das einzig Gute an seiner Krankheit.«

»Carola und ich schlafen auch nicht mehr miteinander«, sagte Martin. »Seit Carola weiß, dass ich unfruchtbar bin, meint sie, es lohnt sich nicht mehr.«

Irmi schluckte betroffen. »Ach, Martin, das wusste ich

nicht. Das tut mir leid. Ich weiß doch, wie sehr ihr euch Kinder wünscht.«

»Carola wünscht sich Kinder«, sagte Martin. »Ich wünsche mir einfach ein gutes Leben. Im Moment sieht es nur nicht danach aus, als würde unser Leben auch nur ansatzweise gut.«

»Das kriegt ihr schon wieder auf die Reihe«, versuchte Irmi ihn zu trösten. »Ihr könntet Kinder adoptieren. Oder es mit künstlicher Befruchtung versuchen. Eine Freundin von mir hat damit vor ein paar Jahren Zwillinge bekommen. Du wirst sehen, ihr werdet wieder richtig glücklich miteinander.«

Martin schüttelte den Kopf. »Nein, Irmi, ich fürchte, es ist vorbei. In Carolas Augen bin ich ein schrecklicher Versager. Sie glaubt, ihre besten Jahre an mich verschwendet zu haben. Für sie bin ich ein nutzloser, unfruchtbarer Waschlappen. Und jetzt auch noch arbeitslos.«

»Ach, Martin!« Irmi griff nach seiner Hand. »Jetzt kommt aber auch alles auf einmal bei dir, was? Vor ein paar Wochen war das doch noch gar nicht so sicher, dass du deinen Job wirklich verlierst!«

»Jetzt ist es aber amtlich. Heute war mein letzter Tag.« Müde fuhr Martin sich mit der Hand über die Augen. »Wir stehen alle auf der Straße. Zweiundzwanzig Mann. Ohne einen Pfennig Abfindung. Die zahlen uns noch das Dezembergehalt, und das war's dann. Sie müssen sparen, sagen sie, aber im Foyer haben sie vor drei Tagen ein modernes Kunstwerk aufgestellt, das sage und schreibe eins Komma fünf Millionen gekostet hat!«

»Aber das ist doch total unfair«, sagte Irmi empört. »Ich kann nicht glauben, dass euer Betriebsrat das zulässt.«

»Das können wir alle nicht glauben«, sagte Martin.

»Warum nehmt ihr euch dann keinen Anwalt?«

»Ach, die kosten entsetzlich viel Geld, und am Ende hat man gar nichts erreicht, außer dass man auch noch die Prozesskosten am Hals hat. So eine große Firma sitzt immer am längeren Hebel.«

»Das ist aber Blödsinn«, widersprach Irmi ungewohnt energisch. »Ein guter Anwalt kann zumindest eine Abfindung für euch herauspauken. Warum rufst du nicht mal meinen Bruder an. Der behandelt in seiner Kanzlei täglich solche Fälle.«

»Dein Bruder ist Anwalt?«

»Ja, in unserer Familie bin ich die Einzige, aus der nichts geworden ist«, sagte Irmi mit einem kleinen Lachen. »Er ist Spezialist für Arbeitsrecht, er kann dir ganz sicher helfen. Wenn du ihm den Fall schilderst, kann er dir sofort sagen, ob es sich lohnt zu prozessieren oder nicht. Ich schreibe dir seine Nummer auf. Am besten rufst du ihn heute Abend noch an.«

Martin lächelte. »Ich denke, ich kann dem armen Kerl wenigstens seinen Feierabend gönnen. Morgen ist es noch früh genug. Wenn du nichts dagegen hast, bleibe ich noch ein bisschen bei dir.«

»Natürlich habe ich nichts dagegen«, sagte Irmi und wurde ein bisschen rot. »Es ist nur ...«

»... du bekommst nachher noch Besuch«, vollendete Martin ihren angefangenen Satz. Er sah auf die Uhr. »Reichlich spät für einen Hausbesuch. Ach, Irmi, es ist ja nicht so, dass ich es dir nicht gönnen würde, aber bei diesem Pfarrer habe ich einfach kein gutes Gefühl. Am Ende kommst du noch vom Regen« – er zeigte auf die Tür, hinter der Georg schlief – »in die Traufe.«

»Benedikt ist anders«, sagte Irmi und bekam auf der

Stelle heftiges Herzklopfen. »Das ist außerdem alles ganz harmlos.«

»*Noch*. Glaub mir, wenn es wirklich harmlos wäre, dann käme er nicht erst in der Nacht zu dir.« Martin erhob sich zum Gehen. »Pass auf dich auf, Irmi.«

Irmi brachte ihn zur Tür. »Vergiss nicht, bei meinem Bruder anzurufen. Du wirst sehen, es wird alles gut.«

## Amelie

Das sind ja beeindruckende Pläne«, sagte Amelie und betrachtete staunend die farbigen Zeichnungen, die vor ihr auf dem Tisch ausgebreitet lagen.

»Vielen Dank«, sagte der Gärtner und strich sich das widerspenstige rote Haar aus dem Gesicht. Amelie dachte zum wiederholten Mal, dass sie ihn vorher schon einmal gesehen hatte, sie wusste nur nicht, wo. Der Name Kalinke war ihr jedenfalls gänzlich unbekannt.

»Wirklich sehr beeindruckend«, wiederholte sie. »Allerdings meine ich, das ist alles eine Nummer zu groß für uns. Allein um diese Teiche da auszuheben, wären ja wochenlang die Bagger im Garten. Und an all die Kosten mag ich gar nicht denken.«

»Sie können sich gerne jederzeit ein Parallelangebot einholen«, sagte Herr Kalinke. »Aber ich bin ganz sicher, dass Sie nirgendwo derart preiswerte Leistungen geboten bekommen.«

»Das glaube ich Ihnen ja«, sagte Amelie. »Aber ich finde das ganze Projekt einfach zu . . . ähm . . . ehrgeizig. Aus Opas Gemüsebeeten einen japanischen Garten zu machen – ich weiß nicht recht.«

»Aber du magst doch den asiatischen Stil«, sagte Louisa. »Und es wäre sehr pflegeleicht, nicht wahr, Gil – Herr Kalinke?«

Herr Kalinke nickte. »Die Teiche werden im Herbst mit Netzen abgehängt, da hat man keinen Ärger mit Laub, ansonsten bedürfen sie kaum der Pflege. Und das Unkrautjäten in den Kiesfeldern ist ausgesprochen einfach. Wenn Sie zwei- oder dreimal im Jahr einen Gärtner kommen lassen, müssen Sie selber keinen Finger rühren.«

»Trotzdem«, Amelie schüttelte den Kopf. »Es ist mir zu hochtrabend. Ein japanischer Garten mitten in Jahnsberg! Nein, nein, ich würde gerne mit etwas weniger Pompösem anfangen, wenn's denn ginge. Wie wäre es denn, Herr Kalinke, wenn Sie zunächst mal den Garten hier vorne ein bisschen aufmöbeln? Ich weiß, dass die Sträucher nicht schön gewachsen sind, und der Rasen ist eine einzige Katastrophe. Woran der Flieder kaputtgegangen ist, weiß ich auch nicht, aber ich hätte gerne einen neuen. Fürs Erste würde ich Sie gerne mit der Pflege und Gestaltung dieses Bereiches betrauen. Bringen Sie ein bisschen Ordnung in die Hecken und gestalten Sie die Terrasse etwas gefälliger. Und unternehmen Sie etwas mit dem Rasen.«

»Aber Mama!«, sagte Louisa.

»Ein japanischer Garten ist ja schön und gut, Kind«, sagte Amelie. »Aber fürs Erste reicht mir ein schönerer Rasen.«

»Es ist ein Anfang«, sagte Herr Kalinke und rollte seine Pläne wieder ein. »Ich werde sehen, was ich bis zum Einsetzen der Frostperiode ausrichten kann. Bis jetzt sind die Langzeitprognosen günstig.«

Plötzlich wusste Amelie wieder, woher sie ihn kannte. Er war der Spaziergänger gewesen, der Benedikt und sie knutschend auf dem Feldweg gesehen hatte. Himmel, hoffentlich erzählte er Louisa nichts davon. Das Kind war sowieso schon verwirrt genug.

»Das Angebot bleibt ja noch eine Weile bestehen«, sagte Herr Kalinke. »Ich werde gleich morgen anfangen, die Hecke neu zu gestalten. Mögen Sie Bambus? Er ist immergrün, pflegeleicht und sehr wuchsfreudig. Ich habe da eine besonders günstige Bezugsquelle.«

»Klingt gut«, sagte Amelie und zwinkerte Louisa zu. Sie lächelte etwas angespannt zurück. Wusste sie bereits von der Sache auf dem Feldweg?

Amelie schüttelte den Kopf. Auch egal, es war schließlich *ihr* Leben. Wenn sie Pfarrer Hoffmanns Küsse brauchte, um sich über den schwarzen Abgrund zu hangeln, dann würde sie wegen Louisa nicht darauf verzichten.

»Ich will dein kleines, wehrloses Herzchen an meiner Brust klopfen hören«, murmelte Benedikt in ihr Haar.

»Aber nicht hier.« Amelie rückte nur widerwillig von ihm ab. *Kleines, wehrloses Herzchen*, das gefiel ihr. Es hätte in einem der Romanhefte stehen können, die Lenchen Klein kiloweise verschlang. »Wo jeden Augenblick meine Tochter oder der Gärtner im Zimmer stehen können.«

»Könntest du sie nicht mal wegschicken?«

»Doch«, seufzte Amelie. »Aber *sicher* kann man trotzdem nie sein. Gestern hat Frau Hagen hier einfach an die Scheibe geklopft, weil vorne niemand aufgemacht hat. Nicht, dass es etwas Wichtiges gewesen wäre. Sie wollte mir nur sagen, dass sie die Elektrizitätswerke wegen überhöhter Rechnungen verklagen und ob ich eventuell als Zeuge darüber aussagen könne, dass sie immer um spätestens neun Uhr abends das Licht ausmachten! Stell dir mal vor, was sie sagen würde, wenn sie uns hier sehen könnte.«

»Lass uns spazieren gehen«, schlug Benedikt vor. »Vielleicht sorgt die kühle Luft wieder für einen klaren Kopf.«

Aber auch draußen hatte er seine Finger nicht von ihr lassen können.

»Du bist wie das kleine Häschen, das ich als Kind mal vor einem Hund gerettet habe«, sagte er. »Es war so weich und verängstigt, und es schmiegte sich zitternd in meine Hand. Es hat sofort meine Beschützerinstinkte geweckt. Ich konnte gar nicht aufhören, es zu streicheln.«

Amelie, die den Impuls unterdrückte, ihre Nase krauszuziehen und Mümmelgeräusche zu machen – Robert hätte darüber gelacht, Benedikt hatte eine andere Art von Humor –, lehnte den Kopf an seine Schulter.

»Du bist so groß und stark«, murmelte sie. »Ich fühle mich bei dir so geborgen.«

Benedikt schnurrte wie Wanja, wenn er satt und zufrieden auf seinem Lieblingssessel lag.

»Ich will dich *ganz*«, sagte er und machte Anstalten, sie auf das feuchte Gras herabzuziehen. »Hier unter Gottes weitem Himmel, auf Gottes fruchtbarem Acker.«

»Nein«, sagte Amelie. Es war wunderbar, sich klein und zart und schutzlos wie ein Häschen fühlen zu dürfen. Aber so schutzlos war sie dann auch wieder nicht, dass sie sich mit Benedikt auf Gottes matschigem Erdboden herumwälzen wollte, Gottes stachelige Brombeeren im Rücken. Außerdem konnte jeden Augenblick jemand vorbeikommen. Rüdiger Hagen zum Beispiel pflegte regelmäßig seinen Motorradschrott in Gottes grünem Tannenwald zu entsorgen, gar nicht weit von hier. Nein, selbst wenn es Sommer gewesen wäre, hätte sie sich nicht zu derartigem Tun hinreißen lassen. Auch wenn sie sich in letzter Zeit öfter so fühlte: Sie war definitiv keine vierzehn mehr!

»Ich würde dich ja gerne zu mir nach Hause einladen, aber gegen Frau Sommerborn kann eure Frau Hagen glatt einpacken«, sagte Benedikt traurig. »Frau Sommerborn führt sogar den Schornsteinfeger herein, wenn ich unter der Dusche stehe!«

Amelie musste grinsen. Wie sie Frau Sommerborn einschätzte, würde sie die Kirche sofort aus ihrem Testament streichen, wenn sie den Pfarrer mit einer Frau erwischte.

»Mein zarter Porzellanhase«, sagte Benedikt und streichelte ihren Hals. »Ich möchte wissen, ob deine Haut überall so weich und rosig ist.«

Schön und gut – aber wo konnte sie ihn das herausfinden lassen, ohne Gefahr zu laufen, dabei gesehen zu werden? Seit Tagen dachte Amelie ernsthaft darüber nach.

»Kann ich den Schmetterlingsstrauch umsetzen, oder möchten Sie ihn an dieser Stelle behalten?«, unterbrach Herr Kalinke, der Gärtner, ihre Gedanken. Er hatte wohl an die Wohnzimmertür geklopft, aber sie hatte ihn nicht gehört.

»Ich wusste gar nicht, dass ich einen Schmetterlingsstrauch habe«, sagte Amelie, und in ihrer Stimme schwang ein Hauch von Ungeduld. Herr Kalinke kam alle zehn Minuten, um sie mit derartigen Fragen zu löchern. »Ein für alle Mal: Sie sind der Gärtner, Herr Kalinke. Sie haben freie Hand. Wenn Sie meinen, der Busch gehört woanders hin, dann versetzen Sie ihn.«

»Gut«, sagte Herr Kalinke. Er war heute in aller Frühe mit einem Lastwagen voller riesiger Bambussträucher und Gartengeräte vorgefahren und seitdem ununterbrochen bei der Arbeit. Louisa hatte ihre ältesten Sachen an und half ihm mit sichtlicher Begeisterung. Jetzt erschien sie hinter Herr Kalinke und kippte gierig ein Glas von dem scheußlichen Tee in sich hinein, den sie sich jeden Morgen gleich kannenweise aufgoss.

»Hier, Mama, deine Post«, sagte sie und legte einen dicken Stapel Briefe auf den Tisch. In ihrem alten Skianorak sah sie ziemlich unförmig aus.

*Sie hat mindestens so viel zugenommen, wie ich abgenommen habe*, dachte Amelie. *Wenn das so weitergeht, werden wir uns irgendwo in der Mitte treffen.*

»Ich möchte nur nicht, dass Sie sich hinterher beschweren«, sagte der Gärtner.

»Nein, nein«, beruhigte Amelie ihn. »Egal, was Sie tun, am Ende wird es auf jeden Fall besser sein als vorher.«

»Allerdings«, sagte Louisa.

»Es wird viel besser werden«, versprach Herr Kalinke. »Wir werden das ganze Wochenende durcharbeiten, damit uns nicht auf halber Strecke der Frost überrascht. Morgen kommt dann auch der Minibagger zum Einsatz. Ich möchte die langweilige Böschung beseitigen und statt dessen eine Trockenmauer zum Abstützen des Geländes errichten. Es könnte dann etwas lauter zugehen.«

»Wahrscheinlich bin ich ohnehin verreist«, sagte Amelie und war selber überrascht. Der Gedanke war ihr gerade erst gekommen.

»Du verreist?«, fragte Louisa. »Wohin denn?«

»Nicht wirklich verreisen«, beeilte sich Amelie zu sagen. »Ich spiele nur mit dem Gedanken, an diesem *Wochenende der inneren Einkehr* teilzunehmen. Mit meditativem Bauchtanz, Fantasiereisen und diesem Schnickschnack.«

*Genial*, dachte sie. *Einfach genial.* Das war wirklich eine gute Idee. Sie erfand kurzerhand einen Wochenendworkshop – sie hatte schon öfter an so was teilgenommen –, und sie und Benedikt konnten sich unbehelligt in irgendeinem verschwiegenen Hotel treffen ... vielleicht im *Schwanenhof* in Seelbach, der hatte zwei Michelinsterne und Himmelbetten in den Zimmern. Seinen Namen hatte das Luxushotel von den vielen Schwänen, die anmutig auf dem Parkweiher ihre Bahnen zogen. Die Wahrscheinlichkeit, dort auf Bekannte zu treffen, war relativ gering.

»Innere Einkehr?«, fragte Louisa. »Ist das ein Gasthof, wie die *Ewige Lampe*? Oder der *Fröhliche Landmann*? Warum hast du denn nichts davon erzählt?«

»Es sind wohl erst kurzfristig wieder ein paar Plätze freigeworden«, improvisierte Amelie. »Lenchen Klein hat mich gefragt, ob ich nicht mitkommen will. Ich weiß nicht, ob ich wirklich teilnehmen werde. So wild bin ich nicht darauf, unter Leute zu kommen.«

»Frau Klein steht auf Bauchtanz?«, fragte Louisa. Amelie sah deutlich das Misstrauen in ihrem Gesicht. »Was macht sie denn so lange mit ihrem Hund?«

»So geht das aber nicht!«, unterbrach sie eine schrille

Stimme. Frau Hagen mit ihrem unnachahmlichen Gefühl für das richtige Timing platzte ins Wohnzimmer wie ein dicker gelber Gummiball. Sie trug einen Ostfriesennerz in Übergröße und gelbe Gummistiefel.

»Der Schlüssel steckte draußen in der Haustür«, erklärte sie, als sie Amelies Gesicht sah.

»Deshalb können Sie trotzdem klingeln, Frau Hagen«, sagte Amelie kühl und griff demonstrativ nach dem Poststapel. »Oder wollten Sie unsere Stromrechnung schonen?«

»Ich habe ja geklingelt«, behauptete Frau Hagen. »Ich bin gekommen, um mich im Namen der ganzen Familie zu beschweren.«

*Natürlich,* dachte Amelie. Beschweren, Kuchen backen und essen, aus mehr bestand ihr Leben nicht.

Sie sah die Briefe schnell durch. Rechnungen, Werbung, ein Brief von der Rentenanstalt – hoffentlich rückten die bald mal mit der Kohle rüber – und einer ohne Absender. Die Schrift war Amelie unbekannt, ebenso das blasslila Briefpapier.

»Was erregt denn diesmal Ihren Unmut, Frau Hagen?«, fragte sie und drehte den Briefumschlag zwischen ihren Fingern. Die Frau sollte sehen, dass sie beschäftigt war.

»Ihr könnt doch nicht einfach, ohne uns zu fragen, euren Garten umgestalten!«, rief Frau Hagen.

»Nicht?« Amelie zog die Augenbrauen hoch. Sie hasste Streitigkeiten, aber mit Frau Hagen ging es offenbar nicht anders. Diese Frau ist eine von Gottes Plagen, hatte Robert immer gesagt. Gegen sie verlieren Heuschreckeninvasionen und Hungersnöte ihren Schrecken.

Frau Hagens gelber Regenmantel quietschte empört.

»Die Büsche sind viel zu hoch! Selbst mein Albrecht, der ja nun nicht gerade klein ist, kann nicht mehr drübergucken.«

»Genau das ist unsere Absicht«, sagte Louisa.

Amelie nickte, griff nach ihrem Brieföffner aus ziseliertem Silber und schlitzte den lila Umschlag auf.

»Das dürft ihr gar nicht«, rief Frau Hagen, wobei sich ihre Stimme beinahe überschlug. »Dieses hässliche, struppige Zeug ist ja auch noch immergrün, das hat die Christel in unserer Gartenfibel nachgelesen! Da haben wir im Winter ja gar kein Licht mehr in unserer Küche.«

»Dafür gibt es ja Lampen«, sagte Herr Kalinke, aber Frau Hagen keifte einfach weiter: »Der Albrecht hat schon bei unserem Rechtsanwalt angerufen, und der sagt auch, wir hätten ein Anrecht auf Erhalt des Charakters der ortsüblichen Einfriedung.«

Amelie entfaltete den Brief. *Sie sind nicht die Einzige, mit der der Pfarrer auf Tuchfühlung geht*, las sie. *Auch Frau Quirrenberg und Frau Heinzelmann sind seinem zweifelhaften Charme schon erlegen. Passen Sie lieber auf, bevor es zu spät ist.*

Keine Unterschrift.

Herrje, was war das? Ein Erpresserbrief? Ein übler Scherz? Oder nur eine gut gemeinte Warnung? Amelie überflog die Zeilen noch einmal.

Hatte Benedikt tatsächlich was mit Irmi und Carola? Sie spürte das Blut in ihre Wangen steigen.

Wer schrieb denn so etwas? Wer konnte ihr Geheimnis überhaupt kennen?

Unmittelbar fiel ihr Blick auf Frau Hagen.

Natürlich! Von ihrem Küchenfenster aus hatte sie einen wunderbaren Blick in ihr Privatleben. Amelie wurde wütend.

»Wir haben den Bambus im Abstand von einem Meter fünfzig zu Ihrem Maschendrahtzaun gepflanzt«, erklärte Herr Kalinke gerade. »Damit ist jedem Nachbarrechtsgesetz auf dieser Welt Genüge getan. Und der Charakter Ihres Maschendrahtzaunes wird nicht im Geringsten verändert!«

»Wenn Ihr Maschendrahtzaun einen Charakter hat, dann sowieso nur einen schlechten«, setzte Louisa hinzu.

»Wir haben einen Anspruch auf Erhalt des ortsüblichen Charakters, sagt unser Rechtsanwalt, und der hat auch schon die Elektrizitätswerke so klein mit Hut gemacht«, keifte Frau Hagen. »Wir verklagen auch euch, wenn ihr das nicht wieder wegmacht! Dieses japanische Zeugs ist ja wohl kaum ortsüblich! Oder habt ihr hier schon mal irgendwo Bambus im Wald wachsen sehen?«

»Ostfriesennerze in Größe zweiundsechzig sind auch nicht gerade ortsüblich«, erwiderte Louisa. »Und trotzdem verklagt Sie keiner, wenn Sie damit rumlaufen.«

»Obwohl es den Charakter des Dorfbildes erheblich beeinträchtigt«, setzte Herr Kalinke hinzu.

»Ich trage Größe achtundfünfzig«, korrigierte Frau Hagen. »Und ich möchte mal gerne wissen, was mein schwaches Bindegewebe mit euren rechtswidrigen Anpflanzungen zu tun hat.«

Louisa und Herr Kalinke öffneten beide den Mund, aber Amelie hielt es für geboten, dem Wortgeplänkel ein Ende zu bereiten.

»Mit einer Klage werden Sie wohl kaum durchkommen, Frau Hagen«, sagte sie und blickte ihrer Widersacherin so fest sie konnte in die blassblauen, tief in Fettpolster gebetteten Äuglein. Was für eine widerliche Person! Hatte sie die Briefe selber geschrieben, oder war es ihr bigotter Mann gewesen? Oder gar der abstoßende Rüdiger?

»Wir verstoßen hier gegen kein Gesetz«, fuhr Amelie mit eiskalter Stimme fort. »Und ich glaube auch nicht, dass ich Sie fragen muss, wenn ich meinen Garten umgestalte, ob Sie nun rechtschutzversichert sind oder nicht. Demnächst fordern Sie dann vielleicht auch noch Mitspracherecht, wenn ich ein neues Auto kaufe!«

Ihr stechender Blick schien zu wirken. Sie nagelte Frau Hagen geradezu an die Wand. Für einen Augenblick war sie dadurch verunsichert.

»Mit Ihrem Mann hat es nie Probleme gegeben«, klagte sie mit weniger aggressiver Quietschestimme. »Wenn Albrecht ihm gesagt hat, er solle die Hecke beschneiden, dann hat er das auch getan. Er war ein guter Mann.«

Sie bedachte Amelie mit einem tückischen Blick ihrer kleinen Äuglein. »Ich hätte nicht gedacht, dass Sie so schnell sein Andenken beschmutzen!«

Amelie zuckte zusammen. »Wie war das bitte, Frau Hagen?«, fragte sie scharf. Wenn es bis jetzt noch Zweifel gegeben hatte – jetzt war es ganz deutlich geworden: Der anonyme Brief kam eindeutig aus dieser Ecke! Ihre Wut nahm wieder zu.

»Ist doch wahr. Mit Ihrem Mann hat es nie irgendwelchen Ärger gegeben. Außer damals, wo er meinen Rüdi ins Wasserfass getunkt hat, weil er mit der Katze gespielt hat.«

»Ihr Rüdi hatte die Katze an der Wäscheleine aufgehängt«, sagte Amelie und ballte bei der Erinnerung daran automatisch ihre Fäuste. Sie war damals vor Wut so außer sich gewesen, dass sie sich gewünscht hatte, Robert würde den fetten sadistischen Bengel in der Regentonne ertränken.

Frau Hagens Ostfriesennerz quietschte wieder, als sie ruckartig ihre Arme nach vorne nahm, um die dicken Patschhändchen vor der Brust zu falten. »Jedenfalls war mit Ihrem Mann immer zu reden, zumindest, wenn es um den Garten ging. All die Jahre hatten wir Licht und Luft in unserer Küche.«

»Und einen prima Blick auf unsere Terrasse und in unser Wohnzimmer«, ergänzte Louisa.

»Wir haben einen Anspruch auf Erhalt«, behauptete Frau Hagen. »Das hat der Rechtsanwalt gesagt! Das ist von Gesetz wegen garantiert.«

»Sie meinen, es gibt ein Gesetz, das Ihrem Mann garantiert, weiterhin von seinem Küchenfenster aus beobachten zu können, wie meine Mutter sich oben ohne sonnt?«, fragte Louisa ironisch. »Dann gibt es sicher auch ein Gesetz, dass Ihrem Rüdiger erlaubt, den Wald als seinen privaten Schrottplatz zu missbrauchen, was?«

»Das genügt jetzt«, sagte Amelie. »Sie wissen ja, wo die Tür ist, Frau Hagen!«

»Macht ihr das das jetzt wieder weg oder nicht?« Frau Hagen wusste zwar, wo die Tür war, aber das hieß noch lange nicht, dass sie sie auch benutzte. »Nach allem, was wir für euch getan haben!«

»Es bleibt, wie es ist«, sagte Amelie fest. Was auch immer sie in Zukunft in diesem Wohnzimmer oder auf der Terrasse tun würde, sie wollte nicht, dass die Familie Hagen etwas davon mitbekam. »Daran kann auch Ihre Rechtsschutzversicherung nichts ändern.«

»Ihr werdet ja sehen, was ihr davon habt!«, schimpfte Frau Hagen.

»Sie können mir überhaupt nicht drohen, Frau Hagen. Mit gar nichts«, sagte Amelie mit Nachdruck und warf einen vielsagenden Blick auf den anonymen Brief.

»Ganz wie ihr wollt! Jetzt müsst ihr nämlich auch noch die Verfahrenskosten tragen.« Frau Hagen rauschte aus dem Zimmer, wenn es denn möglich ist, in quietschendem Ölzeug zu rauschen. An der Tür drehte sie sich noch einmal um. »Und glauben Sie bloß nicht, dass ich Ihnen noch einmal von unseren butterzarten Kohlrabi rüberbringe!«

»Ich möchte nicht, dass Sie mir überhaupt noch einmal *irgendetwas* bringen«, sagte Amelie und wedelte mit dem lila Briefumschlag. »Weder persönlich noch durch Boten! Haben wir uns da verstanden?«

»Keine Erdbeeren, keine Johannisbeeren und keine Bohnen«, zählte Frau Hagen auf. »Das können Sie sich alles abschminken!« Mit einem letzten wütenden Blick verschwand sie.

## Louisa

Gerade als ich bei Betty anrufen wollte, um ihr zu sagen, dass sie sich einen neuen Mitbewohner suchen könne, klingelte das Telefon. Es war Betty höchstselbst, und sie tat so, als hätte unser hässlicher Wortwechsel neulich niemals stattgefunden.

»Ich weiß jetzt, dass das, was deine Mutter gerade durchmacht, ein bekanntes psychologisches Syndrom ist«, sagte sie, bevor ich zu Wort kommen konnte. »Menschen in Extremsituationen neigen nämlich dazu, sich zu verlieben. Die Ausschüttung der Hormone ermöglicht ihnen ein Überleben in einer Situation, an der sie ansonsten zerbrechen würden.«

»Aha«, sagte ich verblüfft. Tatsächlich zerbrach ich mir den Kopf darüber, was mit meiner Mutter los war. Ich fürchtete, sie war *tatsächlich* scharf auf den Pfarrer.

Ich hatte versucht, Gilbert zu erklären, dass meine Eltern eine wunderbare, erfüllte Ehe geführt hatten. »Ich sage das nicht, weil ich als Tochter voreingenommen bin und meine heile Welt bewahren will«, hatte ich beteuert. »Meine Eltern haben sich geliebt! Sie haben jeden Abend Händchen gehalten! Ich kann nicht glauben, dass meine Mutter sich diesem Schleimer an den Hals wirft, nachdem mein Vater nicht mehr da ist!«

Es sei denn, da war ein unbekanntes Phänomen am Werk, wie Betty behauptete. Oder vielleicht doch geheimnisvolle Erdstrahlen, wie Gilbert mutmaßte?

»Es muss an dieser Straße liegen«, hatte er gesagt. »Deine Mutter ist nämlich nicht die einzige Frau, die sich von dem Kerl flachlegen lassen will.«

»*Was?*«, hatte ich geschrien, vom Inhalt seiner Worte gleichermaßen schockiert wie vom Begriff »flachlegen« im Zusammenhang mit meiner Mutter. Gilbert hatte steif und fest behauptet, der Pfarrer unterhalte sowohl zu Irmi Quirrenberg als auch zu Carola Heinzelmann eine intime Beziehung.

»Warum nicht auch zu Frau Hagen?«, hatte ich ironisch gefragt, und da hatte Gilbert gesagt, bei Frau Hagen nütze auch die stärkste Erdstrahlung nichts mehr.

Ich hatte nach Beweisen für seine kühnen Behauptungen bezüglich Frau Quirrenberg und Carola verlangt, aber Gilbert hatte keine vorzuweisen. Er könne nicht beweisen, was er nicht mit eigenen Augen gesehen habe.

»Du musst mir einfach glauben«, hatte er gesagt. »Mit der naiven Dürren« – damit war Frau Quirrenberg gemeint – »hat er Nacht für Nacht ein Techtelmechtel auf der Gartenbank, und bei der scharfen Brünetten kann es auch nicht mehr lange dauern. Sie legt sich jedenfalls mächtig ins Zeug.«

»Was? Carola? Niemals!« Es war schon schlimm genug, dass meine Mutter auf den Schleimer hereinfiel, aber dass auch die scharfsinnige und nüchterne Carola auf ihn abfahren sollte – ausgeschlossen! Sie konnte ja nicht mal eine Ausnahmesituation für sich geltend machen – ihr Mann erfreute sich schließlich bester Gesundheit. Nein, das konnte ich einfach nicht glauben. Ich hatte den Verdacht, Gilbert hatte die Geschichte nur erfunden, um mich zu trösten. Auch die Erdstrahlentheorie fand ich nicht besonders glaubwürdig. Dann war ich doch eher geneigt, die Sache Bettys psychologischem Syndrom in die Schuhe zu schieben.

»Eine Hormonausschüttung also, die zu Kurzschlussreaktionen der Libido führt?«, fragte ich.

»Ja«, fuhr Betty eifrig fort. »Passiert besonders häufig, wenn eine traumatische Trennung hinter einem liegt oder, wie im Fall deiner Mutter, der plötzliche Tod des Partners. Die betroffene Person verliebt sich dann in den Erstbesten, der ihren Weg kreuzt, im Fall deiner Mutter war es der Pfarrer.«

»Da hat sie ja noch Glück gehabt«, sagte ich und dachte an unseren betagten Postboten oder – Gott bewahre! – an Herr Hagen. »Wo hast du's denn gefunden?

Klingt so, als sei es ein interessantes Thema für meine Diplomarbeit.«

»Ähm«, sagte Betty verlegen. »Bin zufällig darübergestolpert.«

»Wo denn?«, fragte ich hartnäckig. Ich mochte es nicht, wenn Betty Quellen kannte, die mir unbekannt waren. Ich hatte gern die Nase vorn.

»Wenn du's genau wissen willst, es stand in der *Cosmopolitan*«, sagte Betty. »Aber es ist wissenschaftlich fundiert.«

Ah, das war ja wieder mal typisch Betty. »Na ja, es ist jedenfalls nett von dir, mich deswegen anzurufen. Das letzte Mal, als wir telefonierten, nanntest du mich eine hormongesteuerte Idiotin.«

»Das stimmt doch gar nicht«, sagte Betty verlegen. »Ich fand nur, dass du einen Fehler machst.«

»Und das findest du jetzt nicht mehr?«

»Doch. Aber ich kann wohl nichts daran ändern, oder? Ich denke, wir müssen das Beste daraus machen.«

»*Wir*? Das ist ganz allein meine Angelegenheit«, sagte ich, immer noch eingeschnappt. Außerdem gefiel ich mir in der Rolle »Allein gegen den Rest der Welt« allmählich. Es war wie im Film: Aufstrebende Studentin wird versehentlich schwanger. Der geliebte Vater stirbt, und die ehemals fürsorgliche Mutter fällt einem wissenschaftlich fundierten psychologischen Syndrom aus der *Cosmopolitan* zum Opfer. Der Kindsvater verstößt die aufstrebende Studentin, und ihre beste Freundin lässt sie ebenfalls im Stich. Sie gerät auf die schiefe Bahn, indem sie Hehlerware an ihre eigenen Verwandten verscherbelt, und in der Straße treiben unheimliche Erdstrahlen ihr Unwesen – wenn das nicht der Stoff war, aus dem die ganz großen Dramen geschrieben waren, dann wusste ich es aber auch nicht. Fehlte nur noch eine tragische Krankheit, und ich würde als eine zweite Kameliendame in die Geschichte eingehen.

»Ich wollte nur sagen, dass ich ... ähm ... an deiner Seite stehe oder so ähnlich«, meinte Betty und versuchte damit, mir den Spaß zu verderben.

»Das wird sich zeigen, wenn's ernst wird«, sagte ich ziemlich kühl.

»Wenn du willst, schreibe ich Andi doch noch auf meine Liste«, bot Betty an, aber so schnell wollte ich mich nicht wieder mit ihr versöhnen.

»Ich ziehe aus«, kam ich endlich zum Grund meines Anrufes.

»O nein! Du willst doch nicht in diesem Kaff versauern!«, rief Betty aus. »Das kannst du du deinem Kind nicht antun! Und mir auch nicht. Du bist die beste Freundin, die ich je hatte.«

»Ich hatte nicht vor, zu versauern«, sagte ich würdevoll. »Ich werde wiederkommen, aber erst, wenn das Kind da ist.«

»Dann halte ich dir die Wohnung so lange frei«, sagte Betty. Ihr Entgegenkommen war wirklich kaum auszuhalten.

»Nein, danke«, sagte ich. »Ich werde mir, wenn es so weit ist, etwas Eigenes suchen.«

»Du machst einen Fehler«, sagte Betty. »Bezahlbarer Wohnraum für alleinerziehende Studentinnen ist sehr rar, wie du weißt.«

»Möglicherweise ist es ein Fehler«, gab ich zu. »Möglicherweise aber auch nicht. Hat Andi sich noch mal bei dir gemeldet?«

»Ja«, sagte Betty zögernd. »Mehrmals. Er will unbedingt, dass ich noch mal mit dir rede. Er möchte ganz sicher sein, dass seine Eltern nie etwas von dem Baby erfahren.«

»Was für ein Feigling! Sag ihm, es könnte durchaus sein, dass ich eines Tages mit dem Kind auf dem Rücken, einem abgeschabten Koffer und einem gewitzten Anwalt vor der elterlichen Villa stehe und einen Teil vom Erbe einfordere.«

Bettys Kichern klang ein bisschen schlapp. »Ich profitiere sehr davon, dass Andi glaubt, ich hätte Einfluss auf dich! Er wollte mich sogar zum Essen einladen, aber ich habe abgelehnt. Es ist mir nicht leichtgefallen, der Mann ist so wahnsinnig sexy! Wenn ich seinen süßen Schmollmund sehe, frage ich mich automatisch, wie er wohl küsst . . .«

»Betty, du sollst ihn erst beißen, wenn du Tollwut hast«, erinnerte ich sie nur halb im Scherz.

»Das hatte ich auch vor«, beteuerte Betty. »Wirklich! Aber du solltest wissen, wie schwer es mir fällt, zu verzichten! Nur George Clooney ist erotischer, und der ist leider noch nicht auf die Idee gekommen, mich zum Essen einzuladen!«

»Meinetwegen musst du nicht verzichten! Allerdings würde ich an deiner Stelle besser doppelt und dreifach verhüten. Denk nur daran, was mit dem armen italienischen Mädchen von Andis Bruders passiert ist.«

»Was denn?«, fragte Betty.

»Sie haben es von der Mafia umlegen lassen«, log ich und setzte mit leiser Stimme hinzu: »Ich fürchte, dass es mir genauso ergeht, wenn seine Eltern davon erfahren. Ich muss Schluss machen, da ist so ein merkwürdiges

Geräusch an der Tür. Hört sich an wie wie ein Schalldämpfer, der gegen den Türpfosten schabt.«

»Die machen das nicht mit Pistolen«, versuchte Betty zu scherzen. »Sondern mit Nylonschnur. Oder mit alten Kondomen. Die halten ganz schön was aus, sage ich dir.«

»Iiiiiih!«, kreischte ich, und Betty lachte erleichtert. Obwohl ich mich eigentlich ganz wohl in meiner Rolle als Opferlamm gefühlt hatte, verzieh ich ihr. Es war gut zu wissen, dass sie immer noch meine Freundin war.

Es schien plötzlich, als sei das alles doch nicht so verfahren, wie ich geglaubt hatte.

Auch mein Professor wollte keinen Beitrag zu meiner Rolle als Kameliendame leisten. Als ich anrief und ihm sagte, dass ich schwanger und zu allem Überfluss mein Vater gestorben sei, sang er kein Trauerlied auf meine ach so früh beendete Karriere, sondern blieb vielmehr sachlich und meinte, eine »Pause« von zwei Semestern würde mir sicher nicht schaden. In meinem Alter, sagte er, habe er gerade erst mit dem Studium begonnen, also bestünde auch für mich kein Grund zu übertriebener Eile. Wenn ich mich dazu in der Lage sähe, könne ich meinen Schein für dieses Semester in Form einer Hausarbeit erwerben, auch wenn ich seiner Vorlesung fernbliebe. Auf meine vorsichtige Anfrage hin meinte er zuversichtlich, dass sein Kollege in Anbetracht der Situation sicher das gleiche Angebot machen würde.

Ich schöpfte Hoffnung. Ich brauchte nur einen Haufen Bücher und meinen PC und konnte die beiden fehlenden Scheine ergattern, ohne einen Fuß nach Berlin und damit in Andis Nähe setzen zu müssen. Dann blieb mir bis zur Geburt – sieben Monate kamen mir zu diesem Zeitpunkt unwahrscheinlich lang vor – genügend Zeit, um ein Thema für meine Diplomarbeit zu suchen, Pläne für die Zukunft zu schmieden und einen Kursus für alleinerziehende Mütter zu besuchen. Dazwischen würde ich sogar noch genug Zeit haben, Gilbert dabei zu helfen, das Grundstück in einen richtigen Garten zu verwandeln.

Es blieb zwar immer noch eine Menge übrig, über das ich mir Sorgen machen konnte, aber es war ein Anfang.

Das Einkaufen und Kochen blieb nach wie vor an mir hängen, Mama blieb weiter auf Diät. Sie nannte es zwar: »Ich habe einfach keinen Appetit«, aber ich wusste, dass sie sich eisern zurückhielt, um noch mehr abzunehmen. Wenn sie so weitermachte, dann würde sie wirklich bald in Größe 38 passen. Ich hingegen konnte meine 38-Hosen nur noch mit äußerstem Kraftaufwand über dem Bauch schließen. Ich ließ die Knöpfe aus diesem Grund meistens auf. Mein Busen hatte alle A-Körbchen meiner BHs entweder zu B-Körbchen ausgedehnt oder zum Platzen gebracht. Vielleicht sollte ich meiner Mutter einen kompletten Garderobentausch vorschlagen.

Gemäß der Broschüre *Gesund essen für Ihr Baby* kaufte ich überwiegend Obst, Gemüse und Milchprodukte ein, verzichtete auf rohen Schinken und meine geliebte Cola light. Stattdessen machte ich mir jeden Morgen eine riesige Kanne Kräutertee, der angeblich helfen sollte, die Schwangerschaftsübelkeit zu bekämpfen. Bis jetzt hatten mich die Übelkeitsanfälle in eher unregelmäßigen Abständen überfallen, und ich wünschte mir durchaus etwas mehr Regel in diesem Chaos. Solange mich die Kotzattacken zu Hause überfielen, gelang es mir meistens rechtzeitig, zur Toilette zu rennen, aber wenn ich unterwegs war, wurde es unangenehm. Ich hatte mich schon in Papierkörbe übergeben, in Blumenrabatten und auf die Motorhaube meines Autos.

Nur einmal hatte meine Mutter etwas davon mitbekommen und gesagt: »Das ist sicher diese Magen-Darm-Grippe, die im Augenblick kursiert. Geh besser mal zu Doktor Sonntag. Und komm mir nicht zu nah! Ich bin angeschlagen genug.«

»Und ich dachte, du würdest dich über einen kleinen Magen-Darm-Infekt freuen«, hatte ich erwidert. »Was meinst du, wie schnell du dabei drei, vier Kilo verloren hast.«

»Na, auf den Appetit scheint es dir aber nicht zu schlagen«, hatte meine Mutter gekontert und auf meinen Teller gedeutet, wo bereits der dritte Vollkornpfannkuchen mit Sesam und Erbsen (aus der Broschüre für die gesunde Ernährung für werdende Mütter) lag.

Tatsächlich war mein Appetit unvermindert gut. Ich aß nicht nur für zwei, sondern für drei, nämlich auch noch für meine Mutter mit. Allerdings lauter gesunde Sachen. Nur bei den Weihnachtssüßigkeiten konnte ich nicht widerstehen. Nicht mehr lange, und die Marzipankartoffeln und gefüllten Lebkuchen würden Schokoosterhasen und Krokanteiern weichen – da musste man zulangen, solange das Angebot stand.

Am Kühlregal, wo ich die frischen Tortellini und die Waldorfsalate mit Nichtachtung strafte, sah ich Lydia Kalinke, Gilberts Mutter stehen. Heute trug sie die wilde rote Mähne zu einer Aufsteckfrisur à la Ivana Trump getürmt, dazu pinkfarbene, knallenge Jeans, Riemchensandalen und eine schwarze, viel zu große Lederjacke. Wenn man sie so ansah, bekam man heftige Sehnsucht nach dem Frühling. Ich überlegte, ob ich zu ihr gehen und mich vorstellen sollte. *Guten Tag, ich bin eine Freundin ihres Sohnes, ich helfe ihm, Zigaretten zu verkaufen* oder: *Ich bin Gilberts Vermieterin, und ich wurde neulich in der Kirche zufällig Zeuge, wie Sie in den Klingelbeutel griffen.*

Lydia Kalinke legte ein Paket vom gebeizten Wildlachs in ihren Einkaufswagen. So knapp schien sie dann doch nicht bei Kasse zu sein. Frau Hagen hatte wohl recht mit ihrer Behauptung, Pfarrer Hoffmann habe der Frau nicht nur den geklauten Hunderter überlassen, sondern auch den ganzen Rest der Kollekte.

Mir war wie immer noch übel vom Duft des frisch aufgebrühten Kaffees vom Tchibo-Bäcker im Eingang, und ich wusste, dass ich mich beeilen musste, wenn ich den Einkauf vor meinem täglichen Brechanfall hinter mich bringen wollte. Ich begann, gesunde Äpfel in einen Plastikbeutel zu packen, und beobachtete Lydia Kalinke neugierig aus den Augenwinkeln. Sie kaufte wirklich nur Lebensmittel vom Feinsten. Neben dem gebeizten Wildlachs lagen bereits Ananas, eine Flasche Dom Perignon und teuer aussehender Weinbrand. Und ein ganzer Beutel frischer Feigen, die derzeit mit Gold aufgewogen wurden. Jetzt landeten noch Riesengarnelen und ein Päckchen kanadischer Wildreis in ihrem Einkaufswagen. Wenn mir nicht so übel gewesen wäre, hätte ich mich gern bei ihr zum Essen eingeladen. Leichtsinnig packte ich mir auch zwei frische Feigen in eine Plastiktüte.

Das heißt, ich wollte es tun, aber mein Frühstück – zwei Vollkorntoast mit Frischkäse und Tomaten – wählte ausgerechnet diesen Augenblick, um sich einen Weg nach draußen zu suchen. Es kam so überraschend und vor allem blitzschnell, dass mir nichts anderes übrigblieb, als die Gemüsetüte in eine Kotztüte umzuwandeln. Statt der Feigen landete mein Frühstück darin.

»Scheiße«, sagte ich, als es vorbei war, und sah mich peinlich berührt um. Ich hatte Glück im Unglück. Vor dem Obst war gerade nichts los – niemand schien mich gesehen zu haben. Erleichtert knotete ich den Plastikbeutel zu und versenkte ihn diskret in meiner Manteltasche. Beschämt, aber mit deutlich besserem Körperbefinden schob ich weiter zu den Vollkornprodukten und von da direkt zu den Weihnachtssachen. Es schien doch zu einer gewissen Regel zu werden, dass mein Frühstück früher oder später wieder oben herauskam. Also überlegte ich mir, zu dieser Mahlzeit alles das zu essen, was ich mir eigentlich laut Waage und *Gesund essen für Ihr Baby* verkneifen sollte. Zum Beispiel Marzipanbrote und Dominosteine. Wenn es später doch sowieso wieder erbrochen wurde, konnte ich es auch guten Gewissens essen. Das nannte man wohl »aus der Not eine Tugend machen«. Ich packte auch gleich ein paar von den leckeren Fondantkringeln ein.

Vorne an der Fleischtheke traf ich dann wieder auf Lydia Kalinke, die zwei Lagen Kaiserschinken und Tafelspitz kaufte. Junge, Junge, die Finanzspritze aus der Kollekte hatte sie wohl zu einem Feinschmeckermenü inspiriert. Wen sie wohl eingeladen hatte? Den Pfarrer vielleicht? Nein, das war kaum zu erhoffen.

Ich kaufte zweihundert Gramm Geflügelsalami und

schob meinen Wagen zur Kasse. Wenn Pfarrer Hoffmann wirklich auch noch was mit Frau Quirrenberg und Carola Heinzelmann laufen hatte, wie Gilbert behauptete, dann war er definitiv ein viel beschäftigter Mann. Obwohl es natürlich praktisch und auch zeitsparend war, wenn alle seine Geliebten in einer Straße wohnten. Ich musste mal verstärkt darauf achten, ob ich seinen silberfarbenen Angeberkarren auch zu anderen Zeiten in unserer Straße parken sah. Wenigstens war meine Mama im Augenblick außer Gefahr – sie war heute früh zu einem »Wochenende der inneren Einkehr« aufgebrochen. Ich hoffte eher auf eine innere Umkehr.

An der Kasse ging es nicht so recht vorwärts. Alle Lebensmittel, die die Frau vor mir aufs Band legte, wurden von ihrem Kleinkind wieder heruntergegrabscht und in den Einkaufswagen zurückgepfeffert.

»Ne-iiiin, Pascal!«, sagte die Mutter zwar unentwegt, aber Pascal warf die Fruchtzwerge trotzdem auf den Fußboden, wo sie kaputtgingen.

Ich seufzte. Gilberts Mutter hatte es richtig gemacht, sie hatte sich an der Nachbarkasse angestellt. Dort ging es bedeutend schneller vorwärts.

Ich lächelte ihr zu, aber sie sah an mir vorbei zu den bunten Covern der Boulevardzeitschriften. Caroline von Monaco war angeblich auch schwanger. Mit dem vierten Kind. Na ja, die hatte wenigstens ihren Ernst-August und keine Probleme, eine gute Kinderfrau zu finden. Hatte Caroline eigentlich zu Ende studiert? Ich wusste es nicht.

Die Kassiererin an der Nachbarkasse läutete mit einer Glocke. Meine Kassiererin war damit beschäftigt, die Fruchtzwerge aufzuwischen.

Der Filialleiter kam mit wehendem Kittel herangeeilt.

»Was gibt es denn, Frau Herzhof?«

»Wir haben hier einen Code X«, sagte die Kassiererin mit der Glocke.

Ein Code X, das klang interessant. War das die Kurzbeschreibung für »Ungezogenes Kleinkind greift jeden Augenblick nach den Zahnpflegekaugummis und bewirft unsere Kunden damit«? Oder »Frau hat unsere Plastiktüten missbraucht und trägt ausgekotztes Frühstück in der Manteltasche herum«?

»Und wer ist Mr X, Frau Herzhof?«

Frau Herzhof deutete mit der Glocke auf Gilberts Mutter.

»Ich verstehe«, sagte der Filialleiter und packte Lydia Kalinke am Arm. »Dann kommen Sie mal bitte mit in mein Büro.«

»Wer? Ich?«, fragte Gilberts Mutter. »Warum sollte ich?«

»Weil ich mir vorstellen kann, dass Sie das nicht vor Publikum aufklären wollen«, sagte der Filialleiter.

»Ich weiß nicht, wovon Sie reden«, sagte Lydia Kalinke alias Mr X.

»Sie wissen es sogar ganz genau«, sagte der Filialleiter und zeigte auf das Schild, das über der Kasse hing. Danach wurde jeder Ladendiebstahl ausnahmslos zur Anzeige gebracht.

O nein, nicht das schon wieder! Ich überflog Lydias Einkaufswagen und stellte fest, dass der Wildlachs fehlte. Und der Champagner. Und Schinken und Tafelspitz. Und die Riesengarnelen. Eigentlich war der Einkaufswagen so gut wie leer.

Eine weitere wichtig aussehende Person im Kittel eilte herbei.

»Hier gibt es einen Code X«, sagte der Filialleiter.

»Ich rufe die Polizei«, sagte die Frau im Kittel sofort und entfernte sich im Laufschritt.

»Kommen Sie bitte mit nach hinten ins Büro«, forderte der Filialleiter Lydia noch einmal auf. »Wir können dort warten, bis die Polizei eintrifft.«

»Was soll denn das?« Lydia schüttelte ihre Ivana-Trump-Frisur. »Ich habe einen wichtigen Termin! Ich muss gehen. Und Ihre Lebensmittel« – im Einkaufswagen lagen immerhin noch Wildreis und Ananas – »können Sie behalten. Ob ich noch mal wiederkomme, werde ich mir ganz genau überlegen, so schlecht, wie man hier behandelt wird.«

Tatsächlich machte sie Anstalten, sich an ihrem Einkaufswagen vorbeizuschieben. Der Filialleiter hielt sie fest.

»Bitte machen Sie kein Theater«, sagte er.

Lydia versuchte sich loszureißen, genau wie in der Kirche. Dabei fiel eine Flasche Dom Perignon aus ihrer Lederjacke. Wundersamerweise zerschellte sie nicht auf den Fliesen. Sie rollte unversehrt unter ein Regal und war veschwunden.

Lydia ließ den Kopf hängen.

»Die hatte ich schon vorher gekauft«, sagte sie kraftlos.

»Aber sicher.« Beinahe zärtlich öffnete der Filialleiter die Knöpfe der Lederjacke. Zwei Feigen rollten zu Boden, den Wildlachs fing er mit einer geschickten Bewegung auf. »Auch vorher gekauft, was?«

Lydia Kalinke schloss kurz die Augen.

»Bitte, das ist alles ein Versehen«, sagte sie, und ihre Stimme senkte sich zu einem verführerischen Flüstern: »Ich bin gerne bereit, es Ihnen in Ihrem Büro zu erklären.«

»Da bin ich aber mal gespannt«, sagte der Filialleiter und griff nach Lydias Handgelenk.

O nein! Das durfte ich nicht zulassen.

»Hören Sie«, sagte ich laut in die betretene Stille hinein. Sogar Fruchtzwerge-Pascal hatte seit Beginn des Spektakels nichts mehr auf den Boden gepfeffert. »Normalerweise würde ich mich nicht einmischen, aber in diesem Fall sollten Sie besser nicht die Polizei anrufen.«

Der Filialleiter und Lydia Kalinke sahen mich gleichermaßen verdutzt an.

»Frau Kalinke ist keine gewöhnliche Diebin«, fuhr ich fort. »Sie ist wegen ihrer Kleptomanie schon viele Jahre in Behandlung. Vor einem halbem Jahr ist sie aus der Landespsychiatrie in Düsseldorf als geheilt entlassen worden.«

»Von wegen geheilt«, sagte der Filialleiter und zeigte auf den Wildlachs.

Gilberts Mutter sah mich misstrauisch an, aber sie spielte mit. »Ich weiß ja auch nicht, wie das passieren konnte«, sagte sie mit leiser Stimme. »Es kam einfach über mich, wie in alten Zeiten. Wie in Trance.«

»Ja, mich überkommt es auch manchmal, wenn ich mir die Preise angucke«, sagte die Kassiererin, die den Fruchtzwergesee aufgewischt hatte, leise. »Aber deshalb lasse ich trotzdem nichts mitgehen.«

»Kleptomanie ist eine ernst zu nehmende Krankheit«, sagte ich. »Mit Kriminalität hat das nichts zu tun.«

»Wer sind Sie eigentlich?«, wollte der Filialleiter wissen.

»Doktor Louisa Schneider, Diplompsychologin«, sagte ich flüssig. Meine zukünftige Berufsbezeichnung perlte von meinen Lippen wie Champagner.

»Sind sie *ihre* Psychotherapeutin?«, fragte der Filialleiter.

»Ähm, nein, aber ich kenne den Fall«, sagte ich. »Da ist mit der Polizei nichts zu holen.«

»Die kommt aber jetzt gleich«, sagte die Frau im Kittel, die vorhin schon mal da gewesen war. »Wir bringen jeden Diebstahl zur Anzeige. Da kann ja auch jeder kommen und sagen, dass er Pyromanie hat.«

»Kleptomanie«, verbesserte ich. »Seien Sie bloß froh, dass sie keine Pyromanin ist!«

Lydia sagte nichts, sie ließ sich nur, ganz rollengemäß, apathisch hängen und kaute auf ihrer Unterlippe. In diesem Augenblick hatte ich eine geniale Eingebung.

»Ich weiß, wen Sie anrufen könnten«, sagte ich. »Der evangelische Pastor ist mit dem Fall vertraut. Die Klinikleitung hat ihm Frau Kalinke ganz besonders ans Herz gelegt. Rufen Sie ihn an. Hier sind seine Telefonnummern.« Ich reichte dem Filialleiter die Visitenkarte, die Pfarrer Hoffmann mir aufgedrängt hatte. »Wenn er nicht im Pfarrbüro oder zu Hause ist, können Sie ihn auf seinem Handy erreichen.«

»Na ja«, sagte der Filialleiter. »Das hört sich doch ganz vernünftig an.« Er reichte die Visitenkarte an die bekittelte Frau weiter. »Ruf den Pfarrer an, damit kann man ja nichts falsch machen.«

»Wunderbar«, sagte ich und lächelte Lydia Kalinke aufmunternd zu. Sie lächelte nicht zurück, aber ich hätte schwören können, dass sie mir mit einem Auge zublinzelte.

☆

»Ich habe heute deiner Mutter ein Rendezvous mit dem Pfarrer verschafft«, sagte ich zu Gilbert und erzählte ihm von den Ereignissen im Supermarkt.

»Sie haben ihn auf dem Handy erreicht, und er hat gesagt, dass er sofort käme«, schloss ich. »Ich war sehr erleichtert, weil ich insgeheim schon befürchtet hatte, er könne mit auf Mamas Meditationswochenende sein.«

»Und wie ging es weiter?«, wollte Gilbert wissen.

»Dieser kleine Junge hat ein Glas Apfelmus auf den Boden gepfeffert«, sagte ich.

»Und danach?«

»Ich bin dann gegangen«, sagte ich kleinlaut. »Ich wollte auf keinen Fall, dass Pfarrer Hoffmann mich sieht!«

»Na, dann können wir ja nur das Beste hoffen«, sagte Gilbert. »Um wie viel Uhr war das denn in etwa?«

»Auf jeden Fall nach eins. Vielleicht halb zwei. Wieso?«

»Ach, nur so«, sagte Gilbert und sah plötzlich ungeheuer belustigt aus, als wisse er etwas, was ich nicht wusste. »Na, wer weiß, vielleicht war das Rendezvous ja ein voller Erfolg! Ich bin sogar fast sicher! Im Übrigen war ich heute auch ziemlich gut.«

Das stimmte. Die Bambushecke vor Hagens Küchenfenster sah grün und dicht aus, außerdem hatte ein Bagger das Gelände um die Terrasse herum neu gestaltet. In der Einfahrt lagen bereits Grauwackesteine für die Trockenmauer.

»Der Rasen macht mir wirklich Kummer«, sagte Gilbert, und zeigte auf die Pfützen, die sich in den Spurrillen des Baggers gebildet hatten. »Aber es bringt nichts, jetzt schon alles umzupflügen. Wir können frühestens im April mit der Neueinsaat beginnen. An der Trockenmauer aber kann ich sogar bei Frost arbeiten. Ich will ja nicht angeben, aber Trockenmauern sind meine Spezialität – obwohl das eher ins Ressort der Landschaftsgärtner fällt.«

»Das wird bestimmt toll!«, sagte ich lobend. »Selbst jetzt sieht es schon besser aus als vorher. Hagens Küchenfenster ist völlig verschwunden.«

»Apropos: Heute war der Rechtsanwalt der Hagens hier«, berichtete Gilbert. »Er hat den Abstand zwischen Hecke und Maschendrahtzaun gemessen und gesagt, dass der Bambus laut Paragraph sowieso Absatz sowieso des Nachbarrechtsgesetzes bei diesem Grenzabstand nicht höher als drei Meter vierundfünfzig werden darf. Bei Überschreitung dieser Höhe würde er seinen Mandanten gerichtliche Hilfe empfehlen. Ich habe ihm gesagt, drei Meter vierundfünfzig wäre exakt die Höhe, die wir für die Hecke vorgesehen hätten.«

»Gut«, sagte ich. »Frau Hagens Drohungen waren also nichts als heiße Luft!«

»Na, ich weiß nicht«, sagte Gilbert. »Eben habe ich Herrn Hagen dabei beobachtet, wie er unseren Kater mit Steinen beworfen hat. Keine Angst, er hat nicht getroffen! Aber irgendwann trifft er vielleicht mal.«

»Diese Tierquäler«, schnaubte ich empört. »Der Rüdiger hat schon früher mal eine Katze von uns gequält, und die Christel hatte eine Schildkröte, die sie immer zum Spaß auf den Rücken gelegt hat.«

»Ich denke, man muss solche Anwandlungen im Keim ersticken«, sagte Gilbert. »Ein paar Freunde von mir sollten sich die Leute mal vorknöpfen.«

»Du meinst, Herrn Hagen die Steineschmeißerhand brechen?«

»Aber nicht doch! Wir sind ja hier nicht in einer Drückerkolonne. Sie werden nur mal mit ihnen reden, damit sie ihre Belästigungen in Zukunft unterlassen.«

»Und wenn sie zur Polizei gehen?«

Gilbert lächelte mich nachsichtig an. »Glaub mir, wenn meine Freunde mit denen geredet haben, gehen sie ganz sicher nicht zur Polizei!«

☆

»Ich bin's«, sagte Andi.

»Was willst du? Eine weitere Morddrohung loswerden?«, fragte ich gereizt.

»Betty hat gesagt, du ziehst aus«, sagte Andi.

»Richtig. Warum, möchtest du bei ihr einziehen?«

»Haha«, sagte Andi und setzte gestelzt hinzu: »Ich wäre halt nur gerne informiert.«

Ich sagte nichts.

»Ich finde es gar nicht so schlecht, dass du umziehst«, sagte Andi nach einer Pause. »Wenn du wirklich ein Baby bekommst, ist es ganz gut, wenn du deine Mutter in der Nähe hast.«

»Ja, und die Wahrscheinlichkeit ist geringer, dass ich deinen Eltern mal über den Weg laufe und sie fragen, wer denn der Vater des süßen Kleinen an meiner Hand sei«, sagte ich.

»Es wird ein Junge?«, fragte Andi.

»Das kann man doch jetzt noch nicht sehen.«

»Ach so.« Wieder entstand eine längere Pause.

»Vielleicht sollte ich dir fairerweise sagen, dass ich vorhabe, nach Berlin zurückzukommen, wenn das Baby da ist«, sagte ich. »Es ist also durchaus möglich, dass deine Eltern mitbekommen, dass ich einen Kinderwagen schiebe. Und wenn sie rechnen können, dann wissen Sie auch, wer der Vater ist.«

»Berlin ist eine Millionenstadt«, erinnerte mich Andi. »Es ist nicht sehr wahrscheinlich, dass du ihnen zufällig über den Weg läufst.«

»Na ja, aber es kann ja auch über Umwege an sie herangetragen werden. Diese Kommilitonin von mir, die deinen Bruder kennt, könnte es erzählen, oder . . .«

»Wahrscheinlich kann man so was nicht geheimhalten«, unterbach mich Andi mit düsterer Stimme. »Das willst du doch damit sagen.«

»Wenn ich du wäre, würde ich nicht so ein affiges Geheimnis daraus machen. Wir leben nicht mehr im letzten Jahrhundert, du bist kein Grafensohn und ich kein minderjähriges Dienstmädchen.«

Andi seufzte schwer. »Du zwingst mich also, mit meinen Eltern zu reden!«

Ich hasste es, wenn man mich absichtlich missverstand. »Es ist mir scheißegal, ob du es deinen Eltern sagst oder nicht«, sagte ich, aber da hatte Andi schon aufgelegt. Na ja, schaden konnte es nicht, wenn er mal ein offenes Wort mit seinen Eltern redete. Es war Sonntagmorgen, und ich nahm an, dass er die frohe Botschaft zum obligatorischen Familiendinner verkünden wollte. Da wäre ich gern dabei gewesen.

Ein Schlüssel drehte sich im Schloss, und einen Augenblick später stand meine Mutter in der Haustür.

»Schon zurück?«, fragte ich erstaunt.

»Wie du siehst«, sagte sie kurz angebunden. Sie sah schlecht gelaunt und übernächtigt aus, gar nicht wie jemand, der durch meditativen Bauchtanz geläutert war.

»War's denn schön?«, erkundigte ich mich dennoch scheinheilig.

»Es geht so«, sagte sie und stellte ihren kleinen Handkoffer ab. Dem Tonfall nach war es das mieseste Wochenende ihres Lebens gewesen.

»Hier sind wir jedenfalls ein ganz schönes Stück weitergekommen«, sagte ich. »Hast du den Garten schon gesehen?«

»Später«, sagte meine Mutter und griff nach dem Telefon. »Jetzt würde ich gerne erst mal in aller Ruhe telefonieren.«

Ich starrte sie überrascht an. »Mit wem denn?«

»Das geht dich gar nichts an«, sagte meine Mutter scharf. »Wenn du jetzt so gut wärst und mich alleine ließest...«

»Natürlich«, sagte ich überrumpelt. »Ich geh mal gucken, wie weit Gilbert mit der Trockenmauer gekommen ist.« Mit einem letzten Blick auf meine Mutter zog ich mir den alten Skianorak über, den ich zur Gartenarbeitsjacke umfunktioniert hatte, und zog die Haustür hinter mir ins Schloss. Dann stellte ich mich eilends zwischen das Flurfenster und den Lichtschacht neben der Garage, wo man, laut Gilbert, jedes Wort hören konnte, was am Telefon gesprochen wurde.

»Wo warst du?«, hörte ich meine Mutter sagen. »Ich habe die ganze Nacht gewartet!«

O nein! Das hörte sich nicht an, als ob sie meditiert hätte. Das hörte sich an, als wäre sie zu einem Techtelmechtel verabredet gewesen und versetzt worden. Von wem? Von Pfarrer Hoffmann? Ihm jedenfalls wäre die ausschweifende Antwort zuzutrauen, die Mamas Gesprächspartner in den Hörer sülzte.

»Warum hast du dann nicht angerufen?«, zischte sie nach einer halben Ewigkeit immer noch wütend. »Ich kam mir ja so was von blöde vor. So hilflos und allein. Im Stich gelassen und abgeschoben. Allein mit meinen Gedanken... Das hättest du mir nicht antun dürfen!«

Ihr Gesprächspartner sülzte wieder über eine Minute in den Hörer.

»Ja«, sagte meine Mutter schließlich mit leiser, schwacher Stimme. »Wie ein zitterndes Häschen... ganz allein in dem großen weißen Himmelbett...«

Ich verließ abrupt meinen Horchposten, von zitternden Häschen in Himmelbetten wollte ich nichts hören.

»Meine Mutter war nicht zum Bauchtanzen, sie hatte eine Verabredung im Hotel«, sagte ich zu Gilbert, der bereits die zweite Lage Grauwackesteine verarbeitete. »Und sie wurde versetzt.«

»Der Pfarrer war die ganze Nacht bei meiner Mutter«, sagte Gilbert nur.

»Das Schwein«, sagte ich.

»Aber das wollten wir doch? Ihn mit Lydia verkuppeln, oder etwa nicht? Sie hat übrigens Hausverbot im Supermarkt bekommen. Aber sie haben immerhin von einer Anzeige Abstand genommen. Zum Dank hat sie den Pfarrer mit nach Hause genommen. Und da ist er dann... ähm... hängen geblieben.«

»Das Schwein«, sagte ich wieder.

Gilbert sah mich mit hochgezogenen Augenbrauen an. »War das nicht genau dein Plan?«

»Doch.« Ich rieb mir die Augen. Was für eine komplizierte Angelegenheit! »Aber warum ist er jetzt am Telefon und nennt meine Mutter *Häschen*?«

»Ich fürchte, er ist eher promiskuitiv veranlagt«, sagte

Gilbert. »Und Häschen haben es ihm definitiv angetan. Vor allem, wenn sie schwach und ängstlich sind. Ich habe dir ja gesagt, dass er auch noch was mit der Verhärmten aus Nummer fünfzig und der Schönen aus vierundvierzig hat. Frag die doch mal nach der Häschennummer.«

»Ich glaub das einfach nicht«, sagte ich.

»Deine Mutter ja auch nicht«, sagte Gilbert. »Ich glaube, ich muss ihr noch einen anonymen Brief schicken.«

»*Noch* einen?« Gilbert schreckte wohl vor gar nichts zurück. Na ja, wenigstens tat er etwas und schaute nicht nur zu wie ich.

»Den ersten hat sie wohl nicht ernst genug genommen«, sagte Gilbert. »Ich glaube, sie denkt, er kommt von dort.« Er zeigte zu Hagens Haus hinüber.

»Dann schreiben wir ihr eben noch einen«, sagte ich entschlossen. Mir war jedes Mittel recht, um den Pfarrer loszuwerden. Überhaupt wurde es höchste Zeit, in der Angelegenheit mitzumischen, als eine Art moralisches Regulativ. Schließlich wohnten wir hier immer noch in Jahnsberg und nicht in Sodom und Gomorrha! »Und den anderen beiden schreiben wir auch. Damit sie ihn abservieren und er sich nur noch um deine Mutter kümmern kann.«

## Carola

Es hatte eine Menge dafür gesprochen, das Experiment abzubrechen. Pfarrer Hoffmann war ein Chauvi. Pfarrer Hoffmann war mit ziemlicher Sicherheit eine Niete im Bett. Pfarrer Hoffmann war nicht im Geringsten an ihr interessiert. Und doch hatten gerade seine verletzenden Worte von letzter Woche Carolas Ehrgeiz geweckt.

*Jetzt erst recht*, hatte sie gedacht, kaum dass er zur Tür hinaus war. *Du und deine Spermien werden mir nicht entgehen. Früher oder später kriegen wir euch.*

*I'm dreaming of a white Christmas*, schnulzte es aus dem Radio. Carola sang lauthals und beinahe fröhlich mit, während sie kleine würzige Hackbällchen formte. Heute war Samstag, nicht gerade der Wochentag, an dem üblicherweise die Dienstbesprechung stattfand, aber es war der einzige Tag, an dem Martin für ein paar Stunden aus dem Haus war. Er suchte nämlich Irmis Bruder auf, der Rechtsanwalt war und sich freundlicherweise seines »Falles« angenommen hatte. Martin hatte ungewöhnlich aufgekratzt erzählt, dass Irmis Bruder genauso nett und hilfsbereit wie Irmi sei und dass er ihn, trotz rappelvollem Terminkalender, gerne vertreten würde. Er war so hilfsbereit, dass er dafür sogar seinen Samstag opferte.

»Hoffentlich ist das nicht bloß Zeitverschwendung«, hatte Carola gesagt. »Hilfsbereit hin, nett her, Irmis Bruder nimmt garantiert Geld für seine Beratung, und Rechtsanwaltshonorare sind selten bescheiden.«

Gut war aber, dass Irmis Bruder so weit weg wohnte. Martin würde mindestens vier Stunden wegbleiben – Zeit genug, eine Dienstbesprechung der ganz besonderen Art abzuhalten.

Heidemarie, ihre Apothekerfreundin, hatte ihr fünf einzeln abgepackte *Viagra*-Kapseln verkauft. Zum Einkaufspreis, wie sie beteuert hatte, obwohl Carola argwöhnte, bei den einzeln abgepackten Tabletten handele es sich um Werbegeschenke. »Martin soll sie mit einem

Schluck Wasser zu sich nehmen, die Wirkung tritt nach etwa einer halben Stunde ein. Und eine reicht völlig.«

»Tja, und genau hier liegt das Problem,«, hatte Carola gesagt. »Martin wird das Zeug niemals freiwillig schlucken.«

»Verstehe«, hatte Heidemarie gesagt. »Du willst es ihm also heimlich unterjubeln?«

»Ähm, ja«, hatte Carola ein bisschen verlegen gesagt. Heidemarie war glücklicherweise kein Moralapostel. Sie war der Ansicht die Wirkung des Medikamentes werde nicht geschmälert, wenn man die Tablette im Mörser pulverisiere und ins Essen streue.

»Nur erhitzen würde ich es nicht«, hatte sie hinzugefügt.

Carola zerkleinerte – entgegen Heidemaries Rat – alle fünf Tabletten im Mörser. Sie wollte sichergehen, dass Hoffmann – den *Pfarrer* vorneweg hatte sie in Gedanken für diese Aktion gestrichen – auch wirklich eine ganze Tablette zu sich nahm. Sie brachte das blau gesprenkelte Pulver in den Hackbällchen unter und mischte sie mit dem Krokant für den Schokoladenpudding. In der Schlagsahne befand sich ebenfalls etwas, und sogar in der gehackten Petersilie, die sie dekorativ über die Tomatensuppe streuen wollte, konnte man ein paar Körnchen unterbringen.

»Und was passiert, wenn *ich* das Zeug aus Versehen esse?«, hatte sie sich bei Heidemarie erkundigt. Schließlich konnte sie nicht ausschließen, das eine oder andere Körnchen selbst zu erwischen.

»Nichts«, hatte Heidemarie sie beruhigt. »Absolut nichts.«

»*I'm dreaming of a blue Christmas*«, sang Carola also

aus vollem Hals und verteilte das blaue Pülverchen nach Kräften in ihren Speisen. Was aber, wenn Hoffmann heute ausnahmsweise mal nichts essen wollte? Für diesen Fall mischte sie eine Teelöffelspitze in den frisch gepressten Orangensaft.

So. Carola betrachtete zufrieden ihren gedeckten Tisch. Hoffmann würde eine Erektion bekommen, ob er wollte oder nicht. Jetzt musste sie ihm nur noch den richtigen Köder hinwerfen, indem sie ihm das hilflose Weibchen vorspielte. Eine schutzbedürftige Frau, die sich nach einem Platz an seiner breiten Schulter sehnte, sexuell vollkommen unterbemittelt, damit er im Vergleich nicht schlecht abschließen konnte. Sie musste, wie er sich ausgedrückt hatte, das Yin zu seinem Yang werden. (Oder umgekehrt, das Yang zu seinem Yin? Carola war in asiatischen Kampfsportarten nicht gerade bewandert.)

Wenn es nun mal die Unschuld vom Lande war, die ihn antörnte – bitte schön, kein Problem! Sie war einzig und allein an seinen Spermien interessiert.

Sie würde eine schauspielerische Glanzleistung hinlegen, um dafür ein Baby von ihm zu bekommen, das seine schönen blauen Augen hatte. Und vielleicht seine perfekten Zähne, von denen Carola hoffte, dass sie echt und damit vererblich waren. Seine als geistliche Weltanschauung getarnten Macho-Allüren waren ja Gott sei Dank *nicht* vererblich.

Pfarrer Hoffmann war pünktlich. Und hungrig. Er verputzte die Tomatensuppe, die Hackbällchen und den

Salat im Handumdrehen. Carola, die jeden Bissen mit Argusaugen überwachte, wollte ihm aus Sicherheitsgründen den Nachtisch vorenthalten. Schließlich hatte Heidemarie sie gewarnt: »Bei mehr als einer Tablette kann es zu toxischen Reaktionen kommen. Ich glaube zwar nicht, dass Martin ein schwaches Herz hat, aber wenn, dann kann ihm das Zeug gefährlich werden.«

Hatte Hoffmann ein schwaches Herz?

Ehe sie es verhindern konnte, leerte er das Glas Orangensaft in einem Zug. Verdammt! Man konnte nur hoffen, dass er ein Herz wie ein Ackergaul besaß.

Er sah heute besonders gut aus, statt der sonst üblichen Jeans trug er einen schwarzen Anzug und eine Krawatte. Sie schielte zur Uhr hinüber. Um halb eins hatte er die erste Tablette zu sich genommen, also war er um kurz nach eins bereit. Bis dahin musste sie ihn so weit haben, dass er ganz verrückt nach ihr war. Was in diesem Fall bedeutete, dass ihn nichts mehr an ihr an seine Frau erinnern durfte.

Zunächst begann sie einige Belange der Gemeinde abzuhandeln, schließlich war dies hier immer noch eine Dienstbesprechung. Nach etwa zwanzig Minuten ließ sie das Gespräch einschlafen, wurde zusehends stiller und ließ den Kopf traurig hängen. Damit konzentrierte sich Hoffmanns Aufmerksamkeit auf sie.

»Ist Ihnen nicht gut, Carola?«, erkundigte er sich besorgt.

»Doch, doch«, sagte sie mit müder Stimme. »Ich bin nur . . . es ist . . .«

»Nur heraus damit«, sagte er gütig.

Sie schlug die Augen nieder. »Ich habe die ganze Woche über Ihre Worte nachgegrübelt«, sagte sie leise. »Es hat mir sehr zugesetzt, dass Sie mich unweiblich genannt haben. Aber ich bin zu dem Schluss gekommen, dass Sie absolut recht hatten.«

»Das freut mich«, sagte Hoffmann sanft. »Einsicht ist der erste Schritt zur Besserung.«

*Arrogantes Arschloch!,* dachte Carola und hielt ihren Blick weiter gesenkt, damit er die Wut in ihren Augen nicht sah. »Erst wollte ich es ja nicht wahrhaben, aber je mehr ich über Ihre Worte nachgedacht habe, desto mehr wurde mir bewusst, wie gut Sie mich durchschaut haben. Dass Sie gespürt haben müssen, dass ich meine Weiblichkeit schon lange verleugne.« Obwohl sie sich ihre Worte vorher zurechtgelegt hatte, lief ihr ein kleiner Schauder den Rücken herab, als sie sich selber sprechen hörte. Ob sie wohl zu dick auftrug? Schnell redete sie weiter. »Vor sechzehn Jahren, da hatte ich einmal ein sehr... ein schlimmes Erlebnis. Ich war gerade achtzehn, wissen Sie...«

Unter gesenkten Wimpern warf sie ihm einen Blick zu. Er war voll und ganz von ihrer Geschichte gefesselt.

»Ich fuhr mit dem Fahrrad von der Schule nach Hause, als mich... es waren zwei... zwei junge Männer und... ach, ich kann immer noch nicht darüber sprechen. Es war im Mai, der Flieder blühte...« Sie stockte und kämpfte mit den Tränen, so sehr hatte sie sich in ihre Rolle hineingesteigert. »Seither kann ich keinen Flieder mehr riechen, ohne mich übergeben zu müssen.«

Ihre Taktik der unvollendeten Sätze schien aufzugehen. Hoffmanns Gesicht zerfloss geradezu vor Mitgefühl. »Sie sind vergewaltigt worden? Wie entsetzlich. Kein Wunder, dass Ihre Seele so gelitten hat.« Er griff nach ihrer Hand, aber Carola zog sie ihm weg.

»Seitdem habe ich nie wieder ... ich habe mich nie wieder wie eine Frau gefühlt. Ich bin nach außen hin hart und stark geworden. Aber innerlich ... da bin ich fast zerbrochen.«

»Und Ihr Mann? Konnte er Ihnen nicht helfen?«

Carola schluckte und schielte auf die Uhr. Der große Zeiger rückte gerade auf die Zwölf vor. Es war so weit.

»Mein Mann und ich, wir leben zusammen wie Bruder und Schwester. Er ist ... nun ja, sagen wir, dieses Arrangement kommt ihm sehr entgegen.« Das war Martin gegenüber vielleicht nicht ganz fair, aber ein Pfarrer stand schließlich unter Schweigepflicht.

»Ach so«, sagte Hoffmann. »Ich verstehe.« Er rückte sich auf dem Stuhl zurecht, und Carola hoffte, dass sich bei ihm etwas zu regen begann. »Seit diesem entsetzlichen Vorfall haben Sie also niemals ...?«

»Nein.« Sie brachte ihre Lippen zum Beben und flatterte mit den Wimpern. »Und vorher auch nicht. Aber Sie sind der erste Mann, der das durchschaut hat. Ganz treffsicher haben Sie neulich den Finger auf meine Wunde gelegt. Und ich habe gemerkt, dass sie immer noch nicht verheilt ist. Sie verfügen wirklich über Menschenkenntnis.«

»Ja, das höre ich öfter«, sagte Hoffmann ohne falsche Bescheidenheit und schob sich erneut auf dem Stuhl zurecht. »In meinem Beruf entwickelt man ein Gespür für die Leiden der Menschen. Ich habe mir so etwas beinahe gedacht.«

*Aber sicher doch.* Carola sah wieder auf die Uhr. Fünf nach eins. Auf in die letzte Runde.

»Ich habe es mit Psychotherapie versucht, aber die Therapeutin hat gesagt, mir könne nur geholfen werden, wenn ich das Trauma durchbreche. Wenn ich einen Mann finde, zu dem ich so großes Vertrauen habe, dass ich mich ihm . . . ganz und gar hingeben kann.«

»Ich verstehe«, sagte Hoffmann. »Das leuchtet ein.«

»Bis jetzt habe ich mich nicht überwinden können«, hauchte Carola und sah ihn zum ersten Mal voll an. »Ich würde mich so schutzlos fühlen. Wehrlos. Ausgeliefert.«

»Ich verstehe«, sagte Hoffmann wieder. Seine Stimme klang heiser. »Es müsste schon jemand sein, dem Sie voll und ganz vertrauen können.«

»Genau«, flüsterte Carola und biss sich auf die Unterlippe. »Ihnen vertraue ich. Aber . . .« Traurig senkte sie ihren Blick auf den Suppenteller. Er war immer noch halb voll, weil sie nicht riskieren hatte wollen, zu viel *Viagra* zu sich zu nehmen. Vielleicht bekam man ja Pickel davon.

»Aber?«, fragte Hoffmann weich.

»Ich . . . kann Sie doch nicht darum bitten, mit mir zu schlafen«, stammelte Carola.

»Nun, das wäre wirklich eine etwas seltsame Form der Seelsorge.« Hoffmann stand auf, kam auf ihre Seite des Tisches und kniete neben ihrem Stuhl nieder. Er griff nach ihrer Hand. »Aber vielleicht . . . vielleicht bin ich wirklich der Einzige, der Ihnen helfen kann, dieses schreckliche Trauma zu bewältigen.«

Carola zwang sich, nicht auf seine Hose zu starren. Sie ließ stattdessen wieder ihre Lippen beben, wie sie es vor dem Spiegel geübt hatte. »Aber Sie haben doch gesagt, dass Sie eine Frau wie mich sexuell nicht attraktiv finden. Wie können Sie dann . . .?«

»Das war, bevor Sie mir einen Einblick in Ihre verwundete Seele gewährt haben«, sagte Hoffmann entschlossen. »Ihr Leiden hat mich tief berührt. *Ganz* tief.« Er stand auf und legte ihre Hand auf seinen Schritt. »Fühlen Sie das?«

*Allerdings*, dachte Carola. *Viagra sei Dank!* Scheinbar erschrocken zog sie die Hand weg.

»Ich habe Angst«, flüsterte sie. »Und ich möchte auf keinen Fall etwas Unmoralisches tun.«

»Haben Sie keine Angst. Ich bin sicher, Gott will, dass wir Ihre Seele und Ihren Körper ein für alle Mal gesund machen.« Er zog sie zu sich hoch und streichelte ihr Haar. »Sie müssen keine Angst haben, ich werde Ihnen nicht wehtun.«

Von irgendwoher setzte gedämpft die Melodie von *We shall overcome* ein. Carola erstarrte in ihrer ohnehin nicht sehr komfortablen Lage. Rücklings auf dem Küchentisch, einen Ellenbogen im Suppenteller, die Bluse weit aufgeknöpft, den Rock bis zu ihrem Bauchnabel hochgeschoben, spürte sie Pfarrer Hoffmanns rhythmischen Atem über sich. Seine Augen waren halb geschlossen, sein Gesichtsausdruck äußerst konzentriert. Carola versuchte sich ebenfalls zu konzentrieren, so gut das eben mit einem Ellenbogen in der Suppe möglich war.

Da war es wieder: *We shall overcome* – ganz deutlich.

»Was ist das?«, keuchte sie. Sie hatte irgendwo gelesen, dass ein Orgasmus der Frau die Wahrscheinlichkeit einer Befruchtung erhöht, aber unter diesen Umständen war es ihr beim besten Willen nicht möglich, die dafür notwendige Konzentration aufzubringen.

»Das ist mein Handy«, ächzte Pfarrer Hoffmann und wurde noch ein wenig schneller. Er nahm eine Hand von Carolas Brust und griff in die Innentasche seines Jacketts.

*Oh, nein!*, dachte Carola. Er wollte doch wohl nicht mittendrin telefonieren?

Doch. Doch, er tat's.

»Ja! Ja! Jaaaaaaaaa!«, stöhnte Pfarrer Hoffmann in sein Handy und stieß ein letztes Mal zu. Carola fühlte, wie er aus ihr herausglitt. O Gott, war er jetzt gekommen oder nicht? Waren Tausende und Abertausende von kleinen, springlebendigen Spermien auf dem Weg zu ihrer einsamen Eizelle, oder hatte das verdammte Handy ihn kurz vorher gebremst? *We shall overcome some day,* ha, ha. Trotz *Viagra* war es nur zehn Minuten richtig zur Sache gegangen, genau so lange wie das, was Martin und sie in ihren guten Tagen einen Quickie genannt hatten. Allerdings hatte Hoffmann sich vorher wirklich Mühe gegeben, ihr angebliches Trauma hinwegzustreicheln, das musste man ihm zugutehalten.

»Ich verstehe«, sagte Hoffmann ins Telefon. Er klang etwas atemlos, aber ansonsten ganz normal. »Natürlich komme ich sofort. Unternehmen Sie nichts, bevor ich da bin.«

*Natürlich komme ich sofort, unternehmen Sie nichts...* Wenn die ganze Situation nicht so entsetzlich peinlich gewesen wäre, hätte Carola laut aufgelacht. Sie wäre gerne aufgestanden, um sich anzuziehen, wagte es aber nicht, sich aufzusetzen, aus Angst, die Spermien könnten sich wieder auf den Rückweg machen. Vorausgesetzt, es waren überhaupt welche dort, wo sie sie haben wollte.

»Ein Notfall«, sagte Pfarrer Hoffmann. »Im Supermarkt. Man braucht dort meine Hilfe. Ich muss gehen!«

»*Jetzt?*« Carola sah ihm fassungslos zu, wie er sich wieder anzog. Er musste sich nur nach seinen Hosen bücken, die sich um seine Knöchel gelegt hatten. O Gott! Wie gut, dass niemand sie so sehen konnte: sie auf dem Küchentisch, die Bluse hoffnungslos von Tomatensuppe ruiniert. Und vor dem Tisch Pfarrer Hoffmann mit schwarzem Sakko und Krawatte, wie er gerade seinen Minislip mit Leopardenmuster hochzog.

Carola warf einen gehetzten Blick zum Fenster hinüber. Wackelte da nicht der Kirschlorbeer? Was, wenn Martin nicht zum Anwalt gegangen war, sondern dort draußen auf dem Beobachtungsposten lauerte?

Hoffmann küsste sie auf die Stirn. »Es tut mir so leid, mein kleines, zitterndes Häschen. War es denn gut für dich?«

*Es ging so*, dachte Carola. Aber sie durfte jetzt noch nicht aus der Rolle fallen. Erst wenn er sie so oft von ihrem Trauma kuriert hatte, bis sie endlich schwanger war.

»Es war wie . . . ein Wunder«, flüsterte sie. »Wenn wir nur mehr Zeit miteinander gehabt hätten . . .« Ihr fiel auf, dass sie eigentlich noch immer nicht per Du waren. Na ja, sie nahm an, eine flotte Nummer – und *wie* flott! – auf dem Küchentisch ersetzte einen förmlichen Bruderschaftskuss.

»Kommst du nachher noch mal . . . vorbei?«

»Wenn ich es irgendwie einrichten kann«, sagte Hoffmann und küsste sie zart auf die Lippen.

*Ich bin sicher, das kannst du*, dachte Carola. Durch die Anzugshose sah man deutlich, dass die Wirkung der

Tabletten immer noch anhielt. Wo immer er jetzt hinfuhr, seine Erektion würde ihn begleiten.

☆

»Irmis Bruder ist wirklich ein Schatz«, sagte Martin.

»Dann heirate ihn doch«, murmelte Carola, während sie ihre Post durchsah. Dienstags kamen immer besonders viele Rechnungen, hatte sie festgestellt.

»Er hat der Mensim AG einen Brief geschrieben, der die Geschäftsleitung mal so richtig aufmischen wird«, erzählte Martin, der den halben Morgen telefoniert hatte. »Er sagt, wenn das nicht hilft, dann wird er sich an die Presse wenden.«

»Warum nicht gleich ans Fernsehen?«, fragte Carola. Ein blasslila Briefumschlag stach ihr ins Auge. Doch nicht etwa schon wieder eine Geburtsanzeige? »Der Arbeitslose Martin H. und seine Frau Carola sitzen händchenhaltend auf ihrer alten Couch und bangen um die Zukunft. Müssen sie ihr kleines Häuschen verkaufen, in dem alle ihre Ersparnisse stecken? Kamera eins bitte mal ganz nah auf die Krähenfüße der Frau!«

Martin lachte. »So was wird in der Vorweihnachtszeit sicher gerne genommen. Vielleicht richten sie auch ein Spendenkonto für uns ein. Im Ernst, ich bin wirklich optimistisch, seit Irmis Bruder sich der Sache angenommen hat. Ich gehe gleich mal rüber zu Irmi, um ihr zu danken. Meinst du, sie freut sich über einen Blumenstrauß?«

Carola öffnete den lila Briefumschlag. »Bestimmt. Welche Frau würde sich da nicht freuen?«

»Du zum Beispiel«, sagte Martin. »Als ich dir das letzte Mal Blumen mitgebracht habe, hast du gesagt: Weißt du denn nach zwölf Ehejahren immer noch nicht, dass ich Gerbera und Nelken nicht ausstehen kann? Und dass beide zusammen besonders beschissen aussehen? Und kannst du mir mal verraten, wieso du dir immer die ältesten Blumen aufschwatzen lässt? Das waren deine Worte.«

Carola hatte nicht mehr zugehört. Das war keine Geburtsanzeige. Kein Felix, Jan-Niklas oder Raphael blinzelte ihr von einem Hochglanzfoto entgegen, auch keine Janine, Johanna oder Clarissa auf dem naturbelassenen Schafsfell.

»*Sie sind nicht Pfarrer Hoffmanns einziges Häschen*«, stand da in Druckbuchstaben. »*Schicken Sie den Gottesmann zum Teufel. Oder wollen Sie wirklich eine von vielen sein?*«

Carola schlug entsetzt die Hand vor den Mund. O Gott. Wer wusste von der Sache? Wer hatte sie mit Pfarrer Hoffmann auf dem Küchentisch gesehen? Ihr wurde kotzübel vor Schreck.

»Schlechte Nachrichten?«, fragte Martin.

»Die verdammte Telefonrechnung«, würgte Carola heraus, knüllte den Brief zusammen und rannte aus dem Zimmer.

Martin sah ihr nachdenklich hinterher.

## Irmi

Christoph brachte die Post herein.

»Es ist doch immer das Gleiche«, sagte er. »Rechnungen für Papa, Kataloge für Diana und nichts für mich.« Er legte den Stapel auf dem Esstisch ab. Einen lilafarbenen Briefumschlag behielt er in der Hand.

»Und was haben wir hier? Einen Brief für Mama!« Er drehte ihn um. »Kein Absender.«

»Zeig mal«, sagte Irmi, trocknete ihre Hände an einem Geschirrtuch ab und griff nach dem Brief. Sie bekam nicht oft Post.

Georg kam ihr zuvor. Mit einer blitzschnellen Bewegung schnappte er Christoph den Umschlag aus der Hand.

»Hey, für dich sind die Rechnungen, Papa«, sagte Christoph grinsend. »Der Liebesbrief ist für Mama!«

Georg untersuchte den Brief von allen Seiten. »Welcher Geisteskranke würde deiner Mutter denn einen Liebesbrief schreiben?«

»Er ist sicher von Erbtante Emilia«, sagte Irmi und streckte noch einmal die Hand aus.

Georg knickte den Brief und schnupperte daran. »Nee, von dem alten Geizknochen ist er nicht. Keine Fettflecken, keine Schimmelsporen, kein Verwesungsgestank.« Damit spielte er auf Tante Emilias Versuch an, ihren letzten Brief mit zwei hauchdünnen Minztäfelchen aufzuwerten. *Die Schokolade ist für die Kinderchen*, hatten sie auf dem total verklebten und verschmierten Briefbogen gerade noch lesen können. Georg und »die Kinderchen« hatten sich tagelang darüber kaputtgelacht. Georg hatte Christoph und Diana zu einem Dankesbrief überredet. *Tausend Dank für die leckeren After Eights, liebes Großtantchen. Könntest Du beim nächsten Mal vielleicht etwas von Deiner köstlichen Leberwurst mitschicken?*

Georg untersuchte den Brief mit detektivischem Scharfsinn. »Handgeschriebene Adresse, also auch keine Werbung. Kein Absender. Poststempel von Jahnsberg. Bist du nicht neugierig?«

»Doch«, sagte Irmi wahrheitsgemäß. Die Handschrift sah nicht nach Tante Emilia aus, die ohnehin seit dem Leberwurst-Brief beleidigt war. Es war eine eckige Schrift ohne jeden Schnörkel, eindeutig eine Männerschrift. Ob es von *ihm* war? Aber er würde doch nicht so leichtsinnig sein und einen Liebesbrief mit der Post verschicken!

Oder doch?

»Gib schon her, Georg.«

»Du bist ganz wild darauf, den Brief zu lesen, was?« Georg machte keinerlei Anstalten, ihn herauszurücken.

»Es ist *mein* Brief«, sagte Irmi.

»Aber er lag in *meinem* Briefkasten«, gab Georg grinsend zurück. Die Sache machte ihm sichtlich Spaß.

»Papa, jetzt zank die arme Mama doch nicht immer so«, sagte Christoph. »Du bist ja nur neidisch, weil du keine Liebesbriefe bekommst.«

»Es ist kein Liebesbrief«, widersprach Irmi. Sie war sich beinahe sicher, dass Benedikt ihr keinen Brief geschrieben hatte – dazu war er zu dezent. Aber die Vorstellung, alle seine lieben Worte auf Papier lesen zu können, war wunderbar. *Mein kleines, weiches Zitterhäschen mit den ängstlichen Augen. Weißt du denn immer noch nicht, dass du vor nichts und niemandem Angst haben musst, wenn du bei mir bist?*

»Woher willst du das denn wissen?« Georg wedelte mit dem Brief vor ihrer Nase herum. »Ich denke, du weißt nicht, von wem er ist?«

»Weiß ich auch nicht.«

»Dann macht es dir auch sicher nichts aus, wenn ich ihn zerreiße, oder?« Ehe sie es verhindern konnte, hatte Georg eine Ecke abgerissen.

»Georg, hör auf damit.«

Georg riss die andere Ecke ab.

»Keine Angst, es fehlen höchstens ein paar Buchstaben«, sagte er. »Schlimm wird es erst, wenn man was aus der Mitte rausreißt.« Mit einem Ruck halbierte er den Brief und riss einen schmalen Streifen ab. »Siehst du? Jetzt ist es schon schwieriger. Wenn ich so weitermache, wird es ein richtiges Puzzle.«

»Warum machst du das?«, fragte Irmi entsetzt.

Georg setzte mit seinem Rollstuhl ein paar Meter zurück. »Hm, eine gute Frage. Lass mal überlegen. Weil ich von Natur aus gemein bin? Oder weil mich eine heimtückische Krankheit zu einem gemeinen Kerl gemacht hat? Soll ich ihn aufessen? Schmeckt bestimmt besser als das Müsli, das du mir heute morgen aufgetischt hast.«

»Lass das!« Irmi hob eine der abgerissenen Ecken vom Fußboden auf.

»Traust dich ja doch nicht, das Ding zu essen«, sagte Christoph zu seinem Vater.

Georg schob sich einen Streifen in den Mund und begann zu kauen.

»Traue ich mich nicht, was?«, sagte er triumphierend.

Christoph lachte. »Du bist ja total verrückt.«

»Verrückt wäre ich, wenn ich den ganzen Brief essen würde«, sagte Georg und stopfte sich einen weiteren Streifen in den Mund.

Irmi war den Tränen nahe.

»Warum tust du das?«, fragte sie wieder. »Und du stachelst ihn auch noch an, Christoph!«

»Lass dich doch von dem nicht ärgern, Mama«, meinte Christoph immer noch lachend und reichte ihr einen

Brief vom Stapel. »Hier, du kannst ja im Gegenzug Papas Telefonrechnung aufessen!«

Irmi sah einen weiteren Streifen ihres Briefes in Georgs Mund verschwinden und sagte: »Es reicht, wenn wir hier einen Verrückten im Haus haben.«

»Ach, komm schon! Gib dir einen Ruck, Irmi«, munterte Georg sie mit vollem Mund auf. »Briefeessen macht Spaß. Erinnert mich an deine Lasagne – die ist ähnlich geschmacklos!«

☆

»Ich weiß gar nicht, wann ich das letzte Mal Blumen bekommen habe!« Irmi strahlte vor Freude, als sie den großen Strauß Sonnenblumen und Myrtenastern entgegennahm.

»Es sind keine Gerbera und keine Nelken drin«, sagte Martin stolz. »Dafür, dass du mir deinen Bruder empfohlen hast. Vielen Dank, liebe Irmi. Du bist eine echte Freundin. Ich habe deinen Bruder gleich auch meinen Kollegen weiterempfohlen.«

»Hoffentlich erreicht er auch was«, sagte Irmi, während sie die Blumen ins Wasser stellte. »Wenigstens eine fette Abfindung. Oder vielleicht sogar eine Wiedereinstellung.«

»Mir reicht die Abfindung«, sagte Martin. »Am liebsten würde ich mich mit dem Geld auf- und davonmachen. Irgendwohin ziehen, wo's warm ist.«

»Ja, das wäre schön«, stimmte Irmi zu. »Die Zitronen direkt vom Baum pflücken . . .«

»Ja«, seufzte Martin. »Ich bringe mich um, wenn selbst dein Bruder mir nicht mehr helfen kann. Dann hab ich's auch immer schön warm in meinem gemütlichen Sarg und dem kuscheligen Totenhemd.«

»Darüber macht man keine Scherze«, sagte Irmi, die es sich im Sarg weniger gemütlich als klamm, dunkel und sehr einsam vorstellte.

»Das war kein Scherz, Irmi«, sagte Martin. »Was soll ich noch mit diesem Leben anfangen, wenn ich nicht mal mehr meine Würde behalten darf? Keine Arbeit mehr, kein Geld, keine Nachkommen... Mein Leben ist nur noch ein Scherbenhaufen.«

»Carola wäre sicher traurig, wenn sie dich so sprechen hörte«, sagte Irmi tadelnd.

Martin lachte laut auf. »Irmi! Du bist wirklich hoffnungslos gutgläubig. Ich würde Carola einen Gefallen tun, wenn ich mich umbrächte.«

»Das glaube ich nicht«, sagte Irmi.

»Ich weiß es.« Martin seufzte. »Keine Angst, es wird nicht wehtun. Es ist ganz einfach. Ich setze mich in meine alte Schrottkiste von Auto und leite einen Gartenschlauch vom Auspuff durchs Fahrerfenster.«

»Und das funktioniert?«

»Tadellos«, beteuerte Martin. »Man muss nur alle Ritzen mit Isolierband dicht machen. Und sich ein bisschen betrinken, dann ist es auch nicht so unangenehm, wenn das Kohlenmonoxid einem den Atem zu nehmen beginnt.«

»Du sollst über solche Dinge nicht mal nachdenken«, sagte Irmi streng. »Das ist Sünde, weißt du das nicht?«

»Das sagt die Richtige«, sagte Martin und lächelte.

Irmi errötete.

Georg kam in die Küche gerollt. Er hatte sich vor dem Fernseher ein Poloturnier angeschaut. Polo sei wie Rollstuhlbasketball für Reiche, sagte er immer.

»Sind die Blumen für mich?«, fragte er.

»Nein, für mich«, sagte Irmi. »Von Martin, also iss sie besser nicht auf.«

»Solltest du nicht besser deiner eigenen Frau Blumen schenken, Martin?«

»Sie steht nicht drauf«, sagte Martin. »Hast du Lust auf eine Partie Schach?«

Georg nickte. »Heute könntest du sogar gewinnen. Mir geht's nämlich gar nicht gut. Irmi hat mir heute etwas serviert, das mir jetzt schwer im Magen liegt. Nicht wahr, Irmi?«

»Ich hab's dir nicht serviert!« Irmi wandte sich an Martin. »Er hat einfach einen Brief von mir aufgegessen. Bevor ich ihn lesen konnte. Ich weiß nicht mal, von wem er ist.«

»Und jetzt liegt er mir zur Strafe schwer im Magen«, klagte Georg und rollte zurück ins Wohnzimmer. »Ich bau schon mal das Schachspiel auf«, rief er über seine Schulter.

»Er hat schon drei von den Abführtabletten genommen«, flüsterte Irmi, als er außer Hörweite war. »Ich fürchte, es gibt jeden Augenblick eine fürchterliche Schweinerei.«

»Macht er so was öfter?«, fragte Martin entsetzt.

»Das mit dem Brief? Das war das erste Mal. Glücklicherweise bekomme ich nicht so oft Post.«

»Ich meinte die Abführtabletten.«

»O ja.« Irmi seufzte. »Das ist seine neueste Schikane. Er hat dafür ein wunderbares Timing. Meistens sind die Kinder nicht da, wenn es passiert. Wenn ich's ihnen hinterher erzähle, glauben sie mir nicht. Niemand würde glauben, dass der reinliche Georg sich absichtlich bis zu den Socken vollsaut. Aber er tut's! Das letzte Mal war's so schlimm, dass ich den Rollstuhl anschließend draußen mit dem Gartenschlauch abspritzen musste. Seine Sachen habe ich gleich weggeworfen. Ich weiß nicht, wen er damit mehr quält, mich oder sich selber!«

»Und wenn du die Tabletten einfach mal versteckst?«

Irmi sah ihn an, als habe er den Verstand verloren. »Weißt du, was dann hier los wäre? Hast du Georg schon mal über die Selbstbestimmungsrechte eines Kranken referieren hören? Er hasst es, bevormundet zu werden.«

»Aber Irmi, du kannst dir doch nicht alles von ihm gefallen lassen! Das mit den Abführtabletten ist eindeutig neurotisch. Er gehört in psychotherapeutische Behandlung.«

»Seinen Selbstmord zu planen ist auf jeden Fall viel schlimmer«, versuchte Irmi, das Thema zu wechseln.

»Ich weiß, es ist Sünde.« Martin grinste. »Genau wie das, was du mit dem Pfarrer machst.«

»Wir machen ja nichts«, sagte sie errötend. »Meistens reden wir nur. Er ist so ein wunderbarer Zuhörer.«

»Er nutzt dich aus«, sagte Martin, plötzlich ernst. »Und ich fürchte, nicht nur dich.«

»Er ist ein Heiliger«, sagte Irmi.

»Ein Scheinheiliger!«, sagte Martin. »Der Schein heiligt bei ihm ganz eindeutig die Mittel.«

»Er ist ein Engel«, beharrte Irmi.

»Er ist ein *Mann*«, entgegnete Martin. »Und ich glaube, einer der schlimmsten Sorte.«

Für Irmi gab es nur eine schlimme Sorte Mann, und das waren Typen wie Georg. Benedikt war das genaue

Gegenteil von Georg, also war er auch das Gegenteil von schlimm. »Ich mag es nicht, wenn du so schlecht über ihn redest.«

»Neulich abends habe ich ihn mit dieser heißen Rothaarigen gesehen, die neulich in den Klingelbeutel gegriffen hat«, fuhr Martin unbarmherzig fort. »Du weißt schon, die, die Herr Hagen beinahe ins Gemächt getreten hätte!«

»Oh, *diese* arme Person«, sagte Irmi. »Ich hoffe wirklich, Benedikt kann ihr helfen.«

»*Helfen!*« Martin schnaubte. »Wenn das seine Art ist zu helfen, dann möchte ich niemals ein Problem haben! Wach endlich auf, Irmi: Sie saßen in seinem silbernen Schlitten, und es sah nicht so aus, als würden sie nur reden.«

»Sei still«, sagte Irmi verletzt. »Du willst es mir nur kaputtmachen. Dabei ist es das erste Mal seit Jahren, dass mir etwas Schönes passiert.«

Martin seufzte. »Ich will dir nichts kaputtmachen, ich will dich beschützen!«

»*Er* beschützt mich.« Irmi lächelte. »Er würde mir niemals wehtun. Dazu ist er viel zu ... er ist wirklich ... manchmal glaube ich, Gott persönlich hat ihn mir geschickt.«

»Ach, Irmi ...«

»Willst du Schwarz oder Weiß?«, rief Georg aus dem Wohnzimmer.

»Weiß«, rief Martin zurück. »Ich verliere ja sowieso«, sagte er zu Irmi.

Irmi missverstand ihn absichtlich. »O nein. Es wird alles wieder gut werden. Das weiß ich ganz sicher. Versprich mir nur, dass du dich nicht mit dem Gartenschlauch in den Wagen setzt... Du bist doch der Einzige, der hier nett zu mir ist.«

»Außer deinem Heiligen natürlich«, sagte Martin, aber er sah irgendwie fröhlicher aus, als er sich zum Gehen wandte.

## Amelie

Gilbert fragt, ob er eine der serbischen Fichten aus Opas Garten als Weihnachtsbaum fällen soll«, sagte Louisa. Sie war mit Herr Kalinke offenbar inzwischen per Du. Amelie freute sich, dass die beiden jungen Leute sich angefreundet hatten. Herr Kalinke war ein sympathischer junger Mann, so naturverbunden und höflich. Er war zwar nicht gerade eine Schönheit, aber er machte einen grundehrlichen Eindruck auf sie.

»Er kann gerne eine Fichte haben«, sagte sie etwas geistesabwesend. Der Briefträger war gerade da gewesen und hatte die Post gebracht. Ein blasslilafarbener Umschlag ohne Absender war ihr sofort ins Auge gestochen. O nein, nicht schon wieder!

»Gilbert will die Tanne doch nicht für sich«, sagte Louisa ungeduldig. »Er will sie für uns fällen!«

»Ach, nein«, sagte Amelie. »Ich will in diesem Jahr keinen Baum. Das wäre zu... Das verstehst du doch, oder?«

Louisa nickte.

»Es wird schrecklich werden ohne Papa«, sagte sie. »Aber ich dachte, da müssen wir einfach durch.« Amelie sah, wie sie mit den Tränen kämpfte, und bekam kurzzeitig Mitleid mit ihrer Tochter.

»Es werden noch so viele Weihnachten ohne ihn kommen...«, fuhr Louisa stockend fort. »Wir können es doch nicht einfach auslassen.«

»Ich für meinen Teil schon.« Amelie nahm ihren Brieföffner und schlitzte den lilafarbenen Brief so grob auf, wie sie eben konnte. Sie konnte und sie würde Weihnachten ignorieren. Wenn sie es zuließ, dass Louisa an alte Traditionen anknüpfte, würde das schwarze Ungeheuer, das nur auf einen Fehler von ihr wartete, sie unweigerlich verschlingen.

All die Weihnachten, die sie in diesem Haus schon gefeiert hatten, gingen ihr durch den Kopf, sie sah den Kerzenschein, der sich in den roten Glaskugeln am Baum spiegelte, nahm den Duft von gebratenem Truthahn und Punsch wahr. Für einen Augenblick war ihr, als sähe sie Robert mit seiner Gitarre dort drüben am Kamin stehen und ihr zuzwinkern.

Das schwarze Ungeheuer liebte solche Sentimentalitäten. Es sperrte seinen Schlund weit auf, bereit, Amelie für immer zu verschlucken. Sie schüttelte heftig den Kopf, und Robert verschwand. Nein – was sie betraf, fiel Weihnachten in diesem Jahr einfach flach.

Enttäuscht klappte das Ungeheuer das Maul zu.

»Ist schon gut«, sagte Louisa, die das Kopfschütteln auf sich bezogen hatte. »Dann also kein Baum dieses Jahr. Kein Puter, keine Geschenke, kein Weihnachtsoratorium. Deine Weihnachtsplätzchen hatte ich sowieso schon abgeschrieben.«

Sie grinste Amelie schief an. »Nicht mal den obligatorischen Weitwurfwettbewerb mit Tante Ellas Stollen willst du veranstalten?«

»Das ist kein Stollen, das ist gebackenes Orangeat und Zitronat mit ein bisschen Teig drumherum«, sagte Amelie. »Den kann man nicht mal guten Gewissens kompostieren.« Sie entfaltete endlich das Briefblatt und bemühte sich um ein ausdrucksloses Gesicht.

*Sie sind nicht des Pfarrers einziger Hase,* las sie. *Wenn Sie's nicht glauben, dann kommen Sie abends nach zehn in den Garten der Quirrenbergs. Auf der Bank unter dem Laburnum trifft sich Pfarrer Hoffmann mit einem anderen Häschen aus seiner Schar.*

Amelie war versucht, den Brief zusammenzuknüllen, aber sie wollte auf keinen Fall Louisas Argwohn wecken. Also faltete sie den Brief beherrscht zu einem kleinen Päckchen und steckte ihn zurück in den Umschlag. Glaubten die Hagens denn tatsächlich, dass sie sich nachts wie ein Spanner in Quirrenbergs Garten schlich? Und was war überhaupt ein Laburnum?

»Stimmt was nicht, Mama?« Louisa sah sie forschend an.

»Alles in Ordnung, Kind.« Amelie zwang sich zu einem Lächeln. »Ach, du weißt nicht zufällig, was ein Laburnum ist?«

»Das ist . . . ähm, mal überlegen. Könnte es eine Pflanzenbezeichnung sein?«

»Du bist diejenige von uns beiden, die studiert«, sagte Amelie achselzuckend.

»Wir könnten Herrn Kalinke fragen, er kennt sich doch da aus«, sagte Louisa.

Herr Kalinke war sich nicht ganz sicher, aber er meinte, *Laburnum* könne die botanische Bezeichnung für Goldregen sein. »Warum wollen Sie das wissen? Möchten Sie einen Goldregenstrauch haben? Er würde durchaus in einen Garten japanischen Stils passen. Vor allem im Frühjahr sind sie sehr dekorativ.«

»Ähm, vielleicht«, sagte Amelie. Unter dem Goldregen also. Das war typisch für den wichtigtuerischen Herr Hagen, dass er selbst in anonymen Briefen mit seinen Kenntnissen über Botanik prahlen musste.

Von ihrem Trainingsfahrrad aus hatte sie einen wunderbaren Blick über Irmis Garten. Wie jeden Tag schwang sie sich für eine schweißtreibende Stunde hinauf und tastete das Gelände mit Argusaugen ab. Wie zur Hölle sollte sie erkennen, welcher von den kahlen Sträuchern und Bäumen ein Goldregen war? Allerdings gab es nur eine einzige Bank, ziemlich am Ende des Gartens. Ein paar Schritte über Bauer Bosbachs Kuhweide, und man konnte hinter einer bauchigen Zuckerhutfichte in Deckung gehen. Im Dunkeln würde einen niemand bemerken.

Amelie kämpfte mit sich. Seit Benedikt sie im *Schwanenhof* einfach hatte sitzen lassen, stand sie einem Abenteuer mit ihm nicht mehr ganz so positiv gegenüber. Zwar hatte sie seine vielfach vorgetragene Entschuldigung, zu einem Notfall gerufen worden zu sein, wo er dann einer sterbenden Frau aus seiner früheren Gemeinde die ganze Nacht die Hand hatte halten müssen, gerührt, aber sie hatte nicht vergessen, wie demütigend es gewesen war, allein vor ihrem Drei-Gänge-Menü sitzen zu müssen und von den anderen Gästen angestarrt zu werden. Zum ersten Mal war ihr der Gedanke gekommen, dass sie sich lächerlich machte.

Es war merkwürdig, mitten in der Nacht auf dem Friedhof zu stehen. Das große Eisenportal war abgeschlossen gewesen, aber Amelie war durch eine kleine Nebenpforte eingetreten, die ganz stilecht gequietscht hatte. Wie in einem Gruselfilm waberten feuchte Nebel über die Gräber, auf denen hier und da kleine rot schimmernde Lampen flackerten.

Auch auf Roberts Grab brannte ein Licht. Amelie vermutete, dass Louisa es angezündet hatte. Sie hatte sich auch um den Grabstein gekümmert, der nun statt des provisorischen Holzkreuzes dort stand. Das schwache Licht reichte gerade aus, um die Inschrift lesbar zu machen. Nur Roberts Name, darunter seine Geburts- und Sterbedaten. Es tat weh, das zu lesen, es war so schrecklich endgültig. Amelie las es trotzdem immer und immer wieder.

»Du Mistkerl«, sagte sie schließlich laut. Der schwarze Abgrund unter ihr hatte sich ausgedehnt bis ins Unendliche. Das Ungeheuer reckte hungrig seinen Kopf nach oben.

»Um dich kümmere ich mich später«, sagte Amelie zu dem Ungeheuer und hielt ihren Blick fest auf Roberts in Fels gemeißelten Namen gerichtet.

»Ich weiß, dass das nicht der Ort ist, an dem du dich wirklich aufhältst«, sagte sie. »Aber ich wollte hier mit dir reden, weil du hier am weitesten von mir weg bist.«

Sie schluchzte kurz auf, gestattete ihren Tränen aber nicht zu fließen. »Du hast mich allein gelassen. Siehst du wenigstens, was du damit angerichtet hast?«

Der Wind fuhr in eine riesige Tanne und ließ einen kleinen Sprühregen auf Amelie niedertropfen.

»Ich bin schon nass bis auf die Knochen«, sagte Amelie ungerührt. »Bis eben bin ich im Gebüsch unserer Nachbarn herumgekrochen. Und weißt du, was ich gesehen habe? Na ja, gesehen habe ich nichts, wenn ich ehrlich bin. Daher auch diese Schramme.« Sie fuhr sich mit dem Zeigefinger über einen kleinen Kratzer auf der Stirn. »Aber gehört habe ich genug. Stell dir vor, Robert, die brave, aufopferungsvolle Irmela Quirrenberg hat ein Verhältnis mit dem neuen Pfarrer. Er nennt sie seinen Diamanten, seine Porzellanrose, seinen zitternden Hasen.«

Wütend zog sie die Nase hoch. »Das sind exakt die gleichen Kosenamen, die er für mich hat. Man kann nicht sagen, dass er besonders viel Fantasie hat, oder?«

Wieder rüttelte ein Windstoß die Tanne. Die Nacht war schwärzer als Tinte.

»Ich habe es mir nicht zu Ende angehört. Ich bin gegangen, als er Irmis Mantel aufknöpfte und nach ihren Rehböckchen tastete. Ja, du hast richtig gehört. Er sagte *Rehböckchen*! Vielleicht freut es dich zu hören, dass er *meine* Rehböckchen noch nicht zu fassen gekriegt hat. Aber viel hat nicht mehr gefehlt, das muss ich der Ehrlichkeit halber zugeben.« Sie machte eine Pause. »Er ist mindestens zehn Jahre jünger als ich, und er sieht blendend aus. Er hat von Anfang an mit mir geflirtet. Jetzt weiß ich, dass er nicht nur mit mir geflirtet hat. Ich glaube, das ist einfach seine Natur.«

Die Flamme in der Laterne vor ihr flackerte.

»Natürlich habe ich zurückgeflirtet«, sagte Amelie. Aber daraus kann man mir keinen Vorwurf machen. Ich hatte die Wahl, mich ihm an den Hals zu schmeißen oder wahnsinnig zu werden.

Es war so kalt, dass sich beim Sprechen weiße Wölkchen vor ihrem Gesicht bildeten, aber Amelie schwitzte. Sie öffnete den Reißverschluss ihres Anoraks und atmete tief durch. »Es ist alles deine Schuld, Robert! Warum hast du dein Wort gebrochen? Wir wollten miteinander alt werden, unsere Enkelkinder durch Jahnsberg fahren, gemeinsam die Viktoria-Fälle sehen.«

Sie holte noch einmal tief Luft. »Du hast dich ja nicht mal von mir verabschiedet.« Wieder schluchzte sie kurz auf. »Manchmal stelle ich mir vor, du bist mit einer anderen Frau abgehauen. Einer viel jüngeren und hübscheren. Lebst jetzt mit ihr auf einer tropischen Insel und schreibst mir ab und zu eine Postkarte, die ich ungelesen in den Kamin werfe. Ich wünschte, es wäre so. Dann könnte ich dich hassen und alles, was mich an dich erinnert, zum Sperrmüll geben.«

Sie begann, vor dem Grab auf und ab zu gehen. »Ich habe Louisa ein Einzelgrab kaufen lassen«, fuhr sie fort. »Offenbar wollte sie sich nicht auch noch damit beschäftigen, wo sie mich einst begraben muss. Das arme Kind. Ich habe ihr eine Menge zugemutet in letzter Zeit.« Amelie zog sich den Anorak aus und warf ihn über Roberts Grabstein. Ihr war immer noch heiß.

»Siehst du das?«, fragte sie und klopfte auf ihren flachen Bauch. »Ich bin richtig schlank geworden. Die Leute sagen, das macht der Kummer. Ich sage, das liegt daran, dass ich so wenig esse. Es schmeckt mir nicht mehr ohne dich, das ist das ganze Geheimnis. Wenigstens dafür müsste ich dir eigentlich dankbar sein.« Sie kickte ein kleines Steinchen aus dem Weg. »Ich habe mich die ganze Zeit geschickt am schwarzen Abgrund entlanggehangelt. Und der Pfarrer war mir dabei behilflich. Er hat in mir einen völlig anderen Menschen gesehen als du. Er sah mich schwach und hilflos, zart und anlehnungsbedürftig, und mir hat das gefallen. Es hat mir gutgetan, weißt du? Jetzt, wo ich weiß, dass es seine Masche ist, sich an hilflose Frauen heranzumachen, ist es mir ein bisschen peinlich. Es tröstet mich nur wenig, dass Carola auch auf ihn hereingefallen sein soll. Wenn die Hagens mich denn in ihrem anonymen Brief richtig informiert haben. Eigentlich ist es komisch, sich vorzustellen, dass er auch Carola sein zitterndes kleines Häschen genannt hat. Ausgerechnet Carola.« Sie blieb wieder vor dem Grab stehen und grinste schief. »Ich wusste, dass du darüber lachen würdest.«

»Du bekommst hier ziemlich oft Besuch, was?« Sie beugte sich hinab und untersuchte den Grabschmuck. »Tut mir leid, dass ich dir noch keine Blumen gebracht habe. Ich hatte so schrecklich viel damit zu tun, nicht daran zu denken, dass du hier liegst.« Ein ziemlich hässlicher Kranz aus Tannengrün und Mimosen – von Patti, dachte Amelie – lag gleich neben einer einzelnen Rose, die in dem spärlichen Licht gelb aussah.

»Bestimmt von Louisa«, sagte Amelie und ließ jetzt die Tränen ungehindert über ihr Gesicht strömen. »Kommt sie oft her? Ich rede ja nicht mit ihr, schon gar nicht über dich. Ich glaube, sie hasst mich dafür. Schüttet sie dir ihr Herz aus, wenn sie dir Blumen bringt und Kerzen anzündet? Sieh mal, da ist ein Bändchen an der Rose, es hängt etwas dran. Was ist das – ein Schnuller?« Amelie fröstelte plötzlich. »Ein Schnuller für Babys. O Gott.« Eine Weile lang sagte sie gar nichts. Dann erhob sie sich, griff nach ihrem Anorak und zog kräftig die Nase hoch. »Ich bin nicht nur eine schlechte Witwe, ich bin auch eine schlechte Mutter, was?« Der eisige Wind streifte ihren nass geschwitzten Nacken. »Da ist dieses Ungeheuer, direkt unter mir, und es sperrt seinen Rachen weit auf. Ich habe es *Wahnsinn* getauft. Es sieht, dass ich nur noch mit zwei Fingern am Rand des Abgrunds hänge, es denkt, ich bin eine leichte Beute.«

Sie schlüpfte in den Anorak, zog den Reißverschluss hoch und legte eine Hand auf den Grabstein. Mit dem Zeigefinger fuhr sie Roberts Namen nach.

»Das Ungeheuer weiß nicht, dass ich es gleich mit bloßen Händen erwürgen werde«, sagte sie mit einem grimmigen Lächeln.

Und dann ließ sie sich einfach fallen.

☆

Als Amelie das Haus betrat, graute bereits der Morgen. Louisa stand in der Küche und fütterte den Kater. Sie musterte Amelie von Kopf bis Fuß und war offenbar sprachlos.

»Keine Angst, das ist nur Dreck«, sagte Amelie und hielt ihr die harzigen Hände hin. »Sieh mal, ich habe eine Tanne für uns gefällt.«

»Was hast du gemacht?«

»Eine Tanne gefällt. Eine serbische Fichte, um korrekt zu sein. Gilbert meint, die sind seit dem Krieg auf dem Balkan ohnehin nicht mehr in Mode. Außerdem müssen sie alle weg, wenn wir den japanischen Garten anlegen.«

»G-Gilbert?«, stotterte Louisa.

Amelie genoss ihre Verwirrung. »Ja, Herr Kalinke. Ich bin zufällig auf ihn gestoßen, als ich in Opas Gartenschuppen nach einer Säge gesucht habe«, sagte sie. »Ich muss schon sagen, er hat es sich dort ziemlich gemütlich gemacht. Wir haben einen Glühwein zusammen getrunken und sind jetzt per Du.«

»Morgens um sieben?« Louisa sah immer noch völlig perplex aus.

»Es war morgens um fünf, um präzise zu sein«, sagte Amelie. »Aber Gilbert war schon wach. Er ist glücklicherweise ein Frühaufsteher. Er war gerade dabei, sich mit seiner elektrischen Zahnbürste die Zähne zu putzen. Wo bekommt er eigentlich den Strom her?«

»Von Hagens«, sagte Louisa.

»Ich verstehe«, sagte Amelie und kicherte. Der Glühwein hatte sie nicht nur gründlich durchgewärmt, sondern auch ein bisschen beschwipst gemacht. »Deshalb klagen sie also gegen das Elektrizitätswerk. Machst du Kaffee? Ich habe Gilbert zum Brötchenholen geschickt, er kommt gleich zum Frühstück. Machst du uns auch Rühreier? Ich habe einen Bärenhunger.«

»Du willst etwas essen, das in Butter gebraten wird?«, fragte Louisa skeptisch.

»Ich denke, ich habe beim Sägen eine Menge Kalorien verbraucht«, sagte Amelie. »Ein paar Rühreier werden mich nicht sofort wieder in eine fette Matrone verwandeln.« Sie lächelte Louisa an. »Ich helfe dir gleich. Ich geh nur schnell duschen, ja?«

Louisa nickte. Amelie spürte ihren verwirrten Blick noch auf ihrem Rücken, als sie schon die Treppe hochging. *Und das ist erst der Anfang, mein liebes Kind*, dachte sie befriedigt.

# Louisa

Ist das nicht toll, dass deine Mutter nun doch den japanischen Garten haben will?« Gilbert warf eine prall gefüllte, duftende Bäckertüte auf die Arbeitsplatte und sah mich glücklich an. »Ich kann es gar nicht erwarten, loszulegen. Es juckt mich richtig in den Fingern. Ich habe jede Menge brillante Ideen. Im japanischen Garten in Weilershausen, da haben sie zum Beispiel diese irre schönen Drachenskulpturen. Eine wiegt bestimmt eine halbe Tonne, aber ich hätte schon eine Idee, wie man sie transportieren könnte... Auch die Kois werden deine Mutter keinen Pfennig kosten. Ich klaue sie nämlich direkt vom Züchter.«

»Mir wäre es lieber, du würdest ein anderes Wort für klauen verwenden«, sagte ich unbehaglich, während ich eine letzte Portion Rührei aus der Pfanne kratzte und auf den Tellern verteilte.

»Wie wäre es mit *organisieren?*«, schlug Gilbert vor.

»Schon besser«, sagte ich. »Sag mal, hat meine Mutter dir gegenüber ein Wort darüber verloren, was ihre Meinungsänderung bewirkt hat? Sie ist ja wie verwandelt. Jetzt will sie sogar Weihnachten feiern!«

»Sie hat heute Nacht in Quirrenbergs Garten gestanden und ihren Benedikt in flagranti ertappt«, erklärte Gilbert.

»Das hat sie dir gesagt?«

»Nein, das habe ich gesehen«, sagte Gilbert, ohne im Geringsten verlegen zu werden. »Ich stand nämlich gleich hinter dem Juniperus virginiana.«

»Und was ist passiert?«, fragte ich gespannt, bereit, die Leichen von Frau Quirrenberg und Pfarrer Hoffmann verschwinden zu lassen, um meine Mutter vor dem Gefängnis zu bewahren.

»Nichts«, sagte Gilbert. »Sie hat ihnen einfach nur zugehört. Das übliche Gewäsch, zitterndes Häschen, zerbrechliches Röschen, feuchtes Höschen. Und als der Pfarrer der Verhärmten dann endlich an die Wäsche ging, ist deine Mutter abgehauen.«

»Sie hat ihm keins übergebraten?« Ich war erleichtert und enttäuscht zugleich. »Wo ist sie denn dann hingegangen?«

Gilbert zuckte mit den Achseln. »Alles kann ich auch nicht wissen, ich bin immer noch Gärtner und kein Privatdetektiv. Sie stieg in ihr Auto und war weg. Und heute Morgen um fünf stand sie dann in meiner Bude und wollte den Weihnachtsbaum absägen. Sie war ziemlich cool drauf, muss ich sagen.«

»Schön und gut«, sagte ich. »Aber was ist jetzt mit dem Pfarrer?«

»Das wird sich zeigen.« Gilbert war mit seinen Gedanken schon wieder beim Garten. »Ich muss unbedingt eine Bezugsquelle für große runde Felsbrocken auftun. In der Größenordnung, in der sie mir vorschweben, sind sie leider unbezahlbar. Ich werde die Tage mal eine Spritztour ins Rheintal machen, vielleicht finde ich ja ein paar dekorative Brocken, die man irgendwie in den Lastwagen hieven kann.« Er seufzte. »Das könnte ein Problem werden, denn mir schweben wirklich große Findlinge vor, keine besseren Kieselsteine.«

Meine Mutter betrat frisch geduscht und in ihren alten Morgenmantel gehüllt die Küche.

»Hm, riecht das gut«, sagte sie und ließ sich neben Gilbert am Küchentisch nieder.

»Was hast du da an der Stirn?«, fragte ich und zeigte auf eine blutige Stelle über ihren Augen.

»Da hatte ich heute Nacht einen kleinen Zusammenstoß.« Sie brach in albernes Gelächter aus. »Ausgerechnet mit einem *Laburnum*.«

Nach dem Frühstück arbeitete Gilbert an der Trockenmauer weiter.

»Ein netter Junge«, sagte meine Mutter, als er gegangen war. »So ehrlich und natürlich.«

»Aber sicher«, sagte ich. Menschenkenntnis war nicht gerade Mamas Stärke. Das sah man ja am Beispiel des Pfarrers. »Was ist heute Nacht passiert, Mama?«

Meine Mutter gähnte. »Ich finde nicht, dass du alles wissen musst, Louisa. Schließlich hast du auch so deine Geheimnisse, oder?« Sie zog einen bunten Schnuller aus ihrer Hosentasche und ließ ihn vor meiner Nase baumeln. Der Schnuller war voller Erdkrumen. »Der ist doch von dir, oder?«

Ich wurde rot. »Ich wollte es dir ja sagen, aber du warst einfach nicht ansprechbar!«

Mama drehte den Schnuller zwischen ihren Fingern. »Ich muss schon sagen, du hast wirklich ein Faible für Sentimentalitäten. Das musst du von deinem Vater haben. Wusstest du, dass er deinem Opa seinerzeit ein Exemplar seiner Doktorarbeit aufs Grab gelegt hat?«

»Nein.« Ich fing an zu heulen. »Ich war so einsam, und niemand hat sich mit mir gefreut«, schluchzte ich. »Nicht mal ich selber.«

»Schon gut.« Meine Mutter streichelte mir über den

Kopf. »Jetzt bin ich ja da, um mich mit dir zu freuen. Ich bin nur ein bisschen gekränkt, dass du's Papa zuerst gesagt hast. Wann kommt mein Enkelkind denn?«

»Im Juni«, schniefte ich.

»Und wer ist der Vater? Gilbert?«

»Nei-iiin«, sagte ich beleidigt. »Den kenne ich doch erst ein paar Wochen.«

»Ach so«, sagte meine Mutter. Es klang beinahe enttäuscht. Eine Weile lang streichelte sie mir einfach nur über den Kopf.

»Ich habe noch deine ganzen Kindersachen auf dem Speicher«, fuhr sie schließlich träumerisch fort. »Den Stubenwagen, das Spielzeug, die Kleidchen .. du wirst gar nichts neu kaufen wollen!«

»Ganz bestimmt doch«, sagte ich. »Ich steh nicht so auf die Siebziger.« Ich kannte die Sachen noch von den Fotos. Mein Kinderwagen war aus schwarzem Kunstleder mit orangefarbenen Rauten gewesen, damals der letzte Schrei. Obwohl ich ein sogenanntes Möhrenbaby war, mit karotingesunder Gesichtsfarbe, sehe ich gegen den Wagen auf den Fotos schrecklich blass aus. Mein Kind würde ich auf keinen Fall in solch ein Ungetüm setzen.

»Verrätst du mir denn jetzt, wo ich keine Geheimnisse mehr vor dir habe, was heute Nacht mit dir passiert ist?«, versuchte ich es noch einmal.

Meine Mutter schüttelte den Kopf und gähnte wieder, diesmal ausgiebiger. »Später vielleicht. Jetzt brauche ich erst mal meinen Schönheitsschlaf. Ich war die ganze Nacht auf den Beinen.« Sie strich mir zärtlich das Haar aus der Stirn. »Ich verspreche dir, dass wir noch viel Zeit zum Reden haben werden.«

An der Tür drehte sie sich noch einmal um. »Findest

du eigentlich nicht, dass ich zu jung bin, um Oma zu werden?«

»Guckst du eigentlich kein Fernsehen?«, fragte ich zurück. »In den Nachmittagstalkshows tummeln sich massenweise Großmütter von Anfang dreißig. Da sind selbst die Urgroßmütter jünger als du.«

»Solange sie nicht jünger aussehen, ist mir das völlig egal«, sagte meine Mutter.

Das war alles ein bisschen zu schön, um wahr zu sein. Ich traute dem Braten nicht, Mamas wunderbare Wandlung war mir zu plötzlich gekommen. Vielleicht war das nur eine weitere tückische Abart von Bettys *Cosmopolitan*-Syndrom, das sie befallen hatte.

Als sie am Nachmittag aus ihrem Schlafzimmer trat, perfekt geschminkt, frisiert und gekleidet, wurde ich daher sofort misstrauisch. Auch, wenn sie mich anlächelte und mir liebevoll über meine kleine Wampe streichelte.

»Der rosa Pullover steht dir gut«, sagte ich zögernd.

»Danke«, sagte meine Mutter und sah an mir vorbei auf die Uhr. Ich folgte ihrem Blick. Es war kurz vor drei.

»O nein«, sagte ich und schob ihre Hand von meinem Bauch. »Und ich hatte ernsthaft gehofft...«

»Was?« Meine Mutter zupfte sich vor dem Spiegel eine blonde Strähne in die Stirn.

»Ich hoffte, du wärst wieder *normal*«, sagte ich.

Mama drehte sich zu mir um. »Mein liebes Kind, *normal* werde ich nie wieder sein.«

Es klingelte an der Haustür.

»Der Pfarrer ist ein...«, sagte ich und suchte nach dem richtigen Wort. »Ein... ein verdammter...«

»Schon gut«, sagte meine Mutter. »Wie sehe ich aus?«

»Nicht übel«, sagte ich widerwillig.

»Wie ein Strich in der Landschaft, würde ich sagen«, sagte jemand hinter uns. Es war nicht Pfarrer Hoffmanns Stimme, wie ich erwartet hatte, sondern die rauchige Stimme von Tante Patti. Offenbar handelte es sich um einen ihrer unangekündigten Besuche, die exakt genauso lange dauerten wie das Fußballtraining ihres Sohnes. »Der Schlüssel steckte draußen. Eine leichtsinnige Angewohnheit. Ich hätte ein Einbrecher sein können.«

Meine Mutter zog eine Grimasse, aus der deutlich zu erkennen war, dass ihr ein Einbrecher lieber gewesen wäre als Tante Patti.

»Hallo, Patti«, sagte sie dennoch höflich. »Ist Philipp nicht mitgekommen?«

»Er ist beim Training«, erwiderte Tante Patti erwartungsgemäß. »Ich bleibe nur auf eine Tasse Kaffee. Wirklich, das muss der Neid dir lassen, liebe Schwägerin, du hast es endlich mal geschafft, eine Diät durchzuhalten. Robert wäre sicher stolz auf dich.«

»Robert mochte mich mollig genauso gern«, sagte meine Mutter.

Ich feixte, als ich ihren gehetzten Blick zur Uhr bemerkte. »Mama bekommt gleich Besuch, Tante Patti. Ich glaube, du kommst ungelegen.«

»Ach, wer kommt denn, Amelie?« Tante Patti holte ihr elegantes Zigarettenetui mit Monogramm aus der Tasche.

»Sagt dir der Begriff *Hausfreund* etwas?«, fragte ich.

»Jemand, den ich kenne?«

»Nur der Pfarrer«, sagte Mama spröde. »Aber du kannst gerne einen Kaffee mit uns trinken, liebe Patti.«

»Sehr nett, danke.« Tante Patti ließ sich auf einen Sessel fallen und schlug ihre Beine übereinander. »Ich weiß ja, dass ich mich da nicht einmischen sollte, aber warst du in letzter Zeit mal auf Roberts Grab? Es sieht grauenhaft aus.«

»Ich weiß. Irgendjemand hat einen dieser scheußlichen Kränze dort abgelegt, die wohl Adventsstimmung verbreiten sollen, es aber nicht tun«, sagte meine Mutter spitz.

Tante Patti klappte beleidigt ihr Zigarettenetui auf.

»Wenn du rauchen willst, dann bitte auf der Terrasse«, sagte meine Mutter. »Du weißt genau, wie ich den Qualm hasse.« Die Autorität in ihrer Stimme ließ mich neue Hoffnung schöpfen. Da war keine Spur von Apathie mehr zu spüren.

»Schon gut.« Tante Patti erhob sich seufzend. »Manche Dinge ändern sich wohl nie.«

Sie war kaum draußen auf der Terrasse, als Pfarrer Hoffmann eintrat, ganz als wäre dies sein Haus. Er hatte es nicht mal für nötig befunden, zu klopfen!

Ich sah meine Mutter lächeln und bedachte ihn daher mit besonders finsteren Blicken. Er übersah mich einfach, wie immer.

»Amelie, meine Liebe.« Aaaargh! Wie ich seine Samtstimme verabscheute!

»Na, sieh mal einer an, da hat ja jemand einen ganzen Blumenladen leergekauft«, sagte ich und zeigte auf die einzelne weiße Rose in Pfarrer Hoffmanns Hand.

»Diese weiße Rose ist ein Symbol«, sagte er, während er sie meiner Mutter überreichte.

»Ein Symbol für einen richtigen Blumenstrauss?«, höhnte ich.

»Ein Symbol für einen *Schwan*«, sagte Pfarrer Hoffmann.

»Eine Rose ist doch kein Symbol für einen Schwan«, sagte ich. »Eine Feder vielleicht, aber niemals eine Rose!«

»Das verstehst du nicht, Louisa«, sagte meine Mutter. »Benedikt spielt auf das Hotel an, in dem wir letzten Samstag verabredet waren. Der *Schwanenhof*.« Sie lächelte den Scheisskerl wieder an und hob die Rosenknospe an ihr Gesicht. »Schade, sie duftet gar nicht.«

»Das war unverzeihlich von mir«, sagte Pfarrer Hoffmann. Mir hatte es vorübergehend die Sprache verschlagen. Seit wann gab Mama denn offen zu, dass sie was mit dem Kerl laufen hatte?

»So schlimm war es auch schon wieder nicht«, sagte sie. »Das Essen war vorzüglich, der Service zuvorkommend, und die anderen Gäste waren recht nett. Der Herr vom Nebentisch schien fest entschlossen, dich würdig zu vertreten. Je mehr er von dem guten Chablis intus hatte, desto aufdringlicher wurde er. Ich hatte grosse Mühe, ihn davon zu überzeugen, doch besser in seinem eigenen Zimmer zu übernachten.«

»Du Ärmste«, sagte Pfarrer Hoffmann weich. »Dass Frauen ohne männliche Begleitung immer gleich als Freiwild gelten! Es muss schrecklich gewesen sein. Jemanden in deiner labilen Verfassung hätte ich auf keinen Fall dieser Meute aussetzen dürfen.« Er griff nach ihrer Hand. »Mein Lämmchen unter Hyänen! Meine zarte Rose so ganz verloren ohne ihren starken Benedikt, der sein Häschen vor aufdringlichen Verehrern beschützt.«

Lämmchen, Rose, Häschen – herrje, da verging man ja

schon beim Zuhören vor Peinlichkeit! Ich war sehr froh, dass Tante Patti, vollgepumpt mit Nikotin, von der Terrasse kam und lautstark nach Kaffee verlangte.

»Sie können doch sicher auch ein Tässchen vertragen«, sagte sie zu Pfarrer Hoffmann. »Oder dürfen Sie im Dienst nichts trinken?« Sie lachte schallend über ihren eigenen Scherz, wurde aber gleich wieder ernst. »Ich sagte gerade zu Amelie, dass Roberts Grab ziemlich verkommen aussieht. Was sagen denn Sie als Fachmann dazu? Darf die letzte Ruhestätte eines Toten ungepflegt aussehen?«

Pfarrer Hoffmanns Antwort bekam ich nicht mit, weil ich mich in der Küche um den Kaffee kümmerte. Als ich Minuten später mit einem voll beladenen Tablett wieder ins Wohnzimmer trat, waren alle drei ins Gespräch vertieft. Es ging immer noch um den Herrn, der meine Mutter im *Schwanenhof* angeblich angebaggert hatte.

»Hat dieser Mensch dich sehr bedrängt?«, erkundigte sich Pfarrer Hoffmann besorgt.

Meine Mutter lachte. »Mein Gott, Benedikt, wenn man dich hört, dann könnte man denken, ich sei eine dreizehnjährige Jungfrau, frisch aus dem Kloster entlassen. Das war nicht das erste Mal, dass ich mir einen aufdringlichen Verehrer vom Hals schaffen musste.«

»Was hattest du auch ganz alleine dort zu suchen?«, fragte Tante Patti, als wäre der *Schwanenhof* kein Nobelrestaurant, sondern ein ganz mieser Aufreißerschuppen.

»Ich hatte ein Rendezvous mit Pfarrer Hoffmann«, erklärte ihr meine Mutter liebenswürdig. Tante Patti schwieg verdutzt, Pfarrer Hoffmann ebenfalls.

»Sag bloß, du wusstest nichts davon, Patti«, sagte

meine Mutter. »Und ich dachte, die ganze Gemeinde weiß Bescheid, dass er versucht hat, mich ins Bett zu kriegen.«

Pfarrer Hoffmann errötete bis unter die Haarwurzeln. »Du weißt ja nicht, was du sagst.« An Tante Patti gewandt setzte er hinzu: »Amelie und mich verbindet in erster Linie eine zutiefst spirituelle Beziehung.«

»Richtig, aufs Bett warst du ja gar nicht so scharf. Wenn's nach dir gegangen wäre, hätten wir's gleich auf Bauer Bosbachs Heupfad hinter uns gebracht«, sagte Mama. »Guck nicht so schockiert, Patti. Ich hab's ja nicht getan.«

Tante Patti guckte in der Tat so, als würde es mindestens grüne Männchen regnen. Ich guckte vermutlich auch nicht viel besser.

»Du scheinst mir heute ein wenig überdreht zu sein, Amelie«, sagte Pfarrer Hoffmann.

Mama ignorierte ihn. »Ich habe mit dem Gedanken gespielt, ja«, fuhr sie fort. »Er sieht doch auch einfach zum Anbeißen aus, oder?« Sie seufzte. »Aber das taten die Eunuchen ja auch, die das Serail bewachten, habe ich gelesen.«

Pfarrer Hoffmann wollte etwas sagen, aber meine Mutter ließ ihn nicht zu Wort kommen. »Damit meine ich natürlich nicht, dass du ein Eunuch bist, Benedikt. Aber auf mich hast du zunehmend – wie soll ich sagen? – geschlechtslos gewirkt! Kennst du das, Patti? Es war ein bisschen wie damals, als sich herausstellte, dass Rock Hudson schwul war.«

»Womit ich natürlich auch nicht sagen will, dass du schwul bist, Benedikt«, setzte sie schnell hinzu. »Ganz bestimmt nicht! Und irgendwo auf dieser Welt gibt es sicher auch eine Frau, die dich genau so mag, wie du bist.«

»Ich glaube nicht, dass wir ein solches Gespräch in aller Öffentlichkeit führen sollten«, sagte Pfarrer Hoffmann etwas verschnupft. »Du bist verwirrt, du bist gedemütigt, du hast offenbar...«

Mama tat, als habe er gar nichts gesagt. »Für jeden Topf gibt es einen Deckel, hat meine Mutter immer gesagt, also auch für dich, Benedikt«, fiel sie ihm ins Wort. »Schließlich vergleicht dich ja nicht jede Frau mit einem Mann von Roberts Format.« Sie wandte sich wieder an Tante Patti, die vor lauter Anspannung an einer Zigarette zog, aber vergessen hatte, sie anzuzünden.

»Würdest du deinen Heiner nicht sofort gegen unseren Benedikt hier eintauschen, Patti? Sag nichts, ich kenne die Antwort, denn ich kenne deinen Heiner! Aber bei mir liegt der Fall anders. Wenn ich mich mit einem neuen Mann trösten werde, dann muss er es verstehen, leidenschaftliche Gefühle in mir zu wecken. Ich meine, er sollte wenigstens annähernd an Roberts Niveau heranreichen. Unser Benedikt hier« – zärtlich tätschelte sie Pfarrer Hoffmanns sonnengebräunte Wange – »ist trotz seiner Jahre mehr ein kleiner Junge als ein echter Mann. Romantisch, verspielt, voller nostalgischer Tarzan-Fantasien. Er hat mich sehr gerührt, aber ich kann doch nicht aus *Mitleid* mit jemandem ins Bett gehen!«

Pfarrer Hoffmann zuckte vor ihrer Hand zurück wie Cousin Philipp, wenn Tante Patti ihm mit einem angefeuchteten Taschentuch durchs Gesicht fuhr. Ich erwartete jeden Augenblick, dass er schmollend seine Unterlippe vorschob.

Stattdessen sagte er anklagend zu meiner Mutter: »Du hast mich also nur benutzt!«

In die Stille hinein, die diesem Klassiker folgte, klingelte das Telefon. Keiner rührte sich.

»Das Telefon klingelt«, sagte Tante Patti zu mir.

»Möchte jemand Kaffee?« Ich setzte endlich das schwere Tablett ab und ging hinaus, um das Telefon ruhig zu stellen.

»Ich bin's«, sagte Andi.

»Frohe Weihnachten, du Mistkerl«, sagte ich, obwohl es bis dahin noch ein paar Tage waren.

»O Tannenbaum«, seufzte Andi. »Du hast wirklich Grund, sauer auf mich zu sein. In den letzten Wochen war ich nicht besonders nett zu dir. Aber du musst mich auch verstehen. Das ist doch alles ganz neu für mich alten Mistkerl.«

»Und ich hab das ja alles schon so oft erlebt! Ich habe gar nicht mitgezählt, wie oft ich schon schwanger geworden und sitzen gelassen worden bin.«

»Wenigstens hast du deinen Humor nicht verloren«, sagte Andi. »Was würdest du sagen, wenn ich dir vorschlüge, es noch einmal mit mir zu versuchen?«

Ich war baff. »Was denn? Du meinst, als Paar? Du und ich? Und was wäre mit dem Baby, das ich mir angeschafft habe, um mich vor dem Leben zu drücken?« Er sollte ruhig wissen, dass ich mir jeden seiner gemeinen Sätze gemerkt hatte.

»Wenn du's wirklich behalten willst, dann musst du es auch nicht wegmachen lassen«, sagte er.

»Ach nee, wie großzügig. Warum hast du deine Abneigung gegen hormongesteuerte Muttis plötzlich abgelegt? Und was ist mit den vielen Plänen, die du noch für dein Leben hattest? Und was ist mit deinem Erbe, das dir durch die Finger rinnen wird?«

»Ich habe wohl unter dem ersten Schock einfach etwas zu schwarz gesehen«, sagte Andi. »Ich denke jetzt, zum Leben gehört auch etwas Improvisationskunst. Pläne kann man ändern. Du hast doch auch nicht vor, als alleinerziehende Mutter alt zu werden, oder?«

»Nein«, gab ich zu. »Aber das heißt nicht, dass ich wieder was mit dir anfangen werde.«

»Mit wem dann? Ich schätze, die Auswahl ist derzeit nicht besonders groß«, sagte Andi selbstsicher. »Und ich bin schließlich der Vater des Kindes.«

Es klang, als meine er es wirklich ernst. »Du würdest tatsächlich riskieren, dass deine Eltern dich enterben, Andi? Dass du niemals wieder zum sonntäglichen Dinner eingeladen würdest?«

Andi lachte. »Ach, komm schon, so schlimmm sind meine Eltern nun auch wieder nicht.«

»Nicht? Und die Sache mit der Mafia, den alten Kondomen und der kleinen Italienerin?«

»Hä?«, machte Andi. »Meine Eltern mögen dich, Lou, weißt du das eigentlich? Mein Vater hat erst gestern gesagt, wie klug und wohlerzogen du seist.«

»Was ist mit meinem Aussehen? Hat er sich dazu nicht geäußert?«, fragte ich verletzt.

»Hübsch findet er dich natürlich sowieso. Mein Vater und ich, wir haben so ziemlich den gleichen Geschmack, was Frauen angeht.«

»Tja«, sagte ich und konnte nicht umhin, mich geschmeichelt zu fühlen. »Hast du gesagt, dass du so blöd warst, dir diese Traumfrau leider durch die Lappen gehen zu lassen?«

»Ja, das habe ich«, sagte Andi. »Mein Vater nannte mich einen Idioten.«

»Und deine Mutter?«

»Sie meinte, ich könne durchaus noch eine Bessere finden.« Andi lachte. »Nein, im Ernst. Die beiden mögen dich wirklich. Sie wären traurig, wenn wir uns trennen würden.«

»Obwohl du mich geschwängert und damit das Familientrauma erneut heraufbeschworen hast, das dein Bruder damals in Italien verursacht hat?«, fragte ich ungläubig.

Wieder lachte Andi. »Familientrauma, also wirklich! Die beiden Vorfälle kann man doch gar nicht miteinander vergleichen!«

»Du hast es aber getan«, erinnerte ich ihn.

»Das war nur im ersten Schock«, versicherte Andi. »Stephan war Student, und das Mädchen, das er geschwängert hat, gerade mal achtzehn. Das war ein entsetzlicher Skandal. Aber ich bin ein gut verdienender Mann im besten Alter, und du... Meine Eltern hätten überhaupt nichts gegen ein Enkelkind einzuwenden.«

»Tatsächlich?«

»Tatsächlich«, bestätigte Andi. »Großeltern zu werden ist offenbar groß in Mode gekommen. Alle Freunde und Bekannte meiner Eltern kriegen zur Zeit Enkelkinder, das scheint richtig ansteckend zu sein. Meine Eltern waren vor Begeisterung ganz aus dem Häuschen. Mein Vater hat sofort Pläne geschmiedet, wie er dem Kleinen das Skifahren in Sankt Moritz beibringen wird und so.«

Allmählich begriff ich. »Und weil deine Eltern so gerne Großeltern werden wollen, hast du es dir anders überlegt! Du bist ein opportunistischer Mistkerl.«

»Ja«, sagte Andi zerknirscht. »Aber ein opportunistischer Mistkerl, der dich liebt. Komm schon, Lou, gib dir einen Ruck.«

»Sag das noch einmal.«

»Gib dir einen Ruck?«

»Nein, das andere! Das davor.«

»Ach so, das.« Andi machte eine kleine Pause. »Ich liebe dich, Lou. Ehrlich.«

*Ich liebe dich.* Das waren immer noch Zauberworte. Worte, in die man sich hineinfallen lassen konnte, wie in weit ausgebreitete Arme. Aber dann fiel mir ein, was Andi gesagt hatte, als ich die Zauberworte das letzte Mal ausgesprochen hatte.

Ich holte tief Luft.

»Das ist keine Liebe«, zitierte ich grausam. »Das ist nur die Angst vor dem Alleinsein.«

Und als hätten diese Worte den Zauberbann gebrochen, kamen in diesem Augenblick meine Mutter und Pfarrer Hoffmann aus dem Wohnzimmer. Mama führte Pfarrer Hoffmann am Arm, er sah verwirrt aus, wie jemand, der gerade gegen einen Laternenpfahl gelaufen ist, nur ohne Beule.

Mama öffnete die Tür und streckte ihm ihre Hand hin.

»Wir können doch Freunde bleiben, oder?«, fragte sie.

Pfarrer Hoffmanns Hand sah sehr schlaff aus, als er sie Mama zum Schütteln überließ.

»Selbstverständlich«, murmelte er immerhin.

»Andi?«, sagte ich in den Telefonhörer. »Wir können doch Freunde bleiben, oder?«

»Natürlich«, sagte Andi.

Mama schloss die Tür hinter Pfarrer Hoffmann. Ich legte den Hörer auf.

»Ich denke, wir könnten jetzt alle einen Cognac gebrauchen«, sagte Tante Patti aus dem Wohnzimmer.

»Meine Mutter hat gerade den Pfarrer abserviert«, sagte ich nicht ohne Stolz in der Stimme. »Sie hat ihn sozusagen mit Worten kastriert. Es war das klassische Und-dass-du-es-weißt-ich-hatte-bei-dir-nie-einen-Orgasmus-Gespräch, nur mit umgekehrten Vorzeichen und viel, viel besser.«

»Gut so«, sagte Gilbert. »Ich fürchte nur, die anderen beiden werden ihrem Beispiel nicht folgen.«

»Und das, obwohl sie wissen, dass sie nicht die Einzigen sind?« Ich sah auf meine Hände, die die anonymen Briefe höchstselbst in den Briefkasten befördert hatten. »Haben die denn gar keinen Stolz?«

»Mit Stolz hat das nichts zu tun«, erklärte mir Gilbert. »Die scharfe Brünette benutzt den Pfarrer als Samenspender, und für die arme Irmela ist er schlicht die große Liebe.« Wie immer war er bestens informiert.

»Ja, verdammt«, sagte ich. »Sollten wir dann nicht wenigstens deiner Mutter stecken, dass ihr neuer Lover sie betrügt?«

»Ich weiß nicht«, sagte Gilbert. »Es läuft gerade so gut mit den beiden. Gestern hat er ihr versprochen, ihre Schulden bei Ricky zu begleichen.«

»Du meinst, er weiß, dass sie als – ähm – Prostituierte gearbeitet hat?«, fragte ich verblüfft.

»Gearbeitet ist gut.« Gilbert zuckte mit der Achsel. Seiner Ansicht nach machte Lydias »Beruf« gerade den Reiz aus, der den Pfarrer bei der Stange hielt.

»Meinst du Stange halten im wörtlichen Sinn?«, fragte ich.

»Weniger«, sagte Gilbert. »Wobei Lydia ihren Job sicher beherrscht. Nein, die Sache ist die: Der Typ steht auf hilflose Frauen, weil er da den großen Retter spielen kann. In diesem Fall ist Lydia das gefallene Mädchen, dessen er sich annehmen und das er vor dem bösen Ricky beschützen kann.«

»*Du* hättest Psychologie studieren sollen«, sagte ich bewundernd, und Gilbert lachte. »Vielleicht mach ich das ja auch noch irgendwann.«

Er richtete sich auf. »Wie findest du's?«

»Toll!« Die Trockenmauer war fertig. Gilbert hatte kleine Steingartenpflänzchen zwischen die Felsquader gesetzt und auch die Rabatte völlig neu bepflanzt.

»Kissenthymian, Mauerpfeffer und Steinbrech«, deklamierte er zärtlich. »Pantoffelblume, Semper vivum und Fette Henne.«

»Von deinen Lieblingen sieht man allerdings nicht allzu viel«, sagte ich. Die meisten Pflanzen hatten nicht mal Blätter.

»Das stimmt«, gab Gilbert zu. »Es ist eben Winter, da haben sich die Stauden komplett in den Boden zurückgezogen. Aber warte mal ab bis Mai, da blühen hier Amstelraute, Akelei, Iris und Jakobsleiter um die Wette. Und Alchemilla mollis, eine meiner Lieblingspflanzen. Wildtulpen, Krokusse und Narzissen blühen natürlich schon früher. Damit sie das tun, habe ich die Zwiebeln für ein paar Stunden in die Tiefkühltruhe gelegt, das ist ein Geheimtrick! Im Juni kommen dann Lavatera,

Phlox, Mädchenauge und Dreimasterblume dazu sowie . . .«

». . . alles andere, was es in den Gärtnereien derzeit noch so zu klauen gibt«, unterbach ich ihn, als er kurz Luft holte. »Es wird sicher umwerfend aussehen.« Voller Zuneigung lächelte ich ihn an. Wenn er mit seiner Latzhose und dem dicken Norwegerpullover im Garten herumwerkelte und Pflanzennamen herunterbetete, sah er überhaupt nicht mehr unheimlich aus. »Ich fahre zur Frauenärztin und anschließend noch zum Einkaufen. Hast du irgendwelche besonderen Wünsche zum Essen?«

Wir waren stillschweigend dazu übergegangen, Gilbert als unseren Hausgast zu betrachten. Mama hatte ihm auch angeboten, unser Bad zu benutzen, so oft er wolle. Gilbert hatte dankend angenommen. Wahrscheinlich war er es leid, sich mit dem eiskalten Schlauchwasser von Hagens die Zähne zu putzen und zum Duschen ins Hallenbad zu fahren.

Meine Mutter schien Gilbert wirklich zu mögen. Es war ihre Idee, ihn heute zum Essen einzuladen.

»Du kochst sowieso immer für mindestens fünf Personen«, hatte sie gesagt und einen vielsagenden Blick auf meine Jeans geworfen, deren Bund ich mittlerweile mit einem Gummiband erweitert hatte. »Alles, was Gilbert isst, kann nicht auf deinen Hüften landen.«

Auf dem Ultraschall bei der Frauenärztin konnte ich wieder mal nicht genug kriegen vom Anblick des klopfenden Herzchens meines Babys.

»Alles in Ordnung«, sagte die Frauenärztin. »Nur das Gewicht geht ein bisschen schnell in die Höhe.«

»Sie meinen, es ist zu dick?«, fragte ich besorgt.

»Nicht das Baby – Sie«, sagte die Ärztin.

»Ach so«, sagte ich schuldbewusst. »In letzter Zeit habe ich vielleicht wirklich ein bisschen viel gegessen.«

»Dann lassen Sie das ab jetzt.« Sie hielt eine leere Tüte Marzipankartoffeln hoch, die mir aus der Manteltasche gefallen sein musste. Peinlich. »Sie tun weder sich noch dem Baby einen Gefallen.«

Ich fragte ablenkend, was ich denn gegen die Brechanfälle tun könne.

»Gar nichts«, sagte die Ärztin unbarmherzig, und mit diesen wenig tröstlichen Worten war ich entlassen.

Ich fuhr noch nicht sofort nach Hause, sondern gab ein kleines Vermögen aus, um Weihnachtsgeschenke für meine Mutter und Gilbert zu kaufen sowie zwei Schwangerschaftshosen, Schwangerschafts-BHs und stützende Miederhosen mit dehnbarem Bauchteil. Außerdem kaufte ich ein Buch mit dem Titel *Wie soll es heißen?*. Ich fand, es wurde allmählich Zeit, sich darüber den Kopf zu zerbrechen.

»Sieh mal, da steht Pfarrer Hoffmanns Auto«, sagte ich und zeigte auf den silbernen Schlitten, der am Straßenrand vor Lydia Kalinkes Wohnung geparkt war. »Dass der an Heiligabend überhaupt Zeit hat, wo doch ein Gottesdienst den anderen jagt!«

Es war Mittag. Gilbert und ich waren zum Einkaufen gewesen und wollten nun Gilberts Mutter einen kleinen Besuch abstatten.

»Vielleicht sollten wir später noch einmal wiederkommen«, sagte ich, aber Gilbert war schon ausgestiegen.

»Komm schon, ich möchte, dass ihr euch kennenlernt.«

»Ich kenne sie ja schon«, sagte ich etwas unbehaglich.

»Nicht richtig.« Gilbert betätigte die Türklingel. Seine Mutter öffnete in einer Art Hausanzug aus schwerer schwarzer Seide. Ihre Haare hingen offen über ihre Schultern, nur von einem schmalen goldenen Reifen gebändigt.

»Hallo, Lydia. Das ist Louisa. Wir wollten dir frohe Weihnachten wünschen.« Gilbert reichte ihr ein Päckchen, Parfüm, vermutete ich aufgrund von Form und Verpackungsart. Lydias hochhackige Pantöffelchen schienen aus dem gleichen Material zu bestehen wie die golden glitzernde Folie, in die das Geschenk gewickelt war.

»Das ist aber nett, Junge«, sagte sie. »Wo ich doch gar nichts für dich habe ... Kommt doch wenigstens herein und trinkt ein Glas Sherry mit uns.«

»Nein, danke«, sagte ich, aber Gilbert zog mich vorwärts.

»Kenne ich Sie nicht?«, fragte mich Gilberts Mutter, während sie meinen Mantel an die Garderobe hängte. Der Flur war winzig, aber sehr ordentlich.

»Doktor Schneider, Fachgebiet Kleptomanie«, sagte ich und wurde ein bisschen rot. »In Wirklichkeit habe ich meinen Doktor noch gar nicht.«

»Na ja, dafür waren Sie aber ziemlich überzeugend«, sagte Lydia, ohne im Geringsten verlegen zu werden. »Sind Sie Gilberts Sozialarbeiterin?«

»Sie ist meine Vermieterin«, erklärte Gilbert.

»Und eine gute Freundin«, vervollständigte ich.

»Kommt doch durch.« Lydia führte uns in das kleine Wohnzimmer. Aus irgendeinem Grund erwartete ich roten Plüsch und schwere Tapeten mit Goldmuster, wurde aber enttäuscht. Die Einrichtung sah vielmehr aus wie direkt aus dem Schaufenster eines konventionellen Möbelhauses gebeamt. Schrankwand, Sitzgruppe, Couchtisch, Fernseher, Stehlampe. Auf dem Sofa neben einer mit Strohsternen geschmückten Edeltanne saß Pfarrer Hoffmann, ein Glas Sherry in der Hand. Er sah nicht unbedingt erfreut aus, als er mich erkannte.

»Sieh an, der Weihnachtsmann«, sagte Gilbert leise.

»Herr Hoffmann, mein Sohn Gilbert und seine Freundin«, stellte Lydia vor. »Louisa, nicht wahr?«

»Wir kennen uns bereits«, sagte ich steif. Besser als mir lieb war.

»Ich habe kürzlich Louisas Vater beerdigt«, sagte Pfarrer Hoffmann zu Lydia.

»Ja, und in Folge davon hat er meine Mutter und mich sehr oft zu Hause besucht, nicht wahr, Herr Pfarrer?«

»Ihre Mutter war äußerst labil und hat täglich nach meiner Anwesenheit verlangt.« Pfarrer Hoffmann schenkte mir sein kleines, überlegenes Lächeln. Er war keineswegs so am Boden zerstört, wie ich es nach unserer letzten Begegnung gehofft hatte. »Meiner Ansicht nach sollte sie sich unbedingt in psychotherapeutische Behandlung begeben.«

Ich suchte nach einer vernichtenden Erwiderung, von wegen, wenn schon, dann gehöre er in Behandlung wegen seines fehlgeleiteten und vollkommen pervertierten Helfersyndroms, aber Gilbert drängelte sich an mir vorbei und schüttelte ihm herzlich die Hand.

»Es freut mich wirklich, dass Sie und meine Mutter jetzt ein Paar sind«, sagte er. »Und ich hoffe, dass Sie sehr, sehr glücklich miteinander werden.«

»Ja«, schloss ich mich an. »Ein Pfarrer, der so gut aussieht wie Sie, sollte nicht Junggeselle bleiben. Das gibt sonst nur böses Blut unter den Schäfchen in der Herde.«

»Er hat Glück, dass ich kein eifersüchtiges Schäfchen bin, sondern nur ein schwarzes.« Gilberts Mutter kicherte und entfernte sich, um Sherrygläser zu holen.

»Mit meiner Mutter haben Sie sich ein wirklich anspruchsvolles Schaf in Ihre Herde geholt«, sagte Gilbert zu Pfarrer Hoffmann. »Sie erfordert im Grunde eine Exklusivbetreuung.«

»Was im Klartext heißt: Die Schäfchen Irmela und Carola sollten Sie in Zukunft besser in Ruhe weiden lassen«, zischte ich.

»Sonst?«, fragte Pfarrer Hoffmann mit arrogant hochgezogenen Augenbrauen.

»Sonst...«, sagte ich und stockte. *Sonst schreibe ich an den Superintendenten... Mache ich die Sache im Gemeindeblatt, der Hirtenpostille, publik... Verpetze Sie beim Presbyterium...* Konnte man ihn damit überhaupt einschüchtern?

»Sonst kriegen Sie eins in die Fresse«, sagte Gilbert an meiner Stelle. Der arrogante Ausdruck in Pfarrer Hoffmanns Augen erlosch.

☆

»Ich hoffe, Mama hat nicht vergessen, den Puter rechtzeitig in den Ofen zu schieben«, sagte ich auf der Rückfahrt nach Hause. »Mit der Maronenfüllung braucht er dreieinhalb Stunden, um gar zu werden. Ich vertraue ihr nicht mehr, wenn es um Essen geht.«

»Puter mit Maronenfüllung.« Gilbert seufzte. »Mein erstes Weihnachten seit fünf Jahren, das ich nicht im Knast verbringe.«

»Nicht mal zu Weihnachten darf man da raus?«

»Ich durfte jedenfalls nicht«, sagte Gilbert.

»Ich hab dich nie gefragt, weswegen du eigentlich gesessen hast.« Ich betrachtete sein hakennasiges, mittlerweile so vertrautes Profil von der Seite. »Du musst es mir auch nicht sagen, wenn du nicht willst.«

»Schwere Körperverletzung in sechs Fällen«, sagte Gilbert achselzuckend. »Ich war ziemlich gut im Nasenbeinbrechen. Glücklicherweise habe ich Jugendstrafe gekriegt, sonst wäre ich jetzt noch nicht hier.« Er grinste mich an. »Was hast du gedacht, warum ich gesessen habe? Wegen Diebstahl?«

Ich nickte.

»Keine Angst, *dabei* hat man mich nie erwischt, und man wird es auch nie tun«, sagte Gilbert fröhlich. »Ich klau nämlich nur aus Spaß. Und um Geld zu sparen natürlich.«

»Wir hatten uns doch darauf geeinigt, es organisieren zu nennen«, sagte ich und setzte den Blinker. Ich fragte nicht, wie es zu den schweren Körperverletzungen in sechs Fällen gekommen war – mir gefiel es besser, wenn Gilbert ein paar seiner Geheimnisse weiterhin bewahrte.

Gerade als wir in unsere Straße einbogen, wo die kahlen Äste der Kastanie sich majestätisch in die Höhe reckten, landeten ein paar filigrane Schneekristalle auf der Windschutzscheibe.

»Guck mal, es schneit«, sagte ich entzückt. »Weiße Weihnachten!«

»Guck mal, da steht ein Auto mit Berliner Kennzeichen«, sagte Gilbert weniger entzückt.

Ich erstarrte. Das rote Golf-Cabrio kam mir sehr vertraut vor.

»Es gehört meinem Exfreund«, sagte ich. »Er versucht tatsächlich mit allen Mitteln, seinen Eltern das Enkelkind zu sichern. Du hast meine Erlaubnis, ihm die Nase zu brechen und ihn bis nach Berlin zurückzujagen!«

»Ich weiß nicht.« Gilbert hielt mir seine Hände hin. »Sehen diese Hände aus, als könnten sie auch nur einer Fliege etwas zu Leide tun? Ich bin außerdem dein Gärtner, nicht dein Leibwächter.«

»Dann tu ich's selber«, sagte ich und wollte aussteigen.

»Hey, hey, ganz ruhig«, Gilbert hielt mich am Arm zurück. »Im Interesse deines Kindes solltest du ihn ein bisschen freundlicher behandeln. Er ist extra die weite Strecke aus Berlin gekommen, um dich zu sehen. Und es ist Weihnachten...«

»Na ja«, sagte ich verlegen.

»So ist es schon besser.« Gilbert gab mir einen freundschaftlichen Klaps. »Es reicht völlig, wenn du ihn morgen früh zurück nach Berlin jagst.«

## Carola

Mit fliegenden Händen öffnete Carola den Schwangerschaftstest. Sie war genau einen Tag über die Zeit, ein bisschen verfrüht, um sich Hoffnungen zu machen. Trotzdem hatte sie bei Heidemarie eine ganze Batterie von Schwangerschaftstests erstanden.

»*Viagra* scheint ja gewirkt zu haben«, hatte Heidemarie gesagt und gegrinst. »Mit den Schwangerschaftstests ist es aber wie mit *Viagra* – einer reicht völlig!«

»Ich weiß, aber ich möchte gern einen Vorrat im Haus haben«, hatte Carola erwidert. »Ich gebe zu, ich bin süchtig nach den Dingern.«

»Also gut. Ich gebe dir von jeder Sorte ein paar. Aber nimm nicht mehr als einen in der Woche.« Heidemarie hatte mahnend ihren Zeigefinger erhoben, und sie waren beide in Gelächter ausgebrochen.

Carola glaubte nicht wirklich, dass dieser Test positiv sein konnte. Sie hatte elf Jahre lang darauf gewartet, schwanger zu werden, und es war recht unwahrscheinlich, dass es gleich beim allerersten Mal klappen würde. Nein, da war sie realistisch: Sie würde Pfarrer Hoffmanns »therapeutische Maßnahmen« wohl noch ein paarmal in Anspruch nehmen müssen. Und Heidemaries *Viagra*-Vorrat natürlich. Es war unbezahlbar, eine Freundin mit einer Apotheke zu besitzen.

Martin klopfte an die Badezimmertür.

»Wir müssen reden, Carola«, sagte er.

»Nicht jetzt! Ich bin auf dem *Klo*.«

»Du bist da schon eine halbe Stunde drin«, sagte Martin. »Wir müssen unbedingt miteinander reden. Irmis Bruder hat doch tatsächlich ...«

»Martin«, unterbrach ihn Carola gereizt. »*Jetzt nicht!*« Sie schob das Teströhrchen ineinander, so wie es auf der Packungsbeilage beschrieben war.

»Es ist wirklich dringend«, sagte Martin.

»Bei mir auch«, keifte Carola. »Jetzt hau schon ab!«

Martins Schritte entfernten sich, nur um gleich darauf wieder zurückzukehren. »Du bekommst Besuch! Soll ich Pfarrer Hoffmann sagen, dass du auf dem Klo sitzt?«

»Hüte dich!« Carola schob den Schwangerschaftstest samt Verpackung in den Abfalleimer. Es war ohnehin verfrüht, sich Hoffnungen zu machen. Die Chancen, schwanger zu sein, standen wahrscheinlich schlechter als die, im Lotto zu gewinnen.

Pfarrer Hoffmann wartete mit Martin in der Küche. »Habe ich Sie etwa aus der Wanne geholt?«, fragte er.

Carola schüttelte den Kopf. Automatisch wanderten ihre Augen von seiner imposanten Gestalt zum Küchentisch hinüber. Die Erinnerung jagte ihr nicht unbedingt Lustschauer über den Rücken, im Gegenteil. Das nächste Mal würde sie für etwas mehr Komfort sorgen.

Martin war ihrem Blick gefolgt. »Ich bin dann wieder oben«, sagte er mit undurchdringlicher Miene. »Nett, Sie noch mal gesehen zu haben, Pfarrer Hoffmann.«

»Gleichfalls«, sagte Hoffmann.

Carola wartete ungeduldig, bis Martin die Treppe hinaufgegangen war, und sagte dann leise: »Ich hätte eigentlich früher mit dir gerechnet. Nach letzten Samstag hatte ich gehofft, dass wir noch einmal ... darüber reden.«

»Deshalb bin ich hier«, sagte Hoffmann ernst.

»Ja, aber die ganzen Tage hast du dich nicht ein einziges Mal gemeldet. Beim Gottesdienst an Heiligabend hatte ich sogar das Gefühl, dass du mir absichtlich aus dem Weg gehst.«

»Das stimmt aber so nicht«, sagte Hoffmann. »Allerdings bin ich in der Zwischenzeit zu der Überzeugung gelangt, dass ... dass ich nicht der richtige Mann bin, um zu Ende zu führen, was ich begonnen habe.«

»Doch. Doch das sind Sie. Bist du, meine ich.« Carola wollte nicht zulassen, dass die Distanz, die er durch die förmliche Anrede zwischen ihnen aufbaute, noch größer wurde. Sie hatte nicht damit gerechnet, dass ihn moralische Bedenken überkommen würden, sie musste improvisieren. »Ich ... ich habe bei meiner Therapeutin angerufen und ihr alles erzählt.« Sie schluckte. »Sie sagt, das sei ein guter Anfang. Aber wenn Sie ... wenn du mich jetzt im Stich lässt, ist alles umsonst gewesen.«

Hoffmann streichelte sanft über ihren gesenkten Kopf. »Glauben Sie mir, Carola, nichts würde ich lieber tun als Ihnen helfen, aber – ich darf das einfach nicht mehr tun. Jemand anders muss vollenden, was ich begonnen habe.«

Es klang so endgültig, dass Carola alarmiert den Kopf hob. »Am Samstag durftest du's aber noch«, sagte sie. »Du hast gesagt, Gott will, dass du mich von meinem Leiden befreist, erinnerst du dich?«

Pfarrer Hoffmann nickte. Carola sah befriedigt, wie ihm das Blut in die Wangen stieg. Offenbar hatte er gerade ein Bild von ihnen beiden vor Augen, gleich hier vorne auf dem Küchentisch.

Er räusperte sich. »Unser lieber Herrgott hat mich nun für andere Aufgaben vorgesehen«, sagte er. »Er hat mich zu einem Menschenkind geführt, das meine Hilfe braucht.«

»Ich brauche deine Hilfe auch«, sagte Carola. Herrgott, konnte er denn nicht erst eine Sache zu Ende bringen, bevor er mit der nächsten anfing?

Pfarrer Hoffmann überhörte ihren Einwand. »Dieses Menschenkind hat in seinem Leben viel gesündigt. Es ist meine Aufgabe, sie auf den richtigen Weg zurückzuführen.«

»*Sie?*« Carola wurde hellhörig. Sie dachte sogleich an den anonymen Brief, den sie bekommen hatte. *Sie sind nicht Pfarrer Hoffmanns einziges Häschen* ...

»Meine Maria Magdalena«, sagte Hoffmann mit einem Seufzer.

»Wie bitte?« Carola konnte ihm nicht mehr folgen.

»Ich werde kein Geheimnis daraus machen, auch wenn die Angelegenheit in dieser Gemeinde Anstoß erregen wird. Ich habe keine Vorurteile, denn Gott liebt alle Menschenkinder gleichermaßen, ganz gleich, was sie tun oder getan haben. Lydia hat jahrelang im Rotlichtmilieu gearbeitet. Sie hat mir jede Einzelheit gebeichtet. Sie musste ihren Körper verkaufen, um ihren Sohn ernähren zu können, und sie hat eine Menge Schuld auf sich geladen.«

»Wovon redest du da?«, fragte Carola.

»Lydia Kalinke ist eine Prostituierte«, sagte Pfarrer Hoffmann feierlich.

»Und wer bitte ist Lydia Kalinke?«

»Das ist die Dame, die ich zu ehelichen gedenke. Wenn meine Scheidung durch ist.«

Carola brauchte eine Weile, bis der Groschen gefallen war: Sie bekam gerade schlicht und ergreifend eine Abfuhr erteilt. Weil Pfarrer Hoffmann eine andere hatte.

Sie dachte an die Batterie Schwangerschaftstests oben im Bad und an den Aufwand, den sie betrieben hatte, um ihn ins Bett – oder vielmehr auf den Küchentisch – zu bekommen. Sie konnte nicht glauben, dass das alles umsonst gewesen sein sollte.

»Das kannst du nicht machen«, sagte sie tonlos.

»Ich kann und ich werde es tun«, sagte Hoffmann so laut und kraftvoll, als stünde er auf der Kanzel. »Es ist meine Aufgabe, Lydia wieder auf den rechten Weg zu führen und von ihren Sünden reinzuwaschen.«

*Ich bringe ihn um,* dachte Carola. »Und was ist mit mir?«

»In mir werden Sie immer einen guten Freund haben«, sagte Hoffmann salbungsvoll. »Der Herr hat mir gezeigt, wo meine Aufgabe liegt. Ich muss ein verlorenes Schaf wieder zurück an seinen Platz in der Gesellschaft führen.« Mit einem vertraulichen Augenzwinkern fuhr er fort: »Lydia hat eine Menge Schulden bei einem Individuum namens Ricky. Wenn sie das Geld nicht bis spätestens Silvester rüberwachsen lässt, hat er ihr Gewalt angedroht. Dem guten Mann sitzt das Messer wohl sehr locker. Lydia war vor Angst beinahe von Sinnen – zu viele Schlechtigkeiten hat sie in ihrem Leben bereits erfahren müssen. Als sie hörte, dass ich sie vor diesem Ungeheuer zu schützen weiß, weinte sie heiße Tränen der Dankbarkeit.«

Carola weinte auch, aber es waren keine Tränen der Dankbarkeit. Sie weinte vor Wut und Hilflosigkeit.

»Du verdammter Scheißkerl«, sagte sie.

Hoffmann sah sie erstaunt an. »Carola? Was haben Sie denn? Verstehen Sie denn nicht, dass hier ein Menschenkind meine Hilfe viel notwendiger hat als Sie? Wer soll denn diesem Ricky fünfzigtausend Mark bezahlen, wenn nicht ich? Nicht, dass ich so viel Geld auf der hohen Kante hätte – dazu kostet mich die Scheidung von meiner Frau einfach zu viel –, aber ich habe ja immer noch meinen Wagen. Heute abend werde ich ihn zum Autohaus Lohmann fahren und gegen ein schlichtes, ein bescheidenes und sparsameres Modell eintauschen. Mit dem Geld werde ich Lydia freikaufen, sodass sie niemals wieder Gewalt von diesem Ricky zu befürchten hat. Ich weiß, es ist ein Opfer, aber wenn ich damit Gutes tun kann, bringe ich dieses Opfer gerne. Und das sollten Sie auch tun. Als gute Christin.« Er tätschelte ihre

Schulter. »Das sind Sie doch, eine gute Chistin, oder sollte ich mich da getäuscht haben?«

Carola schlug seine Hand weg. »Nur weil du deine Nobelkutsche verscherbelst, hältst du dich für einen guten Christen? Wie borniert bist du eigentlich? Du glaubst tatsächlich, indem du ein Vergewaltigungsopfer auf dem Küchentisch flachlegst, heilst du es von seinem Trauma, oder? Ich sag dir mal was: Wenn ich tatsächlich ein Trauma gehabt hätte, dann hätte man mich nach diesem Erlebnis in eine geschlossene Anstalt einliefern müssen.« Sie funkelte ihn zornig an. »Haben dir meine *Viagra*-Tabletten zu einer schönen Nacht mit deiner Exnutte verholfen? Hat sie anschließend glühend heiße Tränen der Dankbarkeit über deiner Hand vergossen? Oder hast du ein anderes Unschuldslamm beglückt? Die arme Irmi von nebenan? Oder Amelie Schneider? Dein Gott scheint dir ja eine Menge Schäfchen zu schicken, die du auf den richtigen Weg führen sollst, nicht wahr? Aber nicht mal das kannst du ja! Nicht mal eine einzige Sache zu Ende bringen!«

Hoffmann sah mit Schrecken und Abscheu auf ihr wutverzerrtes Gesicht und schwieg.

Carola hatte das Gefühl, bis zum Bersten mit Wut angefüllt zu sein, mit unglaublicher, zerstörerischer Wut. Außer sich packte sie den nächstbesten Gegenstand und schleuderte ihn auf den Fußboden. Es war der Toaster, und er zerschepperte mit wohltuendem Krach auf den Fliesen.

Pfarrer Hoffmann zuckte zurück.

»Ich weiß wenigstens, dass ich Mist gebaut habe«, brüllte Carola ihn an. »Ich weiß, dass ich unmoralisch, verlogen und egoistisch bin und dass ich meinen unschuldigen Mann einer Sache geopfert habe, die für mich lebenswichtig ist. Ich weiß, dass ich dafür auf ewig im Fegefeuer sitzen müsste, wenn es denn eins gäbe! Aber du bist schlimmer als ich. Du glaubst, du hast Gottes Segen für all die Dinge, die du verbockst! Du glaubst, du bist ein Heiliger.«

»Ich weiß, dass ich kein Heiliger bin«, widersprach Hoffmann. »Ein Pfarrer ist auch nur ein Mensch. Aber . . .«

»Hau ab«, schrie Carola, die seine ölige Stimme nicht mehr hören wollte. »Hau ab, du Niete, bevor ich dir den Wasserkocher auf deinen Gockelkopf donnere!«

Hoffmann ließ sich das nicht zweimal sagen. An der Tür drehte er sich aber noch einmal um. »Vielleicht sollten Sie Ihre Therapeutin anrufen«, sagte er. »Sie scheinen mir im Augenblick nicht Herr der Lage zu sein.«

Da hatte er recht. Der Wasserkocher verfehlte seinen Kopf nur um Haaresbreite.

Drei Sekunden später fuhr der silberne BMW mit quietschenden Reifen davon.

Carola zitterte immer noch vor Wut. Sie sah sich nach weiteren Gegenständen um, die sie zertrümmern konnte. Ein Topf mit kalten Nudeln und die Kaffeemaschine wurden zu Boden gefegt, eine Salatschüssel und eine halb leere Weinflasche folgten.

Als sie das Telefon in die Hand nahm, um es auf die Fliesen zu pfeffern, hielt Carola inne. Während sie hier ihren Haushalt verwüstete, fuhr Pfarrer Hoffmann seelenruhig in seiner Nobelkarosse nach Hause, wo bereits seine Maria Magdalena auf ihn wartete, um ihm die Hand zu küssen. Das war nicht richtig.

Ihr Blick fiel auf die *Hirtenpostille*, das Gemeindeblatt, das an der Pinnwand steckte. Daneben hing ein Zettel mit der Telefonnummer des Superintendenten, den Carola wegen des geplanten ökumenischen Frühlingsfestes anrufen wollte.

Sie sah auf die Uhr. Es war kurz nach fünf, vielleicht war der Superintendent ja noch im Büro, wenn er an den Tagen »zwischen den Jahren« überhaupt arbeitete. Es war einen Versuch wert. Mit fliegenden Fingern wählte sie seine Nummer.

»Ich hasse ihn. Ich hasse ihn«, sagte sie zu dem Freizeichen. Im gleichen Augenblick hatte sie das Büro des Kirchenverbandes am Apparat.

»Den Superintendenten bitte«, sagte sie.

»Wer spricht denn da?«, wollte die Sekretärin am anderen Ende der Leitung wissen.

Carola überlegte nicht lange. »Mein Namen ist Hagen«, sagte sie und verfiel automatisch in einen quäkenden, schrillen Tonfall. »Wiltrud Hagen. Ich rufe aus der Gemeinde Jahnsberg an und habe ein dringendes Anliegen, das ich nur mit dem Superintendenten persönlich besprechen kann.«

Zu ihrer Verblüffung wurde sie ohne nähere Erklärung weiterverbunden. Nun ja, der Superintendent war schließlich nicht der Papst.

Als sie seine ruhige, besonnene Stimme hörte, zögerte sie für einen Augenblick. Wenn sie jetzt weitermachte, dann brachte sie Benedikt womöglich um seinen Job. Wollte sie das wirklich?

»Ja«, knirschte sie. »Und das ist noch zu gut für ihn.«

»Hallo?«, fragte der Superintendent. »Wer ist denn da?«

»Hier ist Wiltrud Hagen aus Jahnsberg«, sagte Carola so hoch und piepsig, wie sie konnte. »Ich habe eine Beschwerde über unseren neuen Pfarrer vorzubringen. Herr Benedikt Hoffmann. Ich finde, Sie sollten wissen, dass er mehrere unschickliche Beziehungen zu Mitgliedern seiner Gemeinde unterhält.«

Der Superintendent am anderen Ende der Leitung schwieg.

»Wenn ich sage, mehrere, dann meine ich auch mehrere«, schrillte Carola. »Ich möchte keine Namen nennen, aber allein in dieser Straße sind es drei Frauen. Und ich weiß auch von einer vierten oben in Ibbenbusch!«

»Was genau verstehen Sie denn unter einem unschicklichen Verhältnis, Frau . . .?«

»Hagen«, ergänzte Carola. »Wiltrud Hagen. Na, was verstehen Sie denn unter einem unschicklichen Verhältnis, Herr Superintendent? Ich finde es jedenfalls nicht in Ordnung, wenn der Pfarrer – und er ist ja noch nicht mal geschieden, soviel ich weiß – den Frauen seiner Gemeinde den Kopf verdreht.« Ja, genauso würde Frau Hagen es auch ausgedrückt haben, dachte Carola zufrieden.

»Nun«, sagte der Superintendent. »Ich kenne Pfarrer Hoffmann, und ich weiß, dass er ein sehr gut aussehender Mann ist. Auch in seiner alten Gemeinde war er dadurch öfter Ziel von . . . romantischen Gefühlen. Von den Seniorinnen bis zu den Konfirmandinnen haben alle für ihn geschwärmt. Das ist leider nicht zu vermeiden.«

»Wir sprechen hier nicht von romantischen Gefühlen«, rief Carola und vergaß ganz zu sprechen wie Frau Hagen. Egal, ihre Wut reichte aus, um ihre Stimme in für sie völlig untypische Höhen zu jagen. »Der Kerl hat Affären mit mehreren Frauen gleichzeitig laufen. Er nutzt ihre privaten Situationen aus, um sie ins Bett zu kriegen. Eine der Frauen ist erst seit ein paar Wochen Witwe, eine andere leidet unter der Belastung durch ihren kranken Mann. Und die dritte hatte ein paar Probleme in ihrer Ehe . . .« Carola holte tief Luft. »Ich kann mir nicht vorstellen, dass Sie so ein Verhalten bei einem Pfarrer dulden.«

»Sie wissen doch, wie schnell Gerüchte die Runde machen, Frau Hagen«, sagte der Superintendent. »Sie sollten ihnen besser nicht unbeschränkt Glauben schenken.«

»Das sind keine Gerüchte, das sind handfeste Tatsachen«, schnappte Carola. »Ich kenne jede dieser Frauen persönlich. Ich weiß es aus erster Hand!«

»Vielleicht wäre es dann sinnvoller, wenn sich die Damen direkt an mich wenden würden«, sagte der Superintendent. »Vorausgesetzt, sie wünschen eine Intervention meinerseits.«

Carola schwieg eine Sekunde lang überrumpelt.

»Wenn das nicht der Fall ist, würde ich vorschlagen, wir lassen die Sache lieber ruhen«, sagte der Superintendent in ihr Schweigen hinein.

»Wir lassen gar nichts ruhen!«, keifte Carola. »Der Pfarrer gehört seines Amtes enthoben!«

»Ich nehme doch nicht an, dass eine der Personen, über die Sie hier reden, minderjährig ist, oder?«, fragte der Superintendent.

»Nein. Jedenfalls keine der vier Frauen, von denen ich weiß. Aber . . .«

»Na, sehen Sie, dann liegt hier auch kein Grund vor einzuschreiten. Denn wenn wir es offiziell machen, dann müssen die betroffenen Damen ihre Identität preisgeben, und ich kann mir nicht vorstellen, dass das in ihrem Interesse wäre. Denken Sie daran, wie klein und beschaulich Jahnsberg ist.«

Carola fühlte sich wie ein Luftballon kurz vorm Platzen. »Der Pfarrer darf also weiter fröhlich in dieser unserer beschaulichen Gemeinde herumvögeln, ohne dass Sie etwas dagegen unternehmen?«, schrie sie. Weder für sie noch für Frau Hagen war eine derartige Sprechweise bezeichnend, aber sie fand es ungemein erleichternd, ordinär zu werden. Sie konnte auch noch deftiger werden, wenn es sein musste!

Der Superintendent blieb unbeeindruckt. »Wie gesagt, solange sich keine der Betroffenen direkt an mich wendet, handelt es sich, was mich angeht, um unerwiesene Gerüchte, die ich schon aus Prinzip zu ignorieren habe. Und Sie als gute Christin sollten nicht dazu beitragen, Derartiges in der Gemeinde herumzutragen, Frau Hagen.«

Das war ja wohl das Allerletzte! Jetzt nahm er den Saukerl auch noch in Schutz!

»Mir verbieten Sie den Mund, und der Pfarrer darf seinen Schwanz nach wie vor überall hineinstecken!«, schrie sie außer sich. »Das sind verdammt noch mal keine unerwiesenen Gerüchte! Mit mir hat er's mitten auf dem Küchentisch getrieben!«

Sie knallte den Hörer auf eben jenen Küchentisch und schlug mit der Faust darauf ein. Als sie ihn wieder ans Ohr hob, war das Freizeichen in der Leitung.

»Feige Sau«, knurrte sie, ließ sich auf einen Stuhl sinken und wischte sich den Schweiß von der Stirn. Fürs Erste hatte sie sich abreagiert. Erschöpft sah sie sich in ihrer verwüsteten Küche um. Schade, es sah nicht danach aus, als habe ihr Anruf Pfarrer Hoffmann den Job gekostet. Nur gut, dass sie nicht ihren richtigen Namen genannt hatte, sonst hätte es sie am Ende noch ihren Job gekostet!

Immerhin, einen kleinen Trost hatte sie: Der Superintendent glaubte jetzt, Pfarrer Hoffmann habe Frau Hagens hundertfünfzig Kilo auf den Küchentisch gehievt und sich obendrauf geschmissen. Beinahe hätte die Vorstellung Carola zum Lachen gebracht, aber dann kam ihr der Gedanke, der Superintendent könne ihren Worten keinen Glauben geschenkt und sie als hysterische Moralwächterin mit sexuellem Defizit abklassifiziert haben. Wahrscheinlich würde er Pfarrer Hoffmann gegenüber nicht mal eine Andeutung machen. Es war eine Schande! Dieser promiskuitive, eitle Schleimer durfte ungestraft eine Frau nach der anderen einseifen und sich auch noch als den großen Beglücker fühlen.

Sie hörte Martin die Treppe herunterkommen und etwas Schweres im Flur absetzen. In der letzten halben Stunde hatte sie völlig vergessen, dass es ihn überhaupt gab.

*Er hat seine Koffer gepackt*, dachte sie. Vermutlich hatte er ihr Gekreische bis ins obere Stockwerk gehört und wusste, dass sie es mit Pfarrer Hoffmann auf dem Küchentisch getrieben hatte. Auch egal! Sie sah ihm mit zurückgeworfenem Kopf entgegen.

»Du ziehst aus? Und wohin, wenn man fragen darf?«

»Ich werde erst mal ein paar Nächte beim Meller übernachten, der hat ein Gästesofa im Wohnzimmer«, sagte Martin.

»Da wird die Frau vom Meller ja sicher begeistert sein, wenn ein Fremder in ihrem Wohnzimmer herumliegt«, sagte Carola.

»Ich glaube, es ist ihr ziemlich egal, wer in Mellers Wohnzimmer rumliegt. Sie hat ihn vor einem halben Jahr verlassen«, sagte Martin.

»Ts, ts, ts«, machte Carola. »Wieder so ein armer, im Stich gelassener Arbeitsloser. Gibt es denn keine Solidarität mehr unter Ehefrauen?«

»Sie ist an Krebs gestorben«, sagte Martin.

»Das ist allerdings besser«, sagte Carola und fühlte sich auf einmal entsetzlich müde. »Ich wette, du beneidest den Meller um seine rücksichtsvolle Frau.«

»Ja, und um seinen Humor. Er wird mir die ganze Nacht Witze erzählen, wie ich ihn kenne. Kennst du den? Warum ist es so gefährlich, in Polen *Viagra* zu schlucken?«

»Keine Ahnung«, sagte Carola. Er hatte wirklich restlos alles mitbekommen. Armer Martin, das hatte er nicht verdient.

»Weil dort alles, was länger als eine Stunde steht, geklaut wird«, sagte Martin.

Carola griente schwach.

»Ich geh dann jetzt«, sagte Martin.

»Tolles Timing«, murmelte Carola. Erst beendete ihr Liebhaber ihre Liaison, und dann packte der Ehemann seine Koffer. Und unablässig flüsterte eine Stimme in ihrem Kopf: *Selber schuld!*

»Ich komme die Tage mal, um noch ein paar Sachen abzuholen«, sagte Martin. »Dann können wir auch darüber reden, wie es weitergeht.«

Carola nickte nur. Die Luft war raus, weitere Gemeinheiten wollten ihr einfach nicht mehr über die Lippen kommen. Stattdessen fühlte sie Tränen in ihre Augen steigen. *Selber schuld, selber schuld,* leierte die Stimme in ihrem Kopf.

Sie hörte die Tür ins Schloss fallen. Es klang endgültig.
*Und da saß sie nun vor den Scherben ihres Lebens*, dachte sie melodramatisch. Einem plötzlichen Impuls folgend sprang sie auf und rannte hinter Martin her. Er war bereits dabei, die Koffer in seinen Wagen zu laden.

An dem Blick, den er ihr zuwarf, sah Carola, dass er keine Hoffnung mehr hatte.

»Es tut mir leid, Martin«, sagte sie und wurde rot. »Es tut mir wirklich leid. Ich habe alles kaputtgemacht.«

»Mir tut es auch leid«, sagte Martin.

Ein paar Sekunden standen sie sich mit hängenden Armen gegenüber.

»Es ist zu spät für uns«, sagte Carola schließlich.

Martin nickte. »Das weiß ich schon länger. Ich werde dir keinen Ärger machen.«

»Ich dir auch nicht«, sagte Carola. »Du kannst den Kirschbaumsekretär haben. Und das Meißner Porzellan.«

»Gut, dass wir keinen Hund haben«, sagte Martin. Er hatte immer einen haben wollen, aber Carola war dagegen gewesen. »Mach dir um mich keine Sorgen. Ich komme schon klar.«

Carola grinste schwach. »Grüß den Meller von mir.«

»Mach ich.« Martin schloss den Kofferraum. »Ich geh mich noch von Irmi verabschieden.«

☆

Als Martin weg war, holte Carola tief Luft. Ihr Kopf war wieder klar, die wütende Hitze in ihren Gedanken hatte sich verflüchtigt.

Sie hatte sich mies verhalten und die Quittung dafür bekommen. Das war in Ordnung.

Martin war anständig geblieben und trotzdem bestraft worden. Das war ungerecht, aber nicht zu ändern.

Pfarrer Hoffmann hatte sich verhalten wie ein Schwein und blieb völlig unbehelligt. Das stank zum Himmel!

*Mein ist die Rache, spricht der Herr,* ging es Carola durch den Kopf. Aber darauf konnte man sich in diesen unsicheren Zeiten nicht verlassen. Sie fand, es gebührte Hoffmann bereits in diesem Leben eine Strafe.

In Carolas zunehmend abgekühltem Kopf formte sich eine kühne Idee. Heute abend würde er seinen kostbarsten Besitz, seinen silberfarbenen Luxusschlitten, zum Autohaus von Presbyter Lohmann bringen. Aus Liebe. Und wenn er mit Lohmann über den Preis verhandelte, würde er sich großmütig und edel fühlen, weil er seiner Liebe ein solches Opfer darbrachte.

Wenigstens dieses Gefühl konnte sie ihm vermasseln.

Voll neuerwachter Energie schnappte Carola sich Autoschlüssel und Handtasche und machte sich auf den Weg. Soviel sie wusste, gab es in der Stadt immer noch diesen Laden von Beate Uhse, gleich neben dem Kino. Die hatten die ganze Nacht geöffnet. Carola hoffte das Beste und drehte das Radio voll auf.

*»I will survive«*, sang ihr Gloria Gaynor aus dem Herzen. Carola stimmte mit ein. Hoffentlich gab es vor dem Beate-Uhse-Shop freie Parkplätze, sie hasste es, in Parkhäuser zu fahren. Obwohl es dunkel war und regnete, setzte sie ihre Sonnenbrille auf. Man wusste ja nie, wem man in einem Sexshop so alles begegnen würde.

# Irmi

Irmi strahlte, als sie Martin die Tür öffnete.

»An dich habe ich gerade gedacht!«, sagte sie, als sie sich in der Küche gegenübersaßen. Georg saß nebenan vorm Fernseher, man hörte gedämpfte Musik durch die geschlossene Küchentür. »Ich habe nämlich eben mit meinem Bruder telefoniert.«

»Dann weißt du es ja schon«, sagte Martin. »Die Säcke haben tatsächlich gezahlt. Ich bin jetzt ein reicher Mann. Arbeitslos zwar, aber reich!«

»Das ist toll!« Irmi griff nach seiner Hand und drückte sie ganz fest. »Ich freue mich ja so für dich.«

»Das habe ich alles nur dir zu verdanken«, sagte Martin und streichelte mit seiner freien Hand über ihre, bis sich die kleinen Härchen auf ihrem Handrücken aufrichteten. Etwas verlegen ließ er sie wieder los und lächelte sie an. »Wenn du mir nicht deinen Bruder empfohlen hättest...«

»...dann hättest du dich mit dem Gartenschlauch in dein Auto gesetzt, ich weiß.« Irmi lachte. »Gut, dass das Thema jetzt vom Tisch ist. »Was wirst du mit dem vielen Geld anfangen?«

Martin zuckte mit den Schultern. »Ich weiß nicht. Vielleicht ein Haus im Süden kaufen, wo man die Zitronen direkt vom Baum pflücken kann?«

»So viel?«, fragte Irmi.

»Na ja, für ein renovierungsbedürftiges Haus irgendwo auf den Balearen würde es gerade so reichen«, sagte Martin und sah auf einmal todernst aus. »Kommst du mit, Irmi? Ich bau uns auch einen Pool. Unter den Zitronenbäumen.«

»Haha«, sagte Irmi. Die Ernsthaftigkeit in seinen Augen ließ sie erröten. »Meinst du nicht, dass Carola den Pool lieber für sich haben will?«

»Nein.« Martin schüttelte den Kopf. »Nein. Wir haben uns gerade getrennt.«

Irmi schlug sich die Hand vor den Mund. »Martin! O nein. Das ist ja schrecklich!«

»Es ist schrecklich«, stimmte Martin zu. »Aber wie sagt man so schön: Besser ein Ende mit Schrecken als ein Schrecken ohne Ende. Es war höchste Zeit.«

»Nein, nein, sag doch nicht so etwas. Ihr werdet wieder zueinanderfinden. Dafür gibt es Fachleute. Eheberater, Therapeuten – ihr dürft nicht so schnell aufgeben«, sagte Irmi. »Ihr seid beide so wunderbare Menschen, ihr habt euch doch so viel zu geben.«

Martin lächelte sie an. »Das mag ich so sehr an dir, Irmi, du siehst immer nur das Gute in den Menschen.«

Es klingelte an der Tür.

»Mama, der Pfarrer«, rief Diana aus dem Flur.

»Oh«, machte Irmi und griff sich an die geröteten Wangen. »Benedikt? Um diese Zeit?« Sie vergaß auszuatmen. »Wir haben uns schon ein paar Tage nicht mehr gesehen«, flüsterte sie Martin zu. »Und jetzt kommt er einfach ohne Ankündigung vorbei. Ist das ein gutes oder ein schlechtes Zeichen?«

»Ein schlechtes«, sagte Martin. »Schick ihn weg, Irmi, schick ihn weg, bevor er mit dir redet.«

Irmi sah ihn verständnislos an.

Benedikt klopfte an die Küchentür. »Störe ich?« Wie immer sah er umwerfend aus, und Irmi spürte, wie sich ihre Knie in Gummi oder eine andere äußerst nachgiebige Masse verwandelten. Sie stand auf, bereit, ihm in die Arme zu sinken, ganz egal, wer dabei zusehen konnte.

»Wie schön«, brachte sie aber nur heraus.

Benedikts Blick fiel auf Martin. »Oh, Sie schon wieder. Hallo.«

»Hallo«, gab Martin kühl zurück. »Seltsam, nicht wahr? Ich sitze offenbar in allen Küchen, denen Sie heute einen Besuch abstatten.« Er sah auf die Wanduhr. »Vor einer Dreiviertelstunde waren Sie noch bei meiner Frau – und wo waren Sie in der Zwischenzeit?«

»Ich habe eine kleine Spritztour mit meinem Wagen gemacht«, sagte Benedikt, und an seiner Stimme merkte Irmi sofort, dass ihn etwas bedrückte. »Ich gebe ihn nämlich weg. Das fällt mir wirklich nicht leicht. Dieses Auto ist wie ein guter Freund für mich.«

»Ja«, sagte Martin. »Das kenne ich. Ich rufe meinen Wagen auch immer an, wenn ich nachts um vier jemanden zum Reden brauche.«

»Was ist los, Benedikt?«, fragte Irmi besorgt. »Ich habe so lange nichts mehr von dir gehört, ich habe mir schon Sorgen gemacht. Hatte ich Grund dazu?«

»Das würde ich dir gerne unter vier Augen sagen«, sagte Benedikt und warf einen vielsagenden Blick auf Martin.

»Lassen Sie sie in Ruhe«, sagte Martin. »Steigen Sie einfach in ihren guten Freund und fahren Sie nach Hause.«

»Martin«, sagte Irmi. Sie war gerührt, dass er sich so um sie sorgte, aber sie wollte nichts sehnlicher, als mit Benedikt allein sein. Seinen Kummer mit ihm teilen und ihn hinwegstreicheln, wie bei einem kleinen

Kind. Er hatte so viel für sie getan, jetzt konnte sie endlich einmal für ihn da sein. »Bitte lass uns doch allein, ja?«

Martin erhob sich widerwillig. »Ich bin nebenan, wenn du mich brauchst«, sagte er.

»Es dauert auch nur eine Minute«, sagte Benedikt.

Martin warf ihm einen finsteren Blick zu, bevor er die Küchentür mit Nachdruck hinter sich zuzog.

»Na?« Georg saß vor dem Fernseher und sah sich Frauenwrestling an.

»Na«, erwiderte Martin matt und ließ sich neben ihn in einen Sessel fallen.

»Ich mag's, wenn sie so schön ölig glänzen«, sagte Georg. »Lust auf eine Partie Schach?«

Martin schüttelte den Kopf. »Später vielleicht.«

»Wo ist denn Irmi? Es ist längst Abendessenszeit«, sagte Georg, ohne die halbnackten Frauenkörper auf dem Bildschirm aus den Augen zu lassen.

»Sie hat Besuch vom Pfarrer«, sagte Martin.

»Von der geschniegelten Tunte?« Georg schnaubte. »Hoffentlich tauschen sie nicht wieder Kochrezepte.«

»Das glaube ich weniger«, sagte Martin und sah unablässig auf die Küchentür. Nach weniger als zwei Minuten hörte er die Haustür gehen und sprang auf.

»Wohin gehst du?«, fragte Georg. »Du bist doch gerade erst gekommen!«

»Ich muss den Pfarrer noch nach einem Rezept fragen«, rief Martin über seine Schulter. Im Flur rannte er beinahe gegen Irmi. Sie hatte ihre Kiefer fest aufeinandergepresst und stieß eigenartige Laute aus, wie ein verwundetes Tier.

Martin rannte weiter und erwischte Pfarrer Hoffmann

in der Einfahrt, wo er gerade in seinen Wagen steigen wollte.

»Warten Sie«, sagte er atemlos.

»Ich komme zu spät zu meiner Verabredung mit dem Autohaus Lohmann«, sagte Pfarrer Hoffmann. »Was meinen Sie, wird Herr Lohmann ein fairer Verhandlungspartner sein? In den Presbyteriumssitzungen ist er immer derjenige, der die Worte Mildtätigkeit und Nächstenliebe am häufigsten im Munde führt. Ob das auch noch gilt, wenn er dabei auf Profit verzichten muss, wird sich zeigen.« Er sah auf seine Armbanduhr. »Wenn er denn noch da ist.«

»Reden wir nicht über tote Gegenstände, reden wir über Menschen«, sagte Martin. »Sie wissen genau, dass Sie Irmi das Herz gebrochen haben. Mit jeder anderen können Sie das von mir aus machen, aber doch nicht mit Irmi. Es musste Ihnen klar gewesen sein, was passieren würde, wenn Sie sie wieder fallen lassen! Sie waren ein Gott für Sie, und jetzt haben Sie sie tiefer in die Hölle gestoßen, als sie jemals war.«

»Wir können gerne ein andermal ... Sehen Sie doch, es ist schon nach sechs, und ich muss wirklich weg.«

»Sie sind ein gottverdammtes Arschloch«, sagte Martin. »Und feige dazu.«

Pfarrer Hoffmann zog eine seiner perfekt geschwungenen Augenbrauen in die Höhe. »Ich begrüße ja grundsätzlich jede Form von Diskussion, aber wenn es in unflätige Beschimpfungen ausartet, ziehe ich es vor, unser Gespräch auf später zu vertagen. Wie gesagt, ich habe eine Verabredung.«

»Später – heißt das, bevor Irmi sich von der Autobahnbrücke gestürzt hat oder danach?«, fragte Martin. »Sagt

Ihnen das Wort Verantwortungsbewusstsein etwas, Herr *Pfarrer?*«

»Wenn Sie sich wieder unter Kontrolle haben, können Sie mich gerne zu einem Gespräch aufsuchen«, sagte Pfarrer Hoffmann gefasst. »Im Übrigen kann ich mir nicht vorstellen, dass Sie als Homosexueller nachvollziehen können, welche Gefühle und Konflikte zwischen Männern und Frauen unter gewissen Umständen entstehen können.«

»Sie selbstgerechter Affe!« Martin packte ihn am Kragen seines eleganten grauen Trenchcoats und drückte ihn mit dem Rücken gegen die Fahrertür. In seinen Augen funkelte blanke Mordlust.

Endlich verlor Hoffmanns Blick seine Überlegenheit, und so etwas wie Angst flackerte in seinen leuchtend blauen Augen auf. Martin hätte zu gern mit seiner Faust auf das glatte, gebräunte Gesicht eingeschlagen, bis nichts mehr von der geraden Nase, den fein geschwungenen Lippen und den schönen Backenknochen übrig geblieben wäre. Aber er wusste, dass Irmi damit nicht geholfen gewesen wäre. Mit einem resignierten Seufzer ließ er den Pfarrer wieder los.

»Nur weil Sie meine Frau gevögelt haben, heißt das noch lange nicht, dass Sie Fachmann für Beziehungen sind, Sie armseliges Würstchen«, sagte er ruhiger. »Carola hat es richtig gemacht – sie hat Sie genauso benutzt und manipuliert, wie Sie es mit Irmi gemacht haben. Trotzdem wünschte ich mir, Sie und Ihr metallicfarbener Freund hier würden auf dem Nachhauseweg von einem Tieflader überrollt. Aber so gerecht geht es im Leben natürlich nicht zu. Das tut es nie. Und jetzt entschuldigen

Sie mich. Ich versuche, die Scherben aufzulesen, die Sie hinterlassen haben.«

Ohne sich noch einmal nach dem Pfarrer umzusehen, ging er ins Haus zurück.

☆

Irmi hockte auf dem Fußboden im Flur. Tränen rannen ihr aus den Augen, das Gesicht und den Hals hinab, nässten den Kragen ihrer altmodischen Bluse.

»Komm, hier kannst du nicht bleiben«, sagte Martin. Es gelang ihm, sie hochzuziehen, aber sie sackte wieder in sich zusammen wie eine tote Schweinehälfte, als er sie losließ.

»Komm schon, Irmi, reiß dich am Riemen«, versuchte Martin es noch einmal. »Es sind doch nur ein paar Schritte bis in die Küche. Da ist es warm und gemütlich.«

»Ich sterbe«, flüsterte Irmi.

»Du stirbst nicht«, sagte Martin mit Nachdruck. Er hievte sie noch einmal aufwärts. Dieses Mal schaffte sie es, an seiner Seite in die Küche zu wanken. Martin setzte sie auf dem Stuhl ab, der am nächsten an der Heizung stand.

»Es ist aus«, flüsterte Irmi. »Es ist vorbei. Er kann mich nicht mehr treffen, hat er gesagt.«

»Ja, und das ist auch gut so«, sagte Martin.

»Er hat mich angelogen. Er liebt mich nicht. Er hat mich nie geliebt. Er hat gelogen, als er gesagt hat, dass er mir nicht wehtut.« Irmi begann, den Oberkörper vor und zurück zu wiegen wie eine Geisteskranke. »Es tut so weh. Es tut so schrecklich weh.«

»Ich weiß«, sagte Martin. Er setzte sich auf den Stuhl

neben ihr und griff nach ihrer kalten, schlaffen Hand. So saßen sie eine lange Zeit, Irmi wippend und weinend, Martin stumm und streichelnd.

Lichtjahre später betrat Irmis Tochter Diana in knallroten Pumps und einem Kleid aus mehreren Lagen durchsichtigem Stoff die Küche.

»Mama, wo ist die rote Grütze?«

Martin war unendlich erleichtert, sie zu sehen. Er hatte während der Zeit, die er neben Irmi gesessen und mit dem Schicksal haderte, angefangen zu glauben, dass sie ganz allein im Haus waren. Ganz allein im Umkreis von vielen Kilometern. Die letzten Menschen auf diesem Planeten, von Gott verstoßen und vergessen.

»Hallo, Diana.«

»Hallo, Herr Heinzelmann. Was ist denn mit Mama los?«

»Sie hat – ähm, schwere Depressionen«, sagte Martin.

»Ach, du Scheiße.« Diana öffnete den Kühlschrank und entnahm ihm eine große Schüssel rote Grütze. »Ich glaub echt, über dieser Familie liegt ein Fluch.«

Ihre klappernden Absätze entfernten sich wieder. Martin ließ Irmis schlaffe Hand los und folgte Diana hinaus in den Flur. Sie zog sich ihren Mantel über das rote Flatterkleid und untersuchte ihre Haare im Flurspiegel. Sie hatte ein gutes Dutzend Haarspangen mit roten Glitzersternchen darin untergebracht.

»Moment mal! Du willst doch wohl nicht weg?«, fragte Martin.

»Ey, Mann, wonach sieht es denn aus?«, fragte Diana zurück. »Das Motto der Party ist Rot. Wie finden Sie, dass ich es umgesetzt habe? Geil oder? Ich hab sogar rote Strapse an.«

Martin war an ihren Strapsen so wenig interessiert wie an ihrer blöden Party. »Deine Mutter braucht dich jetzt! Sie kann unmöglich allein bleiben.«

»Sie sind doch da«, sagte Diana. »Und mein Vater.« Sie zeigte zum Wohnzimmer hinüber, wo Georg immer noch vor dem Fernseher saß.

»Herrje, ich bin nur ein Nachbar. Du bist ihre Tochter, sprich mit ihr! Setz sie in eine heiße Badewanne, mach irgendetwas!«

»Sie sind lustig«, sagte Diana. »Es ist eine Silvesterparty! Die wichtigste Party des Jahres.«

»Silvester ist erst überübermorgen«, sagte Martin.

»Die Party geht über vier Tage«, erklärte ihm Diana ungeduldig. »Das ist ja gerade das Geile daran.«

»Dann macht es ja nichts aus, wenn du später kommst«, sagte Martin. »Irmi braucht dringend jemand, der sie aus dieser Stimmung rausholt. Ich bin mit meinem Latein am Ende.«

Diana öffnete ihre rote Handtasche und überprüfte, ob sie auch ihren Lippenstift dabeihatte. »Nur weil meine Mutter hier einen auf Depri macht, soll ich auf die Party meines Lebens verzichten? Nee, nee, nicht mit mir. Wenn es ernst ist, dann rufen Sie doch Doktor Sonntag an.«

»Manchmal bin ich ganz froh, dass ich keine Kinder habe«, sagte Martin.

»Mit Ihrer Einstellung ist das auch gut, dass Sie keine haben. Kinder sind doch nicht die Sklaven ihrer Eltern!« Diana warf einen letzten, anerkennenden Blick in den Spiegel, dann verschwand sie mitsamt ihrer roten Grütze durch die Haustür.

»Ach ja, und guten Rutsch, Herr Heinzelmann«, sagte sie noch.

»Dir auch einen guten Rutsch mir den Buckel runter, verwöhnte Göre«, sagte Martin und ging zurück zu Irmi in die Küche. Sie kauerte immer noch auf dem Küchenstuhl, auf dem er sie abgesetzt hatte, wiegte ihren Oberkörper vor und zurück und starrte ins Leere. Vielleicht war sie wirklich ein Fall für Doktor Sonntag?

Georg kam in die Küche gerollt.

»Es ist neun Uhr«, sagte er. »Wer bringt mich zu Bett?«

»Ich«, sagte Martin. »Deiner Frau geht es nicht gut.«

Georg warf einen Blick auf die schaukelnde Irmi. »Ach, du liebe Güte. Hat sie zu viel von ihrem Nudelauflauf gegessen, oder sind das die Wechseljahre?«

»Ein bisschen was von beidem«, sagte Martin.

## Amelie

Einundsechzig Kilo. Mit Joggingschuhen. Das war sensationell – eindeutig Größe 38. Weniger durfte es aber nicht mehr werden, sonst lief sie Gefahr, alt und faltig auszusehen. Nur zwanzigjährige Models konnten es sich erlauben, mit eingefallenen Wangen herumzulaufen. Amelie trat von der Waage, schlüpfte in ihren viel zu großen Jogginganzug und kletterte auf ihr Trainingsfahrrad. Durch das weit geöffnete Giebelfenster schien die fahle Wintersonne. Es war eisig kalt, Raureif verzauberte die kahlen Gärten in Kulissen für ein Wintermärchen. Amelie musste kräftig in die Pedale treten, um nicht zu frieren.

Noch zwei Tage bis zum neuen Jahr. Das erste Weihnachten ohne Robert hatte sie erstaunlich gut überstanden. Louisas Freund aus Berlin war überraschend zu

Besuch gekommen und hatte mitgefeiert, ebenso Gilbert Kalinke, der Gärtner, der mittlerweile sozusagen zur Familie gehörte. Die beiden jungen Männer hatten sich misstrauisch beäugt und versucht, sich gegenseitig mit Komplimenten für Amelies gefüllten Puter zu übertreffen. Offenbar waren sie beide in Louisa verliebt.

Es hatte sogar eine richtige Bescherung unterm Weihnachtsbaum gegeben. Andi hatte Amelie eine Flasche teuren Champagner überreicht, von Gilbert hatte sie einen japanischen Kimono und einen zauberhaften Sonnenschirm aus Lackpapier geschenkt bekommen.

»Damit du nächstes Jahr stilecht durch deinen Garten wandeln kannst«, hatte er gesagt. Amelie war gerührt gewesen.

»Du sollst aber doch nicht so viel Geld ausgeben«, hatte sie gesagt und über die kostbaren Seidenstickereien gestrichelt, aber Gilbert hatte abgewunken. »Ein Freund hat mir die Sachen direkt von der Asienmesse besorgt. Hat mich sozusagen gar nichts gekostet.«

Für Louisa hatte er ein Paar Ohrringe eingepackt, besonders schöne Stücke mit roten Steinen.

»Jugendstil«, hatte er gesagt.

Louisa hatte sie sich begeistert angehängt. »Sie sind unglaublich schön.«

»Eine wirklich hübsche Replikation«, hatte Andi ein wenig säuerlich gesagt, und Gilbert hatte hochnäsig erwidert: »Es sind selbstverständlich Originale. Ich habe sie direkt aus einem Museum.«

Er hatte von Louisa einen Gedichtband von Erich Kästner überreicht bekommen, über den er sich offenkundig sehr gefreut hatte. Amelie hatte kaum Zeit gehabt, sich um Weihnachtsgeschenke zu kümmern, aber sie hatte es immerhin geschafft, Louisa eines ihrer eigenen Strampelhöschen aus einer Kiste vom Speicher zu holen und einzupacken, ein gelb-braun geringelter Strickanzug mit Bommeln, über dessen Anblick sie Tränen gelacht hatten.

Nach dem Essen, bei einem Glas Rotwein, war es noch einmal spannend geworden, als Andi Louisa ein Kästchen mit einem Ring überreichte, der aus dem Besitz seiner Familie stammte.

»Es ist der Verlobungsring meiner Großmutter«, hatte Andi erklärt. »Eineinhalb Karat. Meine Mutter meinte, du solltest ihn bekommen.«

»Als Abfindung?«, hatte Louisa gefragt. In Amelies schwarzem Samtkleid von Laura Ashley und Gilberts Ohrringen hatte sie ganz entzückend ausgesehen.

Andi hatte ihr den Ring an den Finger gesteckt und gesagt: »Ich hatte eigentlich gedacht, wir verwenden ihn traditionsgemäß. Als Verlobungsring.«

Und dann hatte er sich tatsächlich auf seine Knie niedergelassen. »Willst du meine Frau werden?«

Eine Weile hatte Schweigen geherrscht. Nur das Holz im Kaminfeuer hatte geknistert, während Andi, Amelie und Gilbert gleichermaßen gespannt auf Louisas Antwort gewartet hatten.

»Wie viel Karat, sagtest du?« Louisa hatte den Ring von ihrem Finger gezogen und Andi angelächelt. »Danke, es ist nett, dass du nach all den Gemeinheiten der letzten Wochen jetzt auf Knien vor mir herumrutschst. Aber heiraten werde ich dich deshalb noch lange nicht.«

Als habe er damit gerechnet, hatte Andi den Ring zurück in das Kästchen gesteckt und schief gegrinst. »Ich frage dich einfach von Zeit zu Zeit noch einmal.«

»Mach das«, hatte Louisa gesagt.

Später hatten sie sich alle zusammen auf den Weg zur Christmette gemacht, bei der Amelie mit dem Kirchenchor hatte singen müssen.

*»Reu und Zerknirschung, die bring ich zur Gabe, will nie mehr lassen von Gott, meinem Heil.«*

Am nächsten Morgen war Andi wieder zurück nach Berlin gefahren.

»Das neue Auto darf ruhig kürzer sein, damit ich besser einparken kann, aber mit einem großen Kofferraum für meine Golfsachen«, sagte Amelie. »Es muss kein Rennwagen sein, darf aber ruhig ein paar PS mehr unter der Haube haben, bei den Steigungen hier braucht man das. Es muss elegant aussehen, darf aber nicht protzig wirken. Habe ich etwas vergessen?«

»Es muss dich jünger machen als du bist«, sagte Louisa. Sie waren auf dem Weg zum Autohaus Lohmann, wo sie Amelies alten Kombi in Zahlung geben und ein neues Auto dafür erwerben wollten. »Ein integrierter Gesichtsbräuner wäre auch nicht schlecht, oder?«

»Richtig«, sagte Amelie. »Das neue Auto muss mich wirklich gut aussehen lassen. Und eine Klimaanlage besitzen. Und natürlich ABC und den ganzen anderen Sicherheitsschnickschnack.«

»ABS«, verbesserte Louisa.

»Von mir aus auch das.« Amelie bog schwungvoll auf das Ausstellungsgelände ein und parkte neben einem silberfarbenen BMW.

»Ist das nicht Pfarrer Hoffmanns Wagen?«, fragte Louisa.

»Sieht so aus.« Amelie ordnete im Rückspiegel ihre Frisur.

»Meinst du, der hat auch was mit Frau Lohmann?«, fragte Louisa spöttisch, als sie das gläserne Autohaus betraten. »Oder mit einer von Lohmanns Angestellten?«

Amelie musterte die schicke Sekretärin hinter dem Verkaufstresen und zuckte mit den Schultern. Schlummerte ein armes, wehrloses Häschen hinter ihrer platinblonden Fassade? Sicher konnte man da bei niemandem sein.

Herr Lohmann sei in einer Besprechung, ließ die Sekretärin sie wissen, ob ihnen denn vielleicht der Herr Krause weiterhelfen könne?

»Nein, danke«, sagte Amelie. »Wir wollen vom Chef persönlich beraten werden.«

Der ließ dann glücklicherweise auch nicht lange auf sich warten. Zusammen mit Pfarrer Hoffmann trat er nur einen Augenblick später aus seinem Büro.

»Einen neuen Wagen, liebe Frau Schneider?«, zeigte er sich erfreut. »Etwas Extravaganteres? Das finde ich Ihrer eleganten Erscheinung durchaus angemessen.« Selbstverständlich nehme er den alten Kombi in Zahlung, er habe ihn ja seinerzeit schließlich selber verkauft, nicht wahr? Herr Lohmann lachte.

»Wie es der Zufall will, habe ich gerade eben ein besonders exklusives Exemplar hereinbekommen«, sagte er. »Unser Pfarrer Hoffmann hier will nämlich seinen BMW verkaufen.«

»Für einen guten Zweck«, sagte Benedikt, der nur einen kühlen Blick mit Amelie getauscht hatte und Louisa gänzlich übersah.

»Vielleicht sehen wir uns den Wagen doch einfach alle zusammen mal an«, schlug Herr Lohmann vor. »Er steht draußen auf dem Hof. Wie viele Kilometer ist er gefahren, sagten Sie?«

»Vierzigtausend«, sagte Pfarrer Hoffmann, während sie Herrn Lohmann im Gänsemarsch hinausfolgten. »Er ist wie neu. Ich habe keine Inspektion ausgelassen.«

»Und da steht es auch schon, das Prunkstück«, sagte Herr Lohmann.

»Seit gestern Abend«, sagte Hoffmann, und es klang ein bisschen beleidigt. »Leider waren Sie ja entgegen unserer Verabredung nicht mehr da gewesen.«

»Weil Sie entgegen unserer Verabredung mindestens eine halbe Stunde zu spät gekommen sind«, entgegnete Herr Lohmann. »So lange habe ich nämlich hier auf Sie gewartet. Aber das ist doch auch jetzt egal. Zeigen Sie der lieben Frau Schneider doch mal, was das kleine Juwel unter der Haube hat.«

»Ich weiß nicht«, sagte Amelie. »Mir hat eigentlich ein weniger pompöses Modell vorgeschwebt.

»Ja«, sagte Louisa. »Mehr Eleganz als Phallussymbol.«

»Ich sehe schon«, sagte Herr Lohmann. »Die Damen kann man mehr mit der Innenausstattung locken als mit den Zylindern.«

»Die Sitzbezüge sind aus feinstem dunkelblauem Schweinsleder«, sagte Pfarrer Hoffmann. »Das Lenkrad ist eine Sonderanfertigung.« Er öffnete schwungvoll die Fahrertür.

»Haben Sie den etwa unabgeschlossen die ganze Nacht hier stehen lassen?«, fragte Herr Lohmann tadelnd. »Also, das finde ich wirklich leichtsinnig.«

Amelie war auf die Fahrerseite hinübergeschlendert. »Darf ich?«, fragte sie und ließ sich auf das Schweinsleder fallen.

»Nicht schlecht«, gab sie zu.

»Sehen Sie?« Herr Lohmann strahlte. »Die Sitzheizung wird Ihnen sicher auch gefallen.«

»Wo geht die denn an?« Amelie tastete mit der Hand unter den Sitz. »Was ist denn das?« Sie zog einen länglichen Gegenstand hervor.

Pfarrer Hoffmann und Herr Lohmann schauten gleichermaßen konsterniert auf ihren Fund.

»Das ist ein Dildo«, sagte Louisa. »Glaube ich jedenfalls.«

»Aha«, sagte Amelie und legte das Ding mit spitzen Fingern auf den Beifahrersitz. Dort lag bereits ein Magazin, auf dessen Cover eine nackte Frau abgebildet war. Das heißt, ganz nackt war sie nicht, sie trug Häschenohren aus weißem Plüsch auf dem Kopf. Herr Lohmann starrte einen Augenblick voller Entsetzen darauf.

»Ich würde sagen, wir lassen den Herrn Pfarrer erst einmal seine persönlichen Gegenstände ausräumen, bevor wir mit der Besichtigung fortfahren«, sagte er dann. Seine fröhliche Geschäftigkeit war wie weggeblasen.

»Aber wieso denn?«, fragte Louisa. »Da sieht man doch gleich, ob so ein Auto auch alltagstauglich ist.« Sie öffnete den Kofferraum und strahlte, als habe sie einen Schatz gefunden. »Sieh mal, Mama, wenn diese Gummipuppe hier Platz hat, dann passt doch auch deine Golftasche hinein, oder?«

»Ich muss schon sagen«, murmelte Herr Lohmann.

»Das sind nicht meine Sachen«, sagte Pfarrer Hoffmann fassungslos. »Jemand muss sie mir untergejubelt haben ...«

Amelie hatte in der Zwischenzeit ein Paar Lackstiefel hinter dem Beifahrersitz hervorgezogen. Es klirrte leise, als sie damit an die Handschellen stieß, die am Lenkrad befestigt waren. *Eine Sonderanfertigung*, hatte Benedikt gesagt. Sie konnte nicht anders, sie musste laut loslachen.

»Nichts gegen diese Extras, Herr Lohmann«, japste sie. »Aber ich würde mir doch lieber ein paar von Ihren konventionelleren Wagen anschauen.«

☆

Irmi Quirrenberg lag im Bett und starrte mit leeren Augen an die Decke.

»Das geht jetzt schon seit gestern so«, flüsterte Carola Amelie zu.

»Was ist denn passiert?«

»Du wirst es nicht glauben, aber unsere brave Irmela hatte ein Verhältnis mit dem Pfarrer. Gestern hat er ihr den Laufpass gegeben.«

»Wer hätte das gedacht?«, sagte Amelie. »Wo er doch so harmlos aussieht! Ich komme übrigens gerade vom Autohaus Lohmann, wo Pfarrer Hoffmann seinen Wagen verkaufen wollte. Mitsamt Inhalt. Stell dir vor, er hatte essbare Kondome im Handschuhfach und Lacklederstiefel in Größe 46 hinter dem Beifahrersitz. Im Kofferraum lag eine Gummipuppe, und darunter hat Lohmann ein Pornomagazin mit dem Titel *Andersrum* gefunden. Ich fürchte, Hoffmanns Tage als Pfarrer sind gezählt.«

Über Carolas Gesicht glitt ein grimmiges Lächeln. »Das hoffe ich«, sagte sie. »Sieh doch nur, was er mit der armen Irmi angestellt hat. Hier im Haus geht alles drunter und drüber. Die verdammten Kinder tun keinen Handschlag.«

»Und wer kümmert sich um Georg?«, fragte Amelie.

»Ich.« Carola seufzte. »Irgendjemand muss es ja tun. Außerdem bin ich hier immer noch Gemeindehelferin. Bis heute morgen war Martin hier, ich habe ihn abgelöst.«

»Ich habe in der Apotheke gehört, dass ihr euch trennt«, sagte Amelie. »Tut mir wirklich leid, ich dachte, ihr beiden seid glücklich miteinander. In letzter Zeit war ich wohl nicht besonders aufmerksam, was?«

»Unglaublich, wie schnell sich so etwas herumspricht.« Carola legte einen feuchten Lappen auf Irmis Stirn und zog die Bettdecke glatt. »Martin und ich trennen uns in aller Freundschaft. Und mach dir keine Vorwürfe, du hattest genug eigene Probleme.«

»Ja.« Amelie begann die herumliegenden Kleidungsstücke aufzuheben. »Nichts bleibt, wie es ist. Über dieser Straße scheint ein richtiger Fluch zu liegen. Unter jedem Dach ein Ach.«

»Manchmal passiert aber auch etwas Gutes«, sagte Carola. »Es soll eigentlich noch ein Geheimnis bleiben, aber dir verrate ich es.«

Amelie sah in das hübsche, intelligente Gesicht ihrer Freundin und wusste, was sie sagen würde. »Du bist schwanger?«

»Ja«, lächelte Carola. »Das ist doch fast wie ein Wunder, oder?«

»Allerdings«, sagte Amelie. »Nur zum falschen Zeitpunkt. Ausgerechnet jetzt, wo ihr euch trennt.«

»Es gibt keinen besseren Zeitpunkt«, behauptete Carola.

Irmi stöhnte unter dem feuchten Lappen.

Carola beugte sich erneut über sie. »Doktor Sonntag

hat sie ruhiggestellt, aber wenn sie bis heute Abend nicht ansprechbar ist, muss er sie einweisen, sagt er.«

»Wir kriegen sie schon wieder auf die Beine«, sagte Amelie zuversichtlich.

## Louisa

Wie gefällt dir *Gabor*?«, fragte ich.

»Nicht besonders«, antwortete Gilbert. »Aber immer noch besser als *Frithjof*.«

»Wie findest du *Linus*?«

Gilbert blätterte in meinem Namensbuch. »Es bedeutet *der Betrauerte* – das scheidet ja wohl aus.«

»Schade. Und was ist mit *Jonas*?«

»So hieß mein Zimmergenosse im Kongo«, sagte Gilbert. »Hatte eine Tankstelle ausgeraubt. Guck mal, das ist Fraxinus ornus, eine Blumenesche, sieht man selten in Hausgärten.«

»Toll«, sagte ich, von dem kahlen Baum eher unbeeindruckt. Gilbert hatte sich angewöhnt, mich auf meinem täglichen Spaziergang – »Bewegen statt essen«, hatte die Ärztin gesagt – zu begleiten und mir dabei allerlei botanische Bezeichnungen an den Kopf zu werfen. Das Namensbuch war auch immer dabei.

»Wie gefällt dir *Cecilia*?«, fragte er. Aus irgendeinem Grund war er überzeugt, das Baby würde ein Mädchen werden.

»Nicht übel«, sagte ich. »Was bedeutet es?«

»Aus dem Geschlecht der Cäcilier«, sagte Gilbert. »Etwas dünn, oder stammt einer von euch zufällig aus dem Geschlecht der Cäcilier?«

»Nicht, dass ich wüsste.« Wir schlenderten gemächlich unter der alten Rosskastanie – Aesculus hippocastanum – an der Ecke entlang, vorbei an dem Zigarettenautomaten, den Gilbert zu Beginn unserer Bekanntschaft geknackt hatte. Onkel Harry hatte uns ja glücklicherweise den Verkauf der Zigaretten abgenommen. Offenbar hatte er damit ein gutes Geschäft gemacht, denn am ersten Weihnachtstag war er vorbeigekommen und hatte meiner Mutter einen etwa fingerhutgroßen Topf mit einem Weihnachtsstern überreicht – eine für seine Verhältnisse ungewöhnlich großzügige Geste.

Bei Heinzelmanns standen mehrere Umzugskartons in der Einfahrt. Martin Heinzelmann zog aus, er und Carola ließen sich scheiden, hatte meine Mutter erzählt. Carolas Auto war nirgendwo zu sehen. Wahrscheinlich wollte sie nicht dabei sein, wenn Martin seinen Anteil vom Inventar entfernte. Das musste entsetzlich sein. Ich war froh, dass Andi und ich uns nicht schon eine Wohnung miteinander geteilt hatten, da war uns wenigstens das Auseinanderdividieren gemeinsamen Besitztums erspart geblieben.

Vor dem Haus der Quirrenbergs blieb Gilbert stehen.

»Guck mal«, sagte er und zeigte geradeaus.

»Wisteria floribunda, richtig?«, sagte ich, um ihm zu zeigen, dass ich mir manchmal durchaus merkte, was er sagte.

»Nein, Irmela«, sagte Gilbert.

Irmela Quirrenberg trat soeben aus der Haustür. Sie trug einen Gartenschlauch in der Hand und schwankte beträchtlich.

»Sie ist betrunken«, diagnostizierte ich.

»Wie eine Strandhaubitze«, ergänzte Gilbert und zog

mich hinter die Mülltonnenabtrennung, wo man uns nicht sehen konnte.

Frau Quirrenberg schleppte den Gartenschlauch in die Garage. Nun ja, warum auch nicht? Ich wollte weitergehen, aber Gilbert packte mich am Ärmel und zerrte mich hinter eine Säuleneibe. Von hier hatte man einen wunderbaren Blick auf den Honda, an dem Frau Quirrenberg sich zu schaffen machte.

»Was tut sie denn da?«, flüsterte ich.

»Das siehst du doch«, sagte Gilbert. »Sie befestigt den Gartenschlauch am Auspuff.«

»Aber das macht doch keinen Sinn!« War Frau Quirrenberg so betrunken, dass sie den Auspuff mit dem Wasserhahn verwechselte?

»Sie will sich umbringen«, erklärte Gilbert geduldig. »Daher auch das Isolierband.«

Ich war schockiert. »Wir müssen etwas tun«, sagte ich aufgeregt. »Mit ihr reden. Sie daran hindern, sich wegen so eines verlogenen Dreckskerls umzubringen! Wenn ich gewusst hätte, dass sie's so schwer nimmt, hätte ich mir das mit den anonymen Briefen noch mal überlegt!«

Wieder packte Gilbert meinen Arm und hielt mich fest.

»Nichts da«, sagte er. »Lass sie ruhig mal machen.«

»Spinnst du? Mama hat gesagt, dass sie die arme Frau Quirrenberg wahrscheinlich in eine geschlossene Anstalt einweisen lassen müssen«, sagte ich. »Sie ist akut selbstmordgefährdet, wie du sehen kannst. Die meint es ernst.«

»Sicher doch«, knurrte Gilbert. »Je ernster, desto besser. Aber wir warten noch.«

Frau Quirrenberg war es endlich gelungen, den Gartenschlauch am Auspuff zu befestigen und durch einen Spalt am Fahrerfenster ins Wageninnere zu leiten. Mit einem lauten »Hicks« ließ sie sich ins Auto plumpsen und begann den Spalt mit schwarzem Isolierband zu verkleben.

»Wie lange willst du denn noch warten?«, fragte ich Gilbert.

»Bis der Motor läuft«, antwortete er.

»Du spinnst. Dann können wir gleich die Feuerwehr rufen«, sagte ich. »Oder einen Leichenwagen. Wenn sie von innen abschließt, ist alles zu spät.«

»Blödsinn«, sagte Gilbert. »Vertrau mir doch nur einmal!«

Schweigend warteten wir, bis Frau Quirrenberg endlich den Motor anstellte. Die Fenster begannen sogleich zu beschlagen.

»Und jetzt?«

»Warte noch ein kleines bisschen«, befahl Gilbert.

Ich zählte nervös bis zehn.

»Jetzt.« Endlich gab Gilbert mir einen kleinen Schubs. »Und jetzt renn zu Heinzelmanns und hol Hilfe.«

Ich rannte los. Martin Heinzelmann war gerade dabei, eine Standuhr in seinen Kofferraum zu laden.

»Bitte kommen Sie schnell«, rief ich atemlos. »Frau Quirrenberg sitzt in ihrem Auto und will sich vergiften!«

Die Standuhr donnerte auf den Boden. Martin sprintete so schnell los, dass ich kaum hinterherkam.

»Sie hat von innen abgeschlossen«, erklärte ihm Gilbert. Der Innenraum des Honda hatte sich inzwischen mit weißem Nebel gefüllt.

»Ich hab's gewusst, ich hab's gewusst«, jammerte ich. »Ich rufe die Feuerwehr.«

Martin Heinzelmann riss den Gartenschlauch vom Auspuff – warum war Gilbert denn da nicht draufgekommen? – und rüttelte an der Fahrertür.

»Irmi!«, schrie er.

»O Gott«, schrie ich. »Sie ist schon bewusstlos.«

Heinzelmann rannte um das Auto herum und rüttelte an allen Türen. Die Heckklappe war unverriegelt.

»Gott sei Dank«, rief ich. »Soll ich jetzt einen Krankenwagen rufen?«

»Nein«, sagte Gilbert zu mir. »Und hör auf, dich aufzuregen. Es ist alles in bester Ordnung.«

Martin Heinzelmann war über den Rücksitz zu Frau Quirrenberg geklettert, hatte den Motor abgestellt und schüttelte sie sanft.

»Und wenn ihr was passiert ist?«, fragte ich. »Das verzeihe ich uns nie.«

Gilbert sah mich kopfschüttelnd an. »Louisa, ihr kann gar nichts passiert sein, dieses Auto hat einen *Katalysator*. Da kommt nur Wasserdampf aus dem Auspuff, kein Kohlenmonoxid.«

»Ach so«, sagte ich dümmlich. »Und warum sollte ich dann überhaupt Hilfe holen?«

Gilbert wies mit dem Daumen auf den Honda. Martin Heinzelmann hatte die Beifahrertür von innen geöffnet und zog Frau Quirrenberg vorsichtig heraus.

»Aus dramaturgischen Gründen«, sagte Gilbert. »Ich habe beschlossen, dass es für diese beiden auch ein Happy End geben soll.«

»Hab ich's geschafft?«, nuschelte Frau Quirrenberg mit geschlossenen Augen.

»Ich glaube, ihr fehlt nichts«, sagte Martin zu uns. »Sie hat nur zu viel Whisky intus.«

»Wanntbrein«, verbesserte Frau Quirrenberg. »'s war ers'klassiger Breinwannt – hicks – Georgs teuerster Fusel.«

»Man riecht's«, murmelte ich.

Frau Quirrenberg sah mit einem rührenden Augenaufschlag zu Martin hoch. »Ich hab's ver – hicks, vermasselt, stimmt's?«

Martin Heinzelmann hob sie auf seine Arme. »Ja, das hast du Irmi. Gründlich vermasselt.« Zu uns sagte er: »Ich nehm sie mit. Danke, dass ihr mir Bescheid gesagt habt.«

»Bitte, bitte, gern geschehen«, sagte Gilbert.

»Wo gehste denn mit mir hin?«, fragte Frau Quirrenberg und hickste wieder laut.

»So genau weiß ich das noch nicht«, sagte Martin. »Auf jeden Fall lass ich dich nie mehr allein.«

Frau Quirrenberg legte ihren Kopf an seine Brust und ließ sich widerspruchslos eine Hausnummer weiterschleppen. Gilbert und ich folgten mit etwas Abstand.

»Gott, wie romantisch«, flüsterte ich.

»Ja, nicht wahr?« Gilbert rieb sich zufrieden die Hände. »Ich hab von Anfang an gesehen, dass die beiden ein prima Paar abgeben würden.«

»Brauchst du noch was aus eurem Haus?«, fragte Martin, während er Frau Quirrenberg auf dem Beifahrersitz seines alten Opels absetzte. »Gibt es da irgendwas, woran du besonders hängst, Irmi? Ich hol's dir.«

Irmi schüttelte den Kopf.

»Da gibt's nichts«, sagte sie. »Gar nichts. Brenn die Bude ab – hicks!«

»Ich kaufe dir lauter schöne neue Sachen.« Martin schloss die Beifahrertür behutsam. Mit den Füßen kickte er die Einzelteile der Standuhr aus dem Weg. Gilbert half ihm dabei.

»Grüßt Carola von mir, wenn ihr sie seht«, sagte Martin. »Sagt ihr, dass ich das Meißner Porzellan dagelassen habe. Da, wo ich hingehe, kann ich es nicht gebrauchen.«

»Machen wir«, sagte Gilbert.

Frau Quirrenberg kurbelte das Fenster runter und streckte den Kopf heraus. »Fahren wir jetzt, Martin?«

»Sofort.« Martin lud einen letzten Umzugskarton in den Kofferraum und schlug die Klappe zu.

»Ihr könnt allen sagen, dass ich Irmi mitgenommen habe«, sagte er zu uns.

»Und wohin?«, fragte ich neugierig.

Frau Quirrenberg lehnte sich weit aus dem Fenster. »Ins – hicks – Land, wo die Zitronen blühn«, sagte sie.

Martin lächelte. »Genau«, sagte er.

# Epilog

Heute ist Claras Taufe. Kaum zu glauben, dass meine Tochter schon drei Monate alt ist – wenn die Zeit weiter so vorbeifliegt, dann muss ich ihr bald eine Schultüte besorgen!

In der Nacht hat es geregnet, aber jetzt scheint die Sonne, und alles sieht aus wie frisch gewaschen. Auch das Graffiti, das bis gestern an der Kirchenwand prangte, ist verschwunden.

»*Auf Kutte reimt sich Nutte*«, hat dort in meterhohen Buchstaben gestanden, und der arme Herr Hagen hat sicher lange gebraucht, um es herunterzuschrubben.

»Geschieht ihm recht«, hat meine Mutter gesagt. Sie ist der Meinung, dass die Familie Hagen nachts mit Farbdosen durch die Gegend schleicht und die Gemeinheiten höchstselbst an die Mauern sprayt. Wir haben glücklicherweise keinen Ärger mehr mit ihnen, obwohl wir einen starkwüchsigen Gingko direkt auf die Grenze gepflanzt haben. Man grüßt sich höflich, geht sich ansonsten aber aus dem Weg. Rüdiger Hagen frisiert seine Motorräder jetzt nie mehr außerhalb der gesetzlich festgelegten Ruhezeiten, und Christel übt nur noch bei geschlossenem Fenster auf ihrer Posaune. Diese Dinge haben natürlich ihren Preis: In diesem Jahr mussten wir sowohl auf die voll biologisch angebauten Erdbeeren als auch auf die besonders fruchthaltige Himbeermarmelade der Hagens verzichten, und das wird wohl auch in den nächsten Jahren so bleiben.

Die Sonne scheint durch die Kirchenfenster und zaubert bunte Sprenkel auf die Gesichter der Gottesdienstbesucher. Es sind die üblichen Konfirmanden und treuen Senioren, dazu die Familie Hagen, der Kirchenchor in voller Besetzung und Frau Klein samt Hund. Außerdem sind Tante Ella und Tante Patti gekommen, auch Onkel Harry und Cousin Philipp fehlen nicht, das tun sie nie, wenn es irgendwo umsonst Kaffee und Kuchen gibt.

In der ersten Reihe sitzt Lydia Kalinke, die zukünftige Pfarrersfrau, in einer Bluse aus ziemlich durchsichtigem Stoff.

»Ist das *Zellophan*?«, wispert Betty, die eigens aus Berlin gekommen ist, um Claras Patenschaft zu übernehmen. Ich hatte in einem Anfall von Großzügigkeit auch Andi eingeladen, aber er hat eine Geschäftsreise nach Tokio beim besten Willen nicht verschieben können. Leider, wie er mehrfach beteuert hat. Er hat vor, demnächst noch einmal die Karriereleiter hinaufzufallen. Immerhin treffen seine großzügigen Unterhaltszahlungen pünktlich auf meinem Konto ein, und von Zeit zu Zeit macht er mir einen Heiratsantrag. Allerdings werden die Abstände immer größer.

»Ich glaube nicht«, antwortet Gilbert an meiner Stelle auf Bettys Frage. »Zellophan wäre sicher reißfester. Lydia hasst Knöpfe.«

Er nimmt Clara das weiße Mützchen mit den gestickten Margeriten ab. Clara runzelt die Stirn.

»Sieh dir das an«, sagt Betty, die sich sofort ablenken lässt. »Sie hat jetzt schon mehr Haare als ich! Und so schöne Locken! Die arme Lucie ist immer noch ein Glatzkopf.«

»Dafür schläft Lucie aber nachts durch«, sage ich und versuche das idiotische, stolze Lächeln zu unterdrücken, das sich immer auf meinem Gesicht ausbreitet, wenn die Rede von Clara ist. Nie hat die Welt ein niedlicheres, klügeres und lockigeres Baby als meins gesehen! Ich weiß, das glauben alle Mütter von ihren Kindern, aber bei meinem stimmt es zufällig *wirklich*! Ich versuche meiner Umwelt aber stets, so gut es geht, auch die weniger schönen Seiten des Mutterseins offenzulegen: »Ich hingegen habe seit drei Monaten nie länger als zwei Stunden am Stück geschlafen...«, sage ich.

Christel Hagen greift in die Tasten der alten Orgel und weckt die schläfrigen Konfirmanden und Senioren mit einer Dissonanz vom Feinsten.

Pfarrer Hoffmann kommt den Mittelgang entlanggeschritten, sein charismatisches Lächeln wie immer nach links und rechts verteilend. Dass er immer noch in Amt und Würden ist, hat er vor allem der alten Frau Sommerborn, ihres Zeichens Kirchenmäzenin und Besitzerin des Pfarrhauses, zu verdanken. Sie hat der Kirche angedroht hat, sie aus dem Testament zu streichen, wenn der Pfarrer versetzt würde. Tatsache ist, dass Lohmann, Hagen und Co. fleißig versucht haben, an seinem Stuhl zu sägen, aber am Ende haben Frau Sommerborn und ihr Geld gesiegt. Die alte Dame ist die Einzige in der Gemeinde, die den vielen Gerüchten um Pfarrer Hoffmann keinen Glauben schenkt.

»Wow!«, stößt Betty neben mir aus. »Wo habt ihr den denn her?«

»Direkt aus Hollywood«, flüstere ich.

»Ist er noch zu haben?«

Ich schüttele bedauernd den Kopf. »Die Dame in Zellophan wird in Kürze seine Frau.«

»Wie schade«, sagt Betty enttäuscht. »Er ist unglaublich sexy! Man fragt sich unwillkürlich, was er wohl unter dem Talar trägt.«

»Pssst«, wispert Gilbert tadelnd. »Denkt doch mal an Clara! Das ist ihr großer Tag!« Wenn es um Clara geht, versteht er keinen Spaß.

Clara quietscht fröhlich, als der Kirchenchor anfängt zu singen. Meine Mutter winkt ihr zu. Sie verpasst darüber den Einsatz, den Herr Hagen mit feister Patschhand befiehlt. Mama geht allen Leuten mit ihren Geschichten von Clara auf die Nerven, sie gibt sich im Gegensatz zu mir nicht die geringste Mühe, ihren Stolz zu verbergen. Eben hörte ich sie erzählen, dass ihre Enkeltochter bereits »Oma« sagen könne. Also wirklich!

Der Altar ist mit einem beeindruckenden Strauß Goldbandtürkenbundlilien aus unserem Garten geschmückt, die ihren Duft bis hierher verströmen. Sie lenken vorteilhaft von Frau Hagens mit goldenen Kreuzen und Kelchen bestickter Decke ab.

Der neue Garten war schon in diesem ersten Sommer ein fantastischer Anblick, Gilbert hat sich wirklich selbst übertroffen. Wenn man vom vorderen Garten, der sich dank Gilbert nun ebenfalls sehen lassen kann, durch den mit Hopfen bewachsenen Torbogen in den Bereich tritt, der vorher Opas Gemüsegarten gewesen war, glaubt man sich durch einen geheimnisvollen Zauber mitten ins alte Japan versetzt. Überall Wasser, das über runde Felsen plätschert, die, wie Gilbert immer versichert, irgendwann mit dekorativem Moos bewachsen sein werden, Teiche mit Ornamenten aus Wassernuss und Seerosen, die in diesem Jahr leider nur Blätter trieben. Im nächsten Jahr aber werden sie laut Gilbert bereits unzählige Blüten haben, ebenso wie die Wasserhyazinthen und Seekannen. Runde, geharkte Kiesfelder, die das Auge beruhigen, Bänke, die zum Verweilen einladen, alles eingerahmt von Stauden, Gräsern, seltenen Gehölzen und vielen verschiedenen Bambussorten, zum Teil in stilechten Kübeln. Geschwungene Wege verlaufen durch die Bepflanzung, Stege führen übers Wasser, eine leuchtend rot lackierte Brücke führt auf eine Insel, auf der das Prunkstück des Gartens steht: ein Pavillon aus Zedernholz mit Pagodendach.

Damit es schon im ersten Jahr etwas zu gucken gibt, hat Gilbert ungefähr fünfhundert Lilienzwiebeln »organisiert«, die wir im zeitigen Frühjahr – als ich mich noch bücken konnte – überall dort eingebuddelt haben, wo es uns noch ein wenig kahl erschien.

Das Ergebnis war überwältigend. Sogar Betty, die kohlenmonoxidsüchtige Stadtpflanze, hat nach einem Rundgang nur halb im Scherz gefragt, ob der Pagodenpavillon denn nicht zu mieten sei. Sie könne sich durchaus vorstellen, für immer hierzubleiben und den vorbeigaukelnden Schmetterlingen nachzusehen. Wenn der Garten im ersten Jahr schon solche Eindrücke hinterlässt, wie wird er dann erst in zehn Jahren wirken? Gilbert ist zuversichtlich, dass sich die Gartenzeitschriften schon vorher um einen Fototermin reißen werden.

»Ein Garten ist ein letzter Abglanz vom verlorenen Paradies«, sagt er träumerisch, wenn man ihn wegen seiner Arbeit lobt. Ich bin mir sicher, dass er das irgendwo geklaut hat, wie so viele andere Dinge. Aber das Zitat trifft wirklich ganz besonders auf unseren Garten zu.

Mein persönlicher Lieblingsplatz ist da, wo früher Opas Johannisbeersträucher standen, ein kleines, halbrundes Kiesfeld am Ausläufer eines Teiches, wo Libellen zwischen den Rohrkolben und Zebrasimsen herumschwirren. Hier steht eine japanische Hängelärche mit blaugrünen Nadeln, die leider noch zehn oder zwanzig Jahre brauchen wird, um so malerisch auszusehen, wie Gilbert es vorgesehen hat. Einstweilen sorgen runde Findlinge, niedrig wachsende Samthortensien, eine duftende Kolkwitzie und Unmengen von exotischen Iriszüchtungen dafür, dass es etwas zu gucken gibt, wenn man auf der Bank sitzt, die Gilbert selber gezimmert hat. Die Bedeutung der japanischen Schriftzeichen, die Gilbert in die Rückenlehne geschnitzt hat, lautet *Tote Katze,* denn hier ist auch das Grab der Hagen'schen Glückskatze. Die Bank ist flankiert von zwei Drachenskulpturen aus verwittertem Beton, deren Beschaffung bisher Gilberts großes Geheimnis geblieben ist.

Das Einzige, was hier nicht japanisch aussieht, sind die Jungtiere von Bauer Bosbach, die ihre Köpfe manchmal neugierig über den Weidezaundraht strecken.

Dass unser Garten etwas Besonderes ist, hat sich schnell herumgesprochen. Die Leute kommen unter allen möglichen Vorwänden, um ihn sich anzugucken. An manchen Tagen ist so viel Besuch da, dass Onkel Harry, der überall das große Geschäft wittert, schon vorgeschlagen hat, Eintrittsgeld zu erheben. Er hat sich auch als Manager angeboten, gegen eine kleine, unbescheidene Provision. Meine Mutter hat abgelehnt. Auch sein Vorschlag, eine Imbissbude und ein Karussell aufzustellen, fand keine Gnade vor ihren Augen.

Eine besondere Attraktion vor allem für die Kinder sind die fetten, bunten Japankois, die sich dutzendweise im Wasser tummeln. Sie sind so zahm, dass sie sich sogar streicheln lassen. Sie wohnen im tiefsten und größten Teich rings um die Pagodeninsel, zusammen mit Goldfischen und silbrig schimmernden Shibunkins, alle direkt vom Züchter geklaut. In die anderen Teiche hat Gilbert keine Fische eingesetzt, damit hier Frösche, Kröten, Lurche und Molche heimisch werden können.

Ich habe Mama vorgeschlagen, zum Amüsement der Leute noch ein paar dekorative Pfauen und Schwäne im Garten zu halten, aber Gilbert meint, das wäre dann mehr Versaille als Japan und meine Mutter solle nur nicht auf mich hören.

»*All Morgen ist ganz frisch und neu*«, singt der Chor. Wie immer sind die Männerstimmen äußerst dünn besetzt. Eine Zeit lang nach Martin Heinzelmanns geheimnisumwittertem Verschwinden haben sie sogar ganz ohne Bassstimme auskommen müssen. Aber seit ein paar Wochen gibt es gleich zwei Neuzugänge, einen netten Witwer namens Frodewin Vögeler, der neu in Jahnsberg ist, und einen Überläufer aus dem katholischen Kirchenchor, der nicht damit leben kann, dass der katholische Chor von einer Frau geleitet wird.

Der nette Witwer mit dem unanständigen Namen hat sich ein wenig mit meiner Mutter angefreundet. Er hat endlich den klemmenden Fensterladen im Esszimmer repariert, und er spielt sogar Golf. Ich hätte nichts dagegen, wenn aus den beiden ein Paar würde. Aber meine

Mutter hat ein solches Ansinnen weit von sich gewiesen. Sie sei schließlich noch kein Jahr Witwe, da sei es wohl zu früh, um schon an einen neuen Partner zu denken. Außerdem könne sie sich beim besten Willen nicht vorstellen, etwas mit einem Mann anzufangen, der *Frodewin Vögeler* heiße. Gilbert meint zwar, es gebe schlimmere Namen – er habe zum Beispiel von einer Frau namens Wilma Ficken gelesen, die ständig Anrufe von Leuten erhielte, die »Ich auch« in den Hörer brüllten –, aber meine Mutter bleibt eisern.

Ich habe in meinem Namensbuch nachgesehen und gelesen, dass Frodewin aus dem Althochdeutschen kommt und »Der gute Freund« heißt. Ich finde die Vorstellung tröstlich, dass meine Mutter einen guten Freund zum Nachbarn hat, wenn ich nicht mehr hier bin.

Frodewin Vögeler hat das Haus der Quirrenbergs gekauft. Nachdem Irmi Quirrenberg verschwunden und abzusehen war, dass sie nicht zurückkehrt, ist ihr Mann Georg nämlich in ein Pflegeheim gekommen. Seine Kinder haben das Haus verkauft, angeblich, um die enormen Pflegekosten bestreiten zu können. Carola Heinzelmann, die Georg Quirrenberg regelmäßig besucht, sagt, es gehe ihm dort besser als zu Hause und er vermisse Irmi überhaupt nicht.

Carola selber scheint es ebenfalls besser zu gehen, als die Umstände es vermuten lassen würden. Die Ärmste hat es wirklich knüppeldick getroffen. Denn nicht nur, dass ihr Mann sie Hals über Kopf verlassen hat, um mit Irmi durchzubrennen – Carola ist auch noch schwanger gewesen!

Die ganze Gemeinde ist empört über Martin Heinzelmanns rücksichtsloses Verhalten: seine schwangere Frau sitzen zu lassen und sich sogar um den Unterhalt des gemeinsamen Kindes zu drücken! Nur Gilbert und ich fragen uns manchmal, ob das Kind wohl Ähnlichkeit mit Pfarrer Hoffmann haben wird.

Ich wünsche Carola natürlich alles Gute, aber ich hoffe auch, dass Martin Heinzelmann und Irmi Quirrenberg es sich irgendwo auf dieser Welt gut gehen lassen. Sie haben es beide verdient.

Gerüchte sagen, die beiden hätten sich von der Abfindesumme von Martins Firma eine alte Finca auf Ibiza gekauft, wo sie Zitrusfrüchte und Kräuter anbauten und Lebenshilfeseminare anböten. Metzger Güntershoff erzählt jedem, dem er seinen gekochten Schinken aufschwatzt, er habe Martin und Irmi bei seinem letzten Ibizaurlaub gesehen und sogar mit ihnen gesprochen. Braun gebrannt und kaum wiederzuerkennen seien sie gewesen, und sie hätten sich Frieder und Marlene genannt. Aber ihn, Metzger Güntershoff, hätten sie damit nicht hinters Licht führen können ...

Alle Leute haben Mitleid mit Carola, sie wird mit Zuneigung und Hilfsangeboten nur so überschüttet. Ganz Jahnsberg bietet sich an, den Babysitter zu spielen, wenn das Baby nur erst da ist. Rüdiger Hagen hat ihr sogar einen Heiratsantrag gemacht und angeboten, das Kind zu adoptieren, aber Carola hat dankend abgelehnt.

Der Geburtstermin ist seit zwei Tagen überschritten, und Carola hebt sich in ihrem (übrigens von mir geerbten) Schwangerschaftskleid vom schwarz-weißen Kirchenchor ab wie ein buntes Osterei.

»*Behüt uns Herr, vor Ärgernis, vor Blindheit und vor aller Schand*«, singt sie voller Inbrunst. »*Und beut uns Tag und Nacht dein Hand.*«

»Beut?«, wiederholt Betty flüsternd. »Das ist ja ein tolles Wort. Schade, dass es so in Vergessenheit geraten ist. Beut mir mal ein Taschentuch rüber. Ich glaube, mein Heuschnupfen ist wieder da. Kein Wunder, bei dem vielen Grünzeug hier.«

Ich schiebe ihr ein Paket Tempos hinüber und sehe voller Neid, wie perfekt Carolas Teint ist. Sie ist eine der Schwangeren, die man als Modell für einen dieser »Schön-und-straff-und-gut-organisiert-bis-in-den-neunten-Monat-Artikel« in Eltern-Zeitschriften engagieren könnte. Ich hingegen hätte schon ab dem sechsten Monat für die Schlagzeile »Frau trägt Elefantenzwillinge aus« fotografiert werden können, und niemand hätte daran gezweifelt. Gott sei Dank haben sich die meisten der angefutterten Kilos wieder verflüchtigt. Nur der Bauch erinnert noch stark an einen Kängurubeutel.

»Ich komme schon allein klar«, sagt Carola ziemlich häufig, genau das, was ich auch immer sage. Allerdings meine ich es nicht immer so. Ganz so einfach ist das Leben als alleinerziehende Mutter nämlich nicht. Und wenn ich Gilbert und meine Mutter nicht hätte, dann würde ich es sicher nicht schaffen.

Pünktlich zum Beginn des Wintersemesters in drei Wochen werde ich zurück nach Berlin ziehen und mein Studium beenden. Es ist auch für Clara gut, wenn sie ein Verhältnis zu ihrem viel beschäftigten Vater aufbauen kann. Und zu ihren Großeltern natürlich, die zur Taufe einen ganzen Lastwagen an Geschenken geschickt haben.

Professor Mandelbaum hat mir nach dem Examen eine Stelle als wissenschaftliche Assistentin in Aussicht gestellt mit der Möglichkeit, zu promovieren. Ich habe noch nicht zugesagt, denn die Arbeit an der Uni bringt zwar Prestige, aber in der freien Wirtschaft bekommt man mehr Geld, und mein Lebensunterhalt wird nicht gerade billig sein. Ein Freund von Gilbert (aus seiner Zeit im Kongo) hat mir eine Wohnung besorgt, mit fünf Zimmern und einer Dachterrasse so groß wie ein Tennisplatz. Die Miete ist zwar für eine solche Luxuswohnung lächerlich gering – der Freund aus dem Kongo sagte etwas von Schwarzgeld, Scheinfirma und Steuervorteil, und ich beschloss besser wegzuhören –, aber als Miete für eine Studentenbude immer noch hoch genug. Ich werde also vorerst kein Geld zum Verplempern haben.

Gilbert sagt, er sorgt dafür, dass sich die Leute von *Mein schöner Garten* und *Elle decoration* auch darum reißen werden, unsere Dachterrasse zu fotografieren. Er wird mit nach Berlin kommen, als unser Gärtner und Claras Kindermädchen. Im Augenblick lässt er prüfen, ob die Statik der Terrasse es zulässt, dort auch einen Teich anzulegen. Er möchte unter anderem Schmuckschildkröten und Bergmolche züchten. Nun ja. Nebenbei, sagt er, möchte er noch einige andere Geschäfte aufziehen und Berlin sei dafür besser geeignet als Jahnsberg. Welche Geschäfte er genau aufziehen will, sagt er nicht, und ich hüte mich zu fragen. Mir reicht, wenn er meine Tochter aufzieht, und das macht er bislang sehr gut.

Wenn ich mein Examen in der Tasche habe und mein Kängurubauch wieder in Form ist, werde ich mich vielleicht auch noch mal verlieben. Betty sagt, sie hat neulich erst in der *Cosmopolitan* gelesen, dass Mütter mit Kindern durchaus erotische Signale aussenden können.

Das Klischee vom nach sauren Bäuerchen riechenden, geschlechtsneutralen Muttertier sei längst von unzähligen prominenten Müttern widerlegt worden. Barbara Becker, Madonna, Demi Moore, jede Menge von den Spice girls – alles Beispiele für Frauen, die trotz Kindern super aussähen. In der *Cosmopolitan* habe übrigens auch gestanden, wie man in wenigen Tagen seine Bikinifigur wiedererlange, sagte Betty. Ein bisschen Gymnastik, und schon sähe ich aus wie neu.

»Alles eine Frage der Disziplin«, sagte Betty.

Als sie gestern allerdings einen Blick auf den Kängurubauch geworfen hat, murmelte sie kleinlaut etwas von teuren Miederhosen und Schönheitsoperationen. Ich zeigte ihr einen Vogel. Solange ich nicht auf meine Bauchdecke trete, gebe ich mein Geld lieber für andere Dinge aus.

Es steht also eigentlich alles zum Besten.

Manchmal habe ich allerdings schon das Gefühl, dass nicht alles so ist, wie ich es mir erträumt habe, von der Bauchdecke mal abgesehen. Es gibt durchaus unvollkommene Momente in meinem Leben. Zum Beispiel, wenn Clara endlich schläft und ich trotzdem wach im Bett liege, weil der Empfänger der Babyüberwachungsanlage neben meinem Kopfkissen plötzlich russisch spricht!

»Krrrrrrk prutschikisteckidossohackepacke ... krrrrrk« – es könnte auch finnisch sein, da bin ich mir nicht so sicher. Das letzte Mal habe ich mir den Sender geschnappt, mich damit im Badezimmer eingeschlossen und die verdammten Funker auf Deutsch angeschrien, sie sollen auf der Stelle die Frequenz wechseln oder meine Freunde von der Mafia würden sie auftreiben und auf die Schienen der Transsibirischen Eisenbahn binden. Ich weiß nicht, ob sie mich verstanden haben, aber seither herrscht Ruhe in der Babyüberwachungsanlage.

Ich kann ehrlich von mir sagen, glücklich zu sein, jedenfalls meistens, und im Großen und Ganzen halte ich mich an Theodor Fontane, der sagte: »Wenn man glücklich ist, sollte man nicht versuchen, noch glücklicher zu werden.«

# Nachwort in eigener Sache

Handlung und Personen sind völlig frei erfunden, denn
*... wollt ihr ein Bild der Wirklichkeit erstellen,
müsst ihr euch ganz bewusst den Lügnern zugesellen ...«*
(Robert Graves)

Ähnlichkeiten mit tatsächlichen Begebenheiten oder Personen sind
zufällig und nicht beabsichtigt.

Und um wirklich jedem Missverständnis vorzubeugen: Ich wünschte, unsere Nachbarn wären so nett wie die, die ich erfunden habe. Das gilt natürlich nicht für Gabi, Horst, Axel und Christine. Ihr seid die besten, und damit bastmatta!

Während der Entstehung dieses Romans war ich mehr als jemals zuvor auf moralische und praktische Unterstützung angewiesen. Ich möchte daher vor allen anderen meinem Mann danken, der sich ein halbes Jahr Erziehungsurlaub genommen hat, damit dieses Buch fertig werden konnte, und mich, unser Baby und das Haus perfekt versorgt hat. Dafür, dass er *Brigitte*-Diät kochte, mich an den stressigen Tagen trotzdem Schokoküsse essen ließ und an den weniger stressigen daran hinderte (indem er sie selber aß), müsste ihm eigentlich ein Orden verliehen werden. Die Ruhe, die herrschte, wenn er mit Baby die Bau- und Gartenmärkte abklapperte, hat mich jedenfalls immer ein paar entscheidende Seiten vorwärtsgebracht. (Ich nahm dafür gern in Kauf, dass Lennarts erstes Wort nicht »Papa«, sondern »Einhandschraubzwinge« sein würde. Tatsächlich war es »Auto« – höchste Zeit, für eine Verkehrsberuhigung zu plädieren.) Allerdings ließ es sich auch gut schreiben, wenn Vater und Sohn zu Hause waren, denn nichts geht über die Geräusche von Hausarbeit, die jemand anders macht. (Ich weiß, aber es ist *mein* Mann, Mädels!)

Ich möchte ferner meiner Mutter danken, die sich an den Dienstagen um Lennart kümmerte, damit ich ein paar Seiten vorwärtskam. Ich möchte ihr auch dafür danken, dass sie an den lustigen Stellen geweint hat. So wusste ich immer, wenn ich auf dem falschen Weg war.

Wie immer danke ich ganz besonders meiner Schwester Heidi, die das Manuskript durchgelesen und überarbeitet hat, mich zum brutalen Einkürzen zwang und originelle Ideen en masse beisteuerte. Es tut mir auch furchtbar leid, dass ich den diesjährigen Vortrag von Frau Doktor Anna Lyse verpasst habe (zumal er, wie ich gehört habe, gar nicht stattgefunden hat. Skandalös).

Meiner Freundin Dagmar danke ich für die Affenkacke und zahllose andere Aufmunterungen, die mich bei der Stange gehalten haben, wenn die Zweifel übermächtig wurden. Besonders in Erinnerung geblieben ist mir ein Zitat von Albert Einstein: »Alles sollte so einfach wie möglich gemacht werden. Einfacher jedoch nicht.« Sowie die alte Übersetzerweisheit: »If in doubt, leave it out.« Für den kräftigen Einsatz ihres professionellen Rotstifts bei der »gewissen Szene« bin ich ihr unendlich dankbar.

Meinem lieben Freund Bernhard danke dafür, dass er das Manuskript via E-Mail gelesen und sich Gedanken dazu gemacht hat. Sein Lob kam genau zum richtigen Augenblick, dann aber streikte die Verbindung, und ich konnte seine Kritik leider nicht mehr gegen mich verwenden.

Meiner Lektorin Monika Zabeck, die wie immer die Katze im Sack kaufte und zwei Wochen vor dem offiziellen Abgabetermin dann doch lieber einen Hund wollte, danke ich für die äußerst fruchtbare Zusammenarbeit in den letzten fünf Jahren. Sie werden mir fehlen, Frau Zabeck!

Zuletzt möchte ich meiner Freundin Biggi dafür danken, dass sie neben zwei Jobs, Abendstudium und Nebenhöhlenentzündung noch die Zeit gefunden hat, sich um ihr Patenkind zu kümmern – und natürlich um mich. Diverse Rotweinorgien, Kinobesuche, leckere Essen und unser Ausflug in den Kölner Karneval (aus aktuellem Anlass als »Schwarzgeldkonto« und »Spendenaffäre« verkleidet) waren willkommene Abwechslungen von Schreib- und Wickeltisch.